U0164897

开国十少将

KAI GUO SHI SHAO JIANG

宋国涛 何念选 等编著

SONGGUOTAO HENIANXUAN DENGBIANZHU

中共党史出版社

图书在版编目（CIP）数据

开国十少将 / 宋国涛,何念选等编著.—北京:中共党史出版社,2006.9

ISBN 978-7-80199-483-7

Ⅰ.开… Ⅱ.①宋…②何… Ⅲ.中国人民解放军-将军-生平事迹 Ⅳ.K825.2

中国版本图书馆 CIP 数据核字(2006)第 074025 号

开国十少将
KAI GUO SHI SHAO JIANG

作　　者:宋国涛 何念选等
责任编辑:黄　艳
出版发行:中共党史出版社
地　　址:北京市海淀区芙蓉里南街 6 号院 1 号楼
邮　　编:100080
经　　销:新华书店
印　　刷:北京楠萍印刷有限公司
开　　本:1/16
字　　数:309 千字
印　　张: 23.75
印　　数:1-10.000 册
版　　次:2006 年 9 月第 1 版
印　　次:2009 年 5 月第 3 次印刷

ISBN 978-7-80199-483-7
定　　价:38.00元

QIAN YAN

在中国人民解放军辉煌的历史长河中，涌现出许多非凡的将帅之才，闪烁着一颗颗耀眼的巨星。几十年征战生涯，他们叱咤风云，威武豪迈。在金戈铁马的战争岁月，为了中国人民的解放事业，他们驰骋大江南北，跨越雪域高原，运筹帷幄，决胜千里，以壮丽的人生和杰出的智慧，谱写了一曲曲英雄赞歌。新中国成立后，他们征尘未洗，投身到国家和军队建设的洪流中，为祖国的繁荣富强和军队的现代化建设殚精竭虑，做出了巨大贡献。他们在弥漫的硝烟中崛起，为中国的革命和建设事业立下了卓越功勋，在人们心中树立了不可磨灭的光辉形象。这些令人钦佩的将帅之星，人生经历不同，个人风格各异。《开国十上将》、《开国十中将》、《开国十少将》分别选取了十位开国上将、十位开国中将和十位开国少将最具代表性的人生片断，描绘了他们精湛的指挥艺术，渲染了令人热血沸腾的战争场面，介绍了他们丰富的人生经历，在多角度、全方位地展示了他们独具特色的个人魅力的同时，凸现人民解放军将帅的群体风采。读来引人入胜，饶有趣味。作为史料，也极具收藏价值。

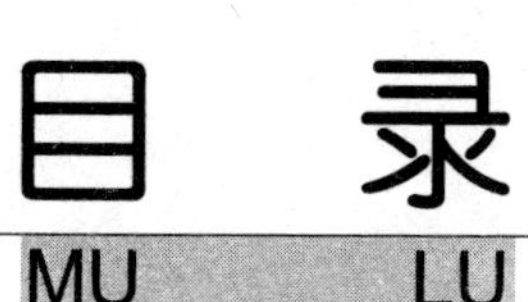

目录

MU LU

百战百胜：王诚汉

不满12岁外出谋生，18岁当上红军团长；随“皮旅”铁流千里威震敌胆，被誉为“老虎团”；在孟良崮战役中，把蒋介石的“御林军”——全副美式装备的王牌第74师打得哭天喊地。

虎胆雄威：朱云谦

善用“避强击弱”、“声东击西”游击战法，令敌人闻风丧胆；淮海战役亲赴前线，黄百韬第7兵团全部被歼；淞沪之战，敌中将副司令送来名片缴械投降；善打硬仗，率部把五星红旗插上厦门神山。

巧谋智胜:何正文

贫苦少年邂逅王树声,刚满16岁就当上“红军长官”;长征路上刘伯承认作“小老乡”,有幸与朱德总司令一起打篮球;跃马扬鞭战太行,“智多星”式参谋长;血战十字岭,为左权参谋长报仇。

料敌如神:萧全夫

架上电台,拉起天线,红军就如同打着灯笼走夜路;破译敌密电,被誉为能掐会算、料敌如神的“菩萨”;毛泽东称赞:情报人员是“劳苦功高”。

威震敌胆:张铚秀

雪山草地,含泪杀坐骑;新四军的“老虎团”,像尖刀插入日军心脏;战火硝烟中,与爱国名将之曾孙女在战火中产生爱情,结秦晋之好;朝鲜战场战功赫赫,金日成亲切接见。

勇猛善战:傅传作

蒙受“肃反”扩大化之冤,所受折磨不堪言状;抗击日军侵略,创造平原作战奇迹;身穿破袄,腰别手枪,摸清敌情,一举攻克太原城;一生清廉,堪称楷模,不花钱的烟坚决不抽。

华侨将军:曾　生

放弃在澳大利亚的学业,毅然回国,弃商从军;到香港“日本皇后”轮打工,领导香港海员工运;率东江纵队转战东江两岸、港九敌后,为陈纳德的“飞虎队”和盟军提供大量重要情报。

骁勇善战:谢振华

长征途中,彭德怀对炖鸡招待发火,谢振华深受感动,渡赤水、战娄山,谢振华率部愈战愈勇;江青对在延安时受批评帮助深怀忌恨,谢振华"文革"中招致"炮轰"和批斗。

战功卓著:谭友林

少小参军,和蔼可亲的贺龙军长两次救了他的命;即身患伤寒,加之伤口化脓，周恩来联系国际友人马海德大夫为他诊疗；在新四军，叶挺军长亲赠左轮手枪；穿林海，跨雪原，活捉匪首“座山雕”。

忠贞良将：谭善和

红军时期，三次负伤；抗日战场，多次受到朱德总司令和刘伯承、邓小平的表扬；跨云贵、进川藏，毛泽东亲自为进藏筑路大军题词；抗美援朝，工程保障责任重大。

★百战百胜——王诚汉

王诚汉 (1917~　), 湖北省黄安(今红安)县人。1930 年参加中国工农红军, 同年加入中国共产主义青年团, 1933 年转入中国共产党。土地革命战争时期, 任红 25 军第 75 师 224 团排长、连长, 红 30 军第 88 师 264 团团长。参加了长征。抗日战争时期, 任八路军第 129 师留守兵团炮兵营副营长, 陕甘宁边区警卫第 3 营营长, 中国人民抗日军政大学第 4 大队 5 队队长兼军事教员, 第 4 团 3 营教导员, 抗大第 6 分校政治部民运科科长、3 营营长, 抗大总校第 3 大队大队长, 太行军区新编第 1 旅 1 团团长, 河南军区豫西支队第 35 团团长。解放战争时期, 任中原军区第 1 纵队 1 旅 1 团团长, 华东野战军第 1 纵队独立师 1 团团长兼政治委员, 华北野战军第 13 纵队 37 旅旅长, 第 18 兵团 61 军 181 师师长。中华人民共和国成立后, 任川北军区遂宁军分区司令员, 中国人民志愿军师长、副军长, 陆军军长, 西藏军区副司令员, 成都军区副司令员、司令员, 中国人民解放军军事科学院政治委员。1955 年被授予少将军衔。1988 年被授予上将军衔。中国共产党第十二届中央委员会委员。

王诚汉 ★☆★☆★

★☆★☆★ 王诚汉

1.穷人也有翻身的时候

QIONGRENYEYOU
FANSHENDESHIHOU

王诚汉，曾用名王诚翰，1917 年 12 月 23 日出生于湖北省黄安(今红安)县桐柏集王家大湾一个贫苦的农民家庭。有祖父祖母，父亲母亲。父亲王翼臣，纯朴忠厚，勤劳精明，常年在田间辛勤劳作，农闲时还常到邻近的河南省光山县一带贩粮、贩猪回来卖。母亲张氏，勤劳贤良，在邻里之间有口皆碑。为了帮助丈夫撑持艰难的家境，农忙时终日在田间劳作，起早贪晚，还要承担起养猪、种菜、纺线、做饭和抚养子女等繁重的家务劳动。在家中时常断粮的情况下，有点米、面，她总是让公婆、丈夫和孩子先吃，自己则常常以红薯和野菜充饥。王翼臣夫妇生有四子二女，因家境贫困，患病无钱医治，有两子一女夭折，只有长子王诚汉、小儿子王诚康和小女儿王秀英得以长大成人。

王诚汉是家中长孙长子，深得祖父母、父母亲和叔婶的疼爱。在他刚满 8 岁时，全家人节衣缩食，送他入王家大湾私塾读书。私塾先生是王诚汉本家远房长兄，持教甚严。在先生严格教诲下，他熟读了《三字经》、《百家姓》，还读了“四书”。他的读书岁月是在饥饿和贫困中度过的。他睡的是拼在一起的两口破柜子，盖的是几代人用过的破棉絮，吃的是野菜和麦糊。每天放学回到家里，他都要帮妈妈做些家务活，抬水、挖野菜、打猪草等等。他 10 岁时祖父母相继去世，父亲又染上肺病，家中生活更加困难。为使他继续读书并能吃饱饭，父母把他送到黄安县土门张家湾外祖母家上学。张家湾小学是一所教授国文、算术的新学校，在这里王诚汉的学习兴趣更加浓厚，学习更加刻苦。可是由于家境的日趋贫困，他这第二次上学读书也并未能维持多久。

1929年夏末秋初，黄安一带遇到旱灾、虫灾。王翼臣和弟弟王干臣种的

WANG CHENGHAN

两石租田所收无几，连交租都不够。为了一家人能度过荒年，农忙一结束，王翼臣就借了一笔钱，拖着多病瘦弱的身躯，到河南光山县贩回一群猪娃，不料猪娃尚未卖出就得瘟症死光了。王翼臣病弱的身体无力承受破产的沉重打击，从此一病不起，经常咯血，不久就病情垂危。在王翼臣弥留之际，正在张家湾读书的王诚汉被叔父王干臣接回家里。王翼臣久久凝望着妻子张氏和诚汉兄妹，似有千言万语，但已无力表达出来。最后他以微弱的声音把三个孩子托付给弟弟王干臣，就满怀着对亲人的深深眷恋之情离开了人世。将病故父亲掩埋后，家中债台高筑，只得退田卖地。虽然王干臣不负兄望，苦撑门面，全家也同舟共济，但破败的家境终无转机。王诚汉的读书生涯再也无法继续下去了。母亲张氏在说服干臣兄弟后，含着眼泪喊着王诚汉的乳名说："宝安，你再不能上学了，妈妈养活不了你，你出去找点事干吧。阴沟里的篾片也有个翻身的时候，你要好好干，给妈妈争口气！"

黄麻起义会议遗址

带着慈母深情的嘱托，不满 12 岁的王诚汉随外祖父踏上了外出谋生之路，步行来到离家 200 多里路的汉口，几天后被介绍到一家鞋店当学徒。他喜出望外,觉得这下可以挣些钱,减轻妈妈的负担了。但事与愿违,来到鞋店后,姓韩的老板看到他身染疥疮,决意把他退回。老板娘尖酸地说:“买头猪娃也要看个长相。疥疮过人(传染),不要,不要!”初涉人世的王诚汉忍受不了这沉重的打击和侮辱,回到表叔家不吃不喝,整整哭了一夜。以后,他又满怀着为妈妈减轻负担的强烈愿望,来到汉阳县一家瓦窑上跟一位姓张的师傅做泥工;干了不几天,又因年幼力薄无力承受繁重的体力劳动被辞退。谋工无着,他心中怨愤难平,一气之下回到了王家大湾。后经一亲戚介绍,他到黄陂县河口镇(今属大悟县)北街同泰永杂货店当了学徒。在这里王诚汉度过了一年多的艰辛岁月。每天起早摸黑,除了干10多个小时的活外,还要给老板扫地、端屎尿。尽管店老板很苛刻,但迫于生活,王诚汉不得不忍气吞声地干下去。这年的春节,他回家过年,老板给了他一包水烟、一块银元作为报酬。为使苦命的妈妈高兴,王诚汉匆匆赶回王家大湾。当他把水烟和银元放到妈妈手里时,妈妈一把把他搂在怀里,心疼地哭了起来:“宝安啊!我苦命的儿子,妈妈对不住你!”

黄麻起义中心——红安县七里坪

★☆★☆★ 王诚汉

1927年11月，黄安、麻城两县农民武装，在中共黄麻特委的领导下，举行了声势浩大的黄麻起义，一举攻克黄安县城，活捉县长贺守忠，成立了黄安县农民政府和工农革命军鄂东军。不久国民党军重兵向黄安反扑，这支工农武装经过激战突出重围，在鄂豫边插上了"工农武装割据"的红旗，成立了中国工农红军第11军第31师，以后发展为红军三大主力之一的红四方面军。1930年春，许继慎、曹大骏、徐向前领导的红军第1军的一个营解放河口镇，发动群众清算地主豪绅，重建了工会、农会组织。这时正在河口镇做工的王诚汉虽然还不满13岁，但是他对当时社会的贫富悬殊和富人的压迫已经有了很深的感受，妈妈常说的"阴沟里的篾片也有个翻身的时候"这句话，时常在他脑海里翻腾。红军来了之后，那些平日作威作福的豪绅地主四处逃窜，而受穷受苦的工农百姓却欢天喜地，这使王诚汉强烈地感到：世道变了，穷人翻身了！他积极追随红军，报名参加了工会，踊跃参加站岗放哨、张贴标语、斗争土豪劣绅等革命活动。这年的7月，他加入了中国共产主义青年团。12月，他自愿报名参加了河口镇工人武装纠察队(不久改为红军独立营)。纠察队领导看他虽然个头矮小，但非常机智灵活，就让他当了勤务员。

王诚汉参加工人武装纠察队不久，母亲来到河口镇看他。这时王诚汉非常想见母亲，但又怕被母亲领回去当不成红军，就躲藏起来未和母亲见面。已经失去丈夫的张氏，对当了红军的长子终日牵肠挂肚。以后听说红军转移到大别山里，她更是放心不下，时常站在村口，愣愣地望着远山，为远去的儿子默默祈祷。一次，她请一位算命先生给儿子算了一卦。算命先生对她说："你儿子已经死了。"张氏悲痛欲绝，请道士为儿子做了道场，自此便百病缠身，于1936年在贫困饥饿中病逝。气绝之前，她一遍又一遍地呼喊着"宝安"的名字。王诚汉随部队南北转战，直到1945年抗战胜利，才在河南息县听到母亲早已不在人世的消息。他为终日思念的苦命的母亲洒下了无尽的泪水，并为自己参军后未能见上母亲一面而留下无尽的悔恨和终生的遗憾。

★☆★☆★ 王诚汉

2.18 岁当团长

SHIBASUIDANG TUANZHANG

在严酷斗争锻炼下，王诚汉很快成长为一名勇敢顽强的红军战士和基层指挥员。

1931年，在独立营营长邓志高带领下，王诚汉多次参加打反动民团的战斗。在一次袭击民团的战斗中，他死死抱住一个民团团丁不放，尽管他年少力薄，但终于制服敌人，将其俘获。

1932年7月，正当敌人对鄂豫皖革命根据地进行第四次“围剿”的时候，王诚汉患了伤寒病，住进红军大别山后方第二分院。当时的红军医院只是在深山野林之中搭起的一片草棚。为躲避敌人“搜剿”，每天天刚朦朦亮，就把伤员抬到山上分散隐蔽起来，待天黑后再一个一个地抬下山去。如果原有草棚被敌人烧掉，就只好再选择地方，临时砍些树枝、葛藤、茅草，重新搭起草棚过夜。由于盐、粮和医药奇缺，加上频繁转移的颠簸，

红25军3团1连旗帜

一些伤病员因病饿和得不到治疗而早逝。王诚汉侥幸得以生存，病情转轻后在医院任代理司务长。他经常和医院的其他工作人员一起，在游击队的掩护下，冒险下山到白区为伤病员筹措粮食和盐巴。病愈后他被分配到红军罗山独立团任班长。同年12月，该团编入红25军，王诚汉被分配到224团3营当通信班长。

1932年10月，红四方面军主力向鄂东北地区转移以后，鄂豫皖革命根据地的斗争转入了非常困难的时期。王诚汉所在的红军第75师第224团暂时留在根据地坚持斗争。1933年3月，王诚汉随部队参加了郭家河、潘家河、杨泗寨等战斗。他作战勇敢，当年9月被提升为3营8连副排长，12月任排长。此时，敌人正在对红军进行第五次“围剿”，疯狂叫嚣要“砍尽大别山的树，挖尽共产党的根”。224团经常活动的天台山、老君山、高山岗、仰丈窝、茅草尖、卡房一带已经成了无人区。红军给养严重缺乏，常以树皮、草根、葛藤根充饥，在艰难困苦中辗转战斗，抗击敌人。王诚汉经受住了这种艰苦环境的考验，逐步加深了对共产党的认识，进一步坚定了革命信念。12月，经连指导员文明第介绍，王诚汉由共产主义青年团团员转为中国共产党正式党员。

1934年8月，王诚汉任第224团2营4连副连长。11月，红25军开始长征。25日，224团作为红25军的前梯队进至方城独树镇附近，突然受到敌第40军115旅和骑兵团的猛烈攻击。这天恰逢寒潮袭来，雨雪交加，部队衣着单薄，饥寒交迫，冻僵的手连枪栓都拉不开。在敌人的攻击下，一度出现混乱。在千钧一发之际，红25军政委吴焕先亲自指挥该团就地抵抗，他挥舞大刀带领部队与敌人展开肉搏，打退了敌人的猖狂进攻。在吴焕先的鼓舞下，王诚汉协助连长，指挥全连同志勇敢地参加了这场极为险恶的战斗，有几十名同志壮烈牺牲，但终于守住了阵地。

1934年12月11日，红25军进行整编，第224团分别编入第223团和第225团，王诚汉任第225团第2营第4连副连长，翌年6月任连长。部队入陕前后，王诚汉率全连相继参加了三要司战斗，庾家河战斗，蓝田葛牌镇以南九间房战斗，远程奔袭攻占河南淅川荆紫关战斗，山阳袁家沟口战斗，攻占甘肃两当、秦安、隆德县城战斗，马连铺、四坡村战斗及攻打合水板桥镇等战斗。

1935年9月15日，红25军经过10个月的艰苦转战，行程近3000公里，胜利到达陕北延川永坪镇，成为长征中先期到达陕北的一支红军队伍。9月18日，红25军编入红十五军团，王诚汉仍任第225团第4连连长。10月1日，他率全连参加甘泉劳山伏击战，打得很出色，受到军团领导的表扬。在这次战斗中，王诚汉击毙敌营长一名，被奖励一支驳壳枪和一双布鞋。当月15日，他率全连参加丁榆林桥攻击战。在攻打敌人占据的窑洞时，王诚汉指挥全连搭人梯爬上窑顶，从烟囱口往下丢手榴弹，给敌人以重大杀伤。11月21日至26日，他率全连参加了毛主席亲自指挥的直罗镇战役。当时的陕北高原已是雪花飘飘的寒冷季节，全连干部战士大多没有棉衣，但在王诚汉的率领下迎着寒风士气高昂地投入了战斗。21日，他们两次趟过冰冷刺骨的葫芦河，和兄弟部队一起攻占了直罗镇南面山上的敌人阵地，在战斗中王诚汉手部负伤。23日，他不顾手部伤痛，又带领全连涉河参加了追歼逃敌的战斗。在激烈的战斗中，一颗子弹从王诚汉左腿主动脉旁边穿过，血流如注，伤势很重，幸被一名战士从阵地上抢救下来。战斗结束后，他被送进陕北医院疗伤。伤愈后，他于1936年2月入红军大学第三期上干队学习了五个月。学习结束，他奉令调到陕北红30军任第262团团长，当时他还不满19岁。

★☆★☆★ 王诚汉

3.燃起豫西的抗日烽火

RANQIYUXIDEKANG RIFENGHUO

1937年8月，中国工农红军改编为八路军。王诚汉任第129师留守炮兵

营副营长，12 月改任陕甘宁边区警卫 3 团第 3 营营长。

1938 年 8 月，王诚汉入抗日军政大学第四期学习。学习结束后，他急切地希望早日回到抗日前线杀敌立功。但当时学校要抽一批优秀毕业生充实教职员队伍，他被安排留校工作。在抗大工作的四年间，王诚汉历任 4 大队 5 队队长兼军事教员，总校 4 团 3 营政治教导员，6 分校民运科长，3 营营长，3 大队大队长。抗大是一座革命的大熔炉，在这里王诚汉的文化知识、政治理论水平和军事理论水平得到很大的提高。尤其是通过学习毛泽东同志的《矛盾论》、《实践论》，学习社会发展史，又在延安倾听了毛泽东、周恩来等中央领导同志的报告演讲，王诚汉的眼界大开，朴素的阶级感情得到进一步升华，革命信念更加坚定。

在抗大工作期间，王诚汉英勇地参加了反"扫荡"斗争。1942 年 7 月，抗大总校驻地浆水镇、将军墓周围不远处驻扎了许多日、伪军，距我军最近的仅有 8 里。为配合根据地军民的反"蚕食"斗争，消除敌人对总校的威胁，当时任 3 营营长的王诚汉和基本科副科长吴恒夫奉命率第 3、8、9 连和校部警卫连、通信排

朱德到抗大视察指导工作

约 400 人出动袭击敌人据点。他们在地方武装和当地民兵的配合下，在 15 天内作战 4 次，连战连捷，毙俘日、伪军 40 余人，截获伪军抢掠群众的牲口 159 头，解救被敌人掳掠的民夫 700 余人，并缴获了不少军用物资。随后，王诚汉又带领一支小分队，夜袭了正在将军墓以东 8 华里的一个村庄修筑碉堡、设置据点的日军，把他们撵出了 30 多里。

1943 年 7 月，经王诚汉再三请求，组织满足了他到抗日前线的愿望，任命他为太行军区 7 分区 1 团团长。刚到 1 团，他就指挥该团对驻扎在林县南面提登山的伪军展开进攻战斗。由于敌人占据有利地形，我军火力较弱，未能攻占敌人阵地。两天后，王诚汉亲率侦察排近敌侦察，发现敌人有向林县转移的迹象。遂指挥部队埋伏在敌人必经之路，并令一个连断敌退路，经前阻后截，歼俘伪军 200 余人。以后，他又率团相继进行了薄壁、会门战斗。1944 年初，王诚汉入太行区委党校参加了 8 个月的整风学习。1944 年 4 月，日军开始打通大陆交通线作战，以华北方面军第 12 军为主力，在第 1 军一部配合下，向正面战场的河南国民党军队进攻。在短短一个月里，豫西 38 个县区沦陷，40 万国民党军队不战而溃。为粉碎日军打通大陆交通线的狂妄计划，缩小沦陷区，扩大解放区，根据毛主席、党中央的部署，中共北方局和八路军总部决定组成以皮定均为司令员、徐子荣为政治委员的八路军豫西抗日游击支队。

当年 8 月，正在太行区委党校学习的王诚汉，奉命赶到太行军区李达司令员的办公室，当面领受了组建八路军豫西抗日游击支队第 35 团的任务。他按照上级指示迅速展开组团工作。35 团由八路军第 129 师第 385 团抽出的三个连、河南林县独立大队改编的两个连及 129 师特务连的一个排共 600 余人组成，王诚汉任团长、马易之任政治委员。9 月 5 日王诚汉率刚组建的 35 团，参加了在林县郭家园召开的八路军豫西抗日游击支队誓师大会。他代表全团在大会上讲话，表达了“一定要从日寇手里把豫西夺回来”的坚强决

心。6日,他率全团绕道山西阳城,经10多天的急行军,跃进到黄河边的济源县蓼坞渡口,随即指挥部队趁月色朦胧之际,乘三只并连船舷两侧系满了大葫芦的木船,偷渡到黄河对岸,迅速占领了滩头阵地,击退了敌河防部队。紧接着他率部向西挺进,摆脱了驻孟津日军和洛阳、新安伪军的堵击。转战中在伊川地区击退日军一部的追击,给敌以重创,掩护支队向箕山地区挺进,于9月25日到达预定位置——登封、箕山地区。

当时的豫西已在日、伪的严密控制之下,各县县城都驻有日军一个中队至一个大队的兵力,并有大量伪军充当鹰犬。同时,握有武装的地方实力派林立,"土围子"星罗棋布,有的打着抗日招牌,有的扯起反共旗帜,有的标榜国、共、日都反,情况错综复杂。由于日、伪的反共宣传和白色恐怖,群众对八路军心存疑虑,不敢接近。王诚汉带着部队路过一个寨子时,刚刚走到寨墙下,寨门就关上了。无论怎么喊话都不开门,气得战士们直跺脚,纷纷要求拿下这个寨子。王诚汉知道,凭自己这支队伍,要拿下这个寨子并不困难。但是,这样干不利于发动群众建立广泛的抗日统一战线。于是,他命令部队就地休息吃干粮,叫几个人把银元吊上寨楼,买群众的稀饭吃。天黑之后,部队就露宿寨边。宿营地附近是一片红薯地,但大家宁愿饿肚子,也没有一人去挖红薯吃。我军秋毫无犯的实际行动,打消了群众的疑虑,他们纷纷出寨接我们的战士进寨。为了更有效地发动群众,王诚汉和政委马易之组织全团干部战士在偃师、宜阳、登封、临汝、禹县一带展开了有声有色的抗日宣传活动,在很短的时间里就在豫西这块苦难的土地上燃起了抗日的熊熊烽火,成立了箕山党工委,并成立了偃师、登封等县的抗日政府。

王诚汉看到时机已经成熟,决心打几仗以振奋民心。经请示支队首长,决定首先拿驻扎在登封县西白栗坪的亲日顽固派梁敏之的自卫队开刀。10月29日夜,王诚汉亲率三个连的兵力,在登封县抗日政府宁之国县长和地下党员李鹤林等同志的策应下,经过近两小时的战斗,除梁敏之只身潜逃外,这支反动武装被全部歼俘。紧接着,他又率部打掉了设在白沙镇的伊川县伪警察局。白沙镇位于伊河以东,是伪伊川县政府所在地。该镇西部驻伪军一个大队约200余人,东部驻伪军一个中队100余人。伪警察局有三个手枪队,两个长枪队,一个机枪班,共约百余人,是日军直接控制的特务机构。为拔掉这个据点,王诚汉召集各连连长、指导员开会,经研究决定,派2连、8连采取夜间偷袭的方式快速解决伪警察局,尽量不惊动驻在伊川城里的日军和白沙镇东、西方向的伪军。10月28日入夜,王诚汉一声令下,早已憋足劲的2、8连指战员,冒着急风骤雨,由上王庄向白沙镇奔袭。经6个多小时的急行军,赶到了白沙镇,于29日凌晨3时打响了战斗。枪声突起,睡意正浓的敌人惊慌失措,仓促还击。8连、2连相继冲入警察局大院,将大部分敌人俘获。敌警察局长企图率残部逃跑,被2连9班用火力逼回。这时,伊川城里的日军和白沙镇两个伪军大(中)队摸不清情况,都不敢贸然前来接应。不到一个小时,战斗就胜利结束,毙敌20余人,生擒伪警察局局长之下70多人,还缴获了一挺歪把子机枪和80多支步、手枪。到天近拂晓,城里日军和两个伪军大(中)队赶到之时,我2、8连早已撤出白沙镇消失得无影无踪。

11月下旬,支队首长给35团下达了攻打小金店的战斗任务。小金店位于登封城和栗坪之间,寨墙又高又厚,寨内驻有伪军400余人。领受任务以后,王诚汉认真思索和判断敌情,深感小金店易守难攻,此战任务艰巨。他暗下决心:"小金店是支队进入豫西之后打的第一个寨子,决不能辜负支队首长的信任,一定把寨子打下来杀杀日伪的威风!"经过周密部署和紧张的准备之后,攻打小金店的战斗打响了。在两门迫击炮和机枪火力的掩护下,2连、5连抬着早已准备好的木梯冲到寨墙边。当竖起木梯向上攀登之时,寨墙上的敌人顽强抵抗,拼命蹬翻了一架木梯,几个战士重重地摔了下来。登城战士毫无畏惧,继续攀登,接近木梯顶端时,有的战士抓住敌人的枪筒,猛力把敌人拖下寨墙,有的战士迅速向城墙上投掷手榴弹,然后奋不顾身地爬上城

八路军部分领导人在黄河渡船上(左起:左权、任弼时、朱德、邓小平)

墙,用火力压制守城敌人,掩护后面登城部队。经过约两三个小时的激烈战斗,2、5连的勇士们终于突入寨内,王诚汉也随部队进寨靠前指挥。敌人收缩至北寨门楼,居高临下凭险据守,妄图待登封增援的日军到来之后实行反扑。王诚汉立即组织突击小组,顶着用七八床湿棉被覆盖在桌子上面的"土坦克",迎着敌人的扫射向北寨门抵近,用缴获的炸药、地雷实施爆破,并在爆破之后对寨门实施攻击。此时登封日军前来增援,担负打援任务的8连,在寨北方向依据有利地形,以突然的勇猛火力,击退了增援的敌人。据守寨北门楼的敌人感到援军无望,并畏于我爆破威力,全部缴械投降。战斗结束之后,皮定均支队长连声说:"打得好,打得好,打得痛快!"并让王诚汉在支队干部会上介绍了攻打小金店的经验。

小金店战斗后不久,日、伪纠集千余兵力,由日军联队长梅协指挥,向我军活动地区实施第一次"扫荡"。王诚汉率团在支队编成内,先后在登封、偃师、伊川之间的永泉口、猴氏镇等地与日伪军进行了九次战斗,粉碎了敌人

八路军战士查看缴获的日军武器

的这次“扫荡”。敌不甘心失败，又在偃师之府店、佛光峪及伊川之江左、吕店等处设立据点，并在佛光峪驻扎日军100余人，企图控制偃、伊地区，割裂我军，阻止我军活动。为粉碎敌人的阴谋，支队决定由35团担任主攻，强袭佛光峪，以3团和偃师独立团打援。

12月30日24时，强袭佛光峪的战斗打响，战斗进行得异常惨烈。王诚汉亲率8连以迅速隐蔽的动作抵近敌据点佛光峪大庙，在解决敌门口哨兵后，命令几名身强力壮的战士手持铡刀把守在庙门口，然后命令8连突击班翻墙而入。突击班战士与敌人展开肉搏，用大刀砍翻了10多个敌人。我一部分战士冲入大庙，制服了庙内残存的敌人。这时在庙外实施指挥的王诚汉突然听到远处传来一阵枪声。不一会儿通讯员气喘吁吁地前来报告，原来是外出“扫荡”牛窑的日军反扑回来了。值此千钧一发之际，王诚汉果断地带领8连撤至佛光峪村后露骨头山高地，会同2、5连转入防守。31日8时许，敌人开始向我冲击，来势异常凶猛。王诚汉指挥部队顽强阻击，一次又一次的将

敌击退。午后，部队伤亡较大，弹药所剩无几，当敌人冲上来时，指战员们就用刺刀和石头同敌人肉搏，有的战士虽身负重伤，仍紧紧抱住鬼子扭打。在战斗中一直紧随王诚汉左右的作战参谋杨明存同志，被敌弹片击中，光荣牺牲。战斗一直持续到下午 5 时，消灭敌人 200 余人，部队才奉命撤出战斗，向登封红石头沟转移。

★☆★☆★ 王诚汉

4.铁流千里"老虎团"

TIELIUQIANLILAO HUTUAN

1945 年 1 月 7 日，日军和郑州地区各县反动武装联合向我嵩山、箕山根据地进行第二次大"扫荡"。为粉碎敌人"扫荡"，王诚汉率 35 团在支队编成内，先后参加了荟翠山战斗、舜王庙战斗、东赵堡战斗，而后向密县北山尖地

359旅突围回到延安

域转移。2月3日路过曹村时,获悉该村伪保长向登封日伪军告密。皮定均支队长同王诚汉等一起进行研究,判断敌人可能向我袭击。遂决定将计就计,利用有利地形伏击敌人。按支队部署,王诚汉率35团及支队特务连埋伏于曹村东北山地。

第二天拂晓,登封日军200余人,芦店、唐庄伪军300余人,向曹村进发。为将敌军引诱进入我埋伏圈,王诚汉派出小分队往北迎击敌人,先敌开火,并沿土路边打边撤。在我引诱下,伪军进攻曹村,日军直奔村东北无名高地,向我35团及支队特务连进击。10点10分,我前沿部队一齐开火,击毙了一批敌人。敌赶忙收缩,然后兵分三路向我军反击,企图夺取曹村东北无名高地。急红眼的敌人嗷嗷狂叫着向我冲来。2连长几次要求射击,王诚汉都摆摆手制止了,厉声说:“不要慌,等鬼子靠近了再打!”日军沿山坡爬着,离我阵地近30米时,王诚汉怒吼一声:“打!”2连机枪、步枪、冲锋枪一齐开火,顷刻,敌人便倒下了一片。过了好大一会儿,才有几个日军军官举着战刀,指挥着一批残兵向2连3排的阵地冲来。3排的一个班阵地被敌突破,3排的全体战士勇猛地与敌人展开了白刃格斗。战斗激烈地进行着,敌人几次突破我阵地,又几次被我夺回。到了下午两点左右,进攻的日军开始溃退。王诚汉立即命令各连反击。在嘹亮的冲锋号声中,支队特务连、2连、8连迅如疾风地猛扑敌群。敌群混乱,但仍三五成群地拼命抵抗着,一直厮杀到黄昏,除10余名日军向登封城逃窜外,其余全被歼灭。与此同时,芦店、唐庄出动的300余伪军被我3团在曹村击溃。

曹村战斗之后,王诚汉又率团在支队编成内,相继参加了黄姑寨战斗、龙尾战斗、禹西战役、密南战役、猴氏战斗。1945年4月,河南军区司令员王树声、政委戴季英指挥发起了伏牛山战役,对盘踞在宝丰、郏县、汝阳、嵩山地区的伪军部队展开全面进攻。王诚汉率团作为前卫,先后在蟒川东南、背孜街、瓦屋街、土门街、二郎庙等地进行战斗10余次,歼敌4个整营、5

个整连，俘敌千余人。以后，又相继参加了大冶战斗、陈庄寨战斗、米何镇战斗。

1945年8月初，登封境内除芦店、唐庄两个敌据点外，全部被我军解放。8月15日，日本宣布无条件投降。8月19日，登封日军受命经临汝至许昌集中。芦店、唐庄伪军乘机逃至登封县城。此时，登封城内麇集伪军2000余人，凭坚固守，拒不投降。支队命令35团和3团用武力解放登封城。8月23日，攻城战斗打响。王诚汉率团从城东北一举登城成功。然后直插伪县政府和伪军指挥部，使敌指挥瘫痪。接着会同3团全歼守敌。至此登封全境解放。

豫西抗战后，在支队首长的正确领导下，王诚汉率团先后百余次同日、伪军作战，歼敌2600余人，并帮助建立了箕山专署和登封、临汝、伊川、偃师等县的抗日民主政府。"艰难困苦，玉汝于成"，35团在战斗的烽火中不断发展壮大，由进军豫西时的600多人，扩展到2000多人，并形成了猛打猛冲的战斗作风，使日、伪军闻之丧胆，被豫西人民誉为"老虎团"。

20多年之后，已任福州军区司令员的皮定均同志在《铁流千里》回忆文章中，这样描述了"老虎团"的战斗作风："我们的1团(35团后被改编为中原军区1纵1旅1团)在豫西抗日的时候，曾经被豫西人民称做'老虎团'，具有猛打猛冲的作风，尤其擅长长距离的山地奔袭。"

★☆★☆★ 王诚汉

5."皮旅"中的干将

PILüZHONGDE GANJIANG

1945年8月15日，日本政府宣布无条件投降。一心妄想独吞胜利果实的国民党反动派，调集重兵从陇海、京汉铁路向豫西根据地进犯。遵照毛主席"顾全大局，避免内战"的指示精神，王诚汉和全团指战员含泪惜别用鲜血和生命创建的豫西根据地。经月余长途跋涉,翻越伏牛山脉,突破国民党军队的重重拦截阻击,于10月中旬到达桐柏山区,与新四军第5师会合,并在支队的编成内参加了攻占桐柏县城的战斗。中原军区成立后,豫西抗日游击支队改编为中原军区第1纵队第1旅,王诚汉任该旅第1团团长。

桐柏整编后,在中共中央"六个月猛战"的号召下,王诚汉率团在旅编成内积极开展对敌作战。首先远程奔袭攻克唐河县城,歼敌守军100余人,毙伤敌援兵300余人。继则配合主力部队进行祁仪、平氏战斗。尔后率部队跨过平汉铁路,进入豫东平原,攻克汝南重镇,俘敌500多人。1946年1月13日,国共停战命令公布,王诚汉率部随旅部进驻光山县白雀园,在沙窝、小界岭一带休整。

1946年6月,国民党反动派悍然撕毁停战协定,调集20多万兵力,向我中原军区大举进攻。中原军区部队奉党中央、毛主席电令立即向西突围。王诚汉所在的第1纵队第1旅担任了掩护中原军区部队突围的艰巨任务。6月25日,王诚汉和政委陈行庚参加了皮定均、徐子荣在白雀园主持召开的讨论确定掩护突围行动方案的旅党委会议。会后,王诚汉连夜向部队传达旅党委的决议,要求全团指战员不惜任何代价,誓死完成掩护主力突围的光荣任务。他组织全团迅速轻装,并在西余集、沙窝一带加修防御工事。26日,敌人觉察中原军区部队主力西进,即从东、南、北三面向我第1旅发起进攻,企图消灭我第1旅于白雀园地区,向西打通追击的通道。王诚汉指挥全团坚守阵地,依据山、川、河、谷等有利地形,以密集的步、机枪和手榴弹火力,节节抗击着数10倍于我之敌。为了节省弹药和有效地杀伤敌人,往往在敌接近我阵地50米、40米、30米时,才一齐开火。敌人每向我阵地冲击一次,往往要丢下十几具、几十具尸体,付出沉重的代价。

26日深夜,在旅部和旅主力转移后,王诚汉不失时机地将备阵地的部队收拢后渡过白沙河,占领了白雀园西南的山头阵地。27日深夜,遵照旅部命

令撤出战斗，追赶上旅主力部，集结于隐蔽机动位置刘家冲地区。28 日拂晓，王诚汉奉命率全团担任旅的前卫，以神速行动向西南楔入敌固家山阵地以西；并于九龙山歼敌一个连，冲破了敌人的第一道封锁线；29 日拂晓乘敌整编第 72 师后方空虚之际，他又率部一举突破设在潢(川)麻(城)公路上的敌第二道封锁线，登上了小界岭东南的风波山。此时敌人趁我 1 旅立足未稳，以一个营的兵力由土岗向我发起攻击。王诚汉迅即组织部队占领公路东侧高地，集中火力阻击敌人，掩护旅机关和旅主力通过了公路。至此，我第 1 旅突破了敌人的主要包围圈，沿大别山脉向东前进。30 日上午，当进至鄂豫皖三省交通咽喉——大牛山一个小山村瓦西坪时，遇到了商城保安团、金寨保安团和国民党 72 军一个团的阻击。敌人埋伏在瓦西坪东西的两个山头上，锁住了我军前进的必经之路，并趁我第 1 旅休息做饭之机，以强烈炮火向我猛攻。皮定均旅长、徐子荣政委当即命令王诚汉率 1 团攻占两面山头，开辟前进道路。王诚汉不顾几天来连续转战的疲劳，指挥 1、3 营分别向左右两翼的山头进攻，激战一个多小时就占领了山头的制高点，并打退了敌人的几次反扑，从而为 1 旅翻越大牛山撕开了一条血路。7 月 1 日，1 团在旅编成内胜利越过大牛山，3 日进至大别山腹地安徽金寨吴家店，经几天休整后于 8 日继续前进。经过几天的连续转战，部队极度疲惫，饥饿难忍，腿肿脚烂，加上阴雨连绵，每前进一步都要忍受很大痛苦。王诚汉以坚定的必胜信念和高度的革命乐观主义精神，鼓舞着全团坚韧不拔地前进。经熊家畈、叶家畈、英山、西界岭、千笠寺等地，10 日进抵青风岭，突破了敌挺进部队一个团的拦截，当晚又和 2 团、3 团一起打破了敌 48 军约一个团的火力封锁，强渡磨子潭。继而以五昼夜的连续强行军跨过了皖中平原。在通过津浦铁路时，已由旅的前卫改为旅后卫的一团刚刚过了二个连，就遇到了敌人一列装甲列车和路旁碉堡强大火力的阻击，被拦腰切成了两段。与此同时，从明光、管店和滁县方向出动的敌人分五路从两翼对我 1 旅形成钳形攻势。在旅部的指挥下，已经到达路东的2、3团转过身来掩护1团过路。王诚汉指挥路两侧的1团的部队向敌人进行猛烈反击。经近三小时的激战，迫使敌装甲列车逃向嘉山方向，1团转危为安，全部到达路东，于7月20日以完整的团队胜利地进入苏皖边区——盱眙县。在24昼夜的艰苦征战中，王诚汉率领的1团在旅部的正确指挥下，历经大小战斗20多次，行程1500余里，在完成掩护中原军区主力西进任务后最终胜利地向东突出了重围。

★☆★☆★ 王诚汉

6.孟良崮击败蒋介石“御林军”

MENGLIANGGUJIBAIJIANG JIESHIYULINJUN

1946年8月下旬，突围至苏皖边区的中原军区第1纵队第1旅改编为华中军区第13旅，各团番号不变，王诚汉仍任第1团团长。9月初，他率1团主力参加了历时一周的“两淮”保卫战，在反击进犯清江以北地区之敌的战斗中，和第1、2团主力一起毙伤敌500余人，给敌以沉重打击，受到华中野战军前线指挥部通报表扬。后因整个战局变化，王诚汉奉命率部撤出推阳地区战斗，于10月19日北上涟水，协同友邻第甲、第6纵队参加涟水保卫战，在旧黄河北岸之桥头堡、涟水以南之顺河集及徐家荡等地同敌激战14昼夜，有力地反击了进犯涟水之敌。11月上旬，他又奉命率部参加了盐城保卫战。敌占领伍佑后，13旅奉命反击，1团在蔡家墩一线与敌展开激战。在突破敌阵地并对敌实施追击时，突遭敌人火力严密封锁，全团被敌炮火压制在一条河边的水稻田里，处于进退两难的被动局面。正值危急之时，旅部作战科长许德厚带两个连绕道插入敌后，使敌顿时一片混乱。乘敌混乱之机，王诚汉立即指挥全团从正面突破，迫使敌夺路而逃。

1947年1月，华中野战军第13旅改编为华东野战军第1纵队独立师，王诚汉任该师第1团团长，5月兼任该团政治委员。1至5月，王诚汉率部先

后参加了苏中战役、鲁中鲁南战役、莱芜战役和鲁西南战役,5月13日参加了孟良崮战役。

孟良崮战役面对的敌人是国民党军五大主力之一的整编74师和25师、83师。74师全部美式装备,自恃为蒋家的"御林军",在向鲁中进犯中骄横跋扈,孤军冒进。我华东野战军看准了74师这个弱点,决心集中5个纵队的优势兵力,实行分割合围,一举全歼该敌。第9、第4纵队在坦埠以北地区向敌实施正面进攻,第6纵队由鲁南向敌侧背突击,第1纵队和第8纵队分别对敌人左右两翼实施穿插迂回。1纵首长命令独立师担任纵队前卫,要求以突然动作,沿敌74师和25师之间空隙地带,向南穿插,勇猛楔入敌后纵深,拿下天马山、垛庄,分割两敌之间的联系,断敌74师退路。王诚汉所在的第1团为独立师的前卫团。该团13日夜沿沂蒙山区的小道,一夜强行军90多里,于14日晨攻占了敌整编74师与25师之间的战术要点蛤蟆山、天马山(又名马头岗),歼敌25师一部,切断了两敌的联系。王诚汉随即奉命把已占领的阵地交给第2团接替, 率1团向垛庄猛插。此时,敌整编74师在丢失天马山、马牧池、磊石山等地后,仓促向孟良崮、垛庄方向撤退。王诚汉率部穿插至北庄附近时,发现垛庄以北有大批敌人以密集队形沿急造公路向南逃窜,仔细观察,急造公路向南大约8里处,紧贴公路西侧有一高地,可瞰制急造公路南北两端。王诚汉马上意识到如我占领此高地,就可居高临下控制公路,堵敌南逃,如敌占领此高地,就等于放跑了南逃的敌人。王诚汉当机立断,暂不南取垛庄,坚决抢占高地,卡住敌南逃的咽喉。他果断地命令1连、9连对公路上的敌人实行平面追击,又急令2连跑步抢占高地堵敌退路,7连向丁王庄、曹仙桥方向警戒保障团侧翼安全。在他的指挥下,1营长王金生带2连冒着敌火力压制,用排子枪、手榴弹击退了已登上高地的敌先头警戒部队,切断了敌南逃退路。敌整编74师师长张灵甫获悉我占领高地后,顿时暴跳如雷,严令其第 51 旅不惜一切代价夺回高地。敌先以飞机、大炮轮番向高地轰炸、扫射,然后在炮火支援下以密集队形向高地冲击。我 2 连连续打退敌 12 次冲锋。当敌发起第 13 次冲锋时,2 连只剩下 30 多人,子弹所剩无几,情况万分危急。亲临前沿指挥的王诚汉立即命令 3 连的一个班和 9 连的一个排携带弹药跑步增援 2 连,配合 2 连打退了敌人最后一次冲击,敌在阵地上陈尸 300 多具。南逃之敌见收复高地无望,即向孟良崮龟缩。5 月 16 日,王诚汉又率部参加了总攻孟良崮主峰的战斗,该团 3 连首先攻占了 540 高地。

在孟良崮战役中,王诚汉临机处置,果断指挥抢占急造公路西侧 285 高地堵敌南逃退路,为全歼敌整编 74 师发挥了重要作用。战后,华东野战军第 1 纵队领导机关通报表彰了王诚汉指挥的第 1 团在此役的英雄事迹。

孟良崮战役后,敌发起向鲁中山区的进攻。在纵队和师的统一部署下,王诚汉率部向鲁南敌后进军,与第 2、第 3 团一起,一举攻下津浦铁路之官桥据点,全歼守敌。后又奉命向鲁中地区转移,参加了胶河战役。

★☆★☆★ 王诚汉

7.横扫晋中之敌

HENGSAOJIN ZHONGZHIDI

1948 年 2 月,华东野战军第 1 纵队独立师改编为晋冀鲁豫野战军第 13 纵队 37 旅,王诚汉升任该旅旅长,张春森任政治委员,仍指挥原独立师所属 3 个团。

改编一结束,王诚汉即率部由邯郸向临汾开进,日夜兼程 400 余公里,于 2 月 18 日进抵翼城以西地区。随即带领全旅营以上干部到翼城听取了晋冀鲁豫军区第一副司令员、军区前方指挥所副司令员徐向前关于发起临汾战役的动员报告。会后,为适应临汾攻坚战的需要,根据军区前方指挥所的

统一部署,组织全旅展开了以攻坚战为中心的战前练兵。3月7日,徐向前下达发起临汾战役的命令。王诚汉指挥全旅在纵队编成内,与兄弟部队一起同敌展开了激烈的外围争夺战,攻占临汾外围各据点。10日,王诚汉率全旅与第23旅一起攻战临汾城东关,歼敌守军66师大部。5月17日30分,我军向临汾城发起总攻。第37旅担负了由大东门以南用炮火破坏城垣、实施登城、协同友邻部队夺取临汾全歼守敌的任务。王诚汉亲率部队由第8纵队第23旅实施坑道爆破炸开的城墙缺口冲进城去,越过内壕,奋勇向纵深穿插,与兄弟部队一起直取大东门楼。在他的指挥下,该旅第110团向城中心发展,协同兄弟部队会攻钟鼓楼;第111团向8号碉堡发起攻击,占领后继续向纵深穿插迂回;第109团以勇猛动作直插敌城防指挥部,占领了敌第6集团军副总司令梁培璜的公馆。经过激烈巷战,至24时,守敌被全歼,临汾解放。在历时72天的临汾战役中,王诚汉率部歼灭了大量敌人,俘敌1700余人。但由于缺乏坑道作业和攻坚作战的经验,部队伤亡较大。

1948年5月,晋冀鲁豫野战军第13纵队改番号为华北野战军第13纵队,隶属第1兵团。6月9日,我军发起晋中战役。王诚汉率部在13纵队编成内北进晋中。途中,部队因长期连续作战未得休整,疲惫不堪,加之天气炎热,减员较多。有的干部向王诚汉提出:部队实在走不动了,应休息一两天再走。王诚汉斩钉截铁地说:现在不是休息的时候,走不动,爬也要爬到上级指定的地点去!在他的督促下,部队克服难以想象的困难,按期到达指定位置。6月18日,在徐向前指挥下,王诚汉率部队协同兄弟部队,首先打开进入晋中的大门,一举切断同蒲铁路,控制了主要交通线。接着他指挥所部迂回穿插,堵住了敌人北逃太原的退路。尔后与39旅一起投入总攻,歼灭了东西贾村、大常镇、西范村之敌。在晋中战役中,王诚汉率部连续作战月余,共俘敌3541人,缴获各种枪支3200余支(挺),大小口径迫击炮

WANG CHENGHAN

182门。

1948年10月,王诚汉率部挥师北上,同兄弟部队一起包围太原守敌。5日晨,王诚汉指挥第109、111团会同第39旅,将敌45师主力及亲训师一个团包围在南黑窑、南畔村、温村地域,并于当晚发起攻击歼灭了该敌。11月初,王诚汉率部接替友邻第38旅的任务,对太原外围四大要塞之一的敌山头阵地实施攻击,为总攻太原城垣扫清障碍。他带领各团领导干部反复进行地形勘察,认真总结友邻部队两次攻击山头未果的经验教训,研究确定了以偷袭与强攻相结合、军事打击与政治瓦解相结合的打法。11月10日黄昏,他指挥部队按预定计划发起攻击。至12日全部占领山头阵地,扫清了太原城东屏障,为总攻太原城垣创造了有利条件。11月16日中央军委命令我军缓攻太原,王诚汉率部转入战前整训。

1949年3月1日,第37旅改番号为步兵第181师,隶属于第18兵团,第61军建制,王诚汉任师长,张春森任政治委员,原属的三个团依次改为第541、542、543团。4月24日,我军对太原发起总攻。王诚汉指挥全师在大东门以南第一、第二突击部之间实施登城。晨7时,当我军猛烈炮火打开城门缺口后,王诚汉即令第541团先头部队发起冲击,仅10分钟便攻上城墙,占领了大东门城楼。他随即命令第542、543团紧随541团突入城内,分两路发动进攻。541团2连1班在副指导员赵文福带领下首先冲进敌指挥中心太原绥靖公署。在整个太原战役中,王诚汉率部共俘敌6700多人,缴获大批武器和军用物资。太原战役结束后,军部授予该师第541团"城头堡垒"奖旗,授予第541团2连"登城先锋"奖旗,授予第542团8连"政策纪律模范"奖旗。

★☆★☆★ 王诚汉

8.咸阳阻击战受到彭总表扬

XIANYANGZUJIZHANSHOU DAOPENGZONGBIAOYANG

1949年4月,华北野战军第18兵团归第1野战军建制,奉命由晋入陕,参加解放大西北。5月26日,王诚汉率181师担任18兵团的前卫,先行向西北进军。在晋南行军途中突接第1野战军司令员兼政治委员彭德怀发出的"西北情况紧急,部队火速前进"的电令。181师昼夜兼程,于6月10日晚按时赶到指定地域西安市东郊。11日,王诚汉奉上级指示,率领全师代表华北部队举行入城式。全师指战员全副武装,军容严整,高举面面锦旗,威武雄壮地在20里的西安大街上通过,受到了数十万群众的欢迎,有效地震慑了敌人,稳定了西安市的社会秩序。入城式刚一结束,王诚汉接到军部通知,要他立刻赶到咸阳市第一野战军指挥所领受任务。王诚汉和副政委黎光纵马急驰赶往咸阳,由一野参谋长李夫克引见彭总。彭总给他们介绍了西北"二马"正由彬县扑向咸阳,企图夺取咸阳、重占西安的严峻形势,命令他率181师坚守咸阳,

彭德怀等西北野战军指挥员在作战前线

保卫西安，打掉骄横不可一世的马家军的气焰。王诚汉向彭总表示："我们坚决守住咸阳，决不后退一步！"

领受了彭总交给的任务之后，王诚汉、黎光等在暮色苍茫中赶到敌必经之地咸阳城西北的文王陵、昭陵一带勘察地形，研究确定防守部署。入夜，王诚汉来到渭河岸边，指挥已经赶到岸边的全师部队抓紧渡过渭河，进入设防地带，抓紧抢修工事。541 团进入城北地区，542 团进入城东北地区，543 团进入城西地区，成马蹄形拱卫咸阳。6 月 12 日下午 6 时 30 分，敌率先赶到的骑兵旅三个团以集团队形分路挥舞马刀向我军发起冲锋。王诚汉指挥部队以强大火力阻击敌人，迫使其停止于北源、上浆、石村之线。13 日下午 5 时，马步芳主力第 82 军 3 个师和骑兵旅对我军约 12 华里正面阵地展开全面进攻。王诚汉指挥部队以猛烈的火力和不断的反击歼灭敌人。经反复冲杀，因我军连续行军部队疲劳，又没有完善的工事依据，各团前沿阵地大部被敌突破。但我军继续依托墓地、庙宇、围墙等发扬火力打击敌人，确保主阵地屹立未动。入夜，王诚汉向各团下了一道死命令：乘敌立足未稳，实施坚决反击，夺回前沿阵地！在师炮火支持下，各团奋起反击，浴血奋战，到 15 日拂晓，丢失的阵地全部夺回。15 日、16 日该敌以一部向泾阳方向窜扰，遭痛击后退回。此时我军 18 兵团主力到达西安。敌看到反扑无望，遂向乾县、永寿退去。至此，咸阳阻击战胜利结束。181 师在这次战斗中共歼敌第 248 师师长韩有禄以下 2000 余人，缴获大批枪支弹药。这次战斗是华北野战军由晋入陕的第一仗，打破了马家军"咸阳不下马，西安吃晚饭"的妄想，保卫了西安，并为举行扶(风)眉(县)战役和解放西北创造了有利条件。彭总在西安得知 181 师胜利的消息后，高兴地说："你们打得好，顶住了，咸阳站住了！"战斗结束后，西安各界人民把一面"百战百胜"的锦旗送给了 181 师。

★☆★☆★ 王诚汉

9.千里川陕追击战

QIANLICHUANSHAN ZHUIJIZHAN

1949年7月,我军发起歼灭胡宗南部主力的扶(风)眉(县)战役。为贯彻“钳马打胡”方针,保障我军主力侧翼安全,粉碎敌重占西安的企图,兵团和军命令王诚汉指挥所部并配属第182师545团,对据守西安正南25公里处之小五台、青华山、土地岭的敌17军第12师实施攻击。派侦察员查明敌兵力分布、工事构筑、火力配备等情况后,王诚汉决定541团和545团迅速插入敌人纵深,迂回担围,占领老原岭和土地岭,切断敌第12师退路;542团和543团从正面强攻,待穿插部队断敌退路后,即向敌发起攻击;炮兵配置在山下张村一带阵地,随时以炮火支援步兵战斗。7月10日,王诚汉命令各团按预定部署行动。我军穿插部队拂晓将敌退路切断, 正向敌纵深继续猛插之时,被敌警戒部队察觉。王诚汉果断地命令穿插部队攻占敌警戒阵地,将其歼灭。下午4时30分,王诚汉命令各团向小五台守敌发起总攻,经激战胜利结束战斗。计歼俘敌2100余人,并缴获大批武器弹药。

胡宗南集团在扶眉战役惨遭失败后,又将其第5、第18兵团残部集结于凤县、佛坪、东江口以及陇南地区,企图依托秦岭阻止我军南取汉中。1949年8月,我第一野战军发起秦岭战役。王诚汉率第543团配合第183师向秦岭主脉大王岭发起攻击,歼敌第36军一部。随后率师主力对向沙坝、进口关逃窜之敌实施追击。在大雨、低温、山高、路险的困难条件下,猛追敌人五天四夜,往返250余公里,予敌人以重大杀伤。当追到核桃霜、进口关以南之丁家坪地区时,遭敌第28师有组织、有准备的抗击。遂奉兵团命令,率部撤到宝鸡凤鸣里、二郎庙地域休整。

WANG CHENGHAN

王诚汉 ★☆★☆★

1949年11月,西北五省和江南各省大部地区解放,国民党反动派的残存部队退至四川、云南地区,妄图卷土重来或由康滇外逃。为消灭残敌,解放全国,中央军委决定我军向西南进军,第18兵团协同第二野战军主力会歼成都地区之敌。61军为18兵团的左翼,181师为61军的前卫。王诚汉率部翻越秦岭,沿城固、南江、巴中、南部之线推进。一路上排除敌人阻拦、破桥、断路、设雷和气候恶劣等种种困难,经10天行军,于12月12日提前到达汉中城固地区集结。随即率部以三天半的时间走完了敌人8天所走的路程,到达南江以北地区。当师的前卫541团进至马尿溪时,该团团长王子波利用我军的电话和敌军的电话"串线"这一偶然的机会,以被我军俘虏的敌军乐队队长的身份,与敌新编14师司令部通上了电话,弄清了该师师部及两个团已退至南江城,其后卫团在南江城北15公里处宿营。王诚汉接到这一情报后,当即命令541团奔袭南江县城,师先遣支队插断南江以南通向巴中的大道断敌退路,542团在马尿溪东西地区设伏待歼敌后卫团。541团袭入南江城内,敌人毫无准备,30分钟就解决了战斗,歼俘敌1300余人。542团在马尿溪歼敌后卫团一部,俘敌副师长及团长以下280余人。

占领南江以后,王诚汉率部加快行军速度,继续追歼南逃之敌。先后占领八庙垭、两河口、巴中和仪陇县城。并协同182师歼俘驻南部之敌一个团。28日,追上敌之后尾,沿途击败敌小分队抵抗,进占盐亭,抢渡梓江,以连续的急行军,于30日9时敌17军半渡之际,追抵涪江东岸。王诚汉指挥部队利用这个有利战机,一举歼俘尚未渡江之敌3000余人。乘胜,王诚汉命令541团、542团抓紧渡江,占领三台以西马家桥地区和城北凤凰山,543团进至三台城东,很快形成对三台县城的三面包围。17时发起攻击,一举破敌,俘敌第17军军长以下4000余人。31日,王诚汉所部在三台县城接受敌第76军和第28师、第336师投降。

在历时26天的川陕追击战中,王诚汉指挥的第181师行程千余公里,

进行大小战斗14次,先后解放南江、巴中、仪陇、南部、盐亭、三台6座县城,歼敌3个军并2个师部,毙伤敌900多人,俘敌将级以下官兵2万余人,缴获各种火炮140门,各种枪支7300余支(挺)。为配合兄弟部队会战成都、解放西南作出了重要贡献。

1950年2月,根据中央军委命令,第181师组成遂宁军分区,隶属于第61军组成的川北军区,王诚汉任师长兼军分区司令员,李林枝任第一政委,张春森任第二政委。率部队在遂宁地区展开了剿匪征粮、修路、改造与建立地方武装等项工作。为彻底消灭匪患,按上级部署,领导组建了遂南、遂北两个剿匪指挥部和9个县剿匪大队,按照"军事打击、政治瓦解和发动群众相结合"的方针,大张旗鼓地开展了剿匪反霸斗争。至11月底,争取和歼灭土匪3.9万余人,基本上达到了"肃清散匪,捉尽匪首,挖尽匪限"的目的,稳定了遂宁地区的社会秩序。

★☆★☆★ 王诚汉

10.打好出国第一仗

DAHAOCHUGUO DIYIZHANG

1950年6月,美帝国主义及其南朝鲜傀儡李承晚集团向朝鲜民主主义人民共和国发动了侵略战争。同时,美军第七舰队侵占我国领土台湾。10月8日,中共中央根据朝鲜劳动党和朝鲜政府的请求,作出了"抗美援朝,保家卫国"的英明决策。当月,中央军委命令第8师为国防师,解除兼遂宁军分区的任务,归第60军建制,于12月17日开赴国防机动位置——河北省青县马场一带,准备入朝作战。

此时,正在南京军事学院高级速成系第一期学习的王诚汉,学业尚未完成,即奉命归队,继任181师师长。一回到部队,他就集中全力投入入朝作战的准备工作,一面抓武器装备更换和临战训练,一面协助政委张春森抓部队

平壤市被美国飞机炸成一片焦土

形势教育和爱国主义、国际主义教育。1951年3月8日,181师全体指战员在青县马场驻地举行了隆重的出征誓师大会。王诚汉代表全师发出钢铁般的誓言:一定要发扬181师英勇善战的优良传统,打出军威国威,打败美帝,为朝鲜人民报仇,为祖国、为毛主席争光!3月9日,王诚汉率部由青县马场出发,14日到达丹东市。17日跨过鸭绿江大桥入朝。一路上克服了气候寒冷、负重过多及敌空中封锁等各种困难,夜行晓宿,经新义州、定州、新安州、江东、三登等地,行程500余公里,于4月1日到达预定集结地——朝鲜伊川东南地区。

4月14日,王诚汉奉命率部接替第26军位于铁原西南内村、陶唐村、收营洞、汉洞地区的防御,构筑工事,阻敌北犯,掩护第3兵团主力集结。为争取时间作好临战前的准备,打好出国后的第一仗,王诚汉在部队接防的当天晚上,就召集全师连以上主官会议,介绍兄弟部队入朝作战经验,明确各团的战斗任务,坚定干部的必胜信心。16日至19日,敌步兵在坦克、飞机的支援下,先后7次向181师防御阵地发起攻击。王诚汉在指挥这次战斗中,注

意吸取兄弟部队防御作战的经验，采取“兵力前轻后重，火力前重后轻”的办法部署部队，打退了敌人的一次又一次进攻。19日晚，181师奉命将原防御阵地移交179师，接替第26军第78师高台山以南541.9高地和大松亭里地区的防御任务。连续4天敌人以6至8架飞机、10余辆坦克、3个炮群支持其步兵向541.9高地猛犯，王诚汉指挥部队打退了敌人10余次进攻。

4月20日晚，王诚汉接到第五次战役进攻命令。兵团和军赋予第181师的任务是：担任第60军的第一梯队，由高台山向加齿顶、地藏峰、釜谷里出击，割断美军第25师与土耳其旅之间的联系，并抗击美军第25师，不使其西援位于加齿顶之土耳其旅和位于涟川之美军第3师，相机配合兵团主力合围，歼灭土耳其旅和美军第3师一部。

当晚，181师党委召开紧急会议，传达军部作战命令，分析研究敌情。王诚汉在会上提出了自己对此战的决心，经讨论统一了意志，形成了全师的作战方案。并及时获军部批准。21日拂晓，王诚汉率副参谋长许德厚和作战科长、炮兵主任等人，到高台山实施现地勘察，给各团现地明确任务，组织协同动作。

22日18时，第五次战役发起。在军部支援炮火向敌人猛烈射击20分钟之后，王诚汉命令第一梯队541团和配属的536团发起攻击，经激战，一举攻占地藏峰，突破了土耳其旅防线，541团主力乘势向敌纵深釜谷里发动进攻。溃敌一部撤向加齿顶，企图掩护其主力向釜谷里、涟川一线转移。王诚汉抓住有利战机，迅速命令542团向加齿顶发起攻击，于次日8时攻占加齿顶，并随后攻占713.2高地。至23日拂晓，181师攻占釜谷里以北土耳其旅全部阵地，歼敌一部，俘敌90余人。24日2时，王诚汉奉命率部抢渡汉滩江，追歼南逃之敌，于27日率师进至金谷里龙井寺、退溪院里地区与敌对峙。

29日，181师奉命北返射亭里，进行了为期10天的休整。王诚汉抓紧组织部队补充粮弹，总结战役第一阶段作战经验，进行再战动员。5月12日，王诚汉奉命率部进抵春川西北之沐淙洞、内幕、抑洞地域集结;15日又进至芝岩里、马坪里地域待机。

5月16日,第五次战役第二阶段开始。181师奉命配属第12军歼灭自隐里、寒溪之美军与李伪军一部。18日晚,王诚汉率师指挥所冒着敌人炮火的封锁爬上了加里山,观察到敌人在探照灯照明下乘汽车向东南撤退,敏锐地意识到敌军已被我军从东西两面包围,为摆脱两侧受钳击的困境,企图向东面突围。他当机立断,派作战科长给师前卫542团传达命令:避开正面之敌,由西侧插入松谷峰下,截断敌人退路,歼灭法国营。542团3营奉命直插松谷峰,在自洪公路东南福宁洞和松谷峰构成袋形伏击阵地。19日4时,法国营进入我军伏击圈,经激战,大部被歼灭,生俘83人。542团乘胜攻占了大小平川西南之328高地和福洞以南369.6高地,控制了自洪公路,与向东南突围之敌激战两昼夜。同日13时,541团一部插至松谷山,攻占寒溪之505高地。随即,王诚汉不失时机地电令541团渡过洪川江,沿积石山北麓向上下莲洞方向出击,经激战夺取并守住了530高地。23日,王诚汉奉命率部撤至春川以东之勿老里、插桥里地区待命,归60军建制。24日,敌人向后撤的181师发起猛烈反击。王诚汉指挥部队沿山间小路且战且退,粉碎了敌人的合围企图,于25日转移至华川西北地区。

第五次战役即将结束之时,敌乘我军粮弹不足、主力后撤、部队疲惫之机,向北展开全面攻击。我军第180师在华川西南芝岩里以南地区被围。5月26日21时30分王诚汉接到军部要求181师出动接应180师突围的命令。当时181师刚刚撤至华川西北地区不久,各团驻地分散,师部与各团电话联系尚未沟通。王诚汉严令师司令部火速派人冒大雨徒步到各团传递命令,将各团团长、政委召到师部,举行了紧急作战会议,部署了接应任务。会后,部队仓促出发,于27日6时陆续到达论味里、启星里地区并与北犯之敌接触,经激战,占领了原川里、场巨里及华川以北两个高地并立即组织阵地防御。

27日下午，强敌在飞机、坦克掩护下向181师猛烈进攻，经激烈争夺，上述地区和高地被敌夺回。此时，正面接应180师已不可能奏效。29日王诚汉奉军部命令率部转进金化以南广德岘、上海峰、伏土山之线阻敌北犯。从6月1日至6日，李伪军2师及美军一部向181师连续发起攻击。在王诚汉的指挥下，542团击退了敌人一个连至2个营的83次冲击，543团亦先后击退敌2个营以上兵力连续8次攻击。后因敌兵力猛增，数路向我围攻，再战于我不利，王诚汉奉命率部撤出战斗。

在第五次战役中，王诚汉指挥的第181师共毙、伤敌3400余人(其中美、英、土军1250人)，俘敌175人(其中美军87人)，缴获各种枪支259支，各种炮弹40余万发以及大批军用物资。8月，王诚汉调第16军升任副军长。

★☆★☆★ 王诚汉

11.夏季反击战役

XIAJIFANJIZHANYI

1952年9月，中央军委对第60军领导班子进行调整。张祖谅任军长，赵兰田任副政治委员，王诚汉被从第16军调回第60军任副军长，主管作战。当月，志愿军司令部命令第60军配属第20兵团指挥。

10月下旬60军与68军换防，在东起文登里、西至北汉江的25公里正面上组织阵地防御。当时，当面之敌凭借在山地森林地带有利地形构筑的坚强的防御工事，又掌握制空权、制海权，显得十分嚣张。为改变我军被动局面，王诚汉在深入调查研究后，针对军防御阵地的工事尚未构成体系，20余处白天不能通行，有的前沿阵地与主阵地尚未沟通的情况，及时向军党委、军主要领导同志提出了建议。他建议应把抢修工事当作急迫任务，在现有基础上，完成以坑道为骨干支撑点式的战壕、交通壕及火力相联系的防御阵地

WANGCHENGHAN

1950年冬，中国人民志愿军跨过鸭绿江，同朝鲜人民共同抗击美国侵略者

体系，保证在基本阵地上能与敌死打硬拼、反复争夺，从而达到粉碎敌人进攻之目的。他强调指出：无论是阵地编成、工事构筑、作战手段、各种战斗保障及一切设施，都必须以“持久作战、积极防御”战略方针为最高准则。军党委采纳了他的建议，作出了“筑城工作为全军1至4月份压倒一切的中心工作”的决议。全军1万多名指战员奋战4个月，使第一防御地带的工事达到了“强中强”的地步，同时加强了其他防御阵地的稳定性。在此期间，王诚汉协助张祖谅军长，指挥部队以阻击战、开展前沿小分队活动、小型攻击战斗等多种形式，同当面之敌进行了为期半年的阵地防御作战，粉碎了敌人44次小型进攻，取得了阵地防御作战的主动权。

1953年5月，我军举行夏季反击战役。王诚汉协助张军长指挥了一系列的战斗。配属20兵团的60军，先后以535团、536团、537团、538团、540团等团，在炮兵支援下，向李伪军5师、20师前沿7个要点阵地进行了13次反击，并击退敌人排以上兵力的84次反扑，至5月26日，共歼敌1700多名。5月27日至6月23日，60军的作战规模逐渐扩大，先后向方形山、883.7、949.2、1089.6高地等目标发起进攻，进行战斗16次，逐次夺取了李伪军5师的全部主要防御阵地，毙伤俘敌1.4万余名。其中攻占883.7高地的战斗，首创我军防御作战反击以来一次歼敌一个团大部的范例。为了争取这次战斗

的突然性和减少伤亡,顺利地夺取 883.7 高地,王诚汉协助张军长指挥部队于 6 月 9 日夜间秘密地进入敌阵地前和翼侧隐蔽潜伏。到 10 日晚,在 259 门火炮的火力支援下,潜伏了一天的部队以多路多梯队的方式突然向敌发起冲击,经 50 分钟激战全歼守敌。这次战斗标志着第 60 军在 180 师受挫后,彻底打了个翻身仗,受到志愿军和朝鲜人民军联合司令部及兵团的通报表扬。之后,第 60 军奉调至北汉江以西,从 6 月 24 日至 7 月 27 日,先攻占 938.2 高地,后发起金城以南、北汉江以西反击,再攻占 1089.6 南无名高地,计毙伤俘敌 1.5 万余人。在历时 77 天的夏季作战中,第 60 军共毙伤俘敌 3 万多人。王诚汉作为张祖谅军长指挥作战的主要助手,为确保每战必胜,每次重要的战斗,他都赶赴主要作战方向第一线的加强师或团实施近前指挥,哪个方向战斗激烈,他就出现在哪里,为 60 军夏季作战的胜利作出了重要贡献。

夏季反击作战胜利结束后,王诚汉所在的 60 军仍归第 3 兵团建制,于 8 月 5 日与 54 军换班完毕,进驻谷山、新溪地区休整。尔后奉中央军委、志司命令,于 9 月 12 日返回祖国,归华东军区建制。

在抗美援朝战争中,王诚汉荣获朝鲜独立自由一级勋章,朝鲜国旗二级勋章。

★☆★☆★ 王诚汉

12.个个都像小老虎

GEGEDOUXIANG XIAOLAOHU

1954 年 7 月,王诚汉被任命为 60 军第一副军长兼参谋长,同时任军党委副书记。1955 年 1 月进入南京军事学院高级速成系学习。同年 9 月被中央军委授予少将军衔,同时荣获二级八一勋章、二级独立自由勋章、一级解放勋章。1957 年 7 月王诚汉以优异成绩在南京军事学院毕业。在一年多的学习

期间，他紧密联系自己20多年的作战经验和现代战争的实际，努力学习马克思主义军事理论和毛泽东军事思想，学习党的历史，学习战略、战役、战术理论和组织指挥艺术，在理论与实践的结合上有了很大提高。

王诚汉学习结束返回部队后仍任60军第一副军长兼参谋长，并任军党委副书记。1960年7月升任该军军长，并任党委第一书记。在任职期间，他为加强该军的全面建设，尤其是军事训练，做了大量工作。自1957年到1961年，他精心策划并出色地组织指挥了从营到团到师的实弹战术演习和军师反空袭演习。

1962年10月，中共中央发出准备粉碎国民党军进犯东南沿海地区的指示，要求全党全军全国人民提高警惕，从各方面做好准备，决不让国民党军的阴谋得逞。王诚汉认真贯彻党中央的指示，立即投入了紧张的备战工作。组织全军大力开展了以控诉美蒋罪行为中心的政治思想教育，掀起了群众性的杀敌练兵高潮。与此同时，他组织指挥军属一个师紧急入闽备战。1964年2月，60军召开了第三届党代会，在王诚汉的主持下，军党委作出《关于立即掀起学习郭兴福教学方法的新高潮的决定》。会后，王诚汉深入部队，指导部队开展了群众性的练兵运动和“尖子”培养工作，全军很快涌现出大批神枪手、神炮手、技术能手以及“尖子分队”、“尖子个人”。在1964年总部组织的全军大比武中，60军各兵种、专业的“尖子分队”、“尖子个人”取得了优异成绩。其中537团3连“步兵连进攻”表演受到叶剑英元帅的高度赞扬。叶帅赞扬他们“个个都像小老虎”，要求把他们的训练体会“写出来，贡献给全军学习”。南京军区司令部、政治部联合发出通知，向全区部队推荐34个对提高部队战斗力有直接影响的单位、个人“尖子”，其中60军占了10个单位和个人。

★☆★☆★ 王诚汉

13.战斗在雪域高原

ZHANDOUZAIXUE YUGAOYUAN

1964年8月,周恩来总理任命王诚汉为西藏军区(时为大军区)副司令员。当时,王诚汉的4个孩子都很年幼,最大的8岁,小的只有3岁,夫人黄丽文又正在住校学习,他到远离内地的西藏高原工作,会给家中带来许多实际困难。但是,当南京军区许世友司令员找他谈话时,他毫不犹豫地表示坚决服从组织安排。随后稍作准备即乘机赴拉萨报到。

到拉萨没几天,王诚汉即不顾严重的高原不适应症,请西藏军区张国华司令员、政治部阴法唐主任等介绍西藏部队情况,他一边了解部队情况,一边积极地开展工作。在下藏军区工作近五年时间里,王诚汉主管战备和作战,尽管其间经历了“文化大革命”的严重干扰破坏,但他顶着各种压力,仍然做了不少实际工作。他经常深入边防一线指导工作和进行调查研究,绵延3500公里的边防线上留下了他的汗水和足迹。1965年9月至12月,遵照总参谋部的指示,为支援邻

守卫在喜马拉雅山上的士兵

邦抵抗侵略,他参与了作战预案的拟定,组织实施了两次战略佯动和7万民兵武装游行示威的声援行动。1967年9、10月,当边境发生武装冲突时王诚汉带领所分管的西藏军区作战部门,认真贯彻毛主席“针锋相对,寸土必争”的方针和中央军委的有关指示,参与了自卫还击战的组织指挥,取得了还击作战的胜利。

★☆★☆★ 王诚汉

14.制止武斗,稳定形势

ZHIZHIWUDOUWEN DINGXINGSHI

1968年12月,西藏军区由大军区改为省级军区,归成都军区建制。1969年3月,中央军委任命王诚汉为成都军区副司令员。王诚汉在这个岗位上工作了13年,主管作战和后勤,同时兼任成都军区人防委员会副主任、交通战备领导小组组长、无线电管理委员会主任。

刚到成都军区不久,王诚汉即领受了一个十分棘手的任务。上级决定由王诚汉任工作组组长,谢家祥、张西挺任副组长,率四川省革委和成都军区工作组,到永川地区宣传贯彻中共中央“7·23”布告,制止武斗,稳定形势,恢复秩序和生产。当时,张西挺和她的丈夫刘结挺是四川风云一时的造反派人物,派性非常严重。工作组到永川后,她多次将工作组决定的部队行动计划捅给造反派,给永川地区制止武斗、收缴武器的工作设置了重重障碍。为排除她的干扰和阻碍,王诚汉采取了断然措施:每次部队行动都由王诚汉一人布置,待部队出发后再给张西挺通报情况。从而使收缴武器、制止武斗的工作得以进展。经过3个月的艰苦工作,收缴各种火炮198门,各种枪支6000多支,各种枪弹13万多发,炮弹628发,手榴弹996枚。这对稳定和恢复永川地区的社会秩序与生产起了重要作用。

到成都军区工作一段时间后,王诚汉感到由于“文化大革命”,军区机关

几经折腾，两派思想对立十分严重。面对错综复杂的情况，当时对“文化大革命”已经心存疑虑的王诚汉，千方百计地避免自己介入到两派对立中去，为此，他争取机会，多下部队，多跑边防，多做点军队建设的实际工作。

他顶住一些人散布的“逃避运动”、“单纯军事观点”的舆论压力，竭尽全力地抓好所分管的作战和战备工作。1969年9月，成都军区遵照中共中央指示，组织部队对昌都、边坝、那曲、日喀则地区的暴乱进行平息。王诚汉参与了这次平暴的组织指挥。1970年王诚汉带领工作组，到驻南充的某师等单位进行了近两个月的战备工作检查。随后又率工作组赴西藏进行战场勘察。在经过大量调查研究掌握第一手材料的基础上，他和军区作战部门的同志反复研究论证，制定了成都军区的多种作战预案，西藏军区长期作战、独立作战方案，部队扩编和机动方案，四川地区人民防空方案等，为完善军区的战备方案作出了贡献。同时，他高度重视部队的战备训练工作。从1970年到1974年，他几次参与了军区部队长途野营拉练的组织指挥工作。1971年9月13日林彪乘机叛逃，全军进入一级战备，王诚汉奉命率军区前指迅速进入指挥位置，随后又率军区前指组织指导了全区的作战训练。

★☆★☆★ 王诚汉

15.守卫好西南边陲

SHOUWEIHAOXI NANBIANCHUI

党的十一届三中全会实现工作着重点的转移之后，已经62岁的王诚汉精神焕发，抓战备训练工作的劲头更足了。1978年初，王诚汉当选为第五届全国人民代表大会代表。1978年底他参加了军委召开的作战会议，会后奉吴克华司令员和钟汉华政委的指示，抓紧组织了全区部队转入临战训练和针对性训练，并参与了部队开赴滇南、滇西的组织领导工作。1980年，遵照总参总后的指示，为研究摸索未来战争初期部队水陆输送的组织指挥和运输保

WANG CHENGHAN

障问题,王诚汉领导实施了陆军师机关带部分实兵的水陆输送试验性演习。这次演习在长江上游江津至宜昌间进行。参加演习的2400余人,使用各种船只24艘,行程2400余公里(其中水路740公里),历时10天。总部和各大军区、军兵种的有关领导干部参观演习。通过演习,使部队了解了水路输送的特点,掌握了规律,积累了大量有价值的资料,学会了水陆输送的组织与实施,海战时实施快速机动、灵活反应,得到了总部的高度评价。1982年,为庆祝建军55周年,王诚汉领导和组织了军区的阅兵训练。7月20日,在王诚汉主持下,45个受阅方队6900多人威武雄壮地从成都市人民南路通过,接受尤太忠司令员、钟汉华政委和谭启龙、鲁大东等省市领导同志的检阅,成都市30万群众观看。阅兵式展现了军威,增强了军民的国防意识和战备观念。

王诚汉在担任成都军区副司令员期间,为加强西藏边防建设作出了巨大努力。他曾率工作组7次进出西藏进行边防调查。其中有3次是乘坐汽车从川藏公路进出。川藏公路全长2400余公里,其中盘山公路地段很多,崎岖不平,到了大雪封山季节,路面铺满冰雪,异常艰险难行。王诚汉率工作组乘车进出藏和在西藏调查研究中,曾多次遇到险情。一次从山南翻越加察山到林芝途中,他乘坐的汽车陷在泥石流造成的泥沼里面,幸被路经此地的野营拉练部队救出。又一次从岗巴到亚东途中,路上积满冰雪,王诚汉指挥工作人员用铁锹、十字镐刨开路面冰雪为汽车开路,冒险前行。在有的地段,为防汽车打滑,他们只好把皮大衣铺在路面上,让汽车缓缓通行。入夜以后,车辆无法继续前进。王诚汉不顾高寒缺氧、冻饿疲困,和工作人员一起步行前进,深夜时分才赶到亚东。他就是以这种拼命精神,走遍了西藏军区除墨托以外绝大多数边防站点,对西藏地区的兵力部署、战备设施、地形地貌、边防敌我态势等情况十分熟悉,被军区机关的同志称为"西藏通"。1973年3月,他率成都军区和西藏自治区的45名同志参加了中央在北京召开的全国陆地边

WANG CHENGHAN

防会议;1974年8月，他在拉萨主持召开了成都军区边防工作会议;1975年2月他召集了军区所属各大单位领导同志参加了支边工作会议;1976年11月,他又参加了总参、总政、总后在北京召开的专题研究西藏边防建设的座谈会;1982年他主持审定了1983年至1985年《西藏边防建设三年建设规划》。在这一系列的会议上,由于他对西藏边防建设问题的深刻了解和研究,他提出的许多建议,引起了总部和军区主要领导同志的重视,一些建议逐步地成为现实。在军委、总部的关心、重视和军区党委的领导下,通过边防三年建设规划的实施和内地部队的援建,西藏部队的独立坚守能力大大提高了。

★☆★☆★ 王诚汉

16.优秀的司令员

YOUXIUDESI LINGYUAN

1982年9月,王诚汉出席了党的第十二次全国代表大会,当选为中共中央委员。10月,中央军委任命王诚汉为成都军区司令员、党委副书记。王诚汉与政治委员万海峰同志密切配合,团结率领军区党委“一班人”,为开创成都军区工作的新局面做了大量工作。

王诚汉一走上成都军区司令员的岗位，就按照积极防御的战略方针和邓小平同志把教育训练放到战略问题的重要位置上的思想，以很大精力抓军事训练工作。他向部队反复强调:在帝国主义、霸权主义还存在的情况下,无论国际形势发生什么变化,常备不懈的战备观念不能变,准备打仗这个军队工作的着重点不能变,教育训练的战略位置不能变。他要求全区部队,从担负未来作战任务出发,加强临战扩编和机动训练,提高快速反应能力;从战区部队预定作战地域的实际出发,加强适应性训练,提高寒区和热带丛林地带的实战能力;从现代战争的特点出发,加强近似实战条件下的合同作战训练,全面提高藏、走、打、吃、住、管的能力;要突出干部训练,努力提高组织指挥合同作战的能力;要克服以往单纯抓步兵训练的习惯,把步、装、炮、通、化、工、侦等各兵种及后勤训练捏在一起抓合练,提高整体作战能力;要着眼于未来战争的特点和发展,积极稳妥地推进军事训练的改革。在他的倡导和推动下,1983年成都军区部队掀起了一个军事训练的高潮。军区相继召开了"训练改革优秀项目和优秀教练员表演会"、"炮兵训练改革现场会"和"军区教育训练会议"。1984年,在整党工作十分繁忙的情况下,全区仍自下而上地开展了军事训练比赛活动,并于8月举行了全区军事训练比赛大会。出席这次会议的代表2600余人,进行了168个训练项目的比赛和表演,评选和向全区推荐了39名优秀教练员标兵,63名优秀教练员。这次比赛表演大会,对于落实战略方针和战区的备战措施,探索现代技术条件下人民战争的指导艺术,提高战区整体作战能力等,都起到了很大的推动作用。王诚汉在以极大精力抓军事训练的同时,高度重视培养军地"两用人才"的工作。在他走上军区司令员岗位的当月,就深入部队调查研究,及时发现和充分肯定了第50军148师443团培养军地"两用人才"的做法。在他的热情支持下,148师政委萧怀枢在军区介绍了这方面的经验,从而推动全区部队普遍开展了"两用人才"的培养工作。

1983年10月党的十二届二中全会后,全党开展整党工作。王诚汉和军区党委常委一起领导了军区机关和部队的整党工作。他认真贯彻执行党中央关于"统一思想,整顿作风,加强纪律,纯洁组织"的整党方针,对保证军区整党健康稳妥地发展发挥了重要作用。在领导全区整党工作的同时,他自觉地以普通党员的身份参加到整党中去。整党开始时,他在《人民日报》上发表了《领导干部在整党中要做好样子》的署名文章。文章说:"过去,我们整顿下面的问题多,教育别人的时候多。这次整党中,领导干部不管职务多高,不管资格多老,都要和普通党员一样,接受党的教育和审查,加强党性锻炼,提高

马列主义思想水平。”王诚汉在整党中以自己的实际行动表明了一个老党员的高度觉悟。为了找准自己的问题，他逐个找常委委员和部分机关干部谈心，听取他们对自己的批评意见。尤其注意听取在过去运动中反对过自己的同志和平时工作中对自己有意见的同志的批评意见。在广泛听取意见的基础上，他写下了万余字的《对照检查》，在军区党委常委会、军区党委扩大会和军区机关党员干部会上分别作了三次检查。他的诚恳的检查深受广大党员干部的好评。

在军区司令员的岗位上，王诚汉面临的一个突出问题是许多干部纷纷来信来访，要求解决历史遗留问题。成都军区在“文化大革命”中是重灾区，几经反复和折腾，造成的历史遗留问题较多。粉碎“四人帮”以后的一段时间里，由于“两个凡是”的错误方针严重阻碍着拨乱反正，还由于“左”的影响和派性一时难以彻底清除，在批判林彪、江青两个反革命集团的过程中，有些单位把十年动乱中强加在一些同志头上的不实事求是的东西翻腾出来，纠缠不清，又伤害了一些同志。尽管前届党委在处理历史遗留问题上做了不少工作，但仍有一些问题未得解决。不彻底解决这些问题，不利于安定团结，也势必影响各级领导集中精力开创工作的新局面。为此，王诚汉和万海峰一起，责成军区政治部，对仍存在的历史遗留问题作了深入系统的调查研究，在广泛听取各方面意见的基础上，经党委常委反复酝酿讨论，提出解决的办法，并报告总政治部，然后以军区党委的名义下发了《关于进一步处理好历史遗留问题的意见》的文件。文件确定，要按照宜粗不宜细、团结一致向前看的方针和实事求是、有错必纠、错多少纠多少、不错不纠的原则，抓紧处理和纠正历史遗留问题。在贯彻这一文件的过程中，王诚汉亲自出面找一些同志谈心，做耐心细致的思想工作。个别同志包括有的曾经担负过领导职务的同志，对解决历史遗留问题有不同看法。王诚汉就以党的三中全会的路线和政策开导这些同志，帮助他们转变认识。对过去被错误批判、处理而怨气很大的同志，王诚汉就引导他们历史地看待过去运动中出现的错误和偏差，启发他们顾全安定团结的大局，不要去计较同志间的个人恩怨，而要把仇恨集中到林彪、江青反革命集团身上。通过王诚汉、万海峰和军区党委“一班人”的共同努力，解决了一大批同志的历史遗留问题，促进了军区机关和全区部队的团结和工作。

1985年三四月份，当军队将进一步精简整编，成都军区和昆明军区将合并为昆明军区的消息传到成都以后，军区机关和部队中出现了较大的思想波动。当时已面临退出领导岗位的王诚汉敏锐地意识到：这次精简整编对军队干部是一场严峻的考验，如果不抓紧做好思想教育工作，一些同志思想不通，会影响整编的顺利进行，甚至可能会出这样那样的问题。于是，他和万海峰同志立即责成军区政治部组织军区三大机关和全区部队联系将面临的精简整编的实际，大张旗鼓深入扎实地进行顾全大局的教育。并严令三大机关在合并到昆明军区之前，生活、工作秩序不能变，作风纪律不能散，公家钱财物分厘不能分，并且要高质量地做好移交昆明军区的各项准备工作。通过深入教育，稳定了大家的思想情绪，机关工作秩序井然，移交前的各项工作有条不紊，没有一个部门发生乱分公家钱物的现象。稳住军区机关人员的思想以后，王诚汉又赶赴面临撤编的部队检查撤编准备工作，并针对干部中存在的思想问题，要求师、团领导干部在精简整编这场大变动中，必须勇于牺牲局部和个人利益，自觉地同党中央、中央军委保持思想上行动上的高度一致，做服从大局的模范。

5月23日到6月6日，中央军委召开扩大会议，对军队进一步改革体制、实行精简整编做出部署，还决定让一批老同志退出领导岗位。在会上，王诚汉表示坚决服从中央军委决定，愉快地退出领导岗位，真心诚意地支持军区新的领导班子。同时，从怎样更有利于西南战区的作战指挥、后勤保

障和长远建设出发，经过反复慎重的思考，他和万海峰政委联名向军委领导写了《关于昆明成都军区合并后定点问题的几点想法》的信。在信中，他们从四川和成都在西南的政治、经济、军事地位，从西南战区的作战指挥、后勤物资保障，从现有设施利用和减少投资，从军区空军的作战任务和指挥位置等方面，陈述了军区机关由定点昆明改为定点成都的好处。军委领导在广泛听取意见的基础上，作出了改变定点昆明为定点成都的决定。在这次会议上，为搞好精简整编工作，中央军委决定向合并军区派出协调小组，王诚汉被委以成都军区协调小组副组长。会议结束返回成都后，王诚汉和谢振华等同志一起协助新的成都军区领导班子进行精简整编工作，给了新班子以全力支持。

★☆★☆★ 王诚汉

17.不用扬鞭自奋蹄

BUYONGYANGBIAN ZIFENTI

1985年 11 月 30 日，中央军委主席邓小平任命王诚汉为中国人民解放军军事科学院政治委员，并经中共中央批准任军事科学院党委书记。1987 年他当选为党的十三大代表，当年 10 月出席了党的第十三次代表大会，在会上他和一大批老同志一起提出不再担任中央委员的请求，被选为中央顾问委员会委员。

1988 年 9 月 14 日中央军委授予王诚汉上将军衔。

从成都军区司令员岗位上退下来已做好休息准备的王诚汉，奉命调到军事科学院工作时，已是 68 岁高龄。“老牛已知夕阳晚，不用扬鞭自奋蹄”。他以饱满的革命热情和一如既往的拼命精神，像年轻人一样投入了新的工作。为了适应新形势，继续把军事科学院工作推向前进，他和其他常委同志深入到院机关、研究部、室、所和科研人员中，广泛听取他们对科研工作的意见。在调查研究的基础上,提出了新时期军事科学院以军事科研为中心的各项工作的设想。1986 年 3 月 28 日,他和郑文翰院长一起向军委常务会议作了汇报,并向军委提出军事科研工作要改革开放的建议。根据他们的汇报,这次军委常务会议明确指出：军事科学院是中央军委直接领导下的军事学术研究机关,是全军军事科学研究中心,是计划协调全军军事学术研究工作的机构,是军委和总部从军事理论高度指导军队建设的助手。要求军事学术研究,一定要坚持马列主义、毛泽东思想,坚持党的一切从实际出发、实事求是的思想路线,重视总结我党我军的历史经验,吸取外国有益的经验,面向现代化、面向世界、面向未来,为国防现代化建设和未来反侵略战争服务。会议还要求军事科学院要加强横向联系,实行开放型研究,提高研究效率,多出、快出、出好成果。

向军委常务会议汇报后,王诚汉主持召开院党委扩大会议,研究制定了贯彻军委“3·28”指示,开创军事科学院工作新局面的具体措施,并向中央军委作出了报告。1986 年 6 月 24 日,中央军委向全军批转了《关于军事科学院党委常委扩大会议的情况报告》。王诚汉在军事科学院工作的四年多时间里,为贯彻军委“3·28 指示和这次院党委常委扩大会议精神,为加强军事科学院政治建设,坚持军事科研的正确方向,实行科研改革和开放型研究,改进科研保障工作,繁荣军事学术,作出了重大贡献。

王诚汉在军事科学院工作期间，有一个时期社会上资产阶级自由化思潮泛滥,并曾发生了 1989 年春夏之交的政治风波。王诚汉以高度的政治敏感,始终密切注视着资产阶级自由化思潮对军事学术领域的影响,和院党委常委“一班人”一起,紧紧把握着军事科研工作的正确方向。针对马克思主义“过时论”、“学派论”的错误观点,他在 1987 年建军 60 周年学术报告会上作了《坚持和发展毛泽东军事思想》的重要讲话。以后他多次强调:“毛泽东军事思想是具有极其丰富内容的科学理论体系，是我军几十年军事实践所证

明了的伟大真理,对我军建设和改革具有长远的指导意义。"他要求全院科研人员要努力做到"三个树立":一要树立坚定的共产主义信仰,终身为共产主义事业奋斗,无比热爱和自觉献身于马克思主义军事理论和毛泽东军事思想研究事业;二要树立无产阶级的科学世界观,具有一定马克思主义和毛泽东思想的理论素养,自觉抵制资产阶级自由化思潮和形形色色的错误思潮的干扰,始终不迷失正确的政治方向;三要树立理论联系实际的好学风,坚持从我国国情军情出发,坚持用马克思主义的立场、观点、方法分析解决实际问题,坚持实践是检验真理的标准,做坚定的合格的马克思主义军事理论工作者。当社会上一些人鼓吹军队脱离党的领导的倾向影响到军事科学院时,王诚汉旗帜鲜明地指出:我军历来是党领导的军队。并用我军在党领导下成立、发展、壮大的历史,教育大家坚定党对军队绝对领导的观念。以后,他在《解放军报》上发表了《毫不动摇地坚持党对军队的绝对领导》的文章,语重心长地告诫人们:"坚持党对军队绝对领导的原则永不动摇,军队绝对服从党的领导和指挥的观念永不淡化!"在1989年制止动乱、平息暴乱的紧要关头,王诚汉和院党委常委"一班人"坚决站在以邓小平同志为核心的党中央、中央军委一边,带领全院同志经受住了这场严峻政治斗争的考验。这场政治风波初起之时,王诚汉就责成院政治部起草了不准院内人员参与、围观的六条规定。风波平息之后,他针对一些同志思想深层的各种认识问题,在院、部两级党委成员轮训班上作了深入进行四项基本原则教育的讲话,要求全院干部,尤其是领导干部和青年同志,要认真学习马克思主义理论,学习中国近现代历史,研究中国现阶段的基本国情,从理论、历史与国情的结合上深化对四项基本原则的认识,真正把思想认识统一到党的十三届四中全会精神上来。中共中央宣传部在《宣传动态》上登载了他的这次讲话。

王诚汉热烈、真诚地拥护邓小平同志提出的改革开放的方针,并积极努力地把这一方针贯彻到军事科研工作中去。他认为军事理论研究工作绝不能关起门来搞，应大力倡导“在坚持四项基本原则，始终保持军事理论研究工作的正确方向的前提下，要坚持改革开放和‘面向现代化、面向世界、面向未来’的指导方针。”在他和院党委常委“一班人”的领导下，军事科研工作的改革稳步发展、逐步深化。按照宏观控制、微观搞活的原则，对科研管理体制和管理办法进行了一些改革，先后制定了51项科研管理方面的规定。实行了科研计划院、部、室(所)三级管理，扩大了学术单位组织领导学术研究的自主权；实行了责任制和主编(主笔)负责制，明确了各级各类人员的职责；改革了学术成品由领导审查的办法，实行领导与专家相结合审查学术成品。同时广泛开展学术交流，实行开放型研究，加强了国内外、军内外的学术交流，加强了研究机构与部队、院校、机关的学术联系。从1987年到1990年4月，军事科学院有29次45名研究干部到国外访问、讲学，接待外国学者和军方人士95次289人，组织研究人员参加军内外学术交流活动1481人次。还组织缺乏部队锻炼的研究人员到“老山前线”部队当兵代职，组织一些有实践经验的学术专家去参战部队进行指导，帮助总结经验加以推广，并已形成制度。在推进科研改革的同时，王诚汉和院党委“一班人”坚决贯彻干部“四化”方针，通过两次调整领导班子和制定贯彻《改善研究干部年龄结构与知识结构的方案》，使部、室领导班子和研究干部队伍的知识、年龄结构得到了较大改善。他还领导全院贯彻实施干部工作三个条例的工作。通过这一系列的改革措施，进一步调动了全院科研人员的积极性，拓宽了信息渠道，活跃了学术思想，提高了研究工作的效率和质量，进一步形成了军事学术研究工作生机勃勃、繁荣兴旺的局面。自1986年至1990年，在军事基础理论、军事历史、部队和国防建设重大现实问题的研究，条令条例的撰写和军事辞书的编纂等方面，相继推出一批又一批重要研究成果。完成

学术专著、编著、译著、法规、条令条例252本，撰写研究报告205份，发表学术文章2377篇，研制模型24个，在全国全军学术成果评奖活动中有49项获奖。王诚汉在参与对军事研究工作进行指导的同时，根据自己几十年作战和治军经验，对军队和国防建设的一些重大问题，作了深入的研究。在一次又一次学术讨论会、学术年会、学术成品审查会上，他经常以深邃实际的见解，给研究人员以启发。他在《红旗》、《人民日报》、《军事学术》等刊物上发表的《认清战争与和平形势，从根本上加强国防建设》、《对改革军队干部教育训练的思考》、《发扬学术民主，繁荣军事科学》等文章，深受广大军事科研人员的好评。

王诚汉任职军事科学院政委，不以领导者自居，他大力宣传邓小平同志"为了实现科学研究计划，为了把科学研究工作搞上去，必须做好后勤保证工作，为科技人员创造必要的工作条件"的指示，要求院各级领导干部向邓小平同志学习，当好科研工作的"后勤部长"。为了解决军事科学院家底薄、资金严重短缺、干部生活补贴甚少等实际困难，在他积极倡导和具体指导下，院务保障部门按照为科研服务的精神，扩建养鸡场，新建养鸭厂和鱼塘，建立蔬菜生产基地和酱菜加工厂，开办生活服务中心，努力提高供水、供暖能力，建设了天然气工程。同时还按照军委领导同志关于发展农副业生产及经营以弥补军费不足的指示精神，努力发展生产，兴办经济实体，在不违反政策规定的前提下使经济效益逐年增长。从而使院科研工作条件、全院人员的生活福利待遇、生活供应条件得到较大改善，促进了全院人员的思想稳定和科研积极性的发挥，推动了军事科研工作的繁荣与发展。

在担负着繁重的领导工作的同时，王诚汉还担任了中国大百科全书军事卷和中国军事百科全书编审委员会委员，中国工农红军第一方面军军史编审委员会、第四方面军军史编审委员会和红25军军史编审委员会委员、中国军事科学学会高级顾问。

1990年4月,在王诚汉参加革命已满60年的时候,他和全军一大批功勋卓著、德高望重的老同志一起,愉快地从领导岗位上退居二线。在中央军委宣布军事科学院领导班子命令大会上,他满怀深情地说:"新陈代谢是自然界和人类社会发展的必然规律。实行新老交替是我们党和军队的事业兴旺发达的表现。这次我退下来,由年富力强的同志来接班,我感到非常的愉快和高兴。我将把支持新班子、支持年轻同志的工作,作为自己义不容辞的责任!"在军事科学院欢迎新领导大会上,刚刚卸任的王诚汉的简短讲话,多次被热烈的掌声所打断。军事科学院广大干部、战士、职工,用经久不息的热烈掌声表达了对王诚汉上将的褒扬和深情。新班子到职后,王诚汉以极端负责的精神进行了交班。并和郑文翰院长一起写了《军事科学院四年多工作基本情况》,实事求是地总结了任职期间全院工作情况,为军事科学院的建设留下了宝贵的经验。

★虎胆雄威——朱云谦

朱云谦 (1919~1989)，江西省莲花县人。1931 年加入中国共产主义青年团。1932 年参加中国工农红军。1935 年由团转入中国共产党。土地革命战争时期，任湘赣边区独立第 3 团政治处青年干事，少共区委书记，中心县委书记。坚持了南方三年游击战争。抗日战争时期，任新四军军部教导营政治指导员，特务营政治教导员，江北游击纵队政治处副主任，新四军第 5 支队政治部组织科科长，第 15 团政治委员，淮南路东盱嘉支队司令员兼政治委员和中共盱嘉县委书记。解放战争时期，任淮南路东军分区副司令员、司令员，淮南军区副参谋长，苏中军区第 2 军分区司令员，华东野战军第 11 纵队 31 旅副旅长、旅长，第三野战军 29 军 85师师长兼政治委员。中华人民共和国成立后，任第三野战军 28 军中南参谋长，中南空军陆战师师长，广州军区空军副司令员，空军学院副院长，广州军区空军政治委员，中国人民解放军总政治部副主任。1955 年被授予少将军衔。中国共产党第十二届中央委员会委员。

★☆★☆★ 朱云谦

1.坚决报名当红军

JIANJUEBAOMING DANGHONGJUN

朱云谦，江西省莲花县南村区段山乡文路村人。1919年阳历3月22日生于一户贫农家庭。父亲朱国仕，母亲巴满秀，都以种田为生，还有哥哥和姐姐。父亲是上门女婿，故朱云谦幼年随母姓，名巴元先，1938年改随父姓。家中自有少量土地，还要租种地主的土地，口粮自给半年。尚缺的半年口粮，靠父亲去挖煤。

莲花县位于江西湖南两省交界处，罗霄山脉的中段，井冈山以北，是个贫困闭塞的山区小县，经济文化都很落后。朱云谦七八岁时上过一年私塾，读过《三字经》和《论语》。1927年，毛泽东率领秋收起义的队伍，开辟井冈山革命根据地，在莲花县建立了红色政权。父亲、舅舅和哥哥都参加了革命群众组织，小小年纪的朱云谦，很快就学到了"工人农民劳动者创造世界"的革命道理。在读小学时，朱云谦参加了儿童团，担任分队长。1931年当他12岁时就加入了共产主义青年团，担任了乡儿童局书记，不久又担任团支部代理书记。

1932年8月，朱云谦带领几十名青少年参加了工农红军，被分配在莲花县独立营当战士。在1933年的一次战斗中，他腹部中弹负伤，伤口鲜血淋漓，皮肉模糊，疼痛难忍。朱云谦想起自己"革命不怕死，怕死不革命"的入团誓词，咬紧牙关不叫一声痛，经过简单包扎治疗，伤口刚刚愈合就重新投入战斗。一颗射进他腹内的敌人的子弹却深藏在他的腹腔里，20多年后才被发现，直到他离开人世。

1933年冬天，朱云谦调离部队，担任莲花县儿童局书记，负责做16岁以下的少年儿童的工作。那时，由于王明等人排斥毛泽东对红军的领导，实行

"左"倾的军事路线，红军未能打破蒋介石对苏区的第五次反革命"围剿"，湘赣苏区逐步缩小，莲花县城被敌人占领，儿童局随县委迁到路口镇和九都乡。1934年春，莲花、安福、萍乡三个县委合并为莲安萍县委，朱云谦仍担任儿童局书记。敌人一天天进逼，斗争形势越来越严峻。朱云谦和儿童局的战友们，全力投入支前工作。他们经常带领男女儿童到部队慰问，给红军战士和伤病员演出文娱节目。朱云谦还带领少年儿童夜以继日为红军抢修碉堡。

为支援红军的反"围剿"作战，朱云谦又担负了"扩红"任务，动员苏区青年参加红军。1934年春天，莲安萍三县只剩下一个泰山根据地，纵横不过20多华里，能够动员参军的青年极少。由于革命斗争的迫切需要，朱云谦报名参军，要求上前线。经县委批准后，他带领30多人，补充到湘赣军区独立3团。这是他第二次参军，当时16岁。

★☆★☆★ 朱云谦

2.从失败中奋起

CONGSHIBAI ZHONGFENQI

1934年，红军第五次反"围剿"失利，红军战争和苏区陷入困境。湘赣苏区的主力红军组成红六军团，在任弼时、萧克、王震等同志领导下，离开湘赣苏区向湖南、湘西转移。这是中央红军长征的序幕。朱云谦当时在独立3团政治处当青年干事，不久又兼任团部书记。为了掩护红六军团向湘南出击，独立3团奉命由泰山根据地出发，越过武功山脉，向湘南的醴陵和江西的萍乡进攻。朱云谦参加了这次作战行动。他看到国民党军队在武功山南北到处烧杀抢掠，苏区人民携儿带女，离乡背井，逃进深山密林之中，过着饥寒交迫的日子，感到非常痛心。他下决心同敌人血战到底，为苦难的人民报仇雪恨！

朱云谦从萍乡回到泰山根据地才知道红六军团已打进湘南，原红17师政委陈洪时接任湘赣省委书记和军区政委。朱云谦和大多数同志都以为主力红军不久就会回来，形势会很快好转。他没有想到，红军已开始长征。

主力红军转移后，湘赣军区已剩下5个独立团，战斗力较强的是3团、4团和5团。当时苏区虽然被分割和缩小，但还占有不少山区，军区下面有4个分区。从1934年8月主力红军西征，到1935年春的半年时间里，以陈洪时为首的湘赣苏区的领导，根本不考虑敌我力量对比的巨大变化，适时改变斗争策略和方法，做好应变准备，仍然按照“左”倾的一套把有限的部队集中行动，见了敌人就打，攻就是强攻，守就是死守。这样不仅逐步失去了苏区的根据地，整个湘赣军区的红军武装也几乎被消耗殆尽。1934年冬，军区司令员彭辉明带3团和5团在安福打了两仗，都没有取胜。两个团分开后，彭辉明带5团在莲花县虎头岭战斗中不幸牺牲。3团和2团到宜春一带，由2分区司令员谭富英指挥，打了几次毫无收获的莽撞仗，年底返回泰山根据地。1935年初，敌人5个师加上一些保安团进山“清剿”，陈洪时思想动摇，决定放弃湘赣苏区最后一块根据地泰山，叫谭富英带3团和5团向国民党占领的湖南攸县山区转移，他自己带着短枪队转向萍乡一带。朱云谦在这一系列战斗行动中临危不惧，英勇作战，经受了锻炼和考验。后来，他所在的3团及5团在湖南的茶陵、攸县和江西的莲花之间，遭到敌人的围追堵截，部队既没有后方供应，也得不到群众支持，天天打仗，天天转移，天天饿肚子。进入雨季后困难更多，红军战士们衣服整天是湿的，脚趾也被雨水泡烂，不少人生了病，瘦得皮包着骨头，部队减员很多。不久，谭富英叛变投敌，5团向湘南转移。5月间3团在攸县柑子山、大坪和上下坪一带被敌人包围打散，团的领导干部分头带少数人突围，彼此失去了联系。朱云谦跟着3团参谋长胡铭全突围，后来收拢了几十名干部战士。他

们被敌人追击20多天,最后只剩下七个人。

朱云谦等七人,在将近一个月的时间内,到处寻找自己的队伍。白天,他们藏在山上,隐蔽在树林、草丛或岩石缝里;夜间,就悄悄下山,找那些估计没有敌人驻扎的小山村,探听敌人的动向和红军的踪迹。开始,他们还用手头上的银元向群众买食物,很快银元用光了,只能向群众讨饭吃。当时,敌人经常冒充红军欺骗群众,群众见了真的红军也不敢接近。后来他们只好采些野菜山果,胡乱填饱肚子。在这渴望找到自己的队伍和战友的困难时刻,他们看到了国民党散发的宣传陈洪时叛变的传单。这个消息使他们受到很大震动。但是,陈洪时的叛变,没有动摇他们的革命意志,他们下决心继续努力寻找红军队伍,坚信一定能找到自己人。

陈洪时6月间叛变后,7月间,湘赣苏维埃主席谭余保挺身而出,召开了棋盘山会议,重建了湘赣边区的领导核心,树起了坚持革命斗争的旗帜。棋盘山会议决定成立中共湘赣临时省委和湘赣军政委员会,成立游击司令部,对留下来的革命力量实行统一整编和领导,把各单位的战斗人员编成四个游击大队和一个警卫队,并且指定了各大队的活动地区。

1935年8月间,朱云谦等七人,终于找到了朝思暮想的自己人,他们在上下坪附近一个名叫芭蕉坑的小村庄,遇到了湘赣边区游击2大队,并且听到了棋盘山会议的消息。这使他们万分高兴,立刻接受2大队的收编。朱云谦本是3团的青年干事兼书记,是个连级干部。2大队领导叫他当通讯员,他毫不犹豫地服从分配。经过1935年上半年的挫败,湘赣苏区的革命力量从3000人减到不足1000人,留下来的人员干部多、战士少,许多干部改当战士。大家都懂得这是斗争形势的需要,谁也没有怨言。相反的,经过一场重大的挫折和溃败,能够在党的统一领导下投入新的战斗,大家都分外高兴,人人斗志昂扬。这时的朱云谦,朝气蓬勃,工作积极,编入2大队不久,就由共青团员转为共产党员。

朱云谦从亲身的经历中体会到,由谭余保同志主持召开的棋盘山会议,使湘赣边区的革命力量在面临完全失败的关键时刻转危为安,重新形成了有组织有领导的战斗队伍。会议所作的组织调整和策略改变,为坚持斗争奠定了思想和物质基础,开创了边区革命斗争的新局面。新的领导核心,根据同党中央和红六军团失去联系、边区敌我力量对比极为悬殊的事实,决定继承和发扬毛泽东、朱德坚持井冈山斗争的传统,独立自主地开展游击战争,受到了广大同志的一致拥护。朱云谦认真学习游击战术,把"避强击弱"、"声东击西"、"化整为零"等战法抄在本本上,牢记在心中。1936年春夏之交,2大队在攸县官田附近奇袭敌人,一举歼敌20多人,缴枪10多支,战斗很快结束,无一伤亡。联想到从前那些伤亡很大得不偿失的攻坚战和防御战,年轻的朱云谦逐步懂得了路线的正确与否,关系到革命队伍的生死存亡,关系到革命事业的兴衰成败。

★☆★☆★ 朱云谦

3.游击战如鱼得水

YOUJIZHANRU YUDESHUI

1935年下半年到1936年上半年,湘赣边区的革命力量不仅站稳了脚,而且有所发展。但形势依然很严峻,斗争依然很残酷。敌人按照所谓"三分军事,七分政治"的反动方针,除军事进攻外,还采取了许多阴险毒辣的手段。敌人实行所谓"干塘捕鱼"绝灭政策,把许多山村烧光、抢光,强迫居民并村,使山区人烟断绝,割断红军和群众的鱼水关系。敌人还实行经济封锁,利用叛徒和坏人传播谣言,散布失败情绪,妄图从内部瓦解红军。在这种极端复杂和险恶的条件下,革命战士要随时准备进行舍生忘死的战斗。朱云谦在2大队一年,不但要参加大队的集体行动,作为通讯员,还经常单独活动。一个雨夜,2大队要转移,领导派朱云谦到山上通知三名红军战士随大队开拔。朱

云谦冒雨上山,发现两名战士不见了,只剩下一名老战士血淋淋的尸体。后来查清,有一名战士下山找粮食,被敌人发现追踪上山,把两名战士抓走,杀死了这位老战士。朱云谦早来一步,也会惨遭毒手。还有一次,2大队在回棋盘山途中,被敌人跟踪追击。大队领导派朱云谦到附近村庄找一名干部,当他从村庄走出来时,看到敌人正在追杀大队后卫的几名战友,有两名战友已中弹牺牲。朱云谦胸中顿时燃起仇恨的怒火,他不顾自己处境危险,立即向敌人开枪,把敌人引到自己这边来,掩护大队转移。果然,有一部分敌人转过身,向朱云谦这边猛扑过来。朱云谦机智灵活地钻进山沟草丛,转眼不见人影,敌人扑了个空。熟悉地形道路的朱云谦,第二天安全找到了大队,受到同志们的称赞。

游击队的战斗生活是惊险的,也是非常艰苦的,不少同志牺牲在战斗中,也有人经不起考验开了小差,甚至投降了敌人。留下来的同志,越来越坚定,对敌人的警惕性也越来越高。叛徒的一再出现,进一步增强大家对敌人和叛徒的仇恨,因而在肃反工作中既杀了一些反革命,同时也误伤了自己的同志。原3团参谋长胡铭全,就在1935年8月被错误地杀害了。这是一桩冤案。朱云谦一直怀念着这位曾坚持过井冈山斗争,在困难中不泄气不动摇的好同志。

1936年6月,湘赣临时省委调朱云谦担任少共省委委员。他离开2大队,来到临时省委所在地棋盘山。少共省委书记王用济不幸牺牲,由陈回春代理书记。谭余保告诉朱云谦,调他到棋盘山主要是学习白区地下工作经验,以便到白区开展工作。临时省委秘书长陈永辉交给朱云谦两本书,一是《秘密工作须知》,二是《游击根据地建党工作》,叫他反复阅读,认真领会,并向他介绍革命斗争经验。在临时省委,从省委书记谭余保到警卫队的战士,不论职务高低,都住木棚,睡竹床,吃同样的伙食。生活虽然艰苦,大家心情都很愉快,对革命前途充满信心。省委领导同志经常找朱云谦谈话,称赞他机智勇敢,聪明好学,鼓励他努力上进,为革命挑重担子,朱云谦从领导同志的言行和关怀中学到革命本领,感受到温暖。

经过棋盘山会议后一年多的奋斗,湘赣边区的地方工作逐渐恢复。除了没有公开恢复政权机构,许多地方恢复和建立了党组织和地下游击小组,成立了茶攸莲、攸醴萍、萍宜安三个中心县委,还有永莲边、攸莲边两个区委。学习几个月后,朱云谦由临时省委派到攸醴萍中心县委担任县委委员和少共县委书记,同时上级交给他一项具体任务,要他设法越过浙赣铁路,同湘鄂赣党组织恢复联系。

★☆★☆★ 朱云谦

4.参加新四军这条路走对了

CANJIAXINSIJUNZHETIAO LUZOUDUILE

1936年10月,17岁的朱云谦化装来到攸县大坪地区,同攸醴萍中心县委的同志们会合,共同研究寻找湘鄂赣党组织的办法。朱云谦提出,根据以往的教训,不能冒冒失失地闯过铁路去找,应当以大坪地区为依托,把地下工作波浪式向铁路两侧发展,逐步伸向湘鄂赣地区。大家都觉得这样做时间可能长一些,但肯定要稳妥可靠得多。他们先在大坪地区,物色那些从醴陵来的造纸工人,对他们进行教育,从中发展了两名党员。然后派这两名党员回到醴陵泗汾,建立了地下党支部。后来,县委又吸收两名株洲人为党员,又由这两个党员在株洲建立了一个地下支部。这样,朱云谦在两个城市有了落脚点,为收集敌军情报,及时了解党和红军的动向,创造了条件。

1937年9月,朱云谦化装成学生潜入株洲,立即听到惊人的消息:7月7日,日本帝国主义的军队进犯卢沟桥,中国军队奋起反抗;8月13日,日本侵略军进攻上海,国共两党合作抗日,红军从陕西开赴华北抗日前线,等等。朱云谦开始还不相信,但株洲附近有些红军家属收到亲人自北方寄来的家信,

也这么讲。他觉得国共合作抗日不会是谣言。朱云谦后来听说,有关卢沟桥事变和国共合作抗日的消息,早有人报告过谭余保同志,但谭余保认为这是敌人造的谣言,用来动摇红军的军心,坚决不肯相信,也不许别人讲。三年来,谭余保和临时省委同上级党组织断了任何联系,既不知道遵义会议,也不知道西安事变,对党中央的行踪以及政治路线和斗争策略的变化一无所知,对国内形势的重大转折,思想上毫无准备。在没有接到上级任何指示的情况下,国共合作的消息突如其来,他不肯轻易相信。谭余保对敌人的破坏阴谋和内部的动摇变节行为,甚为警惕。以致造成后来陈毅上山受到谭余保的误解并遭捆绑,几乎酿成惨剧。经过陈毅反复耐心教育,在大量事实面前,谭余保才转变思想,接受了党的联合国民党共同抗日的方针。

1937年11月,项英、曾山等同志来到棋盘山下,同谭余保等同志商定:湘赣边区游击队改称为新四军第1支队2团1营,出师北上抗日,临时省委改组为湘赣特委,留在当地坚持斗争。谭余保派人到株洲找朱云谦回山担任特委青年部长。朱云谦回到神泉村,看到游击队的战友们,都集中在这里,由延安来的同志指挥着加紧训练,准备到抗日战场大显身手,十分羡慕,立即要求参加新四军。这样,朱云谦第三次成为革命军人,从此再也没有脱下过军装。朱云谦后来回忆说,他要求参加新四军这条路走对了。

★☆★☆★ 朱云谦

5.建立苏皖抗日根据地

JIANLISUWANKANG RIGENJUDI

由湘赣边区游击队改编的新四军第1支队2团1营,定于1938年春节后开赴皖南。上级叫朱云谦随1营出发,到南昌新四军军部教导营学习。朱云谦请假回家探望,半路上遇到了母亲。自从1933年家乡被国民党占据,朱云谦同家人四五年没有联系。这期间,他的父亲和哥哥都在逃避国民党时病故,母亲也被国民党抓去坐过牢。母亲看到小儿子在战斗中茁壮成长，十分欣喜。老人家是苏区人民，深受革命的影响，豁达大度地支持和鼓励惟一的儿子上前线打日本鬼子的正义行动，高高兴兴地送子踏上新的征途。自那以后母子再没有见面。老人家病故于1947年，同许多红军战士的母亲一样，没有活到胜利的日子。

1938年2月，谭余保等湘赣特委负责人请北上抗日的战友吃了一餐家乡饭为他们送行。朱云谦随1营从莲花经安福到吉安，然后乘船到樟树，换乘火车去皖南，又由皖南到南昌新四军军部报到。朱云谦在教导营学习了一段时间，即担任3队指导员。

在教导营里，朱云谦学习了抗日战争形势和党的任务，党的统一战线方针，游击战争的战略战术，敌后群众工作，军队政治工作等课程，这使他的眼界大开，把红军时期许多感性认识上升为理性认识，政治觉悟和工作能力都有很大提高。1938年冬，他被调到特务营任教导员。

1938年11月，新四军参谋长张云逸奉命带领特务营跨过长江到皖中，督促新四军第4支队执行党中央的东进方针。张云逸将庐江、无为等县部分游击队和自卫军编为新四军江北游击纵队，朱云谦被任命为该纵队政治处副主任。1939年7月，以4支队8团为骨干，加上新组建的10团和15团，组成新四军第5支队，由罗炳辉任司令员，郭述申任政委，赵启民任参谋长，方毅任政治部主任。朱云谦先任15团政治处组织股长，一个月后任支队政治部组织科长。他具备着优秀的素质，丰富的战斗经验和工作经验，很快受到罗炳辉司令员的赏识。

5支队成立后，在定远县藕塘进行训练。不久即根据新四军江北指挥部的指示，挺进到皖东来安县东北部，以半塔集为中心开展游击战争，建立津浦路东抗日根据地。这一带原是国民党江苏省主席韩德勤的势力范围。韩

德勤对新四军极为仇视，暗中勾结日军，处处干扰新四军对日军作战。我新四军执行党的统一战线政策，极力争取国民党军队合作抗日。9月间，日军进攻来安县城，国民党县长张北非仓皇逃跑，日军占领县城。罗炳辉指挥5支队，激战24小时，又把县城从日军手中夺回来。罗司令员派朱云谦去找张北非，请张回来仍然当县长。5支队团结抗日的行动，受到广大人民的欢迎，政治影响迅速扩大到津浦路东的来安、天长、盱眙、六合、仪征、高邮和宝应等县。

1939年底，消极抗日的国民党顽固派发动了第一次反共高潮。国民党安徽省主席、桂系军阀李品仙同江苏省主席韩德勤配合，对活动在津浦路两侧的新四军第4、5支队进行夹击。罗炳辉按照中共中央中原局书记刘少奇和新四军江北指挥部的决定，率5支队主力到津浦路西支援4支队，消灭顽军2000余人，并攻克定远县城。这时，驻在路东半塔集的5支队后方机关和直属队，遭到韩德勤顽军1万多人的进攻。我半塔集守军仅1000多人，情况十分危急。罗炳辉又率5支队主力兼程东返，在兄弟部队配合下，解除了半塔集之围，并向韩德勤部反击，歼灭韩部2000余人，取得半塔集保卫战的重大胜利。朱云谦先随罗炳辉去路西，然后又随罗炳辉驰援半塔集。他工作积极，完成任务好，多次受到罗司令员的称赞。

半塔集保卫战胜利之后，5支队在路东积极扩大部队，并抽调军队干部，到来安、盱眙等8县建立抗日民主政权，许多县长都由5支队派出。当时组织工作任务很繁重，朱云谦遵照上级指示，出色地完成了苏皖抗日根据地的组织建设任务。

1940年11月，朱云谦调任15团政委。1941年1月，国民党顽固派发动第二次反共高潮，制造了震惊中外的皖南事变，下令撤销新四军番号。我党我军针锋相对，大力发展新四军，5支队编为第5旅。成钧任旅长，赵启民任政委。5月间，15团随旅部开赴淮宝地区，参加洪泽湖剿匪战斗。洪泽湖中有土匪数百人，被韩德勤编为水警大队。他们在木船上装钢板，号称“钢板划子”，到处打家劫舍，破坏抗日根据地的交通，偷袭新四军。他们嘲笑新四军是“旱鸭子”，气焰十分嚣张。我军各部队先把洪泽湖团团围住，由15团造木船进湖内追击。朱云谦和团长饶守坤一起，亲自带部队操练湖上战斗本领，大胆深入湖区，一举把这股顽匪歼灭。这一仗使皖东北、淮宝和淮泗三个根据地联成一片，使洪泽湖成为我军的后方。

1941年7月，15团又随旅部开赴皖东北，防止国民党顽固派汤恩伯进犯我抗日根据地。15团在泗县、灵璧等地，消灭大量敌人，协助泗、灵、五(河)、凤(阳)等县人民，建立了抗日民主政权。

1942年1月，朱云谦奉命到华中党校学习。上半年主要课程有马克思主义哲学，党的战略与策略，统一战线，党内斗争和党员修养等，都由刘少奇同志亲自授课；下半年，主要学习毛泽东关于整风的报告和文章。这是朱云谦生平第一次比较系统的理论学习，使他比较深刻地掌握了马列主义和毛泽东思想，并且提高了学习理论的自觉性和积极性，养成了钻研革命理论的好习惯。他一再受到党校领导的表扬。刘少奇曾称赞他是“工农干部知识化的典型”。

★☆★☆★ 朱云谦

6.四战四捷，巧取盱嘉

SIZHANSIJIEQIAOQUXUJIA

抗日战争后期，从1943年8月到1945年3月，朱云谦担任中共盱(眙)嘉(山)县委书记、盱嘉支队政委兼司令。他作为全县党、政、军一元化领导的核心，为发展和巩固盱嘉抗日民主政权，打击和孤立日本侵略者，作出了突出的贡献，深受全县干部和人民群众的称颂和热爱。

日军在盱嘉境内有两大据点，一是津浦线上的明光镇，一是盱眙城。日

伪军经常从这两大据点出来“扫荡”，搅得全县一大半地区昼夜不安，鸡犬不宁，人民群众痛苦万分。朱云谦到职后，下决心把武装斗争真正放在首位，集中力量打一次到几次有影响的胜仗，以打击日伪的反动气焰，鼓舞抗日军民的斗志和信心。他同县委的同志一起仔细分析了境内日军、伪军的情况，决定采取“利用矛盾，各个击破”的方针，把公开斗争和隐蔽斗争结合起来，把政治攻势和军事打击结合起来，对极端反动的伪军警狠狠打击，对思想动摇的伪军积极争取，对战斗力较强的日军则使其孤立。在军事斗争方面，先找弱点打，以保证初战胜利，并削弱敌人的强点。按照这个设想，朱云谦决定先打盱嘉交通线上杜营和津望两个点。他亲自指挥，很快拿下了杜营，包围了津里，伪军中队被迫投降，我军无一伤亡。

接着，朱云谦又部署攻打盱眙城。该城驻有日军第13旅团铃木中队200多人，武器装备好，碉堡林立，易守难攻。该城另有伪保安大队140多人，大队长董树棠同我军有联系。还有伪县府警卫队、伪警察局和区队共140余人，都是些罪行累累的铁杆汉奸。朱云谦同县委商定，对日军据点阻而不攻；对伪保安大队攻而不打；集中力量打伪县府警卫队和警察局。战前，县委在洪泽庙召开了“日寇血洗盱眙城六周年纪念大会”，控诉日伪罪行，宣扬抗日英烈的事迹，进行作战动员。淮南行署主任方毅参加大会，朱云谦和县委其他领导同志都在会上讲了话。到会广大军民同仇敌忾，摩拳擦掌，纷纷请战，一致表示，要不怕流血牺牲，打进盱眙城，为死难同胞向日伪讨还血债!

1944年1月，农历腊月二十九日夜，盱嘉支队三个连和一个侦察队，以及区队和民兵，成两路四股，静悄悄地向盱眙城进发。其中一股由朱云谦亲自带队，摸到铃木中队驻地操场对面，用机枪堵住日军的大门。午夜12点，攻打伪警察局的战斗首先打响，80多个伪警察从梦中惊醒，手足无措，乱成一团，纷纷缴械投降。在此同时，负责攻打伪县府的连队也顺利攻进县府大院，缴了伪县府警卫队的械，伪县府官员也大部就擒。日军铃木中队听到城内响了一阵枪,很快又沉静下来,他们不知我军虚实,守住碉堡一动也不敢动。此战仅用两个小时,除伪县长和警察局长侥幸漏网外,伪县府和警察局被一锅端了,我军未伤一兵一卒,歼敌200余人,缴枪100多支。天还没亮,就顺利地撤出县城,回根据地欢度春节了。

奇袭盱眙城的成功,算不上大胜仗,但我军无一伤亡攻进敌占县城,在当时的形势下却是空前仅有的。新四军2师师长兼淮南军区司令员罗炳辉称赞这次战斗说:"论兵力敌我相当;论地形和武器装备,敌强我弱。但是我们战机选得巧,出敌不意,攻敌不备,我们就占了优势。古代和近代战争史上,都有好些以少胜多、以弱胜强的战例,胜者都离不开一个巧字。"罗司令员充分肯定朱云谦对这次战斗的组织指挥。

盱眙城外,原有四个区。每个区都有前方和后方,都要既抓作战又抓生产,而两者又不便兼顾。这四个区又难以统一行动对付城内的敌人。朱云谦和县委同志研究决定,把城外四个区靠近县城的几个乡,合并成临城区,并组成临城区大队,专门负责同城内敌人周旋,并对城区敌人实行经济封锁。与此同时,在区政府所在的洪泽庙开办集市,吸引城内商贩出城做买卖,既可引进我军民需要的物资,又能收集城内的情报。临城区设立后,一方面集中了力量,统一了城郊的军事行动,有利于对敌作战;另一方面又减轻了原有四个区的军事压力,腾出手来加强政权建设和发展生产。

1944年初,叛匪高立志等一伙人,从根据地逃进盱眙城,当上了汉奸区长。朱云谦带着两名参谋和一名警卫员,化装进城侦察高立志等人的驻地,摸准情况后组织了一次突然袭击,捉回10多名叛逆汉奸,由民主政府依法惩处。1945年春,朱云谦又调动兵力,对盱嘉西部地区的上苗、桑大营、坝头阵和旧县镇等四个日伪据点发动袭击。他亲率一路人马攻击旧县镇,不到一个小时,就攻下了镇外东西南三面五个大碉堡,歼灭伪军警和土匪武装250多人。接着又向镇内区公所和镇公所进攻,消灭敌人140多名,活捉伪区长。其他三路也都打了胜仗。群众把这次作战称为"四战四捷",盱嘉境内的日伪军,

听到年轻的“朱司令”就胆战心惊。

1945年3月，朱云谦调任路东军分区副司令员，很快又升任司令员。1945年8月日本投降前后，路东各县包括盱眙城，先后回到人民手中。

★☆★☆★ 朱云谦

7.转战淮南大地

ZHUANZHANHUAI NANDADI

日本投降后不久，罗炳辉率领新四军2师的4旅和5旅北上山东。萧望东接任区党委书记兼淮南军区政委，周骏鸣任司令员，朱云谦被任命为军区副参谋长，兼任路东分区司令员。

在抗战中消极抗日、积极反共的国民党顽固派，在日本投降后疯狂地抢夺胜利果实，准备发动反共反人民的内战。由于全国人民渴望和平、反对内战，国民党不得不假装和平姿态，同意同我党谈判。但就在1946年1月13日国共停战协定生效的当天，国民党整编第74师侵占了我六合县城。从1月到4月，国民党反动派不断向我淮南解放区周围调兵遣将。5月，国民党政府由重庆“还都”南京后，国民党军兵分7路进攻我淮南路西分区，我路西部队陆续撤到路东。

1946年6月26日，国民党军队大举进攻我中原解放区，挑起了全面内战。7月中旬，又向我苏皖解放区疯狂进犯，淮北、苏中战斗都打响了。在此同时，国民党当局在南京叫嚷，只有攻占淮南，才能保障“首都安全”，并指挥淮南国民党军发动“天长、盱眙战斗”，进攻路东分区。敌第5军和整编74师一个旅共四万人，由第5军军长邱清泉统一指挥，兵分两路，一路由六合攻天长，一路由来安攻盱眙，都是美械装备，步炮协同。国民党空军也从南京起飞助战。一时间，内战的枪炮声、炸弹声，响遍路东各地。

我强大兵团向淮海前线挺进

在路东前线，我新四军6旅、独立旅、从山东开回来的5旅和谭震林率领的华中军区特务团，共两万余人迎战国民党军。虽然敌我力量相差悬殊，但我各部队奋力作战，10天内歼敌4个营。敌人背靠南京，能及时得到兵员和弹药的补充，继续向我军进逼。7月28日中午，华中军区急电命令淮南部队向苏中和淮北转移，指定朱云谦带6旅16团留淮南坚持游击战。谭震林当即部署各部队转移，派朱云谦到6旅传达华中军区电令并接管16团。朱云谦请示谭震林："留下的部队我管了，但李世农同志不在这里，地方工作怎么办?"谭震林回答："你就是党政军全权代表吧!"7月29日黄昏，敌

军占领盱眙城，路东8个县城全部沦入敌手。当天，撤到苏中的淮南区党委指示成立盱(眙)来(安)嘉(山)三县工委，指定朱云谦任书记，负责指挥路东的游击斗争。

国民党第5军和整编74师于8月中旬北调徐州，马励武的26军从湖南调来接防，加上桂系的48军和黄百韬的整编25师，在路东大小集镇设立据点，分头多路进行所谓"清剿"，建立反动基层政权，对翻身农民进行反攻倒算，抢牲口，夺粮食，扒房砸锅，杀人放火，白色恐怖笼罩了淮南大地。

朱云谦虽然早有坚持进行游击的思想准备，但因主力部队仓促撤走，留下来的16团和各县党政军干部对于坚持游击斗争普遍缺乏思想上、组织上和战术上的准备。留下来的部队还有嘉山、来安两个大队，盱眙一个连，后来又联系上六合两个连，共2000多人。活动范围还有山区40多个村镇。8月初，朱云谦在朱刘集同三县党政军领导同志会合，组成三县工委。在朱云谦主持下，就开展敌后游击斗争的指导思想和思想政治工作进行反复研究，统一了认识，部署了各单位的战斗任务。经过10天左右的准备，8月中旬，朱云谦指挥16团和各县武装主动出击，主要目标是分散孤立敌正规军和反动地主武装还乡团。10天之内，先后收复了京山集、张山集、宝山集、自来桥、屯仓、复兴集、古城、仇集和涧溪等10多个集镇。18日，16团2营夜袭半塔集，活捉美械蒋军30多人。胜利的喜讯传来，人民群众奔走相告："新四军还在"，"新四军打了胜仗"。华中军区来电表彰。延安《解放日报》也在8月28日第一版发表了"盱来嘉地区恢复要镇多处"的消息。淮南敌后游击战的胜利，对苏中和淮北我军对敌作战，起到了配合作用。

被"胜利"冲昏头脑的敌人惊呼淮南还有"共军新2师朱云谦部5000余人"，急忙调集26军和48军1个师，加上保安团队，分头向16团所在的仇集山区扑来，使16团的活动地区越来越小，最后只限于三县的结合部，纵横不到100华里。近2000人的队伍在这狭小的山区很难回旋，几乎天天不停顿地转移，同敌人捉迷藏。干部战士多日吃不上米饭，南瓜、地瓜、豆饼、生玉米和西瓜皮成为充饥的主要食源。8月底，敌人以白沙王为目标，从四面回拢，声称要“消灭朱云谦部”。眼看要被包围，朱云谦当机立断，决定兵分三路，暂时分散活动：16团彭团长带2营到来安；胡少卿带嘉山大队到盱眙；他亲带16团1、3营转到津浦路西。分兵活动的决定和果断实施，使我军迅速跳出敌包围圈，粉碎了敌人的“围歼”计划。

由于被敌人占领时间较长，路西的情况比路东更差，敌人对农村的控制更为严密。朱云谦到达路西后，遭到敌桂系军队的前堵后截，白天和黑夜都要走路、打仗，连喘息的时间和地点都找不到。就这样在路西走走打打约一个星期，朱云谦决定返回路东。他甩掉路西的敌人，跨过铁路，在老加山以东的黄寨，同彭团长等会合。这时，许多地方干部在家乡站不住脚，都来找朱云谦，要求随16团行动，朱云谦都把他们收下。

9月5日，华中军区来电，命令朱云谦带16团经六合、天长、仪征向高邮转移；盱、来、嘉三县地方武装留下来就地坚持游击战。接到这个电令，朱云谦感到为难，他熟悉路东的地形和敌情，他觉得从当时所在的嘉山地区，经盱眙的河梢桥渡推河向淮北突围，距离比较近，又是丘陵地带，便于隐蔽前进，万一突不过去，可以就地转战；而军区指定的路线，路途既远，地势又平，途中敌人也多，必将连续作战，付出较大代价。朱云谦给淮南军区发急电，建议带16团向北转移到淮北。9月7日，淮南军区复电朱云谦，要他坚决按华中军区指定路线转移。朱云谦明知这样走困难多，风险大，但他决心服从上级命令，竭尽全力，力争圆满完成突围任务。

9月9日黄昏，朱云谦带16团向东转移。按上级规定留下来的各县武装，要求到高邮湖边休整一下，也跟朱云谦走，加上一些地方干部，整个队伍2000多人。16团政委王胜凯在突围前的黄寨战斗中身负重伤，双目失明，用

担架抬着转移。“有部队在，就有政委在！”这是大家一致的决心。转移的第二天早上，王政委恳切要求留下来，以减轻部队负担。朱云谦再三安慰，请他安心随部队行动，保证把他带到苏中。可王胜凯政委坚决要求留下。朱云谦同团长彭济伍商量后，决定留卫生员和警卫员各一人陪王政委，并且给他们三人换上便衣，带上一笔钱和一些药品，委托来安县进步人士郑叔勤把他们三人隐蔽下来。

朱云谦带部队突围的路线，基本上是沿着来安、天长和六合三县之间，即是安徽、江苏两省交界的丘陵地带走。沿途要闯过敌人四条公路封锁线。路上遇到零星敌人他们就坚决消灭，大股敌人来了他们就且战且走，尽力把

我坦克部队沿津浦路南下参加淮海战役

敌人甩掉。经过40天的游击战斗,干部战士普遍面黄肌瘦,体力极度下降,生病和负伤的同志疼痛难忍,咬紧牙关坚持下来。尽管指战员们疲惫不堪,在这40天中,只要一听到枪声,一发现敌人,所有的同志个个精神抖擞,奋不顾身地向前冲。9月10日中秋节这一天,他们闯过两条公路后,在四合墩附近同敌26军两个团遭遇,受到敌炮兵的轰击和步兵的阻击,战斗持续了三四个小时,因天降大雨,天色昏暗,敌人不知底细,不敢贸然进攻,朱云谦果断指挥部队夺路而走,经过大井赵、冶山,沿着金牛山东进,半夜12点到达横山附近。这时,敌人才觉察到他们遇到的是人数不少的新四军主力部队,于是下决心调集兵力"围歼"。

9月11日晨,敌军从几个方向向横山靠拢。16团1营首先同敌人交手。朱云谦正忙于指挥部队对付敌人的包围,突然接到淮南军区转来的华中军区的电报,电报指出,敌26军已集结于天扬公路,原定朱部渡高邮湖去苏中已不可能,要求朱云谦率16团迅速返回盱嘉渡淮河到淮北再转苏中。读了这份电报,朱云谦产生了激烈的思想斗争。渡淮河到淮北,本是他一星期前提出而未被上级采纳的建议。如今他按上级指定的路线走了一大半,部队吃尽千辛万苦,再返回去谈何容易!不执行这个指示,是违背上级命令;执行这个指示,部队很可能被敌人打垮或拖垮。朱云谦左思右想,反复权衡各种利弊,他得出结论:上级的根本目的,是要16团安全突围到苏中,而走哪一条路线,是个具体执行问题,需要从实际出发,不能机械地对待。他马上起草电报回报军区,内容大意是:目前东渡既困难,西返则困难更甚。部队疲劳不堪,再返盱嘉实难掌握,若淮北情况变化,则进退两难。向西绝非良策,决心于13日突围东渡,必要时牺牲一部在所不惜。希陈、艾准备配合。

朱云谦发出这份电报,就下了为这次行动独自负责的决心。他想到,如果突围不成,全军覆没,他不仅要负失败的责任,还要负违抗上级命令的责

任。他自信继续东进比返回去更有利，但东进也并非没有失败的可能。有绝对把握的办法是没有的。此时此刻，他只能冒险东进，死里求生，置个人得失于度外。

电报发出后，1 营方向枪声激烈，朱云谦和彭团长紧急商定，由彭团长到 1 营指挥并伺机脱离敌人，按计划东进。彭团长冒雨上路。当晚，朱云谦找来

民工运输队把军粮送上前线

随行的嘉山、来安两县党政军负责同志，向他们传达了军区的电报指示和他复电的内容。大家都认为返回去实际上绝无可能，继续东进是惟一出路。这时得到报告，彭团长带电台人员在去 1 营途中失踪。大家吃了一惊，都把目光盯在朱云谦身上。朱云谦估计彭团长一行可能在雨中迷路，赶快派人外出寻找。派出的人找了两小时不见踪影，又估计彭团长一行亦可能按计划东进，亦可能遭到敌人杀害。情况险恶，夜间 12 点半，朱云谦带领部队按计划离开横山东进。

9 月 12 日拂晓，部队接近草庙山，敌人也追了上来。朱云谦急忙命令部

队上草庙山，抢占有利地形。很快，从樊集和金集赶来的敌人，在山下形成包围的阵势，不断向山上打炮，硝烟笼罩着南北两个山头。敌人妄图把这支新四军部队消灭在山上。从上午10点到12点，敌人连续发动攻击，都被朱云谦指挥部队打退。敌人没有攻上山，但也不后撤，显然是在等待援兵。草庙山上杂草丛生，树木很少，在太阳的暴晒下，战士们无食无水，饥渴难耐。午后，朱云谦从望远镜中看到敌人的援兵已到，包围草庙山的敌人已不少于四个团。朱云谦同各县领导同志商量后，决定下午3点冲下山去。他动员干部战士说：经过三天三夜的急行军和连续战斗，我们离高邮湖只有大半天的路程了，胜利已经在望！我们要趁敌人还没有做好攻山准备的时候，杀开一条血路冲下山去！他叫机要员烧掉密码本，叫连队把打坏的机枪丢掉。他自己作了牺牲的准备，脱下旧军衣，换上保存很久的一身草绿色新军衣，把两支驳壳枪都上满了子弹。同志们听了朱云谦斗志昂扬的讲话，看了他的战斗准备，也都抱定誓志，准备决一死战！

突围的时刻到了，部队分三路下山。前卫排都是各单位挑选出来的精壮小伙子，端着上了雪亮刺刀的枪支，像猛虎一样扑下山。朱云谦手提两支驳壳枪，向山下猛冲。虚弱胆小的敌人大吃一惊，不敢上前阻拦，忙用火力封锁，子弹雨点般泼过来。部队边还击边猛冲，一口气从草庙山顶冲到谕兴集外，把包围草庙山的敌人甩得远远的。

从草庙山向东，基本上是平原。前面天扬公路是敌人最后一道封锁线。朱云谦告诉部队，过公路要随时准备投入战斗，再打一次恶仗。令人高兴的是，太阳落山前，部队同东南支队派来的便衣队接上了头，晚间由他们带路，在敌人两个团中间静悄悄地越过了天扬公路。在12日夜12点前，到达了高邮湖边的送驾桥和长沟集一带。朱云谦同东南支队负责人艾明山、陈雨田等同志见了面。13日拂晓，朱云谦率领16团，乘坐东南支队筹集的船只渡过高邮湖，中午胜利到达高邮县城。

从7月30日到9月13日,朱云谦指挥16团,完成了敌后坚持游击战和突围转移的任务。9月13日,华中军区领导人邓子恢、张鼎丞同志发来贺电,对朱云谦表示嘉许。当同志们欢庆突围胜利的时候,朱云谦为失去彭团长和王政委而难过。据解放后调查,彭济伍团长等17个同志,带电台在找1营途中同敌人遭遇以后又迷了路,但他们仍按计划东进,于12日凌晨越天扬公路,到达仪征县千棵柳乡毛竹棵庄。叛徒向驻大仪镇敌整编25师某团告密。敌人派一个连和地主武装200多人前来搜捕。彭团长等17位同志同敌人战斗5个小时,彭团长壮烈牺牲。王胜凯政委由来安县进步人士郑叔勤隐藏在山区一户贫农家中。后来也由于叛徒告密,被敌人捉进来安县城,残酷的敌人把王政委、郑叔勤和卫生员给活埋了。随朱云谦突围到苏中的16团和路东各县的同志,回忆这一段严峻的战斗历程时,高度赞扬朱云谦在坚持敌后和果敢突围的战斗行动中所表现的大智大勇和他那种敢于斗争、敢于胜利、无私无畏的牺牲精神。感谢他为坚持敌后斗争和保存路东党政军领导骨干所作出的令人难忘的贡献。

★☆★☆★ 朱云谦

8.淮海战役的中流砥柱

HUAIHAIZHANYIDEZHONG LIUDIZHU

1946年9月中旬,朱云谦调任苏中2分区司令员。当时,由粟裕指挥的华中人民解放军主力,在取得苏中战役七战七捷之后,已向北转移。9月19日敌占领淮阴。由陈丕显、吉洛(姬鹏飞)、管文蔚等同志领导的苏中军区,留在苏中敌后坚持游击斗争。2分区所辖的江都、高邮、溱潼等县大部分已沦入敌手。敌人还大肆造谣说:“新四军已撤到黄河以北,不可能再回来了。”不少干部战士流露出恐慌、急躁、悲观和埋怨情绪。朱云谦从淮南敌后又来到苏中敌后,任务十分艰巨。他根据陈丕显的指示,要求各县同志“做光荣的战

在我强大炮火掩护下，我军迅速追歼敌第7兵团，并击毙其兵团司令黄百韬

士，不做可耻的逃兵”，坚定地依靠群众，开展游击斗争，做到“生根立足”，坚持“区不离区，县不离县”。经过三个月的整顿，2分区的情况逐步好转，干部战士心情稳定，斗志上升，朱云谦指挥各县武装，反复袭击敌人，挤占被敌人占领的地区，收复许多村镇。在何家桥遭遇战中，朱云谦手持三八枪，七枪撂倒五个敌人，在全分区传为佳话。

1947年4月，朱云谦调任战斗在苏中敌后的华东第11纵队31旅副旅长，当即参加李堡战斗。他亲赴前线指挥作战，31旅一天就攻下李堡。这一仗还收复李堡周围30多个据点，共歼敌近3000人。敌人急忙调集兵力从南通直奔李堡，企图同我11纵队决战。在苏中军区指挥下，31旅南下深入到南通附近，打击敌人后方。敌人发

淮海战役纪念馆(徐州市)

觉后，又慌忙调北上部队南下，企图南北夹击，把31旅“消灭”在大海和长江之间的海门、启东三角地带。情况十分危急。朱云谦协助旅长指挥并带领部队，沿海堤以外的海滩急行军，夜以继日，既要涉渡涨潮时的海水，又要冲破敌人设在海堤上的几道封锁线，终于顺利地到达琼港，使敌人扑了空。

我突击部队冒严寒涉过五丈宽的水壕，向龟缩在碾庄圩的敌第7兵团发起总攻击

1947年8月，朱云谦参加盐城攻城战。盐城是华东敌人的重要补给基地。参加攻城作战的有苏中第11纵队、苏北第12纵队和各县地方武装。朱云谦在前线直接指挥31旅作战。这一仗共歼敌8000多人。31旅92团，最先攻入盐城，被命名为“叶挺团”。此后，31旅又在苏北淮阴到沭阳公路线上、苏中李堡等地发动进攻，收复许多据点，歼灭大量敌人。12月，朱云谦接任31

我骑兵勇士追击并全歼妄图突围逃跑的敌孙元良兵团

赶来增援的敌第12兵团,被我团团围困在宿县西南双堆集地区

旅旅长。

1948年3月,华东野战军第2纵队从山东南下,同11、12纵队组成苏北兵团,韦国清任司令员,陈丕显任政委。兵团在苏北连续发动益林战役和盐南战役,反攻敌人,扩大解放区。8月间,为配合解放济南,11纵队开赴陇海线警戒敌人。所有这些战役,朱云谦都亲自指挥31旅按上级部署奋勇作战,圆满完成任务。

11月间,11纵队扩编,补充了33旅,共辖3个旅。淮海战役第一阶段,11纵队奉命开到徐州和碾庄之间的山区,阻击由徐州东进的国民党援兵,配合兄弟部队消灭敌黄百韬兵团。朱云谦奉命带31旅作为先头部队,于11月12日抢占并展开于邓家楼、尖山、梁家山、牦山到榆山一线。13日拂晓,徐州守敌邱清泉兵团即以邓家楼为主要目标向我猛攻。炮弹密如飞蝗,炮声惊天动地,敌机又轮番低空轰炸扫射,敌步兵在坦克掩护下连续发动进攻,从清晨到黄昏,一次又一次被31旅击退,邓家楼成了一片火海,敌人遗尸遍野,没得到任何便宜。14、15两日,战斗仍然十分激烈,敌人反复冲杀,都被击退,31旅巍然屹立在阵地上,使敌人不能越雷池一步。16日晨,上级命令31旅把阻击任务交给32旅。20日,上级又命令朱云谦带31旅夺回了被敌人占领的小李庄阵地,并打退敌人多次反扑。22日晨,黄百韬的第7兵团全部被歼,31旅胜利完成阻击任务。

淮海战役第三阶段,第11纵队奉命开赴永城以东,堵截并参加包围由

淮海战役烈士纪念塔(徐州市)

徐州南逃的杜聿明集团。1949年1月6日下午总攻发起后，朱云谦率31旅向李楼守敌猛冲，于当晚8时占领李楼，并攻击鲁楼。鲁楼靠近杜聿明指挥部的陈官庄，由敌人一个师防守，地形平坦开阔，敌火力严密封锁，我军不易开展进攻。朱云谦及时调整部署，指挥部队构筑进攻出发地。时值隆冬，天寒地冻，铁镐抡不动，战士们就用小包炸药炸开冻土，再用铁镐挖"地道"，一直挖到敌人阵地前。9日上午攻击开始，战士们从"地道"里跳出来，突然出现在敌人面前，连续炸掉敌碉堡，一举攻克鲁楼。乔庄之敌组织四次反扑，都被31旅击退。10日上午，杜聿明集团全部被歼，淮海战役胜利结束。

★☆★☆★ 朱云谦

9.配合渡江战役

PEIHEDUJIANG ZHANYI

渡江战役前，第11纵队改编为第3野战军第10兵团第29军。31旅改编为85师，朱云谦任师长兼政委。1949年4月21日晚，85师作为29军左翼第一梯队，也是我百万渡江大军最东端的部队，在江阴要塞以东突破长江天险，22日中午占领张家港等地，23日同兄弟部队一起解放无锡。25日夜，85师奉命沿京沪铁路东进攻击苏州，击败苏州外围守敌，27日下午6时解放苏州。随后担任苏州城防任务。

人民解放军百万雄师横渡长江

1949年5月淞沪战役中,29军担任攻占吴淞、宝山和封锁黄浦江截断敌人逃路的任务。85师两个团留守苏州,253团配合87师作战。激战两天,5月14日攻占了宝山外围敌人重兵把守、工事坚固的月浦镇。22日,因兄弟部队进攻受阻,上级调254团由苏州来沪参战。朱云谦指挥两个团由月浦向东攻击,连克敌人设有永久性工事的重重阵地。26日3时,253团攻入宝山县城时,254团同兄弟部队一起攻下吴淞。当日12时,大上海全部解放。

淞沪战役胜利结束,85师回苏州休整。7月3日向福建进军,25日抵达福建省尤溪县。8月上旬,福州战役发起后,85师担任迂回作战任务,由尤溪向福清进击,截断福州守敌南逃之路,并阻击由莆田北上之援敌。85师15日攻占宏路,16日攻占福清,截断福厦公路。17日福州解放, 福州守敌一部向南逃窜,19日晨被85师堵截于金翅山、黄金岭、姚阳一带。在围歼战斗中,朱云谦接到一名国民党中校军官送来的

名片。名片的主人是国民党陆军第5军副军长兼陆军第50师师长、福州戒严副司令陆军中将李以劻。主人在名片背后写道:"本师及福州绥署及第6兵团现有官兵8000余员……极感战争痛苦,志愿局部和平。请即派员来部商洽。兹派中校副团长吴天发等人来贵部请示,请予照办……"对方不愿再战,当然是好事。朱云谦当即命令部队接受对方投降。因这位中校在路上耽搁了,这股敌军被我军击溃和俘虏了一些,19日下午受降者约5000人。建国后李以劻当了全国政协委员。他这张名片,朱云谦一直保存着。

★☆★☆★ 朱云谦

10.解放厦门岛,向新中国献礼

JIEFANGXIAMENDAOXIANG XINZHONGGUOXIANLI

1949年8月下旬,85师同兄弟部队一道解放了莆田地区,随后进军泉州,9月20日到达同安,23日解放集美。集美镇是南洋爱国华侨领袖陈嘉庚先生故乡。他在这里办有集美学校,驰名中外。当时陈嘉庚已到北平出席中国人民政治协商会议,参加筹建中华人民共和国。进入集美后,朱云谦当即根据周恩来副主席的电报指示,派兵保护集美学校,并由朱云谦和师部其他领导同志联名贴出布告,要求各部队严密保护该校安全。这张布告由集美学校珍重保存,至今还陈列在陈嘉庚纪念堂中。

在集美,85师为渡海解放厦门岛进行紧张的海上训练。朱云谦同干部战士一起努力学习操纵木船和抢滩登陆等战术技术。在集美,朱云谦和全师同志欢庆了中华人民共和国的成立,提出了"解放厦门,向新中国献礼"的战斗口号。85师解放厦门的作战任务是,在厦门岛北部西起神山东到陈厝沿海突破,占领高崎要塞和厦门机场,直奔全岛最高的云顶岩制高点,然后再扑向岛南部的前村、黄厝、曾厝按等地,把厦门全岛从中央劈成两半,封闭厦门港以东海岸。10月15日夜,朱云谦指挥254、255两个团共六个营,战胜敌火力封锁,冲过海峡天险,突破敌海岸防线,一举登陆成功,把新中国的五星红旗插上厦门岛北部的制高点神山。16日天亮前,又攻下殿前、高崎要塞和飞机场。当时兄弟部队三个师登陆不够顺利,完整登陆的只有85师这两个团。15日深夜,第10兵团叶飞司令员打电话给朱云谦,叫他过海统一指挥所有各师登陆部队。朱云谦乘小船登陆受阻,叶飞司令员16日中午又命令在岛上的85师吴森亚参谋长,指挥各师已登陆的部队向厦门市区突击。16日夜间,85师按预定作战方案攻占厦门岛南部各要点。17日上午,同兄弟部队一起解放厦门全岛,取得了我军首次大规模渡海作战的胜利。守敌3万余人大部被歼,仅汤恩伯、刘汝明等少数头头乘船逃窜。

★☆★☆★ 朱云谦

11.攻打金门失利的惨痛教训

GONGDAJINMENSHILIDE CANTONGJIAOXUN

厦门解放后,兵团命令朱云谦带29军85师的253团和87师的259团,由28军首长统一指挥,参加了解放金门之战。当时金门守敌兵力较多,敌胡琏兵团又从广东汕头乘船撤到金门岛的料罗湾,有增援金门之势。而我军渡海船只不足,一次只能运送三个团。朱云谦听到各种反映后,认为打金门不能轻敌冒失,应向上级建议进一步做好准备,要筹集更多的船只。他向28军首长提出这个问题。28军首长说,已向兵团首长再三提出过,兵团首长坚持按原定时间打,我们不好再提意见。朱云谦又跑到厦门找叶飞司令员,想建议推迟攻击金门时间,抓紧筹集更多的船只。但叶飞司令员忙于厦门市的军管工作,求见他的人很多,朱云谦找不到机会同他深谈。1949年10月24日战斗发起前夕,朱云谦又派作战参谋彭允太骑马赶到28军指挥

所，询问攻击时间是否有变。28 军首长说："兵团决心已定，明天发起战斗！"

10 月 24 日 21 时，28 军两个团加一个营和 85 师的 253 团作为第一梯队开始渡海，25 日凌晨一时许在金门岛北岸约 10 公里正面分头登陆。253 团在古宁头登陆。但各登陆部队立足未稳，即遭敌两个师在坦克和海、空军配合下的连续反击。登陆部队不怕伤亡，顽强冲击，杀伤了大量敌人并奋勇向敌纵深挺进。253 团一部控制古宁头登陆点，一部向金门县城方向发展。敌胡琏兵团两个军立即下船上岛增援。我登陆部队三个团同数万敌人浴血奋战，死打硬拼，前仆后继，杀得敌人遗尸遍野。但我登陆部队船只都被敌海、空军摧毁，无一艘返航。我军第二梯队又无法增援。26 日，各登陆部队被敌包围，253 团也退到古宁头坚守。朱云谦守在海滩上，眼看对面金门岛上炮火连天，报话机里传来登陆战友血战到底的誓言，他心急如焚，痛苦万分。27 日，兵团政治部主任刘培善打来电话说："金门岛上没有师级指挥员统一指挥，你快过海到金门去指挥。从厦门给你派一条机动船。"朱云谦想到登陆部队多数是 28 军，自己去指挥恐有不便，但军情危急，救人要紧，他二话没说，就接受下这个艰巨任务。他眼看兵团部从厦门调来的民用机动船乘风破浪而来，十分兴奋。谁知船主人贪生怕死，不愿送部队去金门，船快靠岸时，船主加大马力猛冲，一下子把船开到礁岸上搁浅了，必须等到海潮大涨才能开动。朱云谦气得火冒三丈，恨不能掏出手枪向船主开火，他狠狠地骂了几句，赶紧转身再设法找船。这时，上级又来指示，鉴于金门之战已近尾声，取消朱云谦过海指挥的任务。这天下午，激战 60 小时的金门战斗宣告结束，我登陆部队绝大多数壮烈捐躯。朱云谦失去了 253 团众多的亲密战友。

★☆★☆★ 朱云谦

12.创建我军第一代空降伞兵

CHUANGJIANWOJUNDIYIDAI KONGJIANGSANBING

1950年6月,朱云谦调任28军参谋长。他积极参加了再战金门的准备和训练工作。当年9月,美帝国主义扩大侵朝战争,战火逼近中朝边境的鸭绿江边。中共中央和中央人民政府决定派志愿军抗美援朝,推迟解放金门。11月,陈毅司令员提名,调朱云谦到河南开封,任新组建的空军陆战师第一任师长,担负起创建我军第一代伞兵的光荣任务。

空军陆战师的成员,来自全国四个野战军和一些军区,都是战斗骨干和英雄模范,普遍降职使用。还有少数原国民党伞兵第3团的起义官兵。因为成员来自各方,部队团结和组织纪律都存在一些问题。少数战斗骨干居功骄傲,因调来伞兵部队降职使用而不高兴,作风松散。朱云谦一到任,首先加强政治思想建设,响亮地提出"为解放台湾学好空降作战本领"的口号,他在抓革命英雄主义教育的基础上,反复对部队进行加强组织纪律和增强内部团结的教育。他以队列训练为突破口,狠抓正规化建设。他还带头练习跳伞。同志们见朱云谦由军参谋长改任师长,不计较个人名位,一心一意搞好部队建设,都深受感动。陆战师这支新建部队很快地走上正轨,为以后空降兵部队的建设和壮大奠定了良好基础。

★☆★☆★ 朱云谦

13."文化大革命"中遭到诬陷

WENHUADAGEMING ZHONGZAODAOWUXIAN

1952年8月,朱云谦奉命到南京军事学院空军系学习深造。入学后先补

习文化。他用半年时间,学完了全部高中课程,被评为优等生。从1953年初起进入本科学习,并担任学员队长。在长达四年多的学习期间,朱云谦怀着建设强大的现代化的人民空军的心愿,刻苦钻研,深思苦读,尊重教员,严守纪律,学习成绩名列前茅,思想作风表现优异,两次获得院长兼政委刘伯承的表扬。1956年初荣获军事学院二等奖。在由院长兼政委刘伯承签署的毕业鉴定中,对朱云谦的评语是:进取心强,思想上积极要求进步;学习期间任队长,工作积极负责;学习积极努力,接受力与理解力较强,对所学战术理论及政治理论领会较深刻,学习成绩优良。

1955年,朱云谦被授予少将军衔,并荣获三级八一勋章、二级独立自由勋章和一级解放勋章。1956年5月,任广州军区空军副司令员。

50年代前期,空军训练主要是按苏联空军的一套进行,有很多东西不适应中国情况。朱云谦在广空分管飞行训练。他深入调查研究,很快探索出一条适合我国南方气候特点的飞行训练新路子,大胆组织了低气象条件下的飞行训练,特别是狠抓了指挥员的培训,使部队的机动能力和作战水平有了显著提高。他在叶剑英主持的训练会议上介绍了经验,并受到叶剑英的赞扬。1962年东南沿海紧急备战,朱云谦主持广空的战备工作,也受到叶剑英的夸奖。

1963年3月,朱云谦调空军学院任第一副院长、党委副书记,并任空军党委委员,主持全院经常性领导工作。朱云谦对学院各项工作建设都抓得很紧。他强调坚决贯彻党的教育路线,贯彻中央军委的战略方针,提倡认真研究第二次世界大战中空战和空军建设的经验,结合我军的实际情况,探索未来战争中空军的作战运用。他亲自考核干部,调配教学骨干;他亲自规划、改进教学设施,修操场,建游泳池;他亲自抓管理教育,严格要求。他为建好空军学院,培养优秀的空军指挥员队伍,付出了艰辛的劳动和大量心血。

在"文化大革命"中,朱云谦受到林彪反革命集团的残酷迫害。1966年底，吴法宪操纵一些空军院校的学员，半夜里把朱云谦从宿舍里拉出来批斗，诬蔑他“反对空军党委”。空军学院的造反派也捏造罪名，对他组织多次批斗，给他扣上“反革命修正主义分子”和“叛徒”等帽子。在批斗中打断了他的肋骨，阴谋置他于死地。1967 年 3 月，吴法宪诬陷朱云谦“反党”，将他非法关押。1969 年 10 月，朱云谦被送到空军军粮城农场监督劳动。在长达五年的迫害期间，朱云谦身心受到严重摧残，家属子女也被下放劳动。在逆境中，朱云谦坚持真理，刚直不阿，不向林彪一伙低头，坚信党的正确路线终将取得胜利，表现了一个共产主义者革命的坚定性和不屈不挠的斗争精神。

★☆★☆★ 朱云谦

14.为部队建设倾注心血

WEIBUDUIJIANSHEQING ZHUXINXUE

林彪反革命集团被粉碎后，1974 年 1 月，朱云谦回到广州军区空军任副政委，1975 年任政委。他坚决贯彻中央军委的正确方针，同江青反革命集团的种种干扰破坏进行了有力的斗争。由于连年“突出政治”，部队的飞行训练和战斗力水平大幅度下降。1973 年广空所属轰炸航空兵某师人均飞行时间仅 57.08 小时，连原有水平都不能保持。到西沙之战时，建制团都无法担任作战任务，只得临时抽调全师副大队长以上干部组成“军官团”上阵。朱云谦抓住这个严峻事例，反复强调加强飞行训练的必要性和迫切性，要求部队严格按飞行条令大纲的规定实施训练，切实打好基础。1975 年军委扩大会议后，朱云谦根据叶剑英、邓小平的指示精神，同广空王海司令员亲密合作，从抓整顿入手，狠抓各级领导班子建设，把训练放在战略地位，把飞行作为航空兵部队经常性的中心工作，积极组织部队苦练精飞，使广空最早达到 10 个甲类团的要求。

1976年初江青反革命集团刮起“反击右倾翻案风”的妖风。朱云谦保持清醒头脑，立场坚定，及时统一党委常委的思想，并分别向机关和部队一些领导同志打招呼，提醒他们要抵制错误思想的影响。有人要在训练会议上提出“以批邓、反击右倾翻案风为纲”，他明确表示反对。他还严肃指出，把出来工作的老干部称为“还乡团”是错误的。作为广空的第一把手，朱云谦这些言行，对广空部队的稳定起了重要作用。

1976年10月，党中央一举粉碎了江青反革命集团，宣告结束为害10年的“文化大革命”，全党全军进入拨乱反正的新时期。1978年10月，朱云谦调任中国人民解放军总政治部副主任，分管干部工作。当时由于10年“文化大革命”的积累，干部工作中难题成堆，受打击、迫害的老同志的冤、假、错案亟待平反纠正，庞大惊人的干部数量亟待“消肿”，普遍老化的干部队伍亟待更新，各级干部的军政文化素质亟待提高，被破坏、废弛的规章制度亟待恢复和健全，还要根据新的问题新的情况制定新的规章制度。大量急迫的工作摆在朱云谦面前。朱云谦以党的十一届三中全会精神和中央军委叶剑英、邓小平的指示为依据，协助总政治部主任，竭尽全力担起繁重的、棘手的、细致的具体工作。从1980年4月到1982年9月，他还兼任总政治部干部部部长。他和机关干部一起分析研究情况，认真听取来自各方面的反映，热情接待来访要求解决问题的各行各业的干部。不论在办公室或家里，不论白天还是黑夜，他想的谈的全是工作上的事。他积劳成疾，还常常拖着虚弱的身子到部队去，到边防海岛去，调查研究各级领导班子、基层干部和离退休干部的情况、问题及解决办法。他从实际出发，提出了许多有价值的建议和意见，成为中央军委和总政治部一些重要决策的依据和参考。1980年军委邓主席提出选些年轻、有文化的优秀干部到院校培养。朱云谦亲自到部队物色对象，先后选了五批40岁左右、具有高中文化程度、德才条件较好的优秀干部送三大学院培养深造。1986年他提出，要从组织上稳定干部，要通过有计划的进出、晋升，促进新老正常交替，使干部在一个岗位上扎扎实实干几年，经受锻炼，积累经验，增长才干。为实现我军干部队伍的革命化、年轻化、知识化和专业化，为加强我军的干部工作，朱云谦做了大量工作，倾注了大量心血。

朱云谦十分尊重和关心老干部。在历史上，他多次担任副职主持实际工作，由老同志担任正职，但他从不计较个人名位；任总政副主任时，他通过认真细致的调查研究，使一些老干部的冤、假、错案尽快得到平反，解决了不少历史遗留问题；对干休所的管理，离休干部的跨区安置，他也结合部队实际，想了很多好办法。只要政策允许，他尽量帮助解决离退休干部中的一些困难和问题。朱云谦同样十分爱护和支持新干部和年轻干部。在同比他年龄小、资历浅的同志共事时，他从不摆老资格，遇事相互商量。他既出主意想办法，又不包办一切个人说了算。当比他年轻资浅的同志位子排在他前面时，他也尊重其领导，支持其工作。他用自己的模范行动，扶持新生力量的成长。

1982年朱云谦出席了党的第十二次全国代表大会，并被选为第十二届中央委员会委员。1987年他当选为党的十三大代表，并被大会选为中央顾问委员会委员。1987年11月，他离开了总政治部副主任岗位。在住院治病中，他热情关心国家建设和军队建设，每天读书、看报、听广播，坚持学习马列著作和毛泽东著作，学习邓小平等党和国家领导人的讲话和文章，时时刻刻做到同党中央在政治上保持一致。他和叶飞、陈丕显一道，主持“南方三年游击战争史料丛书”编审委员会的工作，并带病撰写革命战争回忆录。

1988年8月，朱云谦荣获一级红星功勋荣誉章。

1989年1月28日18时10分，朱云谦因病医治无效，不幸在北京逝世。从1931年12岁参加革命，到70岁逝世，朱云谦在革命队伍中生活了58年。他从一位年幼的红军战士，成长为我党我军能文能武、又红又专、军政兼优的高级领导干部。在历次革命战争时期和社会主义建设时期，他忠于党、忠于人民，忠于共产主义事业。他的一生，是为共产主义奋斗不息的一生，为人民鞠躬尽瘁死而后已的一生。他不愧为中国共产党的优秀党员，忠诚的共产主义战士，我军优秀的军事指挥员和优秀的政治工作领导者。

★巧谋智胜——何正文

何正文(1917~2000),四川省通江县人。1932年参加当地游击队,后改为中国工农红军。1933年加入中国共产主义青年团,1934年转入中国共产党。土地革命战争时期,任红73军独立营班长、排长,红第31军司令部手枪营排长、副连长,庆阳步兵学校连长兼军事教员。参加了长征。抗日战争时期,任游击队大队长,八路军129师随营学校连长、副营长兼主任教员,骑兵团参谋长,随营学校训练科科长,385旅司令部队训股长,769团参谋长,太行军区第2、第5军分区参谋长,第6军分区副司令员兼参谋长。解放战争时期,任武沙纵队参谋长兼18旅旅长,太行军区参谋长,第四军分区司令员,晋冀鲁豫军区9纵队参谋长,第二野战军11军32师师长。中华人民共和国成立后,任川东军区参谋长,四川军区参谋长,成都军区副司令员兼参谋长,中国人民解放军副总参谋长。1955年被授予少将军衔。中国人民政治协商会议第六、第七届全国委员会常委。

★☆★☆★ 何正文

1.巴蜀少年当红军

BASHUSHAO NIANDANGHONGJUN

何正文,1917 年 3 月 15 日出生于四川省通江县板桥乡的一个贫苦家庭。他家祖祖辈辈靠打短工为生,地无一垄,房无一间,全家老小住的是一间勉强能够租得起的破烂瓦房,凄风苦雨,艰难度日。父亲老实忠厚,为人正直,给富人当了大半辈子长工。母亲是一位勤劳善良的农家女子,毕生辛劳地操持家务和养育子女。尽管父母风里来,雨里去,起早贪黑地干,但全家人只能过着"大半糠菜少半粮"的贫苦生活。

何正文是家中的长子,下有两个弟弟,他不满 8 岁就艰难地帮助父母亲挑起了家庭生活的重担。他先是到镇上一个地主家里打零工。一个弱小的少年,要为地主收割庄稼,到地里干繁重的活,还要挑水、砍柴、扫院子,侍候地主家的老小,稍不随主人的意,就要挨打受骂受凌辱,这在他幼小的心灵里埋下了阶级仇恨的种子。后来,何正文愤然离开了地主家,帮着母亲炸麻花拿到镇子上去卖,帮着卖猪肉的父亲记账。父亲为了让何正文能念上书,饿着肚子干着两个壮劳力的活,全家人也忍饥挨饿,就这样,何正文断断续续勉强读了两个半年的私塾。家贫愈奋,何正文在苦难中读书十分刻苦,学习成绩名列前茅,先生对他寄予很大的希望。但是,终因家境贫寒,不得不辍学继续帮助父母维持全家生计,终年劳累,不得温饱。何正文参加红军后,两个弟弟和刚出生的一个妹妹都先后被饥饿和病魔夺去了生命。

1932年的深秋,由于张国焘的错误路线,鄂豫皖革命根据地的第四次反"围剿"失败了,红四方面军主力不得不西进川陕,开辟新的根据地。在徐向前总指挥的率领下,红四方面军顶风冒雪,历尽艰辛,翻越了秦岭和大巴山,开路先锋团在红 73 师王树声师长的指挥下,12 月 18 日一举攻占了通江北部边界的入川门户两河口。红四方面军主力迅速夺取了通江、南江、巴中地区,为建立川陕革命根据地,创造了有利条件。

12月中旬,红军来到距通江县城170余里的板桥乡。红军的到来,使何正文感到十分新奇,他看到红军不打人,不骂人,一个个和蔼可亲,给穷人分发衣物和粮食,帮助穷人担水、劈柴和干一些杂活,在地主的墙院上还张贴着红军“打富济贫”的标语,短短两天时间,就使这个穷苦的山乡欢腾起来。何正文从来没有见到过红军,他过去所看到的是无恶不作的川军。“红军到底是什么队伍?怎么对穷人这样好呢?”这使何正文感到不解,他思考着,寻求着解答心中疑问的答案。

一天,何正文看到板桥口一座土地庙门前的小平坝上站着四五个身背驳壳枪的红军,围着一个胸前挎望远镜的红军在那里东张西望,指指划划,何正文跑了过去,好奇地看着这几位红军。那个挎望远镜的红军发现了何正文,就主动走到他跟前,亲热地问:“小兄弟,家住哪?今年多大了?”何正文见到这位红军面带笑容,说话和气,开始的拘束感早就无影无踪了。他指了指身后的板桥口说:“就住在小坝子的边头。我今年15岁了。”“喔,我比你大

红军在反“围剿”斗争中转移作战

12岁，该是你大哥了！"说完，这位红军就哈哈大笑起来。接着，这位红军大哥又与何正文拉开了家常，问他家里有几口人，念过书没有，还与他开了几句玩笑，真好像是何正文的亲近大哥似的。这时，何正文终于吐出了自己心中的疑问："红军是什么队伍？打不打有钱人？"这位红军大哥听后，脸上的笑容消失了，凝视着眼前这位衣不遮体、面黄肌瘦的少年，拉着他冰冷的手深情地说："小兄弟，红军是咱穷人自己的队伍，是为穷人翻身求解放的。"在苦水中泡大的何正文听后，激动得眼里闪着泪花，脸上第一次露出了发自内心的笑容。后来他才知道，这位红军大哥就是红73师王树声师长。

这天夜里，何正文失眠了。白天的情景使这位15岁的少年激动不已，红军的所作所为，使他真正看到了自己的队伍，使他早已埋藏在心底的革命种子发芽了，他决心跟着红军走，为受苦人谋一条生路。寒风透过破损的门窗阵阵袭来，热血在这位少年的周身沸腾。第二天，何正文毅然参加了红军在当地组织的游击队，不久就正式编入了王树声指挥的红73师独立营。

★☆★☆★ 何正文

2.经受战斗的洗礼

JINGSHOUZHANDOUDEXILI

红军占领了板桥乡后，继而解放了通江县城。1933年1月，国民党川陕边区"剿匪"督办田颂尧，会同军阀杨森、刘存厚，以38个团、约6万人的兵力，对红四方面军进行了"三路围攻"。敌人的兵力是红军的三倍。在敌强我弱的情况下，红四方面军坚决执行了徐向前总指挥提出的"收紧阵地，诱敌深入，集中兵力，各个歼灭"的作战方针，在运动中逐步收紧阵地，步步诱敌深入，寻找有利时机进行阻击、袭击，适时反击敌人。经过三个多月的战斗，敌人的"三路围攻"节节受挫，连遭打击，伤亡逾万，士气十分低落。5月上旬，敌主力左路纵队由原25个团减少到13个团,进至空山坝地区;右路纵队的8个团,于5月14日抢占了竹峪关。5月17日,红四方面军首长在空山坝的总部驻地召开军事会议,分析了敌我态势,认为举行反攻的时机已基本成熟,决定首先歼灭竹峪关之敌,以解除右翼威胁,尔后集中兵力歼灭进入空山坝地区之敌。红73师的任务是坚守大、小骡马及小坎子阵地,抗敌攻击,伺机由正面发起进攻。

何正文经过几个月的大小战斗,已是一名较有作战经验的红军战士了,他被提升为师独立营班长。他们坚守的阵地与敌人的阵地只有一沟之隔。他和全班战士昼夜不停地挖战壕、修工事,并利用夜暗多次袭扰敌人,有时消灭敌人一个排,有时消灭敌人一个班。为了掌握敌情,有一次他同两名战士乘雨夜出袭,抓回了一名俘虏。

5月18日,敌人发起猛攻。当时,红军物资、弹药奇缺,每人只有半斤炒面,大部分是用竹笋充饥,何正文手中仅有的三颗子弹还是他参加同当地国民党民团作战时缴获的。他在阵地上摆满了石头,战斗打响后,他先是用石头砸,敌人冲上来了,他跃出战壕,挥舞大刀冲入敌群,与敌人展开殊死的肉搏战。由于他年小力弱,在拼杀中有好几次都是指导员邱立才和老红军战士从敌人的刺刀下把他救出来,仅有的三颗子弹,即使在他生命受到威胁的时刻,他一颗也没有舍得打。真可谓爱弹如命,视死如归!就这样,何正文与战友们在战斗极其残酷的情况下,坚守阵地三天四夜,打退了敌人一次又一次的疯狂攻击,没有丢失一寸阵地。

5月20日,红73师以一个团的兵力冒雨穿过空山坝西北的深山密林,插入敌之左侧,歼敌一部,抢占了有利地形。翌日拂晓,师主力发起攻击,何正文与战友们如同离弦的利箭向当面之敌扑去。他平端着上了刺刀的步枪,冲入敌人阵地,一连捅倒三名敌人,带领全班冲到了敌人一个连指挥所,对一名敌军官高声喊道:"缴枪不杀!红军宽待俘虏!"这名敌军官还没有看清

何正文，就扔下手里的武器，忙说："官长，请不要开枪，我们投降。"可他哪里知道，这位"官长"不过是一名十几岁的红军战士，身上只有三颗子弹。红73师在王树声师长的指挥下，激战至24日，敌左路纵队的7个团，击溃其6个团，俘敌旅长杨选福以下官兵5000余人。经受战斗洗礼的何正文，越战越猛，饥渴、寒冷、劳累他全然不顾，随主力继续扩大战果，奔袭40里山路，向逃往广元方向之敌追击。6月10日，红73师王树声师长指挥217团的两个连，仅以轻伤两人的代价，夜袭并攻占了地形险要的华盖山，歼敌百余人。6月12日，红73师向旺苍坝发起攻击，歼敌29军的一个旅大部，一举攻占了旺苍坝。随后，又迅速向广元发起攻击。此次追击战斗，红73师俘敌6000余人。红四方面军历时四个月之久的反"三路围攻"作战胜利结束。由于何正文在战斗中机智勇敢，战绩显著，被提升为师独立营排长。

6月底，红四方面军徐向前总指挥在旺苍县木门场召开军事会议，总结反"三路围攻"的作战经验，停止由于张国焘造成的部队内部错误的"肃反"。会议还决定，将红四方面军的四个师扩编为四个军。何正文所在的73师，扩编为第31军，王树声任军长，张广才为政委。何正文任该军92师276团排长。8月，何正文加入了中国共产主义青年团。1934年1月，他光荣地转为中国共产党党员。转为党员的这一天，何正文心情十分激动，是党把他从一个穷孩子培养成为一名红军排长，是党教导他懂得了革命道理。他兴奋地举起左手向党旗庄严宣誓：永远跟着共产党，革命到底不回头。从此，鲜红的党旗下，又多了一名赤胆忠心的无畏战士。1933年11月至1934年8月，何正文参加了反击四川军阀刘湘组织的"六路围攻"战役。在这次战役中，同何正文患难与共、生死相依的指导员邱立才同志牺牲了，何正文也负了伤。那是6月下旬的一天夜里，红92师276团在师长陈友寿、政委叶成焕的指挥下，向敌29军的一个团占据的苍溪县境内的运陡山阵地发起了夜袭战。何正文所在连队担任了这次夜袭战斗的主攻，战斗于午夜打响，他和连指导员邱立才

遵义会议会址

带领两个排的兵力，在火力掩护下，从翼侧迅速向敌前沿阵地冲击，首先攻上了敌人阵地，打开了突破口。正当他们准备继续向纵深攻击的时候，一颗子弹打中了何正文的右脚。由于他的身体已经十分虚弱了，加之流血过多，再也支持不住而昏了过去。当他从昏迷中苏醒过来的时候，发现身边的指导员邱立才同志已经牺牲了。邱立才是何正文的转党介绍人之一，是他领着何正文在党旗下宣誓，在艰苦的斗争岁月里他与何正文结下了深厚的战友之情。何正文强忍悲痛，怀着满腔仇恨，挣扎着站起来向敌人冲去，可是没冲几步他又昏倒在地上。是战友们把他从阵地上救了下来。何正文的伤口染上了敌人洒下的毒剂，腿肿得很厉害，他被送进了木门镇红军医院治疗。红军的医疗条件很差，他的伤还没有得到痊愈就焦急地返回了部队，被留在军司令部手枪3连任排长。

这次反“六路围攻”战役，红四方面军付出了伤亡2万余人的代价，但取得的胜利是巨大的，先后共毙伤俘敌8万余人，粉碎了敌人的“六路围攻”，

进一步巩固了川陕革命根据地。10个月的反击作战,使何正文懂得了红军之所以能够在十分艰难困苦中战胜强敌,是因为有共产党的领导,是因为有一大批像邱立才同志那样的共产党员,也是因为有广大劳苦群众的支持。他在日记中写道:“我是一名共产党员,为了穷人能过上好日子,就是死我也心甘情愿。”这个时期的何正文,并不懂得马克思列宁主义,但是,他的朴素的阶级觉悟和投身于革命的真挚感情,是他成为有崇高理想的共产主义战士的思想基础。

★☆★☆★ 何正文

3.长征途中创下奇迹

CHANGZHENG TUZHONGCHUANGXIAQIJI

1935年3月,任红31军司令部手枪营排长的何正文,参加了红四方面军发起的强渡嘉陵江战役。在这次渡江战役中,他带着尚未痊愈的伤痛,以坚韧不拔的毅力和英勇顽强的精神,随31军主力从苍溪以北的鸳溪口强渡成功,迅速攻占了四川军阀刘汉雄的险要阵地火烧寺。随即在王树声军长的指挥下,红31军一举抢占了四川另一军阀邓锡侯的江防要地剑门关。历时24天的强渡嘉陵江战役胜利后,张国焘看不到这次战役的胜利给红军带来的新变化,借口与红一方面军在川西南会合,擅自决定放弃川陕革命根据地,带领红四方面军向川西北的中坝、江油、青川、平武等县转移。不久就开始了长征。

1935年6月13日,红一、四方面军先头部队在夹金山下的懋功、达维胜利会师。6月16日,中共中央政治局在懋功以北的两河口举行会议,决定两军会师后,集中主力向北进攻,首先取得甘肃南部,以创建川、陕、甘根据地。遵照这个决定,两军主力组成了左、右两路纵队,并肩向松潘及其西北地区开进。7月中旬,红四方面军31军和红一方面军一军团各一部兵力,攻占了

毛儿盖。8月初，中共中央政治局在毛儿盖举行会议，进一步重申了两河口会议精神，决定红一方面军5军团、9军团和红四方面军第9军、第31军及军委纵队一部为左路军，由红军总司令朱德、总政治委员张国焘率领，经阿坝北进；红一方面军1军团、3军团和红四方面军第4军、第30军及军委纵队一部为右路军，由前敌总指挥徐向前、政治委员陈昌浩率领，经班佑北上。中共中央随右路军行动。

张国焘在毛儿盖会议上虽表示同意中共中央的北上方针，但是会后却提出了与中央决定完全相反的南下川康边的主张，致使左路军广大指战员三次爬雪山，三次过草地，挨饿受冻，吃尽了苦头。何正文经历了这次由于张国焘的错误给红军带来重大损失的全过程。

7月下旬，何正文所在的红31军司令部手枪营3连，在参谋主任陈增联的带领下攻占茂县后，突破岷江，经黑水、壤口、查理寺，向阿坝开进。从壤口到阿坝要经过茫茫的水草地，那里没有道路，没有人烟，气候更是变化无常，忽儿风雪冰雹，忽儿浓雾弥漫，忽儿狂风骤起，忽儿暴雨倾注。草丛下河沟交错，泥泞不堪，腐草结成的地表面十分松软，稍不小心，人和牲口陷进去，就再也起不来了。红军地形生疏，没有粮食，没有被服，没有药品，野菜、树皮、草根、皮带、皮包、枪背带等都成了红军战士充饥的食物，身患疟疾的何正文在跋涉途中，身上忽儿发冷，忽儿发热，阴沉沉的天空飘着雪花，寒风阵阵袭人，大粒大粒的虚汗顺着他的脖子往下淌，浸透了他身上破旧的单衣和他那顶红军八角帽，他强忍着疾病带来的痛苦，一步一步艰难地行进着。他带领手枪营一个排，在军参谋主任陈增联同志的指挥下，担负着掩护军部机关安全转移和收容伤病员、掉队人员的任务。国民党军胡宗南部对红军进行前堵后追，当地少数民族的反动头人与国民党特务及散兵游勇相勾结，也不断地袭扰红军。何正文与战友们几乎每天都要与敌人的骑兵周旋，有时一天要与敌人交火三四次。在一次战斗中，参谋主任陈增联的警卫员牺牲了，骑骡也

被打死了，何正文就把排里的一匹马调给了陈增联骑用。红军精疲力竭，战斗力很弱，但是，一发现敌人，饥渴、寒冷、病痛都忘了，每个红军战士想的都是"引开敌人，保证军直机关的后方安全"。何正文就是在这种极其艰难的条件下，率领全排对敌人的袭扰采取声东击西和麻雀战术，一次又一次地引开敌人，保证了军部机关的后方安全。

8月下旬，部队进至阿坝以北的噶曲河边。这时，张国焘为了达到反对中共中央北上方针、另立中央的目的，以河水上涨为由，命令左路军先头纵队和右路军中红四方面军的第4、第30军，分别由阿坝、包座地区南下。何正文所在的红31军随左路军先头纵队，再次跋涉四野茫茫、渺无人烟的草地。广大指战员饥寒交迫，许多红军战士没有倒在敌人的枪炮下，却陷进了沼泽泥潭或倒在冰雹下。走过草地后，红31军南下松岗、达维，翻越夹金山，相继夺取了宝兴、芦山、天全后，向名山、雅安及其东北方向进攻，于1935年11月参加了徐向前指挥的百丈关决战。这一仗，红四方面军苦战一个昼夜，歼敌1.5万余人，红军本身也付出了相当大的代价。战后，何正文调到红四方面军红军大学军事指挥连学习，任排长。

经过磨难的左路军广大指战员，识破了张国焘分裂红军、分裂中共中央的阴谋，纷纷要求执行中共中央确定的北上方针。在这种情况下，红四方面军第二次北上。红军大学在刘伯承的率领下，随红四方面军于1936年2月再次翻越山高坡陡、气候寒冷、常年积雪的夹金山。夹金山，海拔4500米，地势复杂，气候变化无常，上午9时以后，狂风呼啸，有时冰雹倾注，有时大雪纷飞，红军战士为了赶在上午9时以前翻过隘口，不得不在夜晚顶着刺骨的寒风登山。由于红军物质条件缺乏，长期艰苦征战得不到补充和休整，指战员们的体力消耗过大，许多红军战士带着疾病、伤痛行军，每走一步都要使出全身的力气，有的掉进了覆盖积雪的山沟，有的被冻死、饿死在雪山上。何正文身负重荷举步艰难，他强支撑着虚弱的身体，一步一步地攀登着，刚刚翻过隘口，他的体力实在支持不住了，眼前一黑昏倒在雪坑里，当他苏醒的时候，发现自己正被指导员胥光义和几个战友抬着下山。阶级兄弟的心紧紧地与何正文的心贴在一起，战友的体温似一股暖流传遍了何正文的全身，使他禁不住两行热泪夺眶而出，湿润了战友的肩头。何正文的体力稍微得到了恢复，在战友的搀扶下翻过了夹金山。

何正文随部队于2月下旬进至丹巴。从丹巴至道孚，要翻越海拔5000多米的党岭山，山上终年积雪，空气稀薄，风暴、雪崩不断，在当地藏族群众的心目中，党岭山就好像一道噬人生命的鬼门关。为了征服党岭山，何正文

中央主力红军开始长征的出发地——江西瑞金

与战友们准备了两双草鞋和一副铁脚码子，每人还准备了三天的干粮和一些辣椒、生姜、绳索、铁锹等。头天下午他们便出发了，顶着刺骨的寒风，在零下二三十度的半山腰过了夜，第二天一早他们就开始爬山了。越往山顶爬，越感到头重脚轻，呼吸困难，何正文与战友们手拉着手，一步一步地往山顶挪，许多红军战士的衣服结了冰，眉毛、胡子也都结满了冰霜，还有的同志被

冻僵在雪地里，长眠在党岭山上。在下山的途中，指导员胥光义由于过度疲劳，不慎陷进雪坑里，再也没有力量爬上来了。何正文带领几名学员从雪坑里救出胥光义，搀扶着他继续下山，阶级兄弟的心再一次紧紧地贴在一起了。这两位年轻的红军战士，在生与死的搏斗中所迸发出的阶级情谊，不愧是人和人之间最真挚、最纯洁、最高尚的感情了。红军正是将这种感情，化作了强大的凝聚力和战斗力，创造了世界历史上前所未有的奇迹。

2月底，何正文随红大进至道孚，3 月 15 日攻占炉霍，进行了短期整训，4 月初部队继续乘胜前进。红四方面军先头部队于 6 月底在甘孜与红二方面军胜利会师。同年 7 月，红二、四方面军继续北上，第三次跋涉数百里茫茫草地。这次穿行草地，虽然准备比较充分，但比以往两次路程更远，时间更长，经历的困难更加严重。指战员们所带的干粮不足沿途食用，再次以野菜、草根以至皮带、牛皮来充饥，渴望着早日与中央红军会合，走上抗日前线。这一强大的精神支柱，鼓舞着何正文与他的战友们，以坚韧不拔的意志和英雄气概，忍受着饥饿、寒冷和病痛的折磨，战胜了敌人的围追堵截，战胜了大自然带来的重重困难，艰苦跋涉一个多月，经阿坝、班佑，于 8 月初到达包座。部队进行了短期休整后继续北进，经腊子口，翻越岷山，过哈达铺、岷县，于 10 月 9 日到达会宁。红一、二、四方面军胜利会师。若干年后，何正文与胥光义回忆起当年的情景时，心情仍然无比激动。有一次，何正文到某团视察工作，发现官兵关系存在着一些问题，他向这个团的领导讲述了这段历史故事，并嘱咐说："要用我军的光荣传统教育干部，教育部队，把干部战士拧成一股绳。"

在长征的路上，何正文领受了红大校长刘伯承的教诲。刘伯承专门听取了他关于基层党组织建设的汇报，教导他要重视党内的批评与自我批评，活跃党内的民主生活。他在担任红大军事指挥连党支部书记期间，工作开展得很有起色，刘伯承校长亲临他所在的连队检查工作，对于他的工作给予肯定

HE ZHENGWEN

和表扬。在阿坝,何正文还结识了红军总司令朱德,并和朱总司令一起打过篮球。朱总司令的艰苦生活、群众观点和民主作风,深深地留在了他的心中。他先后担任了红大指挥连排长、青年连连长。长征胜利后,红大的指挥连、政治连、青年连、特种连等,于1936年12月与红大三分校在庆阳会合了,改为红军庆阳步兵学校,何正文担任了步校的连长兼军事教员。

作为红军长征战斗行列中的一员,何正文把长征看成是他一生中最宝贵的财富,最有价值的一段战斗经历。他从长征中常常感受到,人的理想一旦确立,人的精神一旦唤起,将会产生无敌的威力。这也是他后来历尽千辛万苦而终身不悔的信念之源泉,力量之源泉!

★☆★☆★ 何正文

4.不愿戴“青天白日帽”

BUYUANDAI QINGTIANBAIRIMAO

抗日战争爆发后,红四方面军的第4、第31军改编为八路军第129师,

我军部队深入敌后作战

红军庆阳步校改编为八路军总部随营学校。因部队刚刚整编,红军的八角帽换成了佩有国民党青天白日帽徽的军帽,何正文同许多红军指战员一样,在感情上接受不了。新军帽已换了好几天,可何正文仍旧戴着红军的八角帽。庆阳步校政委袁国平知道何正文思想上不痛快，就耐心地开导他说:“当前国家危难,我们的主要任务是团结抗战,只要能把日本帝国主义赶出中国,换顶帽子又能算得上什么呢？”袁国平还给他讲了彭德怀带头换帽子的故事,这使何正文深受教育。

1937年 8 月 1 日,何正文从庆阳步校毕业后,留校编入干部队,从韩城渡过黄河,在侯马乘火车沿同蒲铁路到河边村下车,尔后徒步行至随营学校

八路军举行抗日誓师大会

所在地五台县的苏子坡。不久,何正文奉调给 129 师徐向前副师长当参谋。当时,徐向前指挥阎锡山部的两个师抗击日军,保卫忻州、太原。但阎锡山抗日是假,保存实力是真,不久就将抗击日军的两个师撤回。何正文跟随徐向前回到了八路军 129 师。在这期间，他从徐向前身上学到了许多优秀的品质,领略了徐向前高超的指挥艺术。

1937 年 11 月 8 日,太原失陷。根据毛泽东关于“129 师在晋东南,准备

长期坚持游击战争”的指示，刘伯承师长，张浩主任(政训处)，在山西省和顺县石拐儿镇召集干部会议，决定抽调大批有指挥作战经验、能独当一面的干部和部分兵力，在晋东南各县建立游击纵队，发动群众，扩大武装，开创抗日根据地。何正文担任了榆社县自卫游击纵队大队长，在同蒲、正太铁路沿线的平遥、祁县、太谷、介休、榆次等县，与日军展开游击作战。榆社县各村的地主勾结起来，秘密组织反动武装，挑拨群众与八路军的关系，千方百计刁难和破坏八路军筹粮、筹款和扩兵工作，何正文带领游击大队深入群众，走到哪里就把党的抗日方针、政策宣传到哪里，争取一切能够争取的力量，而对于那些与八路军作对的“维持会”和汉奸则给予了坚决的打击。群众看到了有八路军撑腰，打消了顾虑，积极配合八路军开展抗日斗争。何正文还率领游击大队帮助各区乡建立了抗日民主政府，很快打开了榆社县的抗日局面。12 月上旬，正太路沿线的日军从平定、昔阳、榆次、太谷等地，出动 2000 余人，兵分六路，对 129 师主力实施围攻。何正文指挥游击大队寻找有利时机，采取避实击虚、出敌不意等战术，与敌周旋，抓住一小股敌人，就狠打一下，敌人来势凶猛，就骚扰、迟滞敌人，有力地配合了正面作战的 772 团。由于游击队的不断袭扰，日军捕捉不到 129 师主力，加之地形生疏，遂全部撤回。

★☆★☆★ 何正文

5.刘伯承问“为何把名字改了”

LIUBOCHENGWENWEIHEBAMINGZIGAILE

1938 年 1 月，中央军委任命邓小平为 129 师政委，张浩回延安养病。从这时起，何正文就在刘伯承、邓小平的指挥和领导下，进行战斗和工作。同年 4 月初，侵华日军华北第 1 军集中兵力 3 万余人，由同蒲、正太、平汉铁路线及长治、屯留等地出动，兵分九路向晋东南根据地大举进攻。在这次战役中，

何正文指挥榆社游击大队，阻击由祁县、太谷出犯之敌。他积极寻找战机，利用有利地形伏击、侧击敌开进纵队，阻敌于东、西固城地区，为师主力歼敌创造了有利条件。随后，他带领游击大队配合师主力回转武乡以东长乐村一带，迷惑、钳制敌人，掩护主力歼灭长乐村以西被围之敌。整个战役历时 23 天，129 师及各县游击大队在刘邓首长的指挥下，共歼敌 4000 余人，收复县城 18 座，彻底粉碎了敌人的“九路围攻”，进一步扩大和巩固了晋冀豫抗日根据地。在长乐村战斗中，何正文在红 93 师时的老政委、改编后任 772 团团长的叶成焕同志，不幸光荣牺牲。

同年 7 月，何正文奉命调回 129 师工作。他途经师部驻地黎城时，刘伯承师长知道了，找他去谈话。何正文指挥的榆社游击大队打了一些漂亮仗，刘师长已有所耳

抗战初期的何正文

闻，但何正文改名为“何化一”，刘师长却不知道。在谈话中，刘师长了解到这一情况后就问他：“你不是叫何正文吗？怎么叫何化一呢？”何正文不好意思地回答说：“当兵打仗嘛，要‘文’干什么，就改了。”刘师长先是风趣地说：“人的名字是个代号，便于记忆嘛！我叫刘伯承是个代号，你叫何正文也是个代号，你改它干啥子嘛！”几句话把比较紧张的何正文给逗笑了。接着，刘师长便十分认真地同何正文谈起了学习文化的问题。他说：“工农干部必须重视文化学习。没有文化怎么拟制战斗文书呀？怎么看地图呀？决不可轻视文化。军队如果没有文化那就是愚蠢的军队，干部如果没有文化那就是愚蠢的干部。没有文化是干不好革命的。”刘师长的一番话，说得何正文心里热乎乎的。刘师长告诉何正文：“掌握了文化知识，就等于掌握了一把钥匙，就可以打开军事、政治、科学知识的大门。”他要求何正文要读《三国演义》、《水浒传》、《红楼梦》三本书。从此，何正文把学习文化与干革命紧密联系起来，不论战斗多么紧张，不论环境多么艰苦，他总要挤出时间学习文化。寒冬腊月，夜幕降临时，只要情况许可，他就借着炉火的亮光学习。刘师长要求的三本书，他都想办法找来读了。后来，刘师长多次找他谈话，每一次都要询问他学习文化的情况，还要求他“必须写毛笔字，而且要写正楷”。于是，何正文不论是在行军途中，还是在战斗间隙，一有空就练习写毛笔字，有时没有笔墨，他就在地上练习。几度风雨几度春秋，情凝笔端尽兴游。在以后的几十年里，何正文努力实践刘伯承师长的教导，从来没有停歇过，每当他拿起毛笔，刘伯承师长教导他学习文化的情景就萦绕在脑际，刘师长的音容笑貌镌刻在他的心中。

1938年7月至1941年1月，何正文先后任八路军129师随营学校连长、副营长兼军事主任教员、营长、师部骑兵团参谋长、随营学校训练科长、385旅司令部作训股长等职。这段时间，何正文在刻苦学习文化的基础上，努力钻研军事理论和军事技术，尤其是他在随营学校党委和校首长的领导下，

为129师培养了许多优秀的基层军事指挥员、政治工作人员和参谋人员，他自己也在不断的教学和实践中，思想、文化素质和军事素质都得到了较大提高。1940年7月1日，八路军129师随营学校党委授予他"模范共产党员"称号。

1938年11月，何正文奉命调任129师骑兵团参谋长，当时他组织上服从了，可思想上还不太通。刘伯承师长察觉后，便找他去谈话。一见面，刘师长就开门见山地问："听说你不愿做参谋工作，是不是？"何正文诚实地点了点头。刘师长用深沉的语调说："参谋工作很重要，可不能轻视啊！轻视参谋工作是军阀思想在作怪。"刘师长又说："参谋工作是一门科学，也是一门专业知识，学问深得很呀！不懂得参谋工作，就不可能成为一名优秀的指挥员。"这次，刘师长与何正文的谈话进行了一个多小时，既有严肃的批评，又有耐心的开导，使何正文的思想开窍了，他向刘师长表示，一定要把参谋工作做好。1939年1月，何正文随129师李达参谋长，参加了八路军左权副参谋长在屯留县某村召开的八路军参谋长工作会议。在这次会议上，左权副参谋长详细地论述了参谋工作的重要意义，并指出："参谋人员要任劳任怨，要有甘当无名英雄的品德，有功归党委和军政首长，有过参谋人员要勇于承当。"左权还强调说："参谋人员还要做活字典，要能参善谋，亲自动手。参谋人员应该具有本级首长的水平，或高一些的水平。"这是何正文第一次参加参谋长工作会议，对他的教育非常深刻。在他以后任各级参谋长期间，始终遵照刘伯承和左权两位首长的教导，严格要求自己，工作十分努力。他还经常用自己的亲身体会教育参谋人员，不断地把自己做参谋工作的经验传授给参谋人员，使司令部的工作就像一部机器，运转得很润滑，很灵敏。正如许多熟悉他的老首长、老战友所说：太行山区有四位出类拔萃的参谋，何正文就是其中的一位。

★☆★☆★ 何正文

6."秀才"有了用武之地

XIUCAIYOULEYONGWUZHIDI

1940年8月至11月,何正文参加了震惊中外的百团大战。1941年5月,何正文调任129师385旅769团参谋长。同年8月,129师在刘伯承、邓小平的指挥下,为了粉碎敌人的秋季大"扫荡",打通太行山区与冀、鲁平原的交通,决定发起邢(台)、沙(河)、永(年)战役。在这次战役中,769团担负攻打伪"剿共第二路军"司令高德林的老巢公司窑。这是敌防御体系的中心,四周有三王村、申庄、秦庄、毛村等防御要点。任务明确后,何正文跟随团长郑国仲、政委漆远渥,带领参谋人员赴现地勘察地形,搜集兵要地志,及时地向团党委提出了作战决心的建议。在作战会议上,何正文详细地介绍了上级意图、敌我兵力对比和地形条件等,并就本团的决心方案作了说明。会后他又带领各营长到实地进一步明确任务,组织协同,并

何正文在阵地前沿

派遣侦察人员深入敌后进行侦察，掌握了大量的可靠情况，从而使本团的作战决心不断完善。战斗于31日午夜打响，何正文和营长张效义、教导员张天恕指挥第2营担任攻打公司窑外围的敌防御要点申庄。在部队向申庄逼近时，他随主攻连跟进，从敌人防御最强的申庄东北角突破，迅速占领了大半个村子，把敌人压缩到村西南的一个炮楼内。炮楼四周是一片开阔地，敌人设有铁丝网、壕沟、雷场等障碍，攻击分队很难接近，当时又没有重火器，一时拿不下来。何正文与营长张效义研究后，决定部队一面进行土工作业，一面向敌人发动政治攻势。在第2营强有力的政治攻势的瓦解下，炮楼里的守敌投降了。此时，攻打公司窑的第2、3营，攻占了高德林的一、二矿和兵工厂。经一天一夜激战，769团全歼了公司窑及其申庄要点的守敌。这一仗，对实现上级"中心开花，各个击破"的决心，取得了关键性的胜利。

邢、沙、永战役胜利了，但何正文并没有感到轻松，他作为团参谋长，要把这次作战的主要经验和教训写出来，这对于今后的作战很有指导意义。何正文由于平时就对学习文化和军事十分刻苦，这次他熬了两个通宵，写出了《攻坚作战的几点经验》一文，八路军《前线》杂志全文发表了这篇文章。这对第一次写文章的何正文来说，无疑是个很大的鼓舞。以后，他每打完一仗，都要把战斗的主要经验和教训写出来，并认真组织参谋人员进行战斗总结和学习。

7.誓为左权参谋长报仇

SHIWEIZUOQUANCANMOUZHANGBAOCHOU

1942年春，何正文所在的769团参加了粉碎日军向太行根据地的"扫荡"后，于三四月间，对占据翼城、浮山的国民党阎锡山部第61军的进攻，进行了自卫还击，经两天激战，击退了阎军进攻，收复了被其抢占的翼城、浮山地区。5月中旬,日军第1军为了消灭中共中央北方局和八路军总部及129师主力,并策应其方面军在冀中区的大"扫荡",以3万余人的兵力,采取"铁壁合围,捕捉奇袭"等战术,对太行、太岳抗日根据地进行夏季大"扫荡"。在这次战役中,769团抽出一个营随129师师部向太行山南部转移,团长郑国仲、政委漆远渥、参谋长何正文带领两个营的兵力进至桐浴、南崖铺之间地区,这时正遇见八路军左权副参谋长,左权问道:"谁的部队?"团长郑国仲立即答道:"769团。"左权说:"八路军总部和北方局正在转移,你们要掩护。"这样,769团就留下来参加了十字岭、南崖铺战斗。24日,日军完成了对北方局和八路军总部驻地武军寺、桐浴、窑门口、青塔、偏城、南艾铺地区的合围。翌日,日军在航空兵的支援下,以南艾铺和十字岭为目标发起围攻。769团营长李德生带领一个营的兵力于十字岭南侧掩护左权副参谋长在漳河指挥作战。这时,何正文在十字岭上,疟疾病又复发,总部保卫部长过来对他说:彭总在河边指挥作战,彭总不上来你不能走。为了确保彭总安全,何正文带领几名参谋人员到南艾铺,指挥部队抗击数十倍的敌人,并三次派人去催彭总转移到安全地带指挥。他的警卫员、马夫都先后牺牲了。在战斗异常艰苦、激烈的时刻,他到前沿阵地与战士们共同作战,他对战士们说:"多顶住一分钟,总部转移就多一分保障。"南艾铺的坚守分队在他的带领下,打得十分顽强,战至下午4时许,八路军总部和北方局机关已基本上转移了,但彭德怀副总司令还在河滩指挥冀中部队作战。这时,何正文带领部分兵力开始同日军转山头,吸引日军火力,有时与日军只相距百米,甚至几十米,同日军周旋了13个山头,又撤至十字岭阻击日军,掩护和接送彭德怀、罗瑞卿西撤以及最后一批总部人员转移。日军从两翼围攻十字岭,情况十分危急,何正文带领阻击分队,在左权副参谋长的指挥下,边打边撤,顽强抗击,经一个多小时激战,终于冲出了日军的重围。但是,正当队伍冲破最后一道封锁线时,几发炮弹打来,落在了指挥所的位置,杰出的军事战略家、参谋人员的光辉典范、

何正文崇敬的八路军左权副参谋长英勇牺牲了。当天夜晚，何正文的心情十分悲痛，他路过彭总住地时，彭总把他叫进屋里，对他说："我的心情和你一样，左权同志的牺牲对八路军来说是个很大的损失，我们一定要为左权同志报仇。"这时彭总还没有吃饭，问到何正文也没有吃饭，就做了一碗面条叫他吃，可彭总自己却不吃。此时此刻，何正文怎么也吃不下，他眼含泪水告辞彭

八路军战士开展大生产运动

总回部队去了。在后来的艰苦征战中，左权那种"太行山压顶不动摇"的英雄气概，始终激励着何正文，是他全力效仿的楷模。为了纪念左权，晋冀鲁豫边区政府决定将山西辽县改名为左权县，在河北邯郸晋冀鲁豫烈士陵园建有左权墓和左权纪念馆。

冲出日军重围后，何正文带领 769 团 3 连，于 5 月 31 日，在民兵的配合下，设伏于辽县东南的苏亭镇，歼灭日军运输队 140 余人，我仅亡一人、伤二人。伏击战的胜利受到了刘、邓首长的通报表扬。6 月中旬，129 师在刘、邓首长的指挥下，巧妙地从敌间隙中跳出了合围圈。这次反"扫荡"作战共歼日军

3000余人,打破了日军消灭中共北方局和八路军统率机关的企图,坚持和巩固了太行抗日根据地。

1943年1月,何正文调任太行军区2分区参谋长。他认真贯彻中央军委规定的"敌进我进"的方针,积极组织武工队和游击队,深入边沿地区和敌占区,广泛宣传与动员群众,开展争取和瓦解伪军的斗争。他全力协助曾绍山司令员指挥所属部队在正太铁路沿线,伏击、阻击敌人,并袭入太谷县城,消灭守敌150余人。9月,何正文调任太行5分区参谋长,分区司令员韦杰已去中共北方局党校学习,作战和工作都落在了何正文一人身上。1944年4月,太行5分区、7分区发起了林县战役。在这次战役中,何正文指挥5分区主力拔除了林县至水冶公路两侧的伪军据点,切断了林水交通要道,使城内伪军补给断绝。4月14日,与7分区从南北两个方向攻占了林县城,共歼敌900余人。9月,驻安阳日军向林县以北根据地进行"扫荡",经三昼夜激战,5分区的部队粉碎了日军的"扫荡"。作战结束后,何正文写了《林北反"扫荡"经验总结》一文,太行《新华日报》全文刊登了这篇文章。10月25日,太行军区在黎城南温泉召开的杀敌庆功大会上,何正文同分区的其他领导同志一起受到了太行军区李达司令员、李雪峰政委的表彰。

★☆★☆★ 何正文

8.驰骋冀中大地

CHICHENGJIZHONGDADI

1945年1月,何正文调任太行6分区副司令员兼参谋长,并代理司令员职务。侵华日军宣布投降后,何正文在分区政治部李震主任的有力配合下,组织指挥6分区部队,在没有兄弟部队配合的情况下,连续收复了武安、沙河等地,攻克敌据点10余处,歼敌500余人,受到了太行军区首长的通报表扬。

9月,为配合晋冀鲁豫军区主力进行上党战役,以及收复平汉铁路沿线县城和切断平汉线,奉晋冀鲁豫军区刘、邓首长命令,由太行1、6分区组成平汉支队,秦基伟任支队司令员,何正文任支队副司令员。他积极协助秦基伟司令员指挥部队,在晋南军区一部兵力的配合下,相继收复了邯郸、邢台、临沼关等重镇,并在乔河地域全歼以杨四麻子为首的国民党匪徒。随即,平汉支队在漳河以北的岳镇一线, 抗击国民党第39军一个整编师的进攻,完成了掩护太行军区主力向作战地区集结的任务。尔后,他与司令员秦基伟指挥部队,与第1、2纵队和冀南军区部队一道,歼灭了漳河以北、邯郸以南的被围之敌。上党战役结束后, 蒋介石集中7个师的兵力分两路自新秀沿同蒲、平汉线北进,企图与空运至北平的两个军南北会师,控制平汉铁路。这时,刘、邓首长根据中央军委意图,决心发起邯郸战役,以一部兵力截击沿同蒲路北进之敌,集中主力对付沿平汉路北进之敌,务求歼灭其一部或大部。何正文所在的平汉支队整编为晋冀鲁豫军区第6纵队,王宏坤任司令员,段君毅任政委,王近山任副司令员,何正文任参谋长兼18旅旅长。10月24日,敌渡过漳河,沿平汉路东侧推进至马头镇、磁县之间地域。这时,晋冀鲁豫军区部队迅速按预定部署将敌包围,同时控制了漳河渡口,28日黄昏,向被围之敌发起总攻。何正文在旅政委李震、副旅长向守志的配合下,指挥18旅一举攻占了磁县以北的马头镇,接着向邯郸方向突袭。11月2日邯郸战役胜利结束。这次战役,共毙伤国民党军3000余人,俘其第40军军长马法五以下1.7万余人。战役胜利后,何正文调任太行军区参谋长,在秦基伟司令员、李雪峰政委的领导下,在司令部建设、战备训练以及部队整编等方面,做了许多卓有成效的工作。

1946年11月,正值蒋介石在美帝国主义的支持下,向解放区大举进攻的时候,何正文调任太行4分区司令员。开辟4分区的工作十分艰苦,县城、平原地区和交通大道均被国民党军占据, 分区指挥机关驻在小岭底丰山坡

晋察冀军区部队在行进途中

下,部队的粮食、被服都供应不上。何正文深知在艰苦的环境中领导干部模范带头作用的重要性。他要求全体干部以身作则,发扬我军光荣传统,战胜困难。他把警卫员给他找来的一块床板让给了有病的同志, 自己睡在石板上;为了节约粮食,他带头挖野菜充饥。他常和战士们说:"从红军长征到打垮日本帝国主义,我们战胜了数不清的艰难险阻,当前是困难一些,但是只要我们发扬红军精神,我们就一定胜利。"他还制定了两条纪律:"部队不许侵占群众利益,领导干部不许搞特殊。"在他的带动下,部队始终保持着旺盛的斗志,群众从他们身上看到了人民军队的本色,积极支援这支军队,4 分区的工作很快打开了局面。1947 年 3 月初,在兼政委刘毅、副司令员安中原、副政委刘刚的积极配合下,何正文指挥并带领分区 45、46 两个团,实施远距离奔袭,一举攻克黄河北岸的温县县城,全歼守敌 500 余人,击毙国民党温县县长。此次作战,受到了刘、邓首长和邯郸军区的通令嘉奖。5 月,何正文指挥 4 分区部队连续解放了博爱、武陟、修武等县,6 月中旬,在友邻的配合下一

举攻占沁阳城，共歼敌700余人。至此，太行4分区地域除焦作外，全部解放，为军区主力部队渡黄河挺进中原创造了有利条件。

★☆★☆★ 何正文

9.优秀的参谋长

YOUXIUDECANMOUZHANG

1947年8月15日，晋冀鲁豫军区报请中央军委批准，决定由太行军区独立1、2旅及1、4、5分区基干团组成第9纵队，刘、邓首长任命秦基伟为司令员，黄镇为政治委员，何正文为参谋长。为了确保与扩大开始取得的战略主动权，中央军委决定，在山东等战场国民党军主力回援之前，强渡黄河先敌直插鄂豫皖边区实施展开。为了胜利渡过黄河，何正文像每次作战前一样，全力协助秦基伟司令员、黄镇政委，周密细致地组织部队进行渡河准备，他带领参谋人员亲临黄河渡口进行侦察，了解地形、敌情以及水位等情况。8

何正文于1947年任太行第四分区司令员时留影

月 23 日晨，他与司令员秦基伟、政委黄镇、副司令员黄新友带领 9 纵队，从垣曲、济源之间，采取偷渡与强渡相结合的手段，渡过黄河，乘胜向陇海路以南的伏牛山区挺进，至 31 日，配合第 4 纵队相继攻克会兴、新安、洛宁等城，共歼敌 4800 余人，并达成围攻横水态势，威逼洛阳。9 月 2 日，又连克伊川、嵩县等城，牵制了国民党军第 5 兵团一个师的兵力，保障了军区主力完成潼陕间的作战。

1947 年 11 月底，9 纵部队向伏牛山东麓挺进，何正文协助黄镇政委指挥 26 旅和 4 纵 13 旅，向宝丰、内乡、西峡口等地区疾进，一举收复鲁山、宝丰两城，歼国民党军整编第 5 师 2000 余人。秦基伟司令员指挥 24、25 旅又相继收复了临汝、平顶山等地区。伏牛山东麓战役的胜利，有力地保障了刘、邓指挥的晋冀鲁豫野战军主力向大别山挺进。至此，第九纵队转至宝丰、叶县一带进行短期整训。1948 年元旦，何正文从部队检查工作返回宝丰城，他深感刘、邓首长决策的英明，即兴作诗一首《赞跃进大别山》：

东西防御屹如山，
刘邓反击出中原。
劲旅三支掏心脏，
行程千里逼江关。
连天鼓角红旗奋，
动地硝烟豺虎艰。
一役功成全局改，
深谋远虑有谁攀。

1948 年 4 月初，9 纵、4 纵配合华东野战军攻克洛阳后，继而 9 纵又解放了登(封)、密(县)、荥(阳)地区，歼灭国民党青年军 206 师一个整编团。9 纵

HE ZHENG WEN

26旅在巩县地区阻敌作战中，歼灭郑州增援之敌500余人，活捉了敌团长冉苍。4月20日，为调动平汉路之敌，以利陈(毅)粟(裕)兵团南渡作战，根据中央军委的指示，刘邓首长发出了宛西战役部署。在宛西战役中，9纵担任牵制与打击郑州之敌的任务。5月初，驻郑州国民党军在孙元良的指挥下，出动正规军九个团及四个保安团，在骑兵、炮兵、装甲兵的配合下，向登、密、荥地区进攻。在强敌面前，何正文分析了敌我态势后，积极协助司令员秦基伟研究、策划作战方案，决定以智取胜，诱敌就范后，迅速采取迎头阻击、翼侧攻击、拦腰截击、后尾追击相结合的战术。战斗打响后，9纵部队采取了塔山坚守、杨寨奔袭、荥阳攻坚、登密公路侧击、郭店闻村阻击、芦店截击等战法，将敌围于观音堂地区全部歼灭。9纵巧战14天，共毙伤国民党军1800余人，俘2700余人。这一光辉战绩，又

何正文于1948年在中原留影

HE ZHENG WEN

一次受到了刘、邓首长的通令嘉奖。嘉奖令指出:“9 纵在郑州外围牵制敌人配合宛西战役中,13 日以奇兵出击荥阳,将守敌暂编 26 旅新 1 团(缺一个营)歼灭。16 日又协同地方武装予敌 47 军 127 旅大部以歼灭性打击,毙伤敌 700 多人,俘敌团长以下 2000 多人,收复登封。此种用歼灭战手段达成完满牵制任务,值得表扬。特电嘉奖。”

宛西战役的胜利,为全歼郑州地区国民党军队创造了有利条件。1948 年 10 月下旬,刘、邓首长根据中共中央、中央军委的战略部署,决定发起郑州战役。集中了 1、3、4、9 纵队和友邻军区部队及地方武装围歼郑州国民党守军。何正文积极为秦基伟司令员和李成芳政委当好参谋。9 纵队在郑州以北地区担任断敌退路和阻敌增援的任务,于 21 日拂晓前进至城西北及其以西的须水镇、兰寨和大李寨地区。战役发起后,郑州国民党守军在人民解放军强大的攻势下向北逃窜,进入了 9 纵的伏击圈。22 日 15 时,9 纵向被围之国民党军发起全面攻击,何正文一面协助秦基伟司令员指挥部队作战,一面组织司令部全面掌握战斗发展情况,及时调整部署,修正作战计划。战斗进行得很顺利,一小时后,国民党军全线撤退,9 纵乘胜追击,迅猛实施分割包围,战至 17 时 30 分,全歼北逃之国民党军 1 万余人。在同年 11 月至翌年 1 月的淮海战役中,司令员秦基伟、政治委员李成芳和参谋长何正文共同带领 9 纵,积极配合 2 野 3 纵等兄弟部队作战,在刘、邓首长的指挥下,于 11 月 15 日,一举攻占了战略枢纽宿县,歼国民党军一个师又一个交警总队共 1.2 万余人,切断了津浦铁路,将刘峙集团分割为南北两大股。

为了粉碎蒋介石“北上解围,拱卫徐州”的企图,彻底歼灭扼守徐州之国民党军,以邓小平政委为书记的总前委决定,以华东野战军主力挟住已被关在徐州的杜聿明集团,以华东野战军、中原野战军各一部转向南线看住企图北进的李延年、刘汝明兵团;集中中原野战军主力在华东野战部队的配合下,先吃掉黄维兵团。经过七个昼夜激战,黄维兵团被人民解放军各路纵队

压缩在以双堆集为中心，南北宽约七八里地，东西长约十来里地的区域内，南逃北去的道路均被封闭。但是，蜷缩在以双堆集为中心的黄维兵团，毕竟是经过野战训练的国民党军主力部队，凭借其装备的优势，依托居民地，连日来构筑起大量坚固的野战工事，密如蛛网的交通壕与地堡相联，环形堑壕四周突出部都修起了集团工事，工事前沿设置了大量的地雷、鹿砦、铁丝网等障碍，重要部位还修筑了前伸地堡，并以各种火炮、轻重机枪和步枪组成密集的火力地带。一个仅有七八户人家的小村庄也成了轮齿紧咬的坚固筑垒。善于山地运动战的人民解放军部队，突然转入平原野战攻坚，在战术上经验是不多的。加之，有些同志低估了敌人的防御能力，产生了急躁情绪，使突击部队的攻势一度受阻，阵地上出现了敌我对峙局面。这时，总前委及时发出指示，明确告诫部队：要克服急躁情绪，敌坚守待援，我不易一鼓攻歼，首先攻歼其外围，由外向里层层"剥皮"。为了贯彻总前委的决心，何正文全力配合秦基伟司令员和李成芳政委。他深入第一线了解敌情，指导部队进行作战准备，掌握了大量的第一手情况，为纵队党委制定决心提供了可靠依据。九纵首长决心先拿黄维兵团的防御要点小张庄开刀，再从小张庄逐步向双堆集层层剥皮。小张庄位于双堆集东北角约 4 公里处，全村仅七八户人家，却驻守着国民党军一个团，环村 150 多米内，构筑了三层工事、障碍，地堡密集，沟壕交错，火力层层，犹如开阔地上的一只"火刺猬"。11 月 29 日，9 纵 27 旅 81 团曾一度突破小张庄的外围防线，但终因守敌火力过猛，无法继续进攻。该团 1 连机枪班长牛孟连和两名战士冲到敌鹿砦前，既攻不上去，又撤不下来，在敌炮火下被迫进行土工作业。最初只是挖个卧射掩体，后又加工成跪射掩体，逐步又加工成了立射掩体，随之又把几个掩体联接起来，形成了隐蔽自己、消灭敌人的工事。何正文及时组织总结了这一成功经验，纵队首长决定在各攻击部队推广。战士们利用夜暗把堑壕一直挖到了敌工事前沿，与敌展开了"依沟夺沟，依堡夺堡"的战斗，有效地瓦解了敌人的防御力量。12月1日黄昏，一声号令，9纵攻击部队群炮齐发，勇士们跃出堑壕向小张庄发起猛攻，经过一个多小时的激战，小张庄这个"火刺猬"被消灭了，全歼守敌1000多人，缴获大批武器装备。12月3日，邓小平政委表扬了9纵创造的作战经验，指示九纵部队再接再厉，进一步活跃战场，坚决歼灭黄维兵团。从此，小张庄门庭若市了。兄弟部队有的来取经，有的来交流作战经验，还有几个报社的记者也来采访。作为参谋长的何正文接待了一批又一批，每次他都对大家说：经验是我们的战士们创造的，但最根本的一条经验，就是我们坚决贯彻了总前委"防止急躁情绪"、由外向里层层"剥皮"的指示。12月15日当夜12时，不可一世的黄维兵团彻底覆灭了。双堆集战役结束后，九纵又胜利地进行了陈官庄围歼战，为取得淮海战役的全面胜利做出了重要贡献。

★☆★☆★ 何正文

10.挺进大西南
TINGJINDAXINAN

1949年2月的一天，第3兵团司令员陈锡联来到了11军32师，在全师营以上干部会议上对大家说："我给你们介绍一位工农分子知识化的同志，这就是新任师长何正文同志。"32岁的何正文被任命为第二野战军3兵团11军32师师长。在4月的渡江战役中，他遵照上级首长的部署和决心，在师政委芦南樵、副师长兼参谋长史景班和政治部主任田维新等同志的积极配合下，指挥32师于4月22日从安庆胜利渡过长江，冒雨追击长江南岸国民党守军，急行军130余里，奔袭30里山路，翻越武夷山口畏岭，在林泽一带歼敌800余人，缴轻重机枪30余挺。5月9日，何正文带领部队乘胜前进，强渡衢江，一举攻占了交通重镇龙游城，毙伤俘国民党军

2000余人，缴获汽车20余辆，大车4000余辆，迫使该城国民党守军安徽军管区中将司令刘瞰率2000余人投降。至此，龙游城获得解放，浙赣铁路被32师斩断。翌日，何正文顾不得征战的劳累，挥师南进，向遂昌城发起猛攻，全歼国民党守军3500余人，缴获汽车120余辆，火炮14门。5月11日、12日，又克大港头，解放丽水、云和等城，歼国民党军800余人，缴获汽车40余辆，击毙云和城警察局长。5月13日，何正文率32师两个团，向龙泉、景宁追击前进130余里，歼国民党军203师2000余人，一举攻占龙泉、景宁两城。历时23天的渡江战役胜利结束了，32师北自长江、安庆，南迄

剿匪部队英勇作战

浙南之龙泉、景宁，历经两省13县，行程1700余里，主要战斗15次，取得连克6座县城、俘国民党军安徽军管区中将司令刘瞰以下1.4万余人、缴

获汽车200余辆的辉煌战绩。

1949年9月,何正文率32师由皖南出发,经浙江、湖北、湖南三省,向大西南挺进。由于连续行军作战,指战员们的体力消耗很大,部队疲劳,粮弹匮乏,加之地形不熟,给行军带来重重困难。为了胜利完成向大西南进军的光荣任务,何正文号召全师指战员,发扬不怕流血牺牲、不怕艰难困苦和连续作战的精神,提高斗志,增强团结,严格执行三大纪律八项注意,坚决消灭最后残存于祖国大陆的国民党军。9月5日,32师各部队在师长何正文、政委芦南樵的指挥下,由徽州地区出发,经过11天600余里的行军,于16日胜利到达安庆地区大渡口南岸集结登船,溯江西进。由于乘船准备充分,计划周密,在当地政府的大力支援下,顺利地完成了2100多里的船运任务。部队在沙市地区登陆后,步行400余里进至湘西慈利、澧县地区进行战前练兵。10月1日,何正文从收音机里听到了毛泽东主席在北京向全世界发出的响亮声音:"中华人民共和国成立了!中国人民从此站起来了!"无数革命先烈为之抛头颅洒热血而奋斗的这一天终于到来了,他激动得热泪盈眶,他仿佛看到了天安门广场上那鲜艳的五星红旗伴随着雄壮的国歌在冉冉升起,仿佛看到威武雄壮的阅兵方队正在通过天安门广场,耳旁仿佛响起了全国人民的欢呼声,他完全沉浸在幸福之中,与全国人民共同分享这一美好的时刻。当天下午,何正文组织各部队举行了宏大的阅兵式。

11月4日,何正文率32师由慈利地区出发,经大庸、永顺向龙山、来凤攻击前进,于11日在兄弟部队的配合下一举击溃咸丰守军,20日胜利渡过乌江,连克国民党军第2军、第108军坚守的江口镇、白马场、长坝口等纵深要点,毙伤其官兵1000余人,俘虏1500余人。27日,何正文指挥32师,由南川出发,经观音桥、清和场、五市场等地,向重庆攻击前进。一路上,32师攻击迅猛,国民党守军连连被歼,两天进击歼俘国民党军111师副师长林惠民以

下4000余人。29日,32师攻占了长江南岸的海棠溪,俘国民党军400余人,缴获汽车280余辆。至此,2野3兵团主力控制了西起江津、东至木洞100余里的长江南岸,威逼重庆。

11月30日黄昏,何正文指挥95、94两个团,冒着蒙蒙细雨突破国民党军的长江防御,一举攻占了重庆西南的杨家坪、磁器口一带有利地形,迅速兵分两路向重庆市区攻击。何正文亲率95团猛追猛打直捣重庆市中心区,迫使走投无路的蒋介石于深夜在白市驿机场仓皇登上飞机逃往成都。重庆宣告解放。何正文奉11军首长命令,带领95、96两个团担负重庆市的警备任务。这天,陈锡联司令员见到了何正文,他风趣地说:"何正文,你到底是四川人啊!跑得可真快,我的汽车轮子都撵不上你。"

刚刚解放的重庆,社会政治情况十分复杂,需要保护的工厂、学校、仓库很多,何正文面临的任务更艰巨、更复杂,他深感自己肩上担子的重要。在入城的当天,他召集团以上干部会议,分析了重庆的形势,要求部队切不可放松警惕,积极协助地方政府和军管会粉碎敌特的破坏和捣乱。他一面组织部队清剿匪特,维护社会秩序,全力保护人民生命财产的安全;一面组织94团参加成都战役。在地下党组织的有力配合下,重庆市的社会秩序逐步走上了安定,市民们开始了正常的生活。12月27日,成都战役也胜利结束了。

32师进军西南作战,由于上级的正确指挥和人民群众的积极支援,全师指战员克服困难,艰苦作战,翻越了地势险恶的巫山、梅子关、大小崖门等高山峻岭,渡过了水流湍急的乌江、长江等深涧大河,历时84天,追击5000余里,连续作战12次,取得了歼国民党军3.4万余人的重大胜利。

1950年2月初,何正文遵照兵团首长指示,率领32师赴大竹地区执行剿匪任务,同时兼任大竹军分区的工作,负责清剿大竹、渠县、广安、邻水、垫江、梁山(后改为梁平)6个县境内的土匪，并发动6个县的群众，建立和巩固农村革命政权。何正文出任大竹军分区司令员，地委书记高治国兼任分区政委，32师政治部主任田维新兼任分区副政委。在党的一元化领导下，何正文及32师其他领导人与高治国共同领导大竹地区的剿匪清霸斗争。何正文到大竹地区后的第一项任务，就是在地区和各县、区、乡建立了剿匪委员会，从32师抽调了部分干部战士并吸收地方民兵骨干共4500余人，组建了6个县的独立营和7个公安队，在41个区建立起区的武装力量，从而使整个大竹地区的剿匪工作在组织上、军事上都得到了可靠保证。

剿匪斗争全面开始后，何正文指挥32师进剿匪患严重的地区。他采取分进合击、远距离奔袭、设伏诱敌、反复搜剿等战术，对匪情猖獗的华蓥山、中华山、垫江南等地区的大小百余股土匪给予歼灭性打击，活捉了“六县人民救国军总司令”吕健康、国民党军12军军长韩春祥和“川湘黔鄂人民自卫军总司令”陈铨，不到一个月的时间歼匪3500余人。在实施强大军事打击的同时，何正文认真执行刘、邓首长关于要把军事打击、政治争取、发动群众三者紧密结合的方针，全面贯彻“首恶必办，胁从不问，立功受奖”的剿匪政策，组织部队向匪特开展了政治攻势，广泛进行宣传，并发动匪属，分化瓦解匪众，先后迫使匪首曹老儿、蒋忠孝、赵可法、谭其等缴械投降。32师经过紧张连续清剿，截止到这年9月底，全歼了大竹地区的散匪、股匪共4.2万余人。整个大竹地区六县局势逐渐稳定，社会秩序亦趋正常。

1950年11月，何正文调任川东军区参谋长，在军区首长领导下，继续指挥部队肃清川东一带残匪。1952年12月，川东、川西、川南、川北军区和西康省军区合并为四川军区，何正文被任命为军区参谋长。

★☆★☆★ 何正文

11.从“红小鬼”到将军

CONGHONGXIAOGUIDAOJIANGJUN

几十年南征北战，何正文始终在前线部队参加作战。在炮火与硝烟中，在与敌人的拚杀中，他度过了从少年到青年这一人生最美好的年华，他长大了，在党的培养和教育下，在刘、邓首长的带领下，他从一个穷孩子，当年的“红小鬼”，成长为人民解放军的高级指挥员。

何正文在部队视察工作

1955 年，党和国家授予何正文少将军衔，他同时荣获三级八一勋章、二级独立自由勋章和一级解放勋章。

1955 年 5 月，何正文升任成都军区副司令员。同年 1 月，他入南京高等军事学院高级系速成班学习，他的老首长刘伯承元帅任院长兼政治委员。在学习期间，他仍像当年刘师长教导他学文化一样，如饥似渴地学习军事理论和科学文化知识。每逢节假日，他总是要到学院的图书馆里看书和查找资料，潜心钻研现代条件下作战的特点，认真理解教员讲的每一课。经过两年多的刻苦努力，学院党委授予他“优等生”称号，受到了刘伯承院长的嘉奖。

1957 年 7 月，何正文以优异的成绩毕业于南京高等军事学院，继续担任成都军区副司令员，主要负责军区部队的作战、行政管理和后勤工作。他把全部精力投入工作和部队建设，特别是对边防部队的建设和战备工作尤为重视。他每年都要到驻守在川西北高原的康定、茂县、甘孜和凉山等少数民族地区的部队检查工作，勘察地形。他冒着高原的冰霜雪雨和风沙烈日，深入到每个分队的驻地问寒问暖，视察工作，有时还到藏族团、彝族团蹲点，实行“五同”(同吃、同住、同劳动、同娱乐、同操课)，与少数民族干部战士打成一片。对部队的战备、训练、行政管理、官兵关系、军民关系以及后方勤务保障等，他都给予明确的指导和具体的帮助，他的足迹踏遍了川西北高原的山山水水，对那里的地形、民情及社会等情况都非常熟悉。他常和参谋人员说：“当参谋，最重要的是责任心，有了这一条，你就可以把你的大脑变成一张活地图。”何正文在工作中最大的特点是严格和细致。对部队的管理，他十分强调提高部队的内在素质，重视基础训练，巩固和提高部队战斗力。从军人的一举一动、连队的一日生活，到部队的工作、生活秩序和各项战备制度的落实，他都亲自组织司令部拟制落实细则和评定标准。他把部队的作风和纪律性建设看作是提高战斗力的

重要条件，要求部队从一点一滴抓起，平时就要严格管理，严格训练，在日常的生活中培养军人良好的素质和部队优良的战斗作风，在严格的养成教育和训练中，培养和保持部队的高度集中统一。每年新兵补入后，他总要深入部队检查新兵的素质和基础训练以及生活保障等情况。有一次，他到一个团检查新兵训练情况，发现这个团有些连队的战士在训练中无精打采，有的战士体力跟不上。他就深入食堂和班排，了解到有的连队为了赶进度，增大了训练时间，有的食堂因管理不善，伙食搞得不好。他亲自把连队干部找来，耐心地开导他们说："我们教育训练的目的，是为了提高部队战斗力，可不是为了争名得彩，要扎扎实实地按照条令条例管理连队，按大纲规定的内容和时间抓好连队的战备、训练。"他要求加强食堂的科学管理，搞好连队的农副业生产，让战士们吃好吃饱。他这种深入实际的作风，使在场的几位连队干部很受教育。

1958年3月13日，因成都军区参谋长茹夫一参加越南顾问团，国防部任命军区副司令员何正文兼任参谋长职务。在以后的两年多时间里，他肩负两副重担，既要负责全区部队的作战、行管和后勤工作，又要对军区司令部的工作负全责，给军区党委当好参谋。何正文仍像战争年代那样，以高度的政治责任感对待每一项工作，夜以继日，废寝忘食。1959年初，西藏地区发生叛乱，4月他陪同军委代表张爱萍副总参谋长到昌都地区看望参战部队和当地军民，并检查指导工作。他指挥部队圆满地完成了甘孜、阿坝、昭觉、西昌等地区清剿残匪的任务。

1960年5月，成都军区决定组织检查团深入部队，检查贯彻全军在成都召开的平叛、边防现场会议所做决定的执行情况及上半年工作情况。检查团在军区副司令员何正文的带领下，分别到康定、茂县军分区及重庆等内地军分区检查指导工作。在检查工作的过程中，何正文始终把上级的指示精神与部队的实际情况紧密结合，认真了解和检查部队贯彻执行总部现场会议决定的情况。他每到一地，不但认真听取汇报，而且还同下面的同志一道研究分析在工作中存在的问题和困难，帮助部队研究制订贯彻上级指示的措施，解决部队中存在的实际困难。他教育检查团的同志，要了解到真实情况，为基层解决实际问题，不能当“钦差大臣”，要把自己摆进去，要认真倾听下面反映的各种意见。检查团在他的领导下，工作开展得很活跃，很扎实，通过检查，及时纠正了部队在作战、训练和行政管理、基层建设中产生的各种问题，使全军平叛、边防现场会的决定在基层进一步得到了贯彻落实。1962 年 10 月，何正文协助黄新廷司令员、郭林祥政委参加了指挥对印自卫还击作战。在作战指挥中，他作为主管作战的副司令员，对部队的作战计划、协同动作、后方保障和装备、物资配调等，都做到了周密细致的组织，准确无误的掌握，为取得作战的胜利提供了可靠保障。

何正文对人民群众有着深厚的感情。他经常用自己的亲身体会教育干部、战士，不论是战争年代里行军打仗，还是和平时期部队的训练，他都特别强调维护人民群众的利益。有一次，他观看部队的战术实兵演习，发现个别单位不注意保护群众的庄稼，他就找到这个单位的领导说：“我们是人民的子弟兵，人民群众就是我们的父母，我们要时时爱护群众的利益呀！”这个单位在以后的战术演练中，严守纪律，秋毫无犯，得到了当地政府和群众的赞扬。

何正文任成都军区副司令员 18 年。在这 18 年中，成都军区换过两任司令员和两任政治委员。不论是哪一任，他都全力配合，主动地向司令员、政委汇报和请示工作，积极负责地抓好军区部队的全面建设。对军区党委赋予的任务，他 18 年如一日，从来不打折扣，不讲价钱，每次都圆满完成，充分体现了一个共产党员高度的政治责任感和坚强的组织性。

★☆★☆★ 何正文

12.“文革”蒙难
WENGEMENGNAN

“文化大革命”是中国历史上一场空前的浩劫，这场浩劫给党、国家和人民带来了难以估量的损失，何正文也蒙受了不白之冤。一小撮“四人帮”的黑干将，对他实行恶毒的攻击和迫害，施加了许多莫须有的罪名。他在艰苦的战争环境中，遵照刘伯承师长的教导学习文化留下的日记和作战总结，成为他是“知识分子，地主出身的罪证”。由于他长期跟随刘、邓首长南征北战，于是就成了“中国第二号走资派”邓小平的“黑干将”，是邓小平“太行帮”的“爪牙”。他从红军时期以来珍藏的资料和刘、邓首长的讲话记录，也成为他的“罪证”。他结合自己过去作战的亲身体会，两次给军区团以上干部集训班做毛主席《十大军事原则》的辅导报告，他还受

何正文在基层连队视察

军区党委的委托到54军作报告,并与广大干部一起学习、研究毛泽东军事思想。由于他没有突出林彪所谓的"政治挂帅"、"政治可以冲击一切"的观点,就被诬陷为反林彪的"黑干将",毒害54军的"罪魁"。

1961年1月24日,总参谋长罗瑞卿大将来四川视察工作,何正文受军区党委指派同其他几位领导同志前往机场迎接。在罗瑞卿总长视察期间,何正文根据军区党委安排向罗总长详细汇报了部队平叛、训练和管理教育以及四川武器生产等情况。之后,他又遵照罗总长指示的精神,结合部队平叛斗争实际,总结了经验和教训,特别是在解决昌都地区的问题上,他及时传达了新的中央军委的重要指示,强调要分清矛盾性质,告诫部队严格掌握斗争政策,不要出一点乱子就派部队,要求部队切忌动武,让群众真正了解解放军。这些,都使得何正文的"罪行"更加严重了。他被定为贺龙、罗瑞卿在成都军区安插的"钉子",是受贺、罗旨意准备夺权的"副统帅"。由于他参加过几次总参召开的全军战备工作会议,被诬陷为"要组织200万民兵到北京去打毛主席"。由于这种种被强加的罪状,这位刚满15岁就跟着共产党爬雪山过草地、出生入死、屡建战功的党的忠诚战士,便成了"假党员"、"反党反毛主席的黑帮分子"。各种莫须有的罪名一起向何正文袭来,军队的各种造反组织轮番对他进行批斗,大大小小的批斗会不下200次。他的家被抄了,家属被赶出了军区大院。他的大女儿还不满15岁,由于受爸爸的株连而到处受歧视,被下放到农村接受"再教育"。何正文被关押后,大女儿要去见爸爸,专案组不让她见,她就不走,整整等了一天一夜没吃没喝,才让她见到爸爸。何正文在关押中看到了这一切,他的心都碎了。他无时不在思考着一个严峻的问题:"文化大革命"的方向对吗?毛主席他老人家知道国家的真实情况吗?是不是中央里出了坏人?

何正文度过了6年的"黑帮"生活。在此期间,他被送到了一个步兵团劳改,每天除了干繁重的体力劳动外,还要打扫厕所,清扫营院。战士们是理解将军的,在以往的日子里将军与战士结下了深厚的友情。许多战士默默地帮助将军"劳动改造",他们经常早早地就把厕所、院子打扫得干干净净。每当

何正文看到这些“见不着面”的战士，在他心底不由地升起了希望之光。在“劳动改造”中，造反派们逼何正文写刘伯承、邓小平的“黑材料”，他刚正不阿，宁死不从。逼他干繁重的体力劳动，他咬牙挺住了。从参加红军的那天起，他就下定决心跟着共产党，跟着毛主席。几十年来，他对党、对毛主席忠贞不渝，为了解放全中国，他出生入死，为了党的事业，他忘我地工作。身处逆境的何正文，唯一的信念就是：“相信党，相信毛主席，总有一天会解放我的。”粉碎“四人帮”后，成都军区为何正文彻底平了反。

★☆★☆★ 何正文

13.在总参谋部工作
ZAIZONGCANMOUBUGONGZUO

1973 年 10 月，何正文奉命到人民解放军总参谋部帮助工作。1974 年 11 月，他被中央军委任命为人民解放军副总参谋长。由于林彪、“四人帮”的干扰和破坏，部队的作风和纪律严重存在着松散问题。1975 年 11 月，在李达副总长的倡议下，总参谋部举办了由全军各大单位参谋长参加的教导队，何

何正文于 1978 年率团出访时检阅仪仗队

正文任队长，孙毅任顾问。在集训中，他认真贯彻邓小平从严治军的思想，一切按条令办事，不论职务多高，都一律过严格的战士生活。他不仅亲自动员，亲自上课，还带头执行条令条例和规章制度，带头以普通一兵的身份严格要求自己。这次集训，统一了全军各级领导机关加强部队正规化建设的指导思想，明确了全军部队、机关、院校的一日生活制度和作风纪律检查、考核标准，使军队的正规化建设有了一个新的起色。1979 年前，他主要负责全军的军事训练、防化部队建设和外事活动；1980 年后，他主要负责全军的体制编制、武器装备、正规化建设和民兵、预备役部队的建设。在何正文的具体指导和帮助下，组建了我国第一批预备役师。他根据新时期兵役工作的特点，组织领导了《兵役法》的修改工作，在充分调查、研究的基础上，经过四年的艰苦工作，完成了《兵役法》的修订工作，并上报国务院、中央军委批准，经第六届全国人民代表大会第二次会议一致通过，于 1985 年 1 月 1 日正式颁发实行，进一步完善了国家和军队的法制建设。

何正文认为，在工作中出现问题，作为领导者要主动承担责任，不能一味指责下面。他在担任川东军区参谋长不到半年时间，司令部机要处发现丢失电报 100 余份。事发后，他深感问题严重，一方面认真组织调查、侦破，一方面及时向西南军区党委写出检查，并主动承担领导责任。为引起高度重视，西南军区党委决定给予他行政警告处分，并通报全区部队。此案很快被侦破了，原来是机要处一名参谋因对处长有意见，蓄意报复，烧毁电报 100 余份，这名参谋被依法惩处了。上级领导要撤销何正文的处分决定，但何正文却说："处分还是不撤的好，这样一来可以使我时时牢记要恪尽职守，二来也可以使大家引以为戒。"于是，这一处分，就成了他参加革命军队以后惟一的一次处分。1980 年 11 月，老兵退伍期间，由于少数部队思想政治工作薄弱，管理松懈，个别老兵在退伍途中违法违纪，有的打架斗殴，有的不守公

德，甚至还有的殴打车站工作人员，造成了十分不良的影响。问题反映到总参谋部后，负责全军管理教育工作的何正文，首先感到的是自己的工作没有做好，就主动到国务院民政部、铁道部等单位赔礼道歉，检讨自己工作的失误。他的这种不推诿责任、从自我做起的精神，使总参有关业务部门的同志深受教育。

1982年5月，人民解放军总参谋部、总政治部、总后勤部在北京召开了建国以来规模最大的一次全军管理教育工作会议。何正文作为主管全军管理教育工作的副总长，具体组织和领导了这次会议的全部筹备工作。会上，他紧紧围绕建设现代化、正规化革命军队这个中心，作了《认真搞好管理教育工作，加速现代化、正规化革命军队建设》的主报告。他在报告中，认真总结了建国以来军队管理教育工作的基本情况和主要经验，分析了当前部队管理教育工作中存在的主要问题和原因，提出了新的历史条件下进一步加强和改善部队管理教育工作的基本原则和要求。会议通过并报请中央军委批准颁发了《连队管理教育若干规定》。这次会议后，全军掀起了贯彻条令、加强正规化建设的高潮。

在建设现代化、正规化革命军队的进程中，何正文立足于军队建设实际，从未来战争特点出发，本着"勤俭建军，保障重点"的原则，把有限的军费用在刀刃上，使部队装备的现代化程度有了很大提高。为了加快军队建设步伐，他多次率领考察团、代表团，出访欧洲、非洲、拉丁美洲和东南亚等十几个国家，引进了适应人民解放军建设特点的好经验、好做法，进一步增进了我军与外军的了解和友谊。1984年12月，何正文率军事代表团出访巴基斯坦，齐亚·哈克总统授予他"卓越功勋"勋章。这枚象征勇敢和友谊的勋章，凝结着中巴两国人民和军队间的深厚情谊。

★☆★☆★ 何正文

14.百万大裁军

BAIWANDACAIJUN

在总参工作期间，何正文认真领会和全面贯彻邓小平主席的建军思想，组织和领导了全军体制改革、精简整编工作，较好地完成了裁减军队员额

何正文随中央领导同志慰问海军部队

100万的光荣而艰巨的任务。《党史博览》杂志曾刊登了赤男采访何正文关于百万大裁军的相关回忆。

一天，京西宾馆里云集了来自三总部、各大军区、各军兵种等单位的司令员、政委等，参加由邓小平主持召开的军委座谈会。会上，邓小平谈到我军将裁减员额100万的战略决策。

在座的每一位将领都深切体会到了邓小平讲话中那句给他们留下深刻印象的话："这是个得罪人的事情哪！我来得罪吧，不把这个矛盾交给新的军委主席。"

裁军百万，军令如山，全军上下，统一行动。那时何正文的确摊上了军队建设的"第一难事"，他整天随身带着一个大皮包，包里装着各种涉及到编制的材料、统计和意见，一会在这儿开会，一会在那儿听汇报。走到哪儿也不轻易表态，只是听，把各方面意见统一之后再定方案。

据何正文将军透露，起初摸底的情况是不能令人满意的，可以说与军委的要求距离甚大。11个大军区的司令员、政委来开会，对精简整编都同意、都支持、都表示赞成，但内心却都在打自己的算盘：最好不要撤、并、降自己单位。这些半辈子戎马生涯的司令和政委，对部队的感情太深了。

何正文心里清楚，打仗必须选择突破口，而精简整编的突破口选在哪里？后来选在统帅部的三总部。这个突破口是邓小平选的。邓小平说：三总部机关搞那么大干什么？机关大了、部门多了，扯皮的事情就多；搞那么多副职干什么？好多事情依靠部门来做嘛！副职多了，就官僚主义泛滥。我们的"肿"主要在高层，第一是三总部！

关于精简整编的实施方案，何正文牵头拟制了三总部机关人员精简18.2%的方案，邓小平阅后批示：这个方案不是比较令人满意的方案。但可作为第一步进行，以后再进一步研究。

1984年春节何正文与战士们在一起

从总部机关做起，这个突破口找得好。过去部队说："你叫我们减，你们总部为何不减?"现在这样的话没有了。各大军区领导看了总部的方案，心里也有了定数，各自开始动大手术。经过几上几下，11个大军区初步定下来合并四个。武汉、福州、乌鲁木齐和成都四大军区撤销。何正文带着业务部门同大家研究、比较、论证、磋商，基本形成一个武汉军区并入广州军区、成都军区并入昆明军区、乌鲁木齐军区并入兰州军区、福州军区并入南京军区的格局。

要减人必须先撤"庙"，但是"庙"撤了一部分，"念经的"还保留着，这也不叫精简。这样，又进入新一轮工作。而这一次工作艰难得多。这一点，何正文体会最深。不过，那时最令他竭力思考的是成都军区并入昆明军区的问题。当时，昆明军区正担负着边境上的作战任务，处于特殊时期，曾确定撤成都，保昆明，即"并成入昆"。由于边境形势发生变化，而且一些新的矛盾也在凸现出来。一个"并昆入成"的"成昆之变"正在酝酿。

何正文说："成昆军区合并定点上产生了不同意见。扩大会议之前，总参初步方案和与会军以上干部均主张，把合并后的军区领导机关设在昆明，但是，后来考虑的是从国家建设长远利弊和整体战略利害关系出发的。"

为此，何正文给军委杨尚昆副主席和邓小平主席写了一个意见，赞成军区定点在成都市，并提出了有关理由。其基本思路是，云南虽地处缅(甸)、老(挝)、越(南)三国交界处，目前与三国关系尚好，边境将相对稳定。而尽管昆明军区机关经过指挥作战锻炼，干部、战士的素质上有优势，但这是在调整中可以解决的。而成都方面目前虽没出现大的干戈，但担负着保卫西藏、守卫边疆的重任，且成都是西南中心、历代军事重地，交通发达、人口众多、物产丰富。云南则在地理位置上略显偏僻，交通不便，改变现状短时间难以实现。

于是，在权衡再三之后，定点成都的意见形成主流。作为全军编制体制调整领导小组负责人，何正文采纳多数人的科学意见，在给杨、邓首长的意见中，主张"成昆合并，定点成都"，他的意见首先得到杨尚昆副主席的支持，继而邓小平等表示同意。由此，昆明军区与成都军区合并这一艰难任务，遂告完成。

1985年，何正文退到了第二线。他从军队建设的全局出发，认真负责地帮助和带领新任职的同志，把自己几十年来积累的经验传授给新任职的同志，充分体现了红军老战士的气度和负责精神。在几十年的戎马生涯中，他转战南北，历尽艰辛，跟随刘、邓首长解放了大半个中国。他把共产主义作为惟一的信仰，勤勤恳恳，兢兢业业地甘为人民的孺子牛。

何正文退居二线后，仍时时刻刻关心着党和国家、军队的大事，继续发挥"余热"做了很多有益的工作，年过古稀，仍然十分关心军队的建设和国家改革形势的发展，积极出主意，提建议。他曾先后被选为中共十一大代表，第五届、第六届全国人民代表大会代表,全国政治协商会议第六届、第七届常务委员会委员。他热爱家乡,关注着家乡的教育事业和经济发展。他每天都坚持学习,做读书笔记,这种良好的工作和生活习惯,一直保持到他患重病住院之前。2000 年 9 月 29 日,何正文因病情恶化,救治无效,心脏永远停止了跳动。

★料敌如神——萧全夫

萧全夫(1916~2005),安徽省金寨县人。1929 年加入中国共产主义青年团,翌年参加中国工农红军。1933 年由团转入中国共产党。土地革命战争时期,任安徽金寨县少共区委组织部巡视员,红四方面军总部手枪队排长,营通信参谋,中央军委二局科员。参加了长征。抗日战争时期,任中国人民抗日军政大学队指导员、队长、大队长,第 2 分校队长、科长,晋察冀军区第 2 军分区教导大队大队长,第 4 区队区队长,冀热辽军区第 17 军分区参谋长。解放战争时期,任冀东军区第 13 旅旅长,11 旅旅长,东北民主联军第 9 纵队 26 师师长,第四野战军 46 军 137 师师长。中华人民共和国成立后,任第 12 兵团副军长、军长,中国人民志愿军军长、沈阳军区副参谋长、副司令员兼参谋长,乌鲁木齐军区司令员。1955 年被授予少将军衔。中国共产党第十二届中央委员会委员。中央顾问委员会委员。

★☆★☆★ 萧全夫

1.翻身还得靠自己

FANSHENHAIDEIKAOZIJI

萧全夫,原名萧全福,曾用名萧全起,1916年9月13日生于安徽省金寨县汤家汇吴家铺村。萧家原是大户,萧全夫出生后,家道衰落。先是祖父辈四门分家,接着父辈三门分家。两次分家,他父亲分得二斗半田(两亩地),一亩多山林,四间房屋,还有30块银元的高利贷欠债。

全家5口人,父亲萧才中,是一个纯朴勤劳的农民,有名的种田能手。母亲张氏,是一位善良贤慧的农家妇女。哥哥萧全超从小务农,1929年参加红军,在红32师任排长,在战斗中牺牲。姐姐从小寄养在姥姥家,15岁时患伤寒病,因无钱医治而早丧。全家人起早贪黑,辛勤劳作,省吃俭用,不得温饱。父亲不得不在冬天打柴去卖,换点食盐或零用钱,以勉强维持清贫的生活。

贫穷过早的把萧全夫逼向田间地头,他从6岁起就拣柴、拾稻穗,帮父亲担粪、撒种子,帮母亲抬水干家务,还到五里以外去担砖,父母常夸他是家中的一个好帮手。

由于地主阶级的残酷剥削,反动统治者的横征暴敛,高利贷者的重利盘剥,萧全夫8岁时,家里已负债累累。地主年关逼债,父亲被迫将房子和田地卖给了一个姓廖的官僚地主。他们一家先是寄宿在二祖父家,几个月后,靠姥姥家帮助,在汤家汇吴家铺佃了8斗田5间房定居下来。劳动的磨炼,使萧全夫自幼养成了吃苦耐劳、勇敢刚毅的性格;辛酸的经历,在他幼小的心灵里刻下深深的烙印。搬家时,全家一步一回头,走一路哭一路的情景,刺痛他的心,他感到世道的不公,萌发着改变现状的愿望。

搬家后,萧家与邻居胡家合买了一头耕牛。萧全夫每天早出晚归,放牛、割草、拾柴,兼做零工。他想用自己嫩弱的肩膀,挑起全家生活的重担,拼命

地干活，多多地赚钱，以摆脱家庭的贫困生活。

1925年，萧全夫9岁时，家里为了不让人欺侮，送他去读私塾。先生是他的堂舅，不收学费，只是每月给送两担柴，过节时送点礼。私塾里学的是《三字经》、《百家姓》及一些传统的道德说教。一年后因病而辍学。

1928年初，萧全夫进入本乡张家祠堂小学读书。在该校任教的两个老师中，张瑞文是共产党员，张瑞义是共青团员。这实际上是党通过兴办学校来传播革命思想。在学校里，老师讲的革命道理与萧全夫从不幸的遭遇中萌发的改变现状的要求相吻合，因而他特别感兴趣，学习特别积极，入学不久，即被选为学生会委员。他带领同学积极宣传共产党的主张，宣传剪辫子、妇女放足，开展反对宗教迷信活动。是年春，久旱无雨，靠天吃饭的家乡插不上秧，人们纷纷拜菩萨，乞求神灵普降甘露。他对同学们说："菩萨管个屁用，要翻身还得靠我们自己！"于是，他带着同学一连摔碎了两个土地庙里的菩萨。善良的母亲不理解，惩罚了他，让他停学。这时的萧全夫，学校就像磁铁一样紧紧地吸引着他，在他再三求情下，到第三天母亲才允许他继续上学。到7月间，两个老师出外闹革命，学校暂时停办。半年多的学习，使萧全夫受到了革命的启蒙教育，朴素的阶级感情得到升华。

1928年秋，冯系军阀侵入豫东南赶走12军后，苛捐杂税更加繁重。加上全年大旱，次年春再降旱灾，广大农民饥寒交迫。一度转入秘密活动的商南农民运动又开始活跃起来。在张瑞义老师的领导下，萧全夫和胡节枝一起组织起儿童团，萧全夫任分队长，后任中队长，开始了他初期的革命活动。3月，经张瑞义、张瑞孝介绍，萧全夫秘密加入共产主义青年团。

著名的商南起义胜利以后，当地群众纷纷集会，庆祝起义的胜利，成立苏维埃政权宣布打倒土豪劣绅，分田分地，开仓分粮。一天，游击队打着红旗，号召穷人去竹家畈分"吴大老爷"的财产。成百上千的队队人流，随着红旗蜂拥而去。萧全夫参加了这次斗争。他目睹了这个盛大的场面，看到了昔日不可一世的阔佬们威风扫地的狼狈相，深深感受到了穷人自己的力量，从中悟出了一个使他勇往直前的道理：有钱人是少数，穷人是多数，多数人抱成一团闹革命，就一定能够胜利。

1930年春，萧全夫被团组织调到少先队任分队长。他肩挎大红带，手持红木棍，带领少先队和儿童团站岗放哨，盘查行人，监视坏人；参加打土豪分田地的斗争；作战时给过往红军作向导，有时直接配合红军作战；积极宣传党和红军的政策，动员群众参军、募集鞋袜粮米。在他领导下，少先队的各项活动搞得热火朝天，受到少共区委重视。10月间，他被调到少共二区区委组织部任巡视员。从此，他离开家，到各地巡视工作，参加群众大会，并代表少共区委讲话。这使他的领导能力、组织才能、工作魄力得到了初步的锻炼。

★☆★☆★ 萧全夫

2.破译神奇的密电码

POYISHENQIDEMIDIANMA

1930年11月，萧全夫虽然只有14岁，但因个子大身体壮实，被调到商城二区少共模范营2连任团支部宣传委员。12月上旬，蒋冯阎大战结束后，国民党军阀内部暂时稳定，蒋介石纠集8个师、3个旅近10万人的兵力，对鄂豫皖根据地开始了第一次“围剿”。红1军远在皖西，刚刚组建的鄂豫皖临时政府立即组织军民紧急投入反“围剿”斗争。12月下旬，少共模范营开赴商城，担负鄂豫皖军委的警卫任务。随后，该营编入鄂豫皖军委警卫团，萧全夫被编入第3营7连当战士，开始了他漫长的军旅生涯。

部队在商城集训后，萧全夫担任了副班长，有一支与头齐的德造套筒步枪。随营转战于新集、麻城一带连续打了几仗。1932年春，担任班长不久的萧全夫被任命为副排长。这时，红四方面军总部手枪队(亦称交通队)新成立一

个排,萧全夫被选中,并担任了班长,随之被任命为排长。一次,萧全夫带领一个手枪班去皖西北道委送信,在返回途中与当地土匪顾敬之部遭遇,战斗中负伤,被送进医院治疗,伤未痊愈就出院了。随后调红四方面军总部无线电台工作。

1932年夏秋之交,蒋介石调集了30万大军对鄂豫皖苏区发动了第四次大规模"围剿"。由于张国焘战略指导上的错误,使红四方面军仓促迎战,节节被动。在数倍敌人重兵追逼之下,红四方面军主力跨过平汉线向西转移。萧全夫随方面军总部离开了鄂豫皖根据地,离开了家乡父老兄弟,踏上了漫长的西征路。

从10月下旬到12月中旬近两个月的战略转移中,虽有强敌的围追堵截,加上气候恶劣,山川险阻,物资匮乏,极其艰难困苦,但萧全夫凭着坚定的革命意志,相信革命最后一定会胜利,并下定决心跟着革命队伍走,克服了难以想象的困难,出色地完成了任务。一天,部队来到西安南的于午镇,国民党杨虎城的部队便蜂拥扑来,部队急忙转移,电台的同志还未来得及收拾天线,杨部的先头部队已接近村庄。萧全夫同另外4名同志一起,冒着敌人的炮火迎上前去,英勇阻击,一边掩护电台的同志安全转移,一边拆卸天线,终于将电台天线完好地抢收回来,受到上级的表扬。

红四方面军历尽艰险,冲破国民党数十万大军的围追堵截,徒涉汉水,翻过"难于上青天"的蜀道巴山,进入川北。在不到一个月的时间里,红军连克通江、南江、巴中三县,找到了立足之地。当时,通南巴地区地下党组织的力量十分薄弱。方面军在执行战斗队任务的同时,选调干部参加开辟新区的工作。萧全夫被选调任电台工作队队长,在通江县毛浴镇北一带发动群众,帮助地方建立了一个乡政权和两个村的苏维埃,扩大红军50多人。两个月后,这项工作结束,萧全夫仍回电台工作。

1933年2月,蒋介石委任四川军阀田颂尧为川陕边"剿匪"督办,向川陕苏区发动了三路围攻，企图趁红军立足未稳予以消灭或驱逐。萧全夫一返回电台，就投入了紧张的破译工作。他文化不高，搞破译困难很多，但他深感这项工作的重要，从基础学起，废寝忘食，日夜苦钻。在蔡威、宋侃夫、王子纲等同志的指导帮助下，他很快入了门，也入了迷，常常在半明半暗的煤油灯下一干就是一个通宵。经电台全体同志一段时间的摸索和努力，于3月下旬破开了田颂尧军队使用韵密码——通密。5月20日，方面军总部根据电台的情报，主动发起空山坝战斗，一举全歼敌7个团，击溃其6个团，俘敌旅长、旅参谋长以下官兵近5000人，缴枪3000余支，其余两路敌军见势不妙，仓皇逃窜，我军乘胜追击，取得了反三路围攻的决定性胜利。在反敌人三路围攻作战中，萧全夫于1933年4月经耿协祥、冯志文介绍，由团转党，成为一名中共正式党员。从此，“坚决为苦难人民求解放，为共产主义事业奋斗到底”成了萧全夫的奋斗誓言。

★☆★☆★ 萧全夫

3.毛泽东夸赞情报人员“劳苦功高”

MAOZEDONGKUAZANQINGBAO RENYUANLAOKUGONGGAO

在破译了田颂尧专用的“通密”之后，电台的同志很快便掌握了刘湘使用的密码。1933年12月中旬，蒋介石委任刘湘为四川“剿匪”总司令，纠集四川各路大小军阀共110个团约20万人，向川陕根据地发动六路围攻。在反六路围攻作战中，萧全夫和电台的全体同志一起，夜以继日地守候在电台上，侦收敌军电报。虽然敌军电报有时一天多达200余份，但萧全夫和电台的同志保证了及时破译敌人的密码。不仅掌握了川军的作战意图、兵力部署和具体动向，而且还能侦获周围蒋介石嫡系部队的情报，使方面军首长对敌情了如指掌。反六路围攻历时10个月，先后打退敌人四次总攻，共俘敌2万

余人,缴获枪支3万余支(挺),炮100余门,还击落一架飞机。战后,指战员们说方面军领导能掐会算,料敌如神。陈昌浩政委说,这是因为"我们供着一位菩萨"。这尊菩萨就是以台长蔡威为代表的电台全体同志。

中央红军开始长征后,由于天天行军打仗,电台联络十分困难,红四方面军技侦工作者在任务十分繁重的情况下,又承担了为中央红军提供军事情报的任务。这时萧全夫和电台的同志彻夜不眠,跟踪敌人电台,逐步查清了中央红军周围的敌情,及时通报给中央红军,对中央红军摆脱敌人的围追堵截起了一定作用。中央红军电台的同志说:红四方面军电台提供的情报很

红军无线电报务员合影

快、很准。长征结束后,毛主席特意表扬红四方面军电台的同志"劳苦功高"。

1935年3月,红四方面军西渡嘉陵江开始长征。为了争取主动并策应已经渡过金沙江北上的中央红军,红四方面军于5月上旬向岷江地区作战略转移。6月,与中央红军在懋功胜利会师。一、四方面军会师后,萧全夫随左路军北上。在历尽了千辛万苦之后,终于穿过了茫茫草地,于8月下旬到达阿

坝地区。但正当红军取得包座战斗胜利，打开了北进通道时，张国焘公然分裂党和红军，带领部队南下。时值秋风凛冽季节，部队衣单鞋缺，萧全夫随部队再次越过被称为绝境的草地。又一次经受了磨炼。红四方面军南下途中，于10月5日在理番县卓木碉(今马尔康县足木脚)，以第二台为基础成立了红军总司令部二局(即红四方面军二局)，局长蔡威，下设四个科，萧全夫在二科(破译)任科员，科长是罗舜初。

南下以来，部队屡历险境，往返雪山草地，迭遭强敌进攻。但是，红四方面军二局的人员，在局长蔡威的领导下，表现了十分顽强的革命意志，不仅一次又一次地战胜了缺粮、缺衣、缺氧、风雪、严寒等困难，而且逐步扩大了工作领域。除继续严控四川各路军阀外，还开辟了对甘肃军阀鲁大昌和驻甘蒋系部队毛炳文、王均以及青海"五马"的侦察工作，并做出了显著的成绩。

1936年7月初，红二、四方面军在甘孜会师，随即开始北上。过嘉陵江前，萧全夫因劳累过度而病倒了，右腿关节生了个大脓包。因他个子大身体重，别人不愿意抬他。他以惊人的毅力，第三次通过草地，10月胜利到达会宁，走完了艰难曲折的长征路。

红军三大主力胜利会师后，蒋介石迅速调集胡宗南等部十几个师的兵力向红军发动进攻，妄图将红军歼灭于黄河以东地区。为粉碎敌人的阴谋，中央军委决定成立前敌指挥部，并任命彭德怀为前敌总指挥兼政治委员，统一指挥各参战部队的行动。为配合红军作战，根据军委的指示，11月初，由一、二、四方面军抽调部分技侦人员，组成前敌总指挥部第二科，萧全夫调二科任破译员。1937年2月中旬，前敌总指挥部二科拨归援西军建制，改称援西军司令部二科。4月，该科撤销，萧全夫回到延安，在军委二局二科任科员。在延安，他除了完成工作任务外，还经常到抗大去听课，努力提高自己的认识水平和工作能力。

★☆★☆★ 萧全夫

4.敌后办学,尽心尽力

DIHOUBANXUEJINXINJINLI

1937年7月7日,全国抗战爆发,为了适应这一新的形势,红军主力改编为国民革命军第八路军。萧全夫被抽到新组建的2局3分队,在邹毕兆的带领下,随朱总司令到八路军总部工作。不久,八路军总部东渡黄河,开赴山西抗日前线。过去对付的是国民党反动派,而现在对付的是说洋话的日本侵略者。破译工作难度增大,对工作人员的技术素质、文化水平要求也高了。这激起了萧全夫不可抑制的学习热情。

1938年1月,萧全夫随任弼时政委回到延安,进入抗大第四期1大队1队学习。主要课程有苏联战斗条令,从班到营的战术、指挥以及游击战术,政治工作,以及马列主义为主要内容的政治课。自参加革命以来,萧全夫从未这么全面系统地学习过。他对一切知识都极有兴趣,学习认真刻苦,进步很快,在1大队开展的"斯达汉诺夫运动"(即"创造突击队员运动")的革命竞赛中,他的各科测验均在95分以上,被评为模范学员,担任学习小组长、区队学习代表,他还兼任过班长和区队长。抗大8个月学习,使萧全夫的政治、军事和政策水平都有了显著提高,为他以后的发展打下了坚实的基础。

萧全夫毕业后,留校工作,被分配到7大队8队任政治指导员,后调11队任队长。

1938年12月,中央军委决定抗大组建1分校和2分校,分别挺进敌后晋东南和晋察冀边区,为战斗在华北战场上的八路军培训干部。萧全夫所在的7大队编入2分校序列,从12月下旬起,在校长陈伯钧的率领下,离开蟠龙,奔赴晋察冀边区。一路上,要通过敌占区,穿越敌人严密的封锁线。萧全夫所带的学员队共120多人，都是不久前从各地来延安的青年学生。行军途中，他精心组织，严格管理，耐心细致地做思想工作，关心和照顾每一个学员。由于他自己处处以身作则，吃苦在前，使全队学员情绪高昂，冒严寒，踏冰雪，风餐露宿，经清涧、绥德、米脂，从佳县渡过黄河，穿过山西临县、岗县、静乐县境，在忻县和阳曲之间的高村附近，趁夜幕降临，急行军110多里通过同蒲铁路，于1939年1月28日顺利到达2分校驻址——河北省灵寿县陈庄一带。全队120人，无一人掉队，受到上级的表扬。

在敌后办学，困难重重。而且学校距敌人不足百里，经常有遭敌袭击的可能。就是在这样的环境中，一到驻地，大家便立即投入了紧张的建校工作，于2月初按原来的教学计划和进度，正式开课。开始时，萧全夫被任命为第2大队第6队队长。5月，第1大队成立第2支队，下辖第5、第6、第7共三个队，萧全夫任支队长。这期间，他带领2支队圆满地完成了学校赋予的教学和其他各项任务。11月初，我主力部队集中于涞源黄土岭围歼敌人，日寇乘隙突然奔袭合围我驻神南地区的后方机关。2分校1大队受领任务阻击敌人。萧全夫率2支队全体人员在大队长詹才芳、政委李中权同志的指挥下，坚守神南镇外围阵地，与敌激战两天一夜，直到胜利完成掩护任务才撤出战斗。

1940年，2分校开始接收各部队团职干部到校学习。2月初，学校为此成立特科大队，下辖四个队。第1队为团干队，萧全夫任队长，陈宜贵任指导员。8月，特科大队改编为高干科和上干科。高干科辖两个队，詹才芳任科长，萧全夫任副科长兼第1队队长。1941年2月，学校招收新生，高干科和上干科合并为高上科，詹才芳任科长。3月，詹才芳调晋察冀第3分区任副司令员，萧全夫接任科长，萧全夫以孙毅校长为榜样，抱着对党对上级极端负责的精神，尽心尽力地做工作，虚心向学员学习，大胆地管理教育，一言一行做表率，受到学员一致好评。

★☆★☆★ 萧全夫

5.晋察冀地区反“扫荡”

JINCHAJIDIQUFANSAODANG

1941年8月中旬到10月中旬，日寇对晋察冀边区又进行了一次疯狂的秋季大“扫荡”。为了在反“扫荡”中锻炼学员，提高敌后适应能力，在孙毅校长和训练部副部长陶汉章的率领下，萧全夫指挥高上科坚持了冀西的反“扫荡”斗争，翻大山，走小路，连续行军、紧急突围7次，大小转移42次，行程1200余里，取得了教学战斗双丰收，年底，萧全夫被学校评为模范干部，并获得总校颁发的奖证。

1942年3月，根据晋察冀军区的指示，为适应敌后斗争形势的需要，学校派出四个大队的干部班子，分别到四个军分区就近招生办学。他们既是2分校的一个大队，又是该军分区的教导大队，归各分区领导指挥，教学业务由分校指导。萧全夫被派到第2军分区任抗大2分校第2大队大队长，傅崇碧任政治委员。2分区位于同蒲铁路以东、石太铁路以北滹沱河两岸的晋东北广大地区和河北省西部的部分地区。抗日战争进入相持阶段后，敌人对2分区施行“蚕食”政策，频繁进行“扫荡”，在滹沱河两侧的广大地区烧杀抢掠，在由北向南宽40里的地带内，制造了骇人听闻的无人区。萧全夫等就是在这样的恶劣环境下办学的。他们发扬了2分校的优良作风，知难而进，迎难而上，到2分区不久，即招收了300多名学员，编成三个队，开始了教学工作。全大队亲密团结，为完成教学任务一致努力。6个月后，学员毕业。在第二期办学中，由于敌人的野蛮进攻，分区兵力不足，萧全夫奉命带教导队到山西盂县一带反“扫荡”，掩护地方政府征粮，出色地完成了任务。

1943年秋，已是强弩之末的敌寇对北岳区进行了大规模的所谓“毁灭扫荡”，我山西五台县地方政府的工作遇到了很大的困难，萧全夫与俞和政治处主任王元和一起带两个中队到五台县东南一带活动，掩护地方政府开展工作。部队出发的头一个晚上就袭击敌人的两个据点打了胜仗，但却产生了轻敌思想，放松了警惕。当他们来到四面是敌据点的五台城东南马家沟时，遭敌三面夹击。在陷敌包围圈中，萧全夫沉着指挥，率部突出重围，但部队遭受了一些损失。这次挫折，使萧全夫从中吸取了深刻的教训，从此，他变得更加谨慎和成熟起来。

1943年冬，萧全夫调到第2军分区4区队担任副区队长、区队长，从此，他结束了五年多的学校生活，奔向艰苦的抗日前线。在抗大的几年中，萧全夫直接带出了10多个学员队，毕业学员近千人，为当时的抗日斗争，也为中国革命的胜利，在培养干部、储备干部方面做出了应有的贡献。在教育别人的同时，萧全夫自身素质也得到全面锻炼与提高。

周恩来在抗大纪念八一暨第四期学员毕业大会上讲话

4区队活动于山西山阴、代县、崞县一带。这里东依五台山，西接同蒲路，南临滹沱河，北靠雁门关，处在日寇四面封锁之中，环境险恶，战事频繁。指战员们常常食不饱腹，衣不保暖，生活十分艰苦。1943年秋，聂荣臻司令员赴延安途经4区队驻地时，鼓励他们自己动手，发展生产，克服困难。不久，党中央发出了《开展根据地的减租、生产和拥政爱民运动》的指示。接着毛主席号召军队要"一方面打仗，一方面生产"。萧全夫到任前，区队长已离职学习，部队已开始搞起生产。他到任后，坚持实行武力和劳力相结合，战斗和生产相结合，利用战斗间隙，积极开展大生产运动，在当地群众的帮助下，开设了油坊、面坊、毡帽作坊等。1944年春，4区队开始搞农业生产，并根据战斗任务，灵活安排生产，敌人来了就战斗，敌人不来就生产，组织部队开垦荒地1800多亩，连同和群众伙种的地，共产谷子13.8万多斤，几个作坊也获得50多万元的盈利，部队生活得到了明显改善。在搞好生产的同时，4区队不仅粉碎了敌人的多次"扫荡"，而且在春耕、夏收、秋收期间还积极主动打击敌人，掩护群众生产，抓住机会拔除敌人的据点。这期间，萧全夫带领四个中队到山阴川下和代县川下活动，连打了几个小胜仗。在代县十里铺伏击战中歼伪军一个中队、日军一个小队共250余人，缴步枪数十支，机枪三挺，小炮两门和十几大车羊毛、军用物资。全年4区队共进行大小战斗71次，攻克了朱东庄、上庄、野庄，风家寨，崖头等据点，毙伤日伪军256人。4区队劳武结合、生产战斗双丰收，成为当时游击根据地和游击区的一个先进单位。萧全夫从4区队调出，随张明远、詹才芳等领导同志于12月下旬到达冀东军区工作。1945年1月初，冀热辽军区正式成立，下辖第14至18共五个军分区，萧全夫任第17军分区参谋长。

第17军分区辖第14团和四个县支队，位于河北省滦县、乐亭、滦卢、丰滦县境，北宁铁路横贯其中。日寇为控制华北与东北之间的走廊地带，1月份从东北陆续调到冀热辽的伪满军达24个团，约2万余人，分布在北宁路沿线。从2月初开始，敌集中4万多人，向我冀东根据地发动了最后一次大"扫荡"。第17军分区根据冀东军区的指示，边组建边战斗，立即投入了长达四个月的反"扫荡"斗争。到3月底，17军分区共进行大小战斗数十次，毙伤俘日伪军 1000 多人，敌被迫退回铁路沿线。四五月间，日军再次“扫荡”北宁路南和路北的丰(润)滦(县)迁(安)地区以及遵化一带，17 军分区又经数十次大小战斗，歼敌近千人，攻克许多村镇，使敌人“扫荡”和“集家并村”的阴谋被粉碎，为大反攻创造了有利条件。

6 月 11 日晨，驻滦南据点的伪蒙军骑兵铁石部队 700 多人，到城东南连北店一带进行“扫荡”。铁石部队是由日本人充任司令官的伪军，多系作恶多端的亡命之徒。为消灭这股敌人，萧全夫率 14 团和滦卢联合县支队，在乐亭西之张狼窝、港北、小营一带设伏，诱敌深入，将敌四面包围于小营，在打退两路援敌之后，向小营敌人发起总攻。经 10 多个小时战斗，将敌全部歼灭，毙伤俘敌 700 多人，缴获轻重机枪 40 挺，战马 300 余匹及全部装备。铁石部队全军覆没，引起敌人的极大震动。

1945年夏，冀热辽军区根据中共中央在战略反攻到来时，配合苏联红军解放东北的意图，按晋察冀军区的统一部署，组成了三个挺进支队，从 6 月中旬起，北出长城，发起了热辽战役。第 17 军分区留在根据地内坚持斗争。此时，他们积极扩军，加紧整训，主动做好大反攻的各项准备。

8月 8 日，苏联对日宣战。9 日，毛泽东主席发表了《对日寇的最后一战》的重要声明。10 日，朱德总司令向解放区军队发布大反攻命令。冀热辽军区接到进军东北、配合苏军作战的命令后，由军区司令员兼政委李运昌率领 1.3 万余人，分三路向热河、吉林、辽宁挺进。萧全夫率 14 团留在冀东，同兄弟部队一起，坚决向日伪军发起进攻。

8 月中旬，萧全夫奉命率 14 团和兄弟部队一起攻打唐山。一天晚上，他以两个连向唐山城东塔头镇伪军据点发动进攻。拂晓前，敌人退到越河欲去唐山。次日，萧全夫指挥 14 团和滦南支队分两路进攻越河，敌人向唐山撤退时被我埋伏部队全部消灭。此战，共毙伤俘敌 500 余人，缴轻重机枪 20 余挺，步枪 500 余支。8 月下旬，因唐山敌伪集结已达数万，不易攻下，我军即转

向解放腹地中小城镇。萧全夫率14团在开往路北途中，在帅甲河车站袭击由唐山开往东北的一列日军军车，毙伤日军500余人。接着又截击一列日军军车，歼灭日军二部。

★☆★☆★ 萧全夫

6.驰骋在冀东大地

CHICHENGZAIJIDONGDADI

日本投降后，各地日军公然拒绝向我投降，汉奸、伪军摇身一变而成为国民党先遣军，与蒋介石勾结起来，冀热辽区党委和冀热辽军区号召全体军民全力投入反对国民党反动派抢夺胜利果实的斗争，并决定更深入地发动群众，巩固与扩大解放区。

9月中旬，冀热辽军区决定集中14、15、17共三个团及一些地方部队，由军区政治部主任李中权指挥，强攻玉田县城，萧全夫率14团担任城东主攻，于19日晚进占玉田城东关，东关敌人炮楼有敌一个中队，约90人防守。附近地形平坦，部队难以靠近。萧全夫以巧妙的战术手段把一个中队的敌人全部消灭。20日晚8时，开始攻玉田城。由于城墙有三丈多高，城中心和四周建有楼阁，便于敌人观察射击，我首次攻城受挫。次日，萧全夫与排以上干部一起，总结第一次攻城的经验教训，共同研究了具体的攻城方案，于晚8时再次发起攻击。14团主力1、2、3连从东门东南角攻击，4、5连从东北角攻击，其他三面由兄弟部队配合。在萧全夫指挥下，集中全团火力掩护部队强攻，一鼓作气，登上城墙，后续部队源源进入城内，在城南进攻的15团主力也从14团的突破口跟进。我军很快消灭了东南城门上的敌人，旋即向纵深发展。战至22日下午3时，被我围困在几个大院的日军举起白旗投降。此战，计毙伤俘伪军联队长石子厚、伪县长陈锐以下伪军1000余人，獭谷大队长以下日军400余人，缴获迫击炮3门，轻重机枪38挺，步枪1300支及大批军用物资，玉田县城宣告解放。14团在玉田攻坚战中起了决定性作用，荣获军区通令嘉奖,该团3连被军分区授予"玉田战斗模范连"的光荣称号。玉田是通往东北的咽喉要道,玉田解放后,冀东区党委、军区、行署机关进驻玉田,结束了长期游击流动的状态,并为取道冀东挺进东北的其他解放区部队打开了一条通道。

解放玉田后,萧全夫率14团进攻两次未克的遵化县城。部队逼近遵化时,迁安求援急切,萧全夫又奉命率14团挥师迁安,担任城南主攻任务。10月17日,利用在城下挖的地道,用棺材装进炸药,在城南炸开一个突破口,部队迅速突进城内,协同兄弟部队共歼敌1700余人,迁安城随之解放。

在我攻克玉田、迁安的震慑下,宁河、丰润守敌闻风丧胆,接连弃城逃窜。遵化守敌伪满洲军讨伐队4000余人,经我军围困月余后,于10月下旬向唐山逃遁,途中被我军歼灭。11月初,冀东中心区除唐山铁路沿线几个日伪军据点外,全部解放。至此,我冀热辽根据地连成一片,并与冀中、平北,东北各解放区紧密相连。

11月上旬,根据中共中央的决定,成立了冀热辽中央分局和军区。留冀东的部队整编为四个野战旅和五个军分区。萧全夫任独立第13旅旅长,旅政委李振声,下辖14、2、60共三个团。

1946年1月4日,敌人为在《停战协定》生效前占领战略要地,兵分三路向承德进犯,企图割断我东北与华北的联系,孤立东北我军。萧全夫奉命率独立第13旅(欠14团),并配属遵化、滦西两个支队,在丰润县地区组织防御阻击南犯之敌,11日晨,唐山之敌94军第5师,43师两个团,伪军一部,分两路并肩向丰润、遵化方向进犯。萧全夫率部在唐山市工人总队配合下,在丰润县以南纵横30多里地区,采取运动防御,节节抗击;并以部分精干分队主动出击,杀伤、消耗敌人,迟滞敌人行动。战至14日晨,进犯之敌被我阻于丰润县城、北紫草坞、罗文口以南地区,其一部被迫撤回古治,我阵地仍屹立

不动。此战共歼敌700余人,粉碎了敌夺取遵化、前出喜峰口及策应夹攻承德之企图。

6月底,国民党反动派在美帝支持下,发动了全面内战。独立第13旅在萧全夫李振声率领下,在冀东坚持根据地斗争。8月,冀东军区野战旅整编。13旅改称独立第11旅,该旅主要领导成员未变,萧全夫仍任旅长。9月初,国民党军队大举进攻冀东解放区。5日,国民党第94军第121师一个加强连,孤军深入丰润县七树庄,策应国民党主力部队进攻。萧全夫闻讯后,即指挥该旅一部于当晚出其不意,一举突入村内,将敌加强连138人全部歼灭。中旬,独11旅31团在唐山北一带设伏,歼灭国民党军第62师151旅团长以下300余人。10月底,萧全夫率11旅远距离奔袭卢龙县石梯子、前所营、柏店子等敌据点,毙伤俘国民党军团长、副团长、团参谋长以及国民党县长以下官兵1300余人,缴迫击炮、掷弹筒和各种枪支700余件。

1947年5月,冀东军区遵照东总的指示,为牵制敌人,阻敌出关增援,配合东北夏季攻势,进行了滦东地区进攻战斗。滦东守敌系华北独立第3师和东北保安1支队第2团及一些地方武装。其中心据点昌黎为独3师部所在地,城外层层设防,堡垒林立,城内有重兵防守。敌企图以昌黎为核心,与周围卫星据点相结合,实行重点防御,确保"北宁路"畅通。5月12日,萧全夫率11旅(独10旅第30团于年初调归该旅建制)从王官营出发,渡过滦河,18日在15军分区警备团配合下一举攻克后封台、燕埝坨、大牛栏、张家庄、留守营等敌车站据点,炸毁饮马河大铁桥及小桥6座,摧毁碉堡67个,破坏了西起大牛栏、东至留守营70余里大部分铁路。11旅一部还在安山以东炸毁了援敌之铁甲列车,击退敌约两个团兵力的进攻,有力地保障了10旅攻克昌黎县城战斗的顺利进行。攻占昌黎后,萧全夫率11旅按预定计划乘胜东进,于23日夜向深河守敌发起进攻,一举突入深河城内,与敌展开巷战。

次日午前全歼守敌。共歼敌团长以下600余人，缴获轻重机枪16挺，长短枪300余支。

滦东地区进攻战斗，消灭了敌人的有生力量，切断了敌由华北通向东北的运输命脉——北宁铁路，有力地配合了我军在东北战场的夏季攻势，极大地鼓舞和增强了冀东军民的胜利信心。

8月，冀东军区奉东北民主联军总部命令，将独10旅、11旅、9旅编成东北民主联军第9纵队。独11旅改称第26师，萧全夫任师长，李振声任政委。

★☆★☆★ 萧全夫

7.五岭山阻击战

WULINGSHAN ZUJIZHAN

1947年9月，为贯彻《解放战争第二年的战略方针》所规定的任务，配合关内我军作战，东北民主联军首长决定发起秋季攻势。9月10日，9纵(欠27师)奉命出关赴东北参战。从此，萧全夫离开冀东，奔赴更加广阔的战场，去参加歼灭敌重兵集团的作战。

9月中旬，8纵将陈诚急令刚调到东北的49军79师、105师(各欠1个团)阻于杨杖子地区。陈诚又火速从锦西、兴城抽调两个师又一个团前来策应。9纵奉命阻击锦、兴援敌。纵队把阻击援敌的任务交给了能打硬仗、恶仗的萧全夫，令该师于22日拂晓前，进至峰密沟、五岭山、孙家沟一带，在热河独立团的配合下，阻击敌人。此时，萧全夫率领的26师尚在300里外的干沟一带。受领任务后，萧全夫在师党委会上提出"打好出关第一仗"的响亮口号，当有人提出部队休整一下再走时，萧全夫说："这次阻击战，不仅关系到8纵围歼战的胜利，而且也关系到整个秋季攻势的大局。虽然时间紧任务急，我们要舍得在关键时刻使用和磨炼部队，培养部队连续作战的

作风。"会后萧全夫即亲率先头团经三个昼夜的冒雨急行军,长驱300余里,比纵队规定时间提前一天到达指定地域。21日夜,26师各团迅速进入预定阵地。是夜,76团1营摸黑占领小五岭山阵地,拂晓又派2连前去占领大五岭山。当2连登上大五岭山主峰时,敌人已爬到山腰。该连乘敌不防,居高临下,以突然猛烈的火力将敌打下山去。敌人为打通锦杨公路与杨杖子之敌会合,于22日7时趁大雾弥漫,集中七个团的兵力向我阵地两翼猛烈攻击。我坚守部队顽强阻击,打退敌多次轮番攻击,给敌以重大杀伤。但终因敌众我寡,战至10时后,前沿阵地峰密沟东北无名高地、关山、虎头山、孙家沟南汕相继失守,五岭山处于三面受敌之中。在危急情况下,萧全夫即令二梯队两个营投入战斗,很快进占乌云山高地,阻止了敌人的进攻,解除了敌对五岭山阵地右翼的威胁。这时,8纵首长打来电话说:"我们歼灭杨杖子之敌已问题不大了,就看你们能不能堵住援敌了。"萧全夫坚定地说:"请首长放心,我们一定把敌人堵住,保障杨杖子歼敌的胜利!"萧全夫趁敌立足未稳,组织反击。是夜9时,他从各级预备队中抽出三个营的兵力,向正在构筑工事的敌人突然发起全线反击。在激烈的争夺中,阵地得而复失,战至夜间11时,各团丢失的阵地全部夺回,恢复了原防御态势。23日晨,敌人在数架飞机的支援下,向我五岭山阵地大举进攻。我坚守部队连续打退敌14次冲击后,兴城之敌亦前来助攻,战至中午12时,我小五岭山阵地失守。正当敌向大五岭山主峰反复冲击的时候,萧全夫一面令76团主力向敌左翼出击,牵制和威胁正面进攻五岭山之敌,一面迅速组织五个营兵力向进攻五岭山之敌发起反冲击。经一个多小时的激战,终于将敌人打退,并夺取了峰密沟东北小山及庙山一线高地,终于保证了全歼杨杖子守敌4000余人的胜利。并迫使援敌于24日撤回锦西。此战,26师歼敌1000多人,缴获武器弹药一批。纵队首长对26师英勇顽强的阻击,给予高度赞扬。

五岭山阻击战是萧全夫指挥的第一次大的阵地防御战。他不仅出色地完成了任务，而且在强敌进攻面前，总结出“躲、打、杀、反”等战术，为以后的防御战斗积累了丰富的经验。

★☆★☆★ 萧全夫

8.撬开“铁打的朝阳”

QIAOKAITIEDADE CHAOYANG

五岭山阻击战结束后，萧全夫率部参加了兴榆破击战、锦兴破击战等战斗；和兄弟部队一起，将山海关至绥中铁路间所有桥梁、枕木、铁轨、电杆、车站全部破毁，使敌“确保北宁”的企图落空。

10月中旬，9纵奉命攻击朝阳，25、26两师担任主攻。朝阳是锦承铁路线上之重镇，驻守敌4000余人，工事坚固，敌有“金城汤池”之说。加之我军曾

东北野战军南下北宁线作战

数次未克,又有“铁打的朝阳”之称。萧全夫率26师经两天急行军,于21日晨和兄弟部队一起将朝阳之敌包围,入夜向守敌发起攻击。因情况不明,准备不足,仓促投入战斗,首次攻城未克。次日,萧全夫根据纵队首长的意图,重新调整部署,选择新的突破口。当夜向朝阳发起第二次攻击,各路攻击部队以勇猛的动作,登城歼敌、破城巷战,歼敌3000余人,23日凌晨3时,解放朝阳。26师78团5连作战勇敢、机智、灵活,被纵队命名为“朝阳连”,记大功一次。战后,萧全夫亲到该连召开现场会,总结经验,程子华司令员连声称赞“你们打得好!”

11月1日3时,8纵、9纵向援敌侯镜如92军的两个师发起全线攻击。萧全夫指挥26师长途奔袭,一举突破敌人第一道防线。2日晨,我各路攻击部队将敌压缩在长不足20里,宽不足10里的狭小地域内。10时许,敌43师逃向义县,敌21师主力北渡大凌河,企图逃跑。萧全夫率师主力插入距义县仅10余里处的四方台,将敌退路切断,遂将敌21师大部聚歼。此战共歼敌6500余名,缴获轻重机枪100多挺。

部队进行短期休整后, 于12月上旬发起冬季攻势。9纵奉命由朝阳东进,14日攻克北镇县城。16日和8纵一起包围新立屯守敌第49军之26师,随后在沈锦路以北活动,钳制沈阳与锦州之敌。12月底,9纵配合1纵围歼大虎山之敌,但敌已先期逃跑,遂将大虎山地区敌交通破坏。1948年1月,9纵先后参加了合围台安敌暂编18师和围歼沟帮子敌184师的战斗。1月底,9纵令26师围歼大凌河铁桥守敌5个连并炸毁铁桥。萧全夫出色地完成了任务,他率部不仅全歼守敌而且将大凌河铁桥彻底破坏。该师还配合27师将周围敌据点扫除干净,受到东总表扬。

1948年春,东北我军开展了轰轰烈烈的新式整军运动。在诉苦和“五整一查”的基础上,展开了群众性的战前大练兵。萧全夫到76团帮助开展军事练兵。他发现干部战士普遍求战心切,对练兵不热心,响亮地提出“苦练出精兵"的口号，一直在基层抓典型指导练兵40多天。在纪念八一建军节21周年时，全师举行了以检验训练成果为主要内容的运动会。纵队詹才芳司令员看完演练后兴致勃勃地说："练兵成绩好，将来一定能打更大的胜仗！"经过大整训，大练兵，部队获得了军政双丰收，为迎接即将到来的战略决战打下了坚实的基础。

★☆★☆★ 萧全夫

9.进军东北，攻克锦州

JINJUNDONGBEIGONG KEJINZHOU

1948年9月，伟大的战略决战揭开序幕。萧全夫率部驰骋于东北、华北广大地区，先后参加了锦北穿插围歼战、锦州攻坚战、辽西大会战、营口追击战和天津攻坚等著名战斗，所到之处，所向无敌，攻无不克，为中国人民的解放事业立下了赫赫战功。

9月初，9纵参加锦北穿插围歼战斗，拉开了辽沈战役的序幕。锦州城北有帽山、鸡冠山等险山要点，并有三条公路一条铁路直通城内，形成锦州的天然屏障。锦北失守，锦州难保。敌在这一带形成了较坚固的支撑点式的防御体系，有万余敌人防守。12日，9纵经130里急行军，插入锦(州)义(县)之间，切断了锦义之敌的联系，迫敌龟缩于绵北之葛王碑、薛家屯地区。9纵奉命以"夜摸渗透战法"割裂敌锦北防线，切断敌暂编22师退路。萧全夫率26师在25师左翼奔袭大茂庄，以一个团围歼葛王碑敌人，师主力围歼薛家屯敌暂编22师。24日夜，在大茂庄进入战斗，进至温滴楼后，分路穿插。经激烈战斗，将敌大部歼灭，300余逃窜之敌亦被我25师消灭。此战，萧全夫指挥26师俘敌1300多名，打死打伤676名。26日，我27师攻占帽山。至此，锦北敌人全部扫清，共歼敌6000余名。战后，上级通报表扬说："9纵虽然成立较晚，但他们是很有战斗力的。"

10月 7 日萧全夫率 26 师迂回到锦南，进行攻锦作战准备。参加锦州攻坚战共有五个步兵纵队、一个炮兵纵队和一个坦克营 20 余万人。2、3 纵队，6 纵队 17 师，炮兵纵队主力和坦克营大部担任主要方向的突击任务，由城北向南并肩突击；7、9 纵担任辅助方向的突击任务，由城南向北并肩突击；8 纵由城东向西突击。锦州城墙高 4 米多，宽 2 米，火力发射点密布。城南筑有地堡群，与城内的高大建筑物构成交叉火网。墙外各高地、交通要道筑有永久

东北野战军首长在锦州前线指挥作战

性工事，周围设铁丝网。小凌河南岸有地雷场。26 师的任务是，与 25 师并肩，在炮纵野榴炮四个连的支援下，在中央大街(含)以东的太子街实施突破后，迅速向东扫清牡丹街之敌，向敌 6 兵团司令部发动进攻。当 7 纵攻占罕王山以西敌诸要点之时，萧全夫率 26 师主力攻歼罕王山以东诸要点之敌。10 日拂晓，攻占了女儿河南岸敌全部阵地。“尖刀连在太子街和牡丹街之间一举突破，高举红旗，前仆后继，冲上城墙，把红旗牢牢地竖在突破口上。尖刀部队乘胜突入城内，与敌展开争夺战。萧全夫令师二梯队投入战斗，76 团攻占

老爷庙后，全师分3路向纵深穿插。经逐街逐楼争夺，全歼双庙守敌千余人，并向敌6兵团司令部南侧、东侧攻击前进。当日23时左右，26师主力及2、3纵队各一部对锦州敌核心阵地——6兵团司令部达成合围。在兄弟部队配合下，26师炸毁敌地堡9个，铁丝网数道，攻占敌陆军医院，消灭敌火力点多处，越过外壕，于15日4时10分突入敌兵团司令部院内，并与友军一起全歼了敌兵团司令部。15日18时，锦州攻坚战胜利结束，全歼守敌10万余人，其中9纵歼敌1.5万余人，生俘敌东北"剿总"上将副司令兼锦州指挥所主任范汉杰、第6兵团中将司令卢浚泉。战后，东北野战军总部评价9纵"全纵奋发努力，进步甚快"，9纵给予26师76团、78团等单位通令嘉奖。

锦州解放，东北形成"关门打狗"之势。9纵奉命北上参加辽西大会战，开进途中，因部队太多，道路拥挤，东总令9纵随8纵之后，由右路攻击敌人。当9纵主力进入大虎山时，整个战场已进入最后围歼阶段。该纵仅由萧全夫率领的前卫26师投入了围歼廖耀湘兵团的战斗。10月26日，总部急令9纵由大虎山南下，火速赶往营口，断敌海上逃路。纵队即率25、27师昼夜兼程赶往营口。萧全夫指挥26师在辽西会战中歼敌一部，俘虏敌71军军长向凤武之后，作为纵队预备队，撤出会战，赶往营口。11月2日拂晓，9纵向营口市区发起进攻。26师冲破敌层层防线，很快攻入市内，扫荡被分割包围的残敌。10时许，战斗结束，共歼敌1.4万余人。

★☆★☆★ 萧全夫

10.战天津，立下汗马功劳

ZHANTIANJINLIXIAHAN MAGONGLAO

1948年11月中旬，中央军委发布全军统一编制命令，9纵改称中国人民解放军第46军，下辖4个师，原26师改称137师，萧全夫任师长，李振声

任政委。

11月18日，中央军委决定，东北野战军立即结束休整，取捷径以最快速度隐蔽入关，突然包围唐山、塘沽、天津三处敌人，断敌海上南撤的通路。萧全夫率137师担任左兵团先头部队，于22日从驻地牛庄出发，夜行晓宿，经16天1400里的长途跋涉，于12月9日秘密进至冀东迁安县建昌营。12日夜，该师进军北宁路，沿线守敌望风而逃。13日，师先头411团猛追唐山逃敌，经9小时急行军追至芦台，敌弃城逃遁。411团2营紧追不放，在青坨子抓住敌军一部，不待主力赶到，即向敌发起攻击，仅8分钟就全歼守敌1100多名。410团抓住敌汉沽守桥部队一部，409团3营很快插入汉沽以南之茶淀切断敌退路，全歼敌守桥部队。410团又转兵北塘，在140师一部配合下，北塘车站守敌两个团一触即溃，狼狈逃向塘沽。18日，137师受命赶赴津东重镇军粮城迅速完成对敌包围。萧全夫接到命令，即率部南下。军粮城守敌两个团惧怕被歼，于当日仓皇西撤逃向天津。我先头部队赶到歼敌一部，遂占军粮城，切断了津塘之敌的联系。19日夜，该师在敌炮火封锁下突破海河，攻到津南，横扫咸水沽敌军。敌新城盐警六个大队畏惧我军强大攻势，不战而降。我其他各师也都圆满地完成了任务。至此，津东、津南敌据点悉数拔除干净。

12月底，东北野战军决定攻打天津。

天津，东西窄、南北长。北部敌兵力强，南部敌工事强，中部兵力、工事均较弱。东野前指确定采取东西对进，拦腰斩断，先南后北，先分割后围歼的作战方针，令46军及配属的145师由南向北实施攻击，与两支友军会师于跃华中学(现26中)聚歼南部守敌。萧全夫带领的137师担任主攻，与145师并肩实施突破。

天津东南角距城防不到千米有敌一外围据点——灰堆，自成独立的防御体系，并与城内守敌成犄角之势，驻有守敌四个保安团和一个支队近4000

人，是攻城前必须除掉的障碍。萧全夫率137师和138师一道于1949年1月5日3时进入进攻出发地。萧全夫指挥410团利用夜暗，插到灰堆与天津之间，拂晓攻敌，经三小时激战，拿下灰堆造纸厂，关上了敌人后退的大门。8时整，担任主攻的137师411、414团在炮火掩护下，向灰堆守敌发起冲锋，仅5分钟就打开突破口。后续部队迅速插入纵深投入巷战。与此同时，413团一举攻占大何庄，转兵灰堆。灰堆守敌在我几面打击之下企图逃进城内，天津城内守敌亦出城增援。萧全夫指挥的410团在腹背受敌的情况下，发扬死打硬拚的精神，顽强阻击两面敌人一次又一次冲击，使敌增援、突围均未得逞。战至下午1时，灰堆战斗胜利结束，全歼守敌3800余人，其中生俘敌少将白英杰以下3200余人，敌津南城防直接暴露在我军面前。

14日10时，我军向天津城防发起总攻。津南城外有一条宽10米、水深近2米的护城河，河外侧设有铁丝网、鹿砦和布雷场，河内侧有高6米的土墙，墙上有铁丝网、电网，每隔30米还筑有一个地堡。10时40分，萧全夫指挥137师409团冒着敌人的密集弹雨，强行架桥冲击，但连续三次均失利，桥被炸坏，架桥分队十有九伤，支援架桥的7辆坦克也被打坏。该团1营连续派出的4个爆破组，除一人外全部伤亡。接着又派出由一位排长率领的24人爆破队直扑铁丝网，结果19人牺牲，5人受伤。该团3营发起5次爆破也未能成功。萧全夫站在团指挥所背后的大砖窑上，作为一个师的指挥员，他看着一批又一批倒下去的战士，心如刀绞。但他很快意识到，为大部队开路，为把红旗插上天津城头，需要我们不怕伤亡，不怕牺牲。他立即组织炮火支援409团重新发起冲锋。在两个尖刀连拼命冲击下，突破敌三道铁丝网，跨过护城河，炸毁敌碉堡，于13时30分把红旗插上天津城垣。随之与敌展开激烈争夺，连续打退敌11次反扑，把突破口扩大到400米。跟进部队相继打进突破口。这时，由于145师突破口打不开，严重威胁

137师突击部队左侧安全。在军炮火支援下,萧全夫指挥137师立即向左侧进攻,把突破口又扩大400米,有力地配合了145师占领城防。至15日1时,阵地几经易手,137师突击部队共粉碎敌10余次进攻,巩固了突破口。与此同时,萧全夫组织137师部分部队在友邻配合下,攻占了前后尖子山,敌南线防御体系从此瓦解。为实施近战指挥,萧全夫冒着敌人的猛烈炮火,火速赶到硝烟弥漫的突破口,他判断守敌已成强弩之末,便指挥部队兵分三路,配合友邻部队直捣敌巢。萧全夫紧随先头部队行动,在他指挥下痛歼土城、爱德里、南楼一带守敌,接着又歼敌两个团。13时30分,萧全夫乘胜指挥137师主力歼灭了凭借工事顽抗的敌43师指挥部。至15时,我各路攻城部队全歼天津守敌,活捉敌天津警备司令陈长捷和天津市长杜建时,解放天津。

天津战役,46军突破津南坚固城防,参加纵深战斗,歼敌2.6万余人(不含145师战绩),缴获颇丰,萧全夫作为主攻师师长立下了汗马功劳,展示了他勇猛顽强的战斗作风和善于用兵的优秀指挥才能。

★☆★☆★ 萧全夫

11.高歌南下,横扫残敌

GAOGENANXIAHENG SAOCANDI

1949年1月下旬,萧全夫率部开赴河北霸县地区,执行改编傅作义部队的任务。从2月上旬开始,部队进行了以政治为主的短期集训,指战员认清了国民党反动派的反动本质,丢掉了和平幻想,坚定了将革命进行到底的决心。

4月中旬,萧全夫率部在军的编成内向江南进军。22日,部队进至冀县、南宫县一带,接到毛主席、朱总司令"向全国进军的命令",给部队极大的鼓舞。经43天2200余里的长途跋涉,于5月下旬,进抵武汉以北的滠口镇。为渡江作战,在这里有针对性的进行了为期一个月的军政训练。

7月5日,萧全夫奉命率部以战备行军的姿态,继续向南挺进。11日由武汉渡过长江,于20日兵临长沙城下待命。8月4日,程潜、陈明仁两将军正式发出起义通电,古城长沙兵不血刃宣告和平解放。

长沙和平解放后,白崇禧仍企图作垂死挣扎,于赣西、湘东、粤北地区布防,引我主力深入,企图与我进行最后决战。46军执行先遣任务,压缩白崇禧集团。137师奉命沿粤汉铁路南进驱敌,保护沿途桥梁的完整,以保障野战军主力迅速南进。

8月5日,担任开路先锋的137师从春花山出发。7日,进至渌口东北黄票塘、李家坳一带,发现敌58军暂1师在渌口至高沙以东地段,依托渌水南岸有利地形布防,企图阻击我军前进。不怕敌人抵抗,就怕敌人逃跑的萧全夫,立即组织部队强渡渌水。

萧全夫指挥强渡河川战斗。为打好这一仗,他进行了周密的侦察和精心的部署,以极其隐蔽的手段完成了进攻准备。8月10日4时,向敌发起攻击,经15分钟激战,突破了敌58军暂1师的河防。敌河防被突破后争相逃命,137师转入追击,将逃敌歼于淦田以北地区。

9月间,桂系部队麇集于以衡阳为中心的衡(阳)宝(庆)、衡(阳)耒(阳)之线及湘西南各地,企图在湖南境内与我军决战,借以争取美援,待机反攻。我4野首长抓住这一战机,决定发起衡宝战役。46军在衡阳至耒阳线以东地区,钳制湘东之敌,协同4野主力在衡宝之间歼灭白崇禧集团主力。137师奉命在洣水北岸抓住敌人,使其不能西撤。萧全夫组织精干小分队,不断出击,经常与敌保持接触,进行多次拉锯作战,拖住该敌使其难下西逃决心,一直对峙至9月下旬。9月29日,乘敌48军与58军226师调换防务之机,137师开始追击。10月1日,中华人民共和国成立的那一天,萧全夫率师主力渡过淡米水,消灭了南岸敌人后,即向敌226师翼侧平田圩方向前进。7日,强渡

耒河，沿粤汉路两侧向霞流市、大堡、衡阳方向急进。8 日晨渡过湘江，直逼衡阳城。由于我军进军神速，守卫湘桂铁路大桥的敌指挥官竟来不及下炸桥命令便逃跑了。我军夺占铁路大桥，俘获待命炸桥的敌士兵，突入市区，守备衡阳的警察大队和自卫大队 300 余人全部被歼。湖南第二大城市衡阳宣告解放。

衡阳解放的当天，萧全夫率师主力渡过湘江西进，执行围歼逃敌之任务。经三日冒雨急行军，于 11 日进抵洪桥，将两营南逃的敌人歼灭。10 月 14 日，衡宝战役胜利结束。

★☆★☆★ 萧全夫

12.肃清残匪，消除湘南地区隐患

SUQINGCANFEIXIAOCHUXIANG NANDIQUYINHUAN

衡宝战役后，46 军奉命组织湘南党政军委员会，并兼任湘南剿匪指挥部的工作，统一湘南剿匪指挥。

活动在湘南百人以上的股匪有 56 股，千人以上有 7 股，总计 3.5 万余人。首先发起嘉(禾)兰(山)临(武)战役，集中打击国民党军统局王春晖与谢声溢之两股万余最反动的敌人。11 月下旬，萧全夫率部自洪桥以远距离迂回动作，沿湘桂铁路前进，于 12 月 1 日解放江华。继以三昼夜急进，隐蔽翻越七凝山最高峰大洪岭及海拔 1200 米的烂泥坳，通过 200 里人烟稀少的瑶民区，于 4 日进到黄竹砦、三江城一线，随即包围了南风坳，封闭了华阴、九凝两山区。5 日，分四路向兰山城推进，途中冒雨追击，歼敌一个保安团，并将包围圈向内推进了 200 余里。至此，我各路进剿部队将敌分割包围于塘村、竹管寺及毛峻、洞浆为中心的方圆 30 里的地区内。6 日，萧全夫指挥 137 师由南向北猛攻，在棉花地、天鹅寨等战斗中，歼敌 2200 余人，活捉敌交警 14 总队总队长李治民。在嘉兰临战役临近结束之时，萧全夫指挥 409 团进抵永

中南军区剿匪部队一部翻山越岭搜剿残匪

明，将反共救国军第12军围歼于狮公桥和大石桥地区，生俘匪首中将军长陈平裘、参谋长罗克毅以下200余人。

1950年1月，137师开进零陵地区执行剿匪任务，为统一指挥军队与地方武装，成立了分区剿匪司令部，萧全夫任司令员，地委书记刘慎之任政委。

零陵地区，万山重叠，岗峦起伏，地形险要，山路崎岖。民国以来，这里就是一个土匪窝子。白崇禧曾把这一带看作是他的“命脉所在”，有计划地留下了一大批所谓“敌后武装”，企图在这一带积小胜为大胜，打出个相持局面来。这些土匪，大半以老兵游勇作骨干，作战力虽不强，但都是土生土长，所以打散较易，打烂就难；打败较易，歼灭就难。剿匪初期，土匪极为嚣张。2月初开始进剿，按照湖南军区提出的“肃清散匪、捉净匪首、收光匪枪”三条标准，组织部队结合开展政治攻势，反复搜剿。到6月底，137师和零陵分区共歼匪4000余人，圆满地完成了上级赋予的如期平息匪患的任务。

在剿匪政策的感召下，川南土匪纷纷向解放军交枪投诚

残匪采取了“隐蔽潜伏，秘密发展，积蓄力量，待机再起”的活动方式，一面组织所谓“地下军”，一面寻机打入我农村政权、民兵武装内部，妄图与我长期周旋。针对这种情况，萧全夫把剿匪工作的重点放在发动群众上，以班为单位全面铺开，一面剿匪，一面使部队工作队化，配合地方政府大力开展宣传和调查工作，揭露谣言，打击坏分子的捣乱行为。对于那些经教育争取仍不悔改的土匪，给予从重惩处，严重匪犯交人民政府处决。对成分不纯的农会、民兵组织进行整顿，通过诉苦，挖穷根、匪根，提高政治觉悟。与此同时，部队利用一切机会，为群众大办好事，赢得了群众的真心拥护和爱戴。群众真正发动起来后，残匪无法潜伏，剿匪部队犹如长上了千里眼、顺风耳，捷报频传。仅八九月份，就歼匪800多名。同时，在群众的配合下，摧毁了一大批隐藏很深的敌特地下组织，消除了隐患。

为配合湘西会剿，坚决消灭湘西回窜土匪与湘南内地潜匪，保证秋征土改任务的顺利进行,10月下旬,萧全夫召集武岗、隆回、城步三县地区紧急军事会议,作了周密部署,在他的统一组织下,部队向湘西与桂北边缘地区合击包剿20余次,打击回窜内地的股匪近20股,歼匪900余人,有力地配合了湘西会剿,并为桂北恭城地区解除了严重匪患,使湘南内地社会秩序日趋稳定。

1950年12月,萧全夫升任46军第一副军长兼参谋长。

1951年1月,46军胜利地结束了在湖南的工作任务,奉命开赴广东海陆丰地区,担负保卫海防任务。

★☆★☆★ 萧全夫

13.朝鲜战场上痛击美军

CHAOXIANZHANCHANG SHANGTONGJIMEIJUN

1952年1月,中南军区组织军师主要领导干部14人,由41军副军长李福克和时任46军副军长的萧全夫率领入朝学习,参加了第五次战役,5月回国,6月萧全夫升任46军军长。

1952年9月,萧全夫奉命率46军入朝参战。这使关注朝鲜战争、求战心切的萧全夫极为兴奋。部队在极短的时间内,即做好了一切准备,由广州军运安东(今丹东)。全军于9月14日至22日跨过鸭绿江。28日到达平壤以北顺安、新安州地区。11月1日接替42军北起清川江口南至甑山70公里西海岸防御任务。

12月底,46军(欠137师)与配属的40军120师、炮42团及炮44团,开赴第一线,接替40军西自板门店东小河起,东至基谷里近29公里的正面防御任务。这时,自恃装备优势,不甘心达成停战协定的美伪军,大肆进行战争叫嚣,企图由东西海岸线登陆,以打破僵局。接防后,萧全夫立即到一线勘察地形,熟悉阵地,拟定作战方案,囤积物资,加强前沿工事,并以先前沿后纵

深，先主点后次点，先坑道炮阵地后其他工事，在每一线阵地及纵深 10 余里地域内，以坑道为主结合野战工事的阵地编成原则，全军 53 个连队展开了紧张的备战工程作业，到 3 月中旬完成了主要作业，至停战时止，全军共增加坑道 277 条，全长近 22 公里，各种掩体和炮阵地 2860 个，指挥观察所 175 个，交通沟、堑壕 76 公里以及许多储水池、反坦克壕等工事，使阵地达到绵密有体系，基本上奠定了“守得住”的作战信心。

萧全夫遵照积极防御和零敲牛皮糖的作战方针及“稳扎狠打，由小到大”的作战原则，在初步于 1953 年 2 月开始，一线部队即普遍和积极地开展了小部队缓冲区(敌我空白区)争夺战和阻击手、游动炮歼敌运动。并将缓冲区的战斗推向敌前沿铁丝网内外，达到了“遇必打，打必歼”的作战要求。至 3 月中旬，基本上控制了缓冲区的主动权，有力地保证了主阵地的安全，并给反击作战创造了条件。

志愿军炮兵部队开赴前线

在小部队活动取得经验之后，萧全夫组织部队于2月26日首次向守备梅岘里东山土耳其旅一个排、马踏里西山美陆2师5团两个加强排又一个加强班反击，全歼守敌，并在五天打击敌人的反扑中歼敌1200余人，巩固了梅岘里东山。初战的胜利，极大地鼓舞了部队的士气，初步坚定了“攻得下，守得住”的信心。

在我军的沉重打击下，4月26日，中断达半年之久的朝鲜停战谈判终于恢复。但是，美伪军并不想很快达成协议，仍企图拖延战争，以保持紧张局势。为了配合停战谈判，促进停战的早日实现，根据中央军委指示，志愿军首长决定以西线为重点，以打击美军为主，对敌发起夏季攻势。萧全夫受命指挥在主要方向上的46军及配属的两个步兵师、一个工兵团(欠一个营)、三个炮兵团又八个炮兵营，于正面选一两点有利地形，对敌攻击。攻占后，以大力与敌反复争夺，歼敌有生力量，并巩固已得阵地，改善我之阵地。

这是萧全夫第一次指挥这么多的部队，感到责任重大。而且，敌我双方

战斗在朝鲜战场上

阵地都已相对稳固,就是争夺一个小点,也要集中力量进行殊死的搏斗。46军当面之敌是号称“王牌”无敌手的美军第1师。为了给这个美军王牌师以教训,萧全夫受领任务后,再次爬上前沿阵地侦察,选择攻击目标,组织干部对预选目标进行沙盘和图上作业,周密地制定作战方案。然后他又组织部队进行针对训练和演练,在全军集中力量完成坪村南山重点(也是兵团重点)反击作战准备时,由于攻击部队一战斗组长投敌,暴露了攻击计划。萧全夫为慎重和确实查明敌之变化,派部队向坪村南山主峰进行战役侦察性的反击作战,全歼守敌三个排。与此同时,又以136师一部兵力反击马踏里两山和梅岘里东山,全歼守敌一个加强排和一个连。经三天反复争夺,巩固了阵地,并把阵地向敌方推进了一平方公里多。此战后,由于李承晚公开叫嚷“反对朝鲜停战”,要北进“单独干”,我军作战对象转为以李伪军为主,对美国及其仆从军不作大的攻击,致使坪村南山重点反击未能实施。

为打击李伪军并教训美军,东线我军展开了宽大正面的突破作战。为配合东线作战,萧全夫组织部队多次进行反击和攻歼作战,至7月27日停战时止,共攻克敌两个连又12个排的阵地,打垮敌一个班至3个营的反扑130余次,歼敌4000余名,巩固了梅岘里东山和马踏里东、西山。给敌以沉重打击,有力地配合了停战谈判的顺利进行。

46军在守备作战的6个半月中,先后对美陆战第1师、美2师、美25师,英联邦第1师,土耳其旅等9个国家的军队9.6万余人,作战156次,共歼敌1.4万余名(内俘敌149名)。7月28日,萧全夫作为板门店前线部队的代表,参加了彭总在开城举行的隆重的停战协定签字仪式。停战后,著名作家巴金曾到46军。他被该军的英雄事迹深深吸引,连续采写了《在英雄连队里》、《魏连长和他的连队》、《记栗学福同志》等文章,颂扬了这支英雄部队。

在朝鲜战争中,萧全夫战功卓著,荣获朝鲜民主主义人民共和国一级勋章一枚。

1954年，萧全夫从朝鲜归国后，进入南京军事学院战役系学习。经过三年学习，受到了系统的军事理论、战役战略学的教育，多年征战的实践经验得到理论升华，完成了一个高级指挥员的必修课。1955 年 10 月，他被授予少将军衔，荣获二级八一勋章、二级独立自由勋章和一级解放勋章。毕业后，他重返 46 军继续任军长。

1962 年 2 月，萧全夫调任沈阳军区副参谋长，分工抓作战和训练。他虽然在正军这个职位上干了 10 个年头，但仍兢兢业业地工作，积极协助参谋长和军区领导，在东北的设防、战备、部队训练及“军事大比武”等项工作中做出了较好的成绩。

★☆★☆★ 萧全夫

14.受到“揪军内一小撮”狂浪的冲击

SHOUDAOJIUJUNNEIYI XIAOCUOKUANGLANGDECHONGJI

1966 年，“文化大革命”开始了，萧全夫和其他老同志一样，陷入了不理解和紧张、吃力的应付状态。在“四人帮”挑起的“揪军内一小撮”的狂浪中，他也受到了莫名其妙的冲击。他被机关的所谓“造反派”无端地围斗了四天四夜。他感到痛苦和委屈。但他不甘消沉，在“红头文件”、“最新指示”中努力寻求能理解、能撑腰的东西。“抓革命，促生产，促工作，促战备”这条“最高指示”，为他提供了精神支柱和用武之地。

1968 年 5 月，萧全夫升任沈阳军区副司令员兼参谋长。他忍辱负重，坚守工作岗位，做了大量的工作。这期间，军区许多急难险重的任务都是由他去完成的。

★☆★☆★ 萧全夫

15.挥师保卫珍宝岛

HUISHIBAOWEI ZHENBAODAO

1969年3月2日，苏联边防军，在装甲车、指挥车的掩护、指挥下，悍然入侵珍宝岛，首先开枪打死打伤我边防战士多人。我边防巡逻队被迫进行自卫还击。3月4日后，苏军出动边防军和坦克、装甲车、飞机，连续入侵珍宝岛，并炮击我边境纵深地区。为制止入侵，保卫边境，萧全夫受命率沈阳军

中国边防部队炮兵反击入侵珍宝岛的苏军

区前指，赴黑龙江省虎林县五林洞指挥了珍宝岛自卫还击作战。这场保卫祖国领土的斗争，是在"文革"动乱、现场兵力不足、调运部队和调拨支援武器弹药困难的情况下，以劣势装备同装备精良，拥有先进坦克、装甲车、飞机、大炮，并在数量上占优势的苏军较量。前指最高指挥员萧全夫，坚决贯彻中央军委的作战意图，动员、组织参战边防部队、民兵和人民群众，发扬"一不怕苦，二不怕死"的革命精神，英勇顽强，连续作战，并适时向中央、军

巡逻在珍宝岛上

委汇报斗争情况和事态的发展变化，认真执行“有理、有利、有节”的斗争原则，给入侵挑衅者以应得的惩罚，胜利地保卫了我国的神圣领土，捍卫了中华民族的尊严。珍宝岛自卫还击作战创造的经验和斗争艺术，在中国人民解放军边防斗争史上，又写下了辉煌的一页，具有一定的指导意义。

珍宝岛战斗后，萧全夫不再兼任军区参谋长之职，而以主要精力抓中蒙、中苏边境国防工事建设和东北的小三线建设。为此，他的足迹踏遍了东北的山山水水，为东北地区的设防和小三线建设做出了显著的成绩。在此期间，他还担任东北“八三”工程领导小组组长，自1970年到1975年的整整五年间，领导创建了我国第一条大口径、长距离输油管道。这条管道，总长达4270公里，建成后，使大庆产的石油箱输送到东北的各个炼油厂，为我国新出现的工业部门——管道输油工业的创建和发展，做出了重要贡献。他还率领部队执行了营口、海城地区的抗震救灾和辽河地区的抗洪抢险等任务，保护了人民生命财产，深受灾区人民崇敬。

1975年1月，萧全夫被选为全国人民代表大会代表，出席了第四届全国

人民代表大会。1977年，被选为中国共产党第十一次全国代表大会代表。从此，他更加勤奋地工作，协助军区主要领导，在整顿军队，拨乱反正，搞好战备，抓好部队的教育训练及施工、生产等项工作中，发挥了重要作用。

★☆★☆★ 萧全夫

16.踏遍新疆的山山水水

TABIANXINJIANGDE SHANSHANSHUISHUI

1980年1月，萧全夫调任乌鲁木齐军区司令员。这是中央军委赋予的重托。当时中苏关系紧张，新疆地处国防前线，战备任务很重。他感到责任重大，决心竭尽全力，在前任领导同志打下的基础上，为保卫祖国西北边陲奉献余生。这时，他虽年逾花甲，但壮志凌云，雄风犹在。他到职不久，即和刘海清副司令员率工作组行程万余公里，风尘仆仆，视察边防。之后，他和军区其他领导同志一起，根据中央军委邓小平主席提出的"军队要像个军队的样子"的指示精神，大刀阔斧地开展了各项工作。有四项工作在全军产生较大影响。

针对新疆地区的特点萧全夫提出："驻疆部队要抓的工作很多，但最主要的是抓好两条：一是加强战备，二是搞好民族团结。"为此，他写了《切实搞好军政军民团结，进一步发展社会主义民族关系》、《新疆部队要搞好民族团结必须抓好四件事》等文章，在报刊杂志上发表，他还在各种会议上反复强调尊重少数民族、搞好民族团结的重要性。他还号召"广大指战员积极主动地多为当地少数民族做好事"。他对培养少数民族干部的工作更加重视。在他的倡导下，新疆部队普遍开展了"爱祖国、爱边疆、爱各族人民"的"三爱"教育和广泛深入的民族政策的再教育；积极支援地方重点工程建设，大张旗鼓地开展军民共建和为各族人民大办好事的活动；大力培养军地两用人才，不断为开发和建设新疆输送骨干力量。在各项工作中，萧全夫身体力行，带头为部队做好样子。就是在他退居二线的前夕，仍然到北疆铁路建设工地参加劳动，到自己的军民共建联系点吐鲁番地区检查指导工作。他任职期间，在军地双方的共同努力下，新疆的军政军民和民族团结空前加强。

萧全夫重视抓部队的战备训练。到新疆后他积极贯彻中央军委“积极防御”的战略方针和军委邓小平主席“要把训练放在战略问题的一个重要位置上”的指示，于 1982 年组织了游击战、小规模运动战和坚守要点的阵地战的试验性演习；1983 年，又组织了反空降作战、城市反空袭斗争试验性演习。这“三战”、“两反”演习，是在新疆举行的规模空前的现代战争条件下诸军兵种联合作战演习，是对部队作战指挥、政治工作和后勤保障等项工作的大检阅、大促进。从而提高了新疆部队合成军协同作战的能力和军民一体战的斗争艺术，对于运用现代化综合、整体作战手段，全方位、有重点地对付敌人从地面和空中袭击，探索了新对策。这对指导军区部队的建设和备战，起到了全面的推动作用。

萧全夫到新疆后还下力气狠抓了部队的正规化建设，提高了部队的正规化水平，有效地恢复和提高了部队的军政素质和战斗力。

在抓新疆的边防建设事业中，萧全夫也倾注了大量心血。他到职仅两年多，就跑遍了新疆几千公里的边防线。巍巍的阿尔泰山，气势磅礴的天山，莽莽的昆仑山，世界屋脊帕米尔高原，到处都有他的足迹。当他看到多数边防部队驻守条件十分艰苦，物质、文化生活极差，而英雄的边防战士为了卫国戍边，不顾个人得失，日夜警惕地为祖国、为人民站岗放哨时，更驱使他关心、爱护边防部队。强烈的事业心、责任感驱使他豁出命也要把边防建设好。他说：“如果边防建设搞不好，就是对祖国和边防战士没尽到我当司令员的责任，我就愧对祖国、愧对战士、愧对那些把儿女交给我们的父

母。”他多次向军委反映边防战士的艰苦生活，提出加强边防建设的建议。1982年4至7月，在总后和军区联合调查组对新疆边防建设情况进行了全面细致的调查之后，萧全夫于9月初向杨得志总长洪学智部长汇报了新疆边防情况，得到总部首长大力支持。军委决定从1983年起，用三年时间全面建设新疆和西藏阿里(新疆部队代管)边防，从而开始了新疆边防史上第一次大规模的建设活动。军区党委把边防建设当作硬仗来打，提出了“三年任务两年基本完成，第三年扫尾”的战斗号令，从两级军区到各边防军分区和边防团，普遍成立了由主要领导或主管领导挂帅的边防建设领导小组，设立了相应的办事机构，建立了严格的组织指挥责任制。萧全夫身体力行，亲下边防前哨指导帮助。

在一次下边防中，他冒着生命危险，按计划看完了战斗在“无人区”、“永冻层”、“生命禁区”的边防战士和施工部队，终因劳累过度，住进医院。

三年边防建设，使新疆边防设施、物质文化生活等方面发生了可喜的根本性的变化：所有边防连都通了公路，结束了一些边防连运送物资靠人背肩扛牛羊驮运的历史；所有边防连都通了电话，结束了一些边防连队多年来单靠无线电指挥联络、干部战士生病靠“电报会诊”的历史；所有边防连和一些边防军分区、人武部，已经或即将建成坚固保暖的营房，结束了住简陋危破营房和地窝子的历史；多数边防连的物质、文化生活有了明显改善，吃上了新鲜蔬菜，有了电灯，安装了闭路电视，有了文体活动场所等。三年挥汗战高原，万里边防展新颜。指战员为此载歌载舞，欢呼这个历史性的变化。部队在唱英雄、颂英雄的同时，把萧全夫等军区领导关心边防建设的事迹编成文艺节目，广为宣传。

萧全夫在乌鲁木齐军区工作近6年的时间，始终燃烧着一颗火热的心。他那强烈的事业心和责任感，正派、求实的作风，认真抓工作的科学态度和魄力,不顾疲倦、一往无前的拼命精神,关心部属、爱兵如手足的将军风度,以身作则、为人表率的模范行动,以及他同政委谭友林的亲密团结,深深地影响和带动了军区一班人以至整个部队。在军区党委的坚强领导下,军区各项工作搞得红红火火,卓有成效。中央军委和人民解放军总部的首长,评价乌鲁木齐军区的领导班子"政治强、团结好,是一个抓工作的班子。"

1982年9月,在中共第十二次全国代表大会上,萧全夫当选为中央委员。在1985年9月党的十二届四中全会上,他被增选为中央顾问委员会委员。在党的第十三次全国代表大会上,他继续当选为中顾委委员。

1985年底,萧全夫在完成了军区体制改革、精简整编任务后,退居二线。1986年10月,他患大面积肺炎与败血症,差点被死神夺去生命。出院后,他带着有病的身躯,继续为党的事业和部队的建设发挥余热,进行调查研究,先后撰写了《喜看草原巨变——伊犁哈萨克自治州牧区经济八年发展调查》、《部队对军衔问题的一些反映》、《南疆之行汇报提纲》、《吐鲁番葡萄生产基地的建设成就》、《关于部队情况的调查报告》等10多篇调查报告和文章,在报刊杂志上发表或提供给有关领导。

1988年8月1日,中央军委授予萧全夫一级红星功勋荣誉章。

2005年2月4日,萧全夫因病在北京逝世,享年89岁。

★威震敌胆——张铚秀

张铚秀(1915~　),江西省永新县人。1930年加入中国共产主义青年团。1933年参加中国工农红军。1934年由团转入中国共产党。土地革命战争时期,任红六军团第17师49团连长,第16师46团营长。参加了长征。抗日战争时期,任新四军第2支队2团中队长、侦察参谋、营长、团参谋长,新四军第1支队新1团副参谋长、团长,新四军第7师56团团长,皖江军区含和支队参谋长,新四军第7师19旅参谋长。解放战争时期,任华东野战军第7纵队19师参谋长、副师长,第9纵队26师师长,第三野战军27军80师师长。中华人民共和国成立后,任中国人民志愿军第26军副军长,陆军军军长,济南军区副司令员,昆明军区副司令员、司令员。1955年被授予少将军衔。中国共产党第十一、十二届中央委员会委员。中央顾问委员会委员。

★☆★☆★ 张铚秀

1.冒险给红军送食盐

MAOXIANGEIHONG JUNSONGSHIYAN

张铚秀,1915年7月出生于江西省永新县怀忠乡虹桥村一个贫苦农民家庭。父亲张兴隆,是个泥瓦匠。母亲刘宝俚,12岁来到张家做童养媳,20岁成婚,单立门户,住房半间,薄田三亩,靠半口破锅煮食度日,甚是贫穷。生有五个子女,只养活了三个儿子。张铚秀排行第二,过继给大伯张长隆。为养家糊口,张兴隆外出谋生,两次远抵云南做工,饱尝人间辛苦。第二次由云南返至湘南地界时,被土匪抢劫一空,差点丢了性命。回到家后,贫困交加,1925年含恨病逝。母亲为维持全家人的生计,自己种田,还外出帮人打短工,寒冬雪雨从不间断,因她为人厚道,干活实在,从不计较工钱多少,乡里近邻都很敬慕她的人品。母亲那种勤劳朴实,能干贤惠,明情达理的思想品格,在张铚秀幼小的心灵里留下了很深的印象。张铚秀8岁时在本村私塾学堂上学,一本《三字经》还没念完,因生活所迫,即辍学在家,帮助母亲料理家务,参加劳动。张铚秀的故乡永新县,地处湘赣边界,是革命运动兴起较早的县份。1926年大革命处于高潮时期,大哥张成秀参加农民运动,兴办农民协会。在1927年马日事变后白色恐怖的日子里,张成秀毫不动摇革命信念,进山找党组织,当年加入共产党。先后任村党支部书记、左坊乡苏维埃政府主席和永新县县委委员、部长等职。主力红军长征后,留在苏区继续坚持斗争。

在大哥投身革命的影响下,1928年秋,张铚秀参加了本村儿童团,站岗放哨,为红军兵工厂搜集废铜铁。同年冬参加了农民暴动,因气力大,能吹响马口铁做的号角,充当了暴动队的小号手。在攻打敌区乡政府,驱逐挨户团,

建立区乡苏维埃政权的活动中，他都勇往直前。他还参加了湘赣省委儿童团组织的军事操练，学习过德式、日式和苏俄式操典。不久，即由儿童团转为少先队，担任队长。

1930年间，赣西特委组织了九打国民党的赣西孤城吉安，张铚秀参加了第七次和第八次战斗。他带领少先队为前线攻城的红军部队搬运弹药、给养，抬运伤员。由于他表现积极，同年6月，经村团支部书记萧其瑞介绍，加入了中国共产主义青年团。

1931年2月至9月，湘赣苏区取得了粉碎敌人第二、三次"围剿"作战的胜利。张铚秀积极带领少先队在反"围剿"作战中守卡送信，抬担架，运物资，踊跃支前。他还组织少先队侦察敌情，引导游击队打击敌人的区乡守望队、挨户团，捕杀豪绅地主和反动帮会首领，安定苏区的社会秩序。在与红军部队的共同战斗中，张铚秀萌发了参加红军的念头，于1933年3月，带领本村几位青年毅然参加了永新红军游击队。这支部队在队长马秋德领导下，配合主力红军，积极开展游击活动，袭击和围困敌人。张铚秀因打仗勇敢，组织纪律性好，完成任务坚决，参军不到两个月被提升为副班长。6月，永新游击队与安福游击队合并组建永安独立营，张铚秀被提升为班长。随着国民党反动派对苏区的不断封锁，部队给养越来越困难，生活非常艰苦，特别是缺盐吃。张铚秀全家吃硝盐，母亲把省下的食盐做好菜，冒着危险送给红军战士吃。

★☆★☆★ 张铚秀

2.在战略转移中成长

ZAIZHANLüEZHUAN
YIZHONGCHENGZHANG

1934年初，湘赣苏区的红六军团第17师奉命北上，永安独立营在吉安、吉水附近佯动，频频出击敌人，掩护配合红17师北上行动。2月，张铚秀转为中共正式党员，提升为副排长。红17师北上后，因苏区力量分散，敌人乘机占领了根据地中心永新县城。为扭转被动局面，红17师回师永新，与红18师一道在沙市打了一个漂亮的伏击战，全歼敌第15师之43旅。战后，永安独立营编入第17师49团，张铚秀任7连排长。4月15日，敌第62师陶广部开进莲花，7连参加了田里伏击战，张铚秀带领全排奋勇冲杀，抓了几个俘虏，还缴获十几条枪。6月6日，敌第16师3个旅和62师一个旅向永新金华山阵地进攻，在7连防守的阵地上，张铚秀带领全排向敌人发动猛烈反冲击，打退敌人数次冲锋。同日，敌人以飞机、大炮狂轰滥炸7连防守的香炉山阵地，张铚秀排打得英勇顽强，杀伤了大量敌人。

1934年8月，第五次反"围剿"失利后，红六军团奉命从湘赣苏区西征，开始了艰苦卓绝的万里长征。49团为前卫，4日从牛田、津洞地区出发，5日在衙前、五斗江之间一举突破敌第一道封锁线。红六军团的部队是在湘赣苏区土生土长发展起来的，出发前，一些人不愿离开家乡，开小差的现象时常发生。张铚秀思想敏锐，看到红军在第五次反"围剿"中屡战失利，根据地越打越小，不突围革命就有可能失败，只有实行战略转移才是红军生存的惟一出路。他积极向全排进行说服教育，稳定了战士们的思想情绪。20日，在攻占湖南新田县城的战斗中，张铚秀带领全排率先打进城去，同全连一起很快将守城之敌保安团消灭。22日，部队从扁桃港向白水岭开进，7连担任后卫，张铚秀排守白水岭卡子，阻敌五个多小时，最后撤出战斗。战斗中他的头部负伤，仍坚持带伤跟随部队前进。10月初，红六军团进入贵州后，在甘溪与桂敌第24师遭遇，激战中部队被分割成数段，49团仓促应战占领西街，奋力反击敌人的进攻，在51团的配合下，连续攻克敌人三个山头，然后梯次掩护向杜堖山方向撤退。张铚秀带领全排掩护主力撤退，激战数小时，完成任务才最后撤出战斗。10月底，红六军团与红二军团在贵州印江县木黄地区会师，部队进行了整编，张铚秀仍任第49团7连排长。11

冲破敌人封锁

月,红二、六军团东进湘西,袭占永顺县城。为打开创建湘鄂川黔边革命根据地的局面,决定诱歼湘军新 34 师陈渠珍部。49 团埋伏在龙家寨北十方坪地区的萝卜顶、钟灵山、乌龟洞一带。11 月 16 日下午黄昏时分,敌龚仁杰、周燮卿两个旅进入二、六军团伏击圈内,部队勇猛向敌冲杀,很快将敌两个旅压歼在谷坪之中。战斗中,张铚秀排俘敌 40 余人,战后他被提升为 7 连连长。

龙家寨战斗后,红军声威大振,主力乘胜南下,准备给陈渠珍部以更大打击。7 连由团政委晏福生率领留在永顺、保靖地区做开辟根据地的群众工作。1935 年 1 月,在龙家寨以 49 团 4 连、7 连、永顺游击队和部分痊愈的伤员组建了红六军团特务团,张铚秀任 4 连连长。3 月 21 日,在后坪战斗中,4 连与敌争时间,迅速抢占鸡公垭对面山头高地,顶住敌人一个营的进攻,战至第二天早上,出色地完成了掩护主力撤出战斗的任务。此战,特务团伤亡 700 多人,大部分连队伤亡过半,而 4 连与敌斗智斗勇,却以伤 10 余人的较小代价,换来了毙伤敌数十人的较大胜利,初试了张铚秀的军事指挥才能。4

月初，特务团改编为红18师52团，张铚秀仍任2营4连连长。13日，在消灭鄂军陈跃汉纵队一个旅的陈家坪战斗中，2营奉命突袭铜关槽大山，凌晨发起战斗，中午营长负伤后，上级指定张铚秀代理营长继续完成战斗任务，他率部队连克敌阵，把敌一个营围在山头上，战斗持续到天黑，歼敌大部。这一仗，2营俘敌200多人，4连俘敌近百人，缴获大批武器装备，连队基本上都换了装。之后，张铚秀率4连参加了桃子溪战斗，6月中旬参加了忠堡战斗，7月参加了招头寨打援战斗，8月初参加了板栗园战斗和芭蕉托战斗。由于4连作战顽强，连战皆捷，完成任务坚决，群众工作出色，被上级命名为"模范连"，成为尖子连队。

红二、六军团在打破湘鄂敌六路"围剿"后，蒋介石又调集130多个团，对湘鄂川黔苏区发动了更大规模的"围剿"。在重兵压境不能打破敌"围剿"的严峻形势下，1935年11月19日，红二、六军团决定撤出苏区，做新的战略转移。出发前，红6军团组建16师，张铚秀调任47团2营营长。

1936年1月初，为反击尾追的湘敌李觉纵队之第16师，红二、六军团决定在湘西便水地区歼灭该敌。5日上午，战斗在上坪、对河铺之间与敌前卫第47旅打响，张铚秀率2营在公路南侧与敌激战，尔后奉团长覃国翰命令奋勇夺占了北侧山头，沿公路往东打。由于敌人援兵不断增加，我军东进受阻，打到第二天下午4时许，难以达成歼敌之目的，部队撤出战斗。张铚秀右腿中弹负伤，团里找了一匹马驮着他随队行动。2月初，二、六军团打下黔西、大方、毕节县城，在此创建新的革命根据地，红16师和军团直属队进驻毕节。张铚秀得到医生精心照顾和治疗，十几天后伤愈回2营。2月底，张铚秀率2营消灭了平山堡地区的地主武装，为大部队西进扫清了道路。3月8日，2营参加了反击敌樊嵩铺纵队追击的以则河战斗。3月中下旬，二、六军团准备打开宣威县城休整，与滇军3个旅大战于宣威城东北来宾铺地区。23日，2营在团长覃国翰率领下参加战斗，攻

占敌制高点虎头山。张铚秀带4连，身先士卒，冲在部队前面，从虎头山东侧打进敌旅指挥所，将其特务排歼灭，敌旅长刘正富差一点被我活捉，缴获机关枪、驳壳枪20多支。敌增援部队从右侧向我反扑，张铚秀率2营转移阵地，抗击敌人进攻。

★☆★☆★ 张铚秀

3.亲手杀掉心爱的坐骑

QINSHOUSHADIAO XINAIDEZUOQI

1936年3月底，二、六军团结束在云贵乌蒙山区的回旋作战，奉红军总司令朱德、总政委张国焘命令，渡金沙江，进入西康，与四方面军会合北上。4月1日，红二、六军团从贵州省盘县、亦资孔地区调头西进，突破滇军平彝(今富源县)防线，再次入滇。在普渡河东岸与滇军数个旅激战两日，于4月10日胜利抢渡普渡河。12日，部队向滇西挺进，红16师为军团后卫，2营奉命断后，在富民县赤鹫以西被滇军第9旅由北而南截断。2营在张铚秀指挥下，与敌激战一个多小时，当晚突出重围赶上大部队。19日，2营顺利攻占石甬的主要食盐产地盐丰，缴获大批食盐。26日，红六军团进至金沙江南岸，红16师作为左翼掩护队，前出到距石鼓120多里的巨甸地区过江。张铚秀奉师长周球宝命令，率2营到古渡口占领垭口两侧高地，负责对维西方向之警戒，任务完成后，2营作为军团最后一支部队渡过金沙江。翻越雪山与自然界敌人作斗争中，张铚秀精心组织部队，团结友爱，战胜高寒气候，克服衣着单薄、粮食短缺和缺医少药等困难，全营胜利地翻过了雅哈雪山和翁水地区的大小雪山。到了甘孜，红二、四方面军胜利会师，红六军团因减员较大，由3个大师编为4个小师(模范师、16、17、18师)，取消团级建制，师直辖3个营(相当于团)，张铚秀担任红16师第2营营长。7月11日，部队从甘孜东谷出发继续北上，通过人迹罕至的大草地。过雪山难，过草地更难。由于筹集不到粮食，部队体力严重下降，恶劣的自然气候，病、饿、冻威胁着每一个指战员的生命，每天都有红军战士倒下去。为了生存，张铚秀号召大家咬牙渡过难关，战士们把身上仅有的牛皮鞋、皮带和挡风御寒的羊皮袄都烧煮吃光了。到了包座，张铚秀含泪杀掉心爱的坐骑，让全营分食，艰难跋涉一个多月，终于走出了草地。9月中旬，张铚秀率2营参加了红二方面军总部制定的成(县)徽(县)两(两当)康(县)战役。休整一个月后，又参加了中央军委制定的静(宁)会(宁)战役。战役中，红16师随军团转移，行至甘谷以南的盐关镇遭敌伏击，损失很大。10月10日，抢渡渭水，与敌背水决战，师政委晏福生负伤，被敌人包围。在危急关头，张铚秀组织全营和16师被冲散的部队奋力抢出晏福生政委，并派出一个班，把晏政委安全护送到师部。

1936年10月22日，红一、二、四方面军在会宁将台堡会师，红六军团取消师级番号，缩编为4个小团，团直辖连。不久张铚秀被调到中央步兵学校上干大队任中队长。1937年1月，组织上又分配他到红军大学学习，后改为抗大二期。先在4队，后又编入军事1队。由于他过去只上过几天学，文化程度低，便利用这个极好的机会，刻苦学习政治、军事、文化，至当年10月毕业时，各方面均有提高，特别是文化知识水平有长足的进步，能书写信件和简短的军事文书。

★☆★☆★ 张铚秀

4.赫赫有名的侦察参谋

HEHEYOUMINGDE ZHENCHACANMOU

1937年七七事变后抗日战争全面爆发，抗大学员纷纷要求奔赴抗战第一线。10月底，在校学员陆续被分配到全国各抗日战场。当时叶挺、项英来到延安，为组建新四军要一批战斗骨干到江南，组织上考虑到张铚秀是从湘赣

苏区来的，对南方情况比较熟悉，决定分配他到新四军去工作，张铚秀愉快地服从了组织决定，奔向南方火热的抗日战场。11 月初，张铚秀从延安乘坐敞篷大卡车到了西安八路军办事处，受到周恩来副主席的接见，办事处将张铚秀、彭福民、李忠民编为一个组，由张铚秀任组长，一起去湘赣游击区工作。张铚秀化装为八路军办事处上尉副官，彭、李化装为办事处中尉服务员，乘火车到武汉八路军办事处接转了关系，11 月中旬乘船经九江到达南昌，在南昌受到陈毅的接见。因介绍信上明确张铚秀到任后担任团的领导工作，当时新四军尚未组建，陈毅指定张铚秀到湘赣游击区谭余保部当参谋。月底，他辗转到了在莲花县的谭余保游击大队，负责军事训练。几天后，又分配他到家乡永新县去工作，负责组织扩充部队。当时永新县有一个 20 余人十几条枪的小游击队，他到后不几天，就扩充为 110 余人，编成一个中队。1938 年 2 月上旬，部队开到垅上整编，永新游击中队改编为湘赣边游击大队第 2 中队，张铚秀任队长，刘段生任指导员，3 月上旬，湘赣边游击大队奉命到达安徽歙县岩寺西北潜口王村集结，经国民党军事部点验后，正式编为新四军第 1 支队 2 团 1 营，2 中队为 1 营 2 连。整编结束后，张铚秀被调到 2 团团部当侦察参谋。

1938年 4 月 4 日，新四军军部由南昌迁至岩寺。28 日，抽调了以粟裕任司令员、由三个支队侦察分队和战斗骨干组成的新四军先遣支队，先期到江南敌后进行战略侦察，张铚秀在第 1 中队当中队长，后被粟裕司令员调到司令部当侦察参谋。先遣支队于 5 月 11 日抵达南陵县城，通过日军控制的京芜铁路封锁线，19 日进到宁、沪线丹阳以西地区。6 月 13 日，破击宁、沪线，15 日破击下蜀镇车站，17 日在韦岗伏击日军车队，击毁敌军车四辆，击毙日军土井少佐和梅泽大尉以下 27 名，缴获一批军用物资。取得这些战绩是与张铚秀的侦察工作分不开的。先遣支队每到一地前，张铚秀带上侦察员先把敌情、地形摸清楚，尔后部队才推进。韦岗伏击战，战前他几次到伏击地域察看地形，了解敌人车辆出没行驶规律，然后向粟裕司令员提出东西两面出击、四面包围、不使敌漏网的战法，为首战韦岗的胜利提供了准确可靠的情报。韦岗战斗的胜利，振奋了江南民众，揭开了新四军进入江南敌后抗战的帷幕。6月21日，先遣支队完成了战略侦察任务后，撤销归建，张铚秀仍回到2团当侦察参谋。

★☆★☆★ 张铚秀

5."老虎团"威震敌胆

LAOHUTUANWEI ZHENDIDAN

1938年5月，新四军1、2支队进入苏南茅山地区，建立以茅山为中心的抗日根据地。当时苏南地区社会极为混乱，土匪猖獗，"游击队"蜂起，地主帮会、大刀会武装林立，"司令"多如牛毛。为了把各类武装纳入抗日轨道或使他们倾向和不阻挠人民抗日，张铚秀在2团任侦察参谋期间，冒着生命危险，先后联络过丹北抗日自卫团管文蔚部，金坛吴家桥吴甲寅部，句容北乡的孟部和翟部，丹阳、镇江、句容、金坛四县交界处纪振纲茅麓公司的武装和当地大刀会等各类组织。这些武装经过团结、争取、改造，最后全部或部分收编为我党领导下的抗日武装力量。

为打击日军的嚣张气焰，以战斗的胜利鼓舞江南人民的抗战热忱，2团积极寻机歼敌，积小胜为大胜。7月1日，张铚秀随1营袭击新丰车站，负责组织丹北抗日自卫团破坏铁路、桥梁并向镇江方向警戒，激战两小时，歼灭日军40余人。8月，张铚秀从团部调任2营营长。13日，为配合国民党79军作战，2团奉命袭击南京外围日军重要据点句容县城。战斗中，张铚秀率2营担任镇江、丹阳方向警戒，阻敌增援。15日，他率2营袭击龙潭、下蜀间的仓头镇日军中队，毙敌20余人。之后，他率2营掩护镇江、丹阳、句容、金坛四县17万群众破路炸桥活动。9月9日，日军集中镇江、句容、丹阳3000余人，

分五路合围我驻宝堰支队部和团部，张铚秀率2营与3营一起对多路进攻之敌分头迎击和侧击，2营与敌战斗6小时，毙敌30余名，自身无一伤亡，掩护支队部和团部安全转移。11月11日，他率2营在延陵地区参加粉碎日军三路“扫荡”作战。

1939年1月，张铚秀改任2团1营营长。为戳穿国民党顽固派对新四军“游而不击”的诽谤，2月17日，张铚秀率1营袭歼延陵镇之敌。在支队特务营配合下，此战歼日军28名，俘日军1名，歼伪警察60余名，缴获一批重要军用物资和两枚掷弹筒(战士管它叫小钢炮)。张铚秀将战利品——日军十几件军大衣送给军部和支队首长，手枪、指挥刀送给了叶挺军长。日军遭此打击后，不得不放弃若干孤立据点。战后，团部随1营驻上下会。3月7日，日军15师团集中步骑兵2000余人、伪军3000余人，分兵八路于夜间包围了上下会。我发现敌情后，即向上塘、五冈头突围，行至白石山时，陷于敌火力四面夹击之中，处境非常危险。团部命令张铚秀率1营向敌攻击，掩护团部向西北方向突围。张铚秀指挥全营从凌晨战斗到下午4时，战斗异常激烈，与敌展开肉搏战，抢占敌高地，打退敌人多次反扑，其中1连只剩下10多个人，胜利地完成了掩护团部突围任务，打破了敌人八面围攻的“扫荡”计划。战后，陈毅司令员命令张铚秀率1营配合“挺进纵队”反击杨中土顽贾长富之保安团。4月，“挺纵”2支队方钧部暗中勾结苏北顽军韩德勤背叛我军。1营在“挺纵”3支队配合下，在大桥、三江营、老新洲地区将方部消灭。任务完成后，以“挺纵”5支队名义在江北泰兴、泰州、扬州、老洲、新洲、扬中地区活动，先后袭击仙女庙、砖桥等敌伪据点，打开了该地区抗战局面。5月，1营回到江南，配合“挺纵”1支队在孟河、访仙桥地区击退顽军张少华部对根据地的进攻，并袭击魏村镇日伪据点。8月10日上午，1营在杨中老郎街上空击落敌机一架，敌飞行员被我1连击毙。

1939年9月，张铚秀任2团参谋长。11月7日，2团协助新6团在贺甲歼灭宝堰之敌武村中队170余人。战后,全团集中在茅山东北角的上下元庄进行战后总结,张铚秀对此提出异议,他力主部队亦应迅速分散,过分集中,目标太大,易被敌发现。他的意见未被采纳。日伪军获取情报,调集五六千人,在飞机、坦克、装甲车、骑兵等地空掩护下,分六路向我上下元庄发动围攻"扫荡"。在敌重兵包围形势下,张铚秀指挥1、3营顽强抗敌,掩护团部和2营向句容方向突围,从天明战至黄昏,终以伤亡200多人的代价,粉碎了敌人的围歼计划。在一年多的对日伪顽军作战中,2团由于战斗作风顽强,善打硬仗,尽管数历险境,都能化险为夷,似一把尖刀牢牢插在敌人的心脏地带,成为威震敌胆的"老虎团",因而被上级命名为"模范团"。

★☆★☆★ 张铚秀

6.皖南事变中率部突出重围

WANNANSHIBIANZHONGSHUAI BUTUCHUCHONGWEI

1940年1月,张铚秀调到1支队上干队任队长。2月初,日伪军对支队部驻地竹子桥地区进行"扫荡",上干队停办,张铚秀奉陈毅将令率新6团冲出重围,进到溧武路北调动敌人,粉碎了敌人"扫荡"计划。3月中旬,张铚秀被选送到军部参训队学习。5月5日,调任1支队1团副参谋长。到任后他率两个营组成一个梯队,驻守父子岭一线,与日伪军展开斗争。10月7日晨,日军5000余人在飞机掩护下,分三路向军部驻地云岭进行第二次"大扫荡",张铚秀率两个营加入团队战斗序列,全团在汀潭、吕山、东山、西山一线设伏,经一天激战,将日军围困在左坑一带山地。夜晚,1团向敌发动猛攻,反复冲杀肉搏,毙伤敌千余名。8日,又战于小岭,迫敌从枫坑、泾县逃走。当夜我军越过青弋江,收复泾县县城,取得了第二次反"扫荡"作战的胜利。根据斗争形势的需要,部队进行了扩编。11月,在张铚秀所带两营基础上,扩编为新1支

队新1团,张铚秀任团长,丁林章任政委。因国民党第三战区消极抗战,积极反共,企图把我新四军军部赶走,新1团成立后,为保卫军部的安全,在军部驻地周围构筑工事,防顽军袭击。

在震惊中外的皖南事变中,张铚秀率新1团为左纵队前卫。1941年1月5日,部队进至茂林地区,他发现情况异常,隐约可见两侧有国民党部队出现,即派出侦察分队在两侧警戒。7日7时,新1团到达大康王东南,即遭顽军52师两个营攻击,由于张铚秀有预先准备,指挥全团迅速展开,他令1营抢占裘岭以西制高点,2、3营抢占两翼山头阵地。顽军企图将新1团围歼于大康王谷地,不断增兵,向新1团轮番攻击,双方展开了激烈的山头争夺战,顽军终于死伤枕藉,狼狈溃退。8日,新1团与老1团一道涉水向守榔桥河顽军52师攻击,经激战强行登岸建立了桥头堡阵地,打开了向东北方向突围的道路。下午4时,新1团在行进中突然接到支队命令,回撤向西北方向军部所在地靠拢。当晚支队与军部失掉联系,支队司令员傅秋涛当即决定单独突围,由新1团掩护支队部和老1团,然后尾随老1团突围。新1团又一次付出代价,回头重新攻占已被敌占领的裘岭一线阵地。张铚秀指挥全团与敌激战一整夜,天明后发现老1团大部尚未突出去,而突破口已被顽军40师重兵封锁,他决定新1团坚守磅山及董家山制高点,伺机突围。在这块阵地上,张铚秀把老1团、支队特务营和支队机关等单位人员收拢起来,把马夫、挑夫、伙夫都组织起来投入战斗,整整坚守了三天三夜。战斗中,他亲自端一挺机枪向顽军扫射,打退了顽军一次次冲锋,政委丁材章、参谋长徐赞辉都先后负伤,他推定特派员雷耿代理政委。12日凌晨,趁着细雨浓雾,他令3营用刺刀在前面开路,从西北方向冲杀突出重围,代政委雷耿在突围中牺牲。全团除1营失掉联系外,尚存200余人。为隐蔽行动,保存力量,决定分批过江。他自带60多人,与追击搜索的顽军周旋一个多月,于2月底在铜陵、繁昌之间的团洲附近过了长江,到达巢无根据地。3月底,张铚秀受组织委派,同罗湘涛一

ZHANG ZHIXIU

起带领几十名干部，通过敌人封锁线，到新四军军部驻地盐城华东党校学习。12月，学习结束后他随傅秋涛到皖江根据地新四军7师，被任命为56团团长，并将师下辖的白湖团和巢湖、巢南两个大队调归他指挥。56团主要任务是保卫巢无根据地，与日伪顽军在巢湖西区、白湖地区作斗争。3月，56团和57团各抽一部与地方武装合编组成含和独立团，张铚秀指挥56团配合该团在巢县、含山、和县地区连续攻克娘娘庙、百旺市、螺丝滩、南义等伪军据点，打开了含和地区的抗战局面。

★☆★☆★ 张铚秀

7.与清末爱国将领丁汝昌的曾孙女结秦晋之好

YUQINGMOAIGUOJIANGLINGDINGRUCHANGDE ZENGSUNNüJIEQINJINZHIHAO

1942年，巢无地区敌我相持，未有大的军事行动。针对这一形势和上级要求，56团除以少数部队担任警戒和开辟新区做群众工作外，从5月份开始，集中精力进行军政整训。同时还抽调一批干部参加根据地各项建设，发展地方武装力量，成立了无为县总队和皖中民兵联防司令部。年底，巢无地区地方武装力量发展到6.4万余人，大大增强了根据地内的军事斗争力量。

10月，淮南津浦路西桂顽向我路西根据地藕塘中心区发动进攻。为策应路西2师反顽斗争，7师代师长傅秋涛指挥全师参加反击顽军的进攻。张铚秀率56团向古河顽军出击，尔后在草窝子与顽军保安8团激战。击溃其两个连。又在尉子桥与顽军接触，激战两日，迫使进攻路西2师的顽军主力南援。10月29日，56团一部攻击塘桥，全歼顽军清乡中队。11月2日，进攻黄山江家桥，歼顽军特工队一个中队。5日，攻打尉子桥顽军据点，毙伤顽军40余人。6日，配合含和独立团，歼灭孔村桂顽军保2团一个中队。又以5连袭击龙岗桂顽一个连，歼敌一部，缴获一个排的枪支。56团这一系列作战行动，有力地配合了2师的反顽斗争。

年底，张铚秀与清末爱国海军将领丁汝昌之曾孙女丁亚华结婚。丁亚华是安徽省巢县人，1939年参加革命，在根据地从事妇女宣传和教育工作，1942年入党，同年10月到56团担任文化教员。张、丁在战火中产生爱情，结为伉俪。

★☆★☆★ 张铚秀

8.粉碎日军“扫荡”

FENSUIRIJUN SAODANG

1943年2月，为加强皖江根据地“一元化”领导，7师所属部队进行整编，将7个团、8个大队整编为4个支队及1个独立团。张铚秀被调任含和支队参谋长。3月中旬，为反击日伪军对我皖江根据地的大规模“扫荡”，含和支队奉命东出敌人侧后，破击淮南铁路，断敌交通运输线，袭击巢县、林头、东关等敌伪据点，迫日军退出巢县、无为县城。4月上旬，为配合2师反磨擦作战，含和支队以一部在草窝子袭击桂顽171师一支部队，将其击溃。6月上旬，日军纠合伪军刘子清部1500余人，对含和根据地进行“分区扫荡”。含和支队

参加两淮战役的我军某部通过浮桥

以一部在根据地内阻敌，主力跳到外线打击敌人，迫敌收缩回含山、和县县城，打破了敌之“扫荡”。

1944年9月，为便于统一指挥对日作战，新四军7师兼皖中军区，含和支队兼含和军分区，张铚秀兼任参谋长。10月28日，日伪军3000余人分多路向含和根据地进犯，支队先在半山、夏万家、杨山头、范桥、宽桥、金鸡山一线阻击敌人，然后大部跳出敌人“扫荡”包围圈，袭击南义、西埠、姥桥、山凸坊等敌伪后方据点，迫敌退却，再一次粉碎了日军的大规模“扫荡”。

1945年3月，含和支队挥师北进，攻打工事坚固的顽军十村庙据点，将其一个连全部消灭。8月15日，日本政府宣布无条件投降，而驻守雍家镇三个营伪军拒绝投降。22日，含和支队奉命进军淮南路，同兄弟部队一起，将其全部歼灭，毙伤俘伪军1200余人。雍家镇战斗后，张铚秀以皖中军区参谋长名义调到7师具体负责组建新的皖中军区。后接中央电令，部队全部北上，撤销了组建皖中军区的决定。9月，张铚秀调任7师19旅参谋长。

★☆★☆★ 张铚秀

9.发起鲁南战役

FAQILUNANZHANYI

抗日战争胜利后，遵照党中央关于“向北发展，向南防御”的战略方针，1945年10月，新四军7师19旅奉命北上进驻东北。到达山东后，因国民党已占领锦洲，部队停止北上行动。11月，19旅改称山东野战军7师19旅。中旬，鲁南日伪军在国民党反动派的指使下，拒绝向我军投降。山东军区决心歼灭拒降之日伪军，命令19旅兼程北上鲁南地区，担任主攻任务。张铚秀在侦察敌情、地形后，经与旅领导商定，以偷袭手段首歼韩庄守敌。23日夜，部

枣庄战斗中，我4纵36支队机枪手在扫射敌人

队冒雨行动，以55、57团担任阻击临城、沙沟来援之敌，56团在地武铁道大队配合下，一举偷袭成功，全歼韩庄守敌伪军400余人。继而又围困沙沟车站之敌。

1946年3月，19旅开展了以政治整训为主的百日大练兵。4月，张铚秀被任命为19旅副旅长兼参谋长。5月底，驻枣庄伪军王继美部有出击我军的明显企图，我军发起对枣庄之敌的讨伐战斗。张铚秀率55团和56团2营在枣庄南面阻敌突围，歼敌近千人，伪军总司令王继美被击毙。

1946年7月，蒋介石发动全面内战，在华中纠集62个旅(师)50余万兵力，企图侵占我苏皖解放区。19旅奉命由沙沟经睢宁南下开赴淮北待机。8月初，19旅参加泗县战役。战前，张铚秀带领团营干部和参谋人员先行对地形、敌情侦察。战斗发起后，19旅迂回到县城东南之上塘集，直插城南，阻击五河北援之敌和堵截县城之敌南窜。中旬，犯淮北之敌继续分三路向睢、宿地区进攻，19旅沿睢、宿公路，运动防御，节节阻敌，打了七天七夜。9月中旬，19旅奉命在大兴集、史官集扼守六塘河东岸阻敌东渡，保障众兴地区作战安全，在得悉淮阴告急后，即派56团星夜驰奔增援。10月6日，19旅以两

鲁南战役中我军某部正在作战斗动员

小时即歼灭敌69师北进战役侦察营。11月下旬,19旅与5旅发起宋集战斗。19旅在皮庄、小蒋家坪一带担任打击众兴、八集援敌任务。宋集敌一个营企图逃窜突围,被19旅全歼。12月中旬,为保障宿北战役胜利,19旅奉命配合华中野战军第6师进至涟水以西,担负阻击右翼之敌的任务,在吴桥、付湾、牛皮镇、徐溜等地,激战四日,挡住了敌171师和172师一个团的猛烈进攻,予敌以重创。

1947年1月,19旅参加鲁南战役。张铚秀奉陈毅、粟裕命令,率57团和华中军区特务团,在庙头、九龙口、瓦滩、阴平构筑三道纵深防御阵地,阻敌74师北援。与敌激战5日,大量杀伤了敌人,迫敌溃逃。

2月中旬,华中、山东野战军统一整编为华东野战军,第7师改为第7纵队,19旅改为19师,张铚秀任副师长兼参谋长。不久,参谋长一职由王培臣接任。下旬,19师参加莱芜战役。21日,敌46军由颜庄北撤向莱芜之敌靠拢,56团迅速切断公路,将北毛庄一个多团敌人包围,与敌激战一夜,歼

敌一部。

22日，莱芜之敌向东北突围，北毛庄之敌向城内逃窜，张铚秀即令55、57团迅速出击，并跟进指挥直追敌于城下。

23日，19师奉命向莱芜西北运动，将敌两个团包围在蒋家楼一线。为迅速歼灭该敌，师长熊应堂到56团，张铚秀到55、57团跟进指挥。经一小时战斗，将敌两个团全歼，缴获大批美械装备。55团在张铚秀的指挥下，打得机智勇敢，以负伤36人的代价，首创华东野战军一个团于野外歼敌一个团的范例，战后荣获纵队嘉奖。该团最先全部换装为美械装备。

莱芜战役中我主力部队迅速北上

5月1日，在大磨石沟战斗中，张铚秀率56团强行从敌人占领的柴胡山阵地山脚插入指定地域，迅速达成对敌83师44旅第1团的合围。该敌系中国远征军政治部学兵团，抗日战争时期曾在缅甸作过战，经过美军顾问训练多年，一色美式装备，乃是当时敌军中强部，自吹为“天下第一团”。战斗从凌晨一时开始，与敌激战至下午5时，将敌一个团全歼。中旬,19师参加歼灭国民党五大主力之一第74师的孟良崮战役,于东南线担任阻击,钳制敌增援部队。

5月14日,桂敌一个旅在飞机、坦克的掩护下,向19师55、56团阵地攻击。与敌坦克作战是属首次。张铚秀命令部队用集束手榴弹和战防炮打敌坦克,在一天的苦战中,击毁敌坦克两辆,阻敌于阵地前沿不能前进一步。为拖住敌人,他同参谋长王培臣跟进指挥55、57团向杨家坡一线之敌反击。不料敌以两个团配备10辆坦克向我55团南北双泉阵地发动猛攻, 以此打开增援74师的缺口。张铚秀即令部队由进攻转为防御。为减轻55团防御正面的压力,他又令56团主力向敌侧后由东向西出击,57团除一部坚守阵地外,主力阻击左路敌一个团的进攻,以保障55团侧后安全,与此同时他又指挥师属炮兵轰击敌纵深及敌坦克。

恶战从中午12时开始,打到下午6时,将敌四个团击溃,摧毁敌坦克四辆,毙敌千余名。

7月下旬,19师参加南麻、临朐战役,担任南线阻敌任务。因天下大雨,部队难以展开战斗,而敌增援部队又从四面向我逼近,部队伤亡较大,战役失利。战后,张铚秀认真总结了战役失利的教训,并同参谋处人员摸索出用战防炮、火箭筒、九二步炮打敌子母堡的战术。

9月,张铚秀调到华野9纵第26师任副师长兼参谋长。10月中下旬,26师参加莱阳保卫战,配合13纵阻敌8个旅的进犯,战斗最为激烈时,他和师长亲临一线指挥。敌4架飞机在阵地上空扫射轰炸,3枚炸弹落在距其几米远的地方爆炸,张铚秀毫无惧色,继续指挥部队作战。

★☆★☆★ 张铚秀

10.把红旗插上济南城

BAHONGQICHASHANG JINANCHENG

1948年1月以后,26师进行了长达两个多月的“三查三整”运动。在此期间,张铚秀协助师长认真总结了南麻、临朐、三户山、现子湾战斗中伤亡大连续受挫的原因和教训,纠正部队中存在的保命、厌战和享乐思想及军阀主义倾向,使各级指挥员普遍树立了民主作风和敢于临前指挥的战斗作风,部队

突破济南第二道防线——外城

的阶级觉悟得到空前提高。3月,发起周村战役,战前张铚秀组织参谋人员深入侦察,细密准备,与师领导一起制定了以突然动作打击敌要害部位——指挥机关的作战方案,配合友邻部队一举歼敌32师1.5万余人。4月,发起潍县攻坚战役,张铚秀指挥78团攻克城东九龙山据点后,移攻北关。为克敌集团工事,实行坑道掘进、边打边作业的近迫战术,距敌15至20米突然发起攻击,抵近打敌子母堡,减少了伤亡,经六昼夜苦战,出色地完成了作战任务。此

战该师共掘进交通壕、地道40余里,挖防炮洞万余个,克敌集团工事12处,是成功运用朱总司令指挥攻克石家庄实行近迫作业战术的一次典范,并为部队日后攻坚作战取得了经验。5月,张铚秀任26师师长。6月,他率师参加大汶口战斗,夜行军90余里插到大汶口西北,将敌84师161旅及155旅一部截住,在友邻配合下,经两日激战,歼敌大部,俘敌1400余名。战后,26师进行了一个多月的军政练兵,对大批补入的解放战士进行阶级教育,同时作攻打济南的战术和物资准备。

1948年9月16日,济南战役全线展开。子夜24时,张铚秀率26师与同为一梯队的25师向济南东郊敌军外围主阵地发起攻击,经4天作战,攻占敌据点数处,歼敌一部,20日顺势占领了平顶山、朝阳山、太平顶一线阵地。与此同时,张铚秀命令77团对敌主阵地千佛山围而不攻,割断与城内敌人的联系,迫敌投降。在扫清敌外围据点后,即向外城展开近迫作业,肃清城下集团地堡。23日,张铚秀亲赴第一线指挥,76、73团破城成功后,将77、78团相继投入纵深战斗。24日展开巷战,76团连战皆捷,夺地歼敌,历时8天的济南战役胜利结束。济南战役结束后部队就地整训。在一个多月的整训中,张铚秀组织部队重新演练了济南战役的战斗过程,总结经验,查找薄弱环节,使指战员清醒地掌握了攻坚作战的组织指挥和战术动作。

★☆★☆★ 张铚秀

11.淮海战役战功卓著

HUAIHAIZHANYIZHAN GONGZHUOZHU

1948年10月24日,26师作为华东野战军9纵主力,南下参加淮海战役。在第一阶段围歼黄百韬兵团的作战中,26师出师克敌连连得手,11月10日,抵近碾庄外围作战。12日,仅半小时即攻破徐井崖据点,歼敌44军一个

解放军围歼黄维兵团的双堆集战斗

团,乘势攻占张庄、老祁庄、小新庄,迫使残敌纷纷北撤。13日,77团攻击曹庄受挫,张铚秀激励部队不惜伤亡奋勇突击,终于14日晨7时拿下敌据点,全歼守敌五个连。曹庄为碾庄南门户,早8时敌一个营在炮火支援下,拼命反扑,激战近两小时,77团因伤亡大,被迫撤出阵地。22时30分,张铚秀指挥78团再次对曹庄发动强攻,15日凌晨1时20分,重新占领曹庄,全歼守敌一个营。78团依托街巷,构筑工事,连续打垮敌人几次反扑,阵前敌尸遍地,致使黄百韬不敢再派兵争夺。20日凌晨2时,76团加入突破碾庄第二道圩墙的作战,打入纵深配合友邻部队分割歼敌。21日,向黄百韬兵团残部发起全线总攻,26师与配属指挥的217师81团攻歼大小院上之敌,敌拼死反扑,激战至22日上午10时,全歼大院上守敌64军军部及一个多团的兵力,迫使小院上敌一个旅投降。随后,全师向小曹庄、吴庄攻击,在碾庄西北地区同兄弟部队一起全歼四散奔逃的残敌,结束了淮海战役第一阶段的作战。11月30日,张铚秀率26师参加淮海战役第二阶段作战,在徐州以南津浦铁路西堵击包围杜聿明部三个兵团。12月2日,从黄里出发平行追击西窜之敌,途中76团俘敌77军正副参谋长以下数百人。3日,张铚秀奉命亲率76团急行军赶至夏邑以东,师主力进到埋头集,赶在西逃敌人之前,完成了战役合围。敌以三面掩护，一面突击，企图向西南方向突围，我军则以三面攻击，一面阻击，楔入敌纵深分割歼敌。5日，26师与兄弟部队猛插逼近敌"剿总"及第2兵团机关驻地孟集，迫敌仓皇撤至陈官庄。6日黄昏，张铚秀得知当面孙庄、刘河、孟小楼等地均有敌人，即令76团攻孙庄、刘河，77团攻孟小楼，歼孙庄之敌一个连，刘河之敌两个营，孟小楼之敌惧歼撤逃。8日夜，78团攻占庙庄，歼敌一部。11日，26师奉命到二线进行敌前休整。经20天敌前练兵，张铚秀又率26师参加了淮海战役第三阶段作战。1949年1月7日，张铚秀指挥本师及特纵坦克营向左岩、陈官庄之敌大本营攻击，左岩敌一个团惧歼向我26师投降。10日晨，77、78团攻击大王庄，仅十分钟即突破敌前沿，歼敌74军一部，残敌退刘集顽抗。10日下午2时30分，张铚秀跟进指挥，77团打进刘集，随后76、78团相继投入战斗，与友邻部队一起，激战半小时，俘敌74军中将军长邱维达以下官兵2000余人，拔除淮海战场上最后一个据点。76团因战功卓著，被纵队记一等功，成为淮海全线惟一的一等功臣团。

★☆★☆★ 张铚秀

12.渡江战役涌现大批英雄

DUJIANGZHANYIYONGXIAN DAPIYINGXIONG

1949年2月，26师整编为第三野战军第9兵团第27军第80师，张铚秀仍任师长。

淮海战役结束后，80师开往宿东整训，准备南下渡江作战。张铚秀根据在南方多年作战的经验，用半月时间集训了连以上干部，研究水网地带泥泞道路的行军、宿营和通过窄路、独木桥及其他军事课目，组织部队演练、熟悉水网地带攻击堤埂子母堡的战术与指挥。2月中旬，27军开办师、团参谋长短训班和营、连长训练班，张铚秀应邀给两个训练班当教员，讲授渡江作战中部队乘船、登陆、通过水网地带、迂回敌后等课目。宿东整训结束后，80师经9天行军，于3月2日抵达长江北岸无为县。张铚秀即随军长聂凤智先行到长江北岸察看敌情、地形，使部队很快投入临战训练。

渡江作战中，80师与79师同为9兵团第一梯队，张铚秀率80师在军的西边荻港、繁昌方向独立作战。4月20日22时，部队秘密地将隐蔽在坝内的船只和重武器搬运至长江，以偷袭手段横渡长江。南岸之敌发现后，向我渡江部队猛烈开火，部队由偷袭改为强渡，我炮兵、步兵以全部火力，压制敌人火力，掩护部队过江。第一船238团3连1班在敌发觉后仅用25分钟率先登陆，随后238、240团前卫部队陆续登岸。238团当即抢占了老牛埠、钓鱼台西峰庵、徐家黄一线阵地；240团攻占了迎风洲、板子矶、马鞍山等地，一部沿江向南攻击，在裕生公司以北歼敌一个连。二梯队239团登陆后，于21日拂晓抢占龙门山、寨山，6时攻占荻港，歼敌两个营。全师进至繁昌，与友邻79师会合。22日，80师冒雨东进，占领南陵。23日，在寒亭附近歼敌88军第49师两个团一部，俘敌700余人。24日攻占宣城。继以日行军150里速度快速东进，四天即进抵吴兴城西地区，参与合围国民党五个军的作战。张铚秀所部在八昼夜渡江及江南追击作战中，战功卓著，在兵团授予四个渡江英雄连称号中，80师独占两个英雄连队，授予四个渡江英雄称号中，80师独占三个渡江英雄称号。

★☆★☆★ 张铚秀

13.攻克上海，受到陈毅高度称赞

GONGKESHANGHAISHOUDAO CHENYIGAODUCHENGZAN

1949年5月中旬，80师参加淞沪战役。在扫清上海外围敌据点作战中，张铚秀率部于5月19日与敌激战一天，攻占敌重要据点七宝镇和塘湾。23日，攻占虹桥镇外坚固设防的5号桥和6号桥，突破其以北防线。24日，攻占

进入上海市区的先头部队,为避免惊扰市民,露宿街头

虹桥镇,并控制徐家汇以南铁路。当日,张指挥全师向市区快速穿插。238团突破木城后,沿徐家汇路、斜土桥向东攻击前进,以一个营占领了龙华飞机场,25日到达外滩、黄浦江西岸,然后北折进占黄浦区。240团沿森林路以南、徐家汇路以北攻击前进。26日,全师奉命担负上海市区警备任务,重点看护商业中心的仓库物资、外国洋行驻沪机构和旧市府机关,守卫华东区机关和新市府机关的安全。在市区作战,全师指战员严格执行野司的命令,不使用炮击和爆破手段,发扬英勇献身精神,与敌展开了激烈的街巷战,保护了上海的市容和人民群众的生命财产。在执行警备任务期间,张铚秀以身作则,严格管理部队,军纪严明,露宿街头,不进民宅,顶住了资产阶级香风臭气的袭击,保持了人民军队的本色,出色地完成了警备任务,得到了陈毅市长的赞扬和上海人民的好评。7月,80师解除警备任务,移师马桥、闵行休整,在部队中进行了"永远是一个战斗队"和进军台湾的思想教育。12月,进驻金山卫地区,担任沿海防务。为解放台湾,张铚秀潜心研究诸兵种联合作

上海解放，入城部队受到热烈欢迎

战的组织指挥，狠抓部队航海和登陆作战演练，亲自到 239 团抓试点摸索经验，写了一篇较有分量的《登陆战斗几个问题的意见》的文章。239 团被军部定为登陆作战训练的先行试点单位，并在全军推广了该团的试点经验。

★☆★☆★ 张铚秀

14."攻不破的铁三角"

GONGBUPODETIESANJIAO

1950 年 9 月，80 师奉命解除解放台湾渡海作战的训练任务。10 月初，北上山东汶口地区进行山地攻防作战训练，准备入朝作战。11 月初，朱总司令亲临 9 兵团作入朝作战的思想动员，张铚秀等师团领导受到了朱总司令的亲切接见。同时宣布张将调任 26 军副军长。部队经过一个月的紧张准备，张铚秀率 80 师作为 27 军入朝作战第一梯队于 10 月 1 日乘车北上。4 日由安东(今丹东)入朝，在兵团统一指挥下开辟东线战场。22 日，部队冒着零下 23

度严寒,急行军七八天到达中江里集结,待命参加入朝作战第二战役。张铚秀率部并指挥81师242团负责歼灭当面新兴里、内洞峙之敌美7师32团及31团一个营。张在制定歼灭新兴里之敌作战方案后,兵团电令张铚秀到26军上任。

26军入朝的第一仗,是接替20军的阵地,围歼下碣里地区美陆战1师一部。由于部队刚入朝,缺乏与美军作战经验,加之冻饿,有的师不能按时到位,仗未打好,让敌突围跑掉了。以后接连发起的土古水、五老里、咸兴等战斗也只是击溃战,歼敌一部。二次战役结束后,部队在永兴地区集结休整。张铚秀积极协助军主官干部总结长津湖战役未打好的原因,吸取教训。并调整了编制,进行了评功评奖,对战中失职渎职人员分别给予惩处,从而稳定了部队情绪,为日后作战奠定了基础。

1951年1月,美军为挽回颓势,在我第三次战役刚结束,部队尚未得到恢复补充之机,集中大量兵力武器,以汉城为主要突击方向,于25日对我发动全线进攻,企图将我军击退至"三八"线以北。为粉碎敌之进攻,掩护二线兵团集结,我志愿军和朝鲜人民军亦于25日发起第四次战役,对进攻之敌进行反击,后转入积极防御作战。2月7日,26军奉志司命令进入涟川、抱川地区,参加第四次战役第二阶段的作战。军正面为美第1军、第9军及仆从国军共8万余人,配有重型火炮400余门,坦克300余辆和大量飞机,企图沿东豆川、抱川向铁原方向向我进攻。防御作战从3月16日开始,至4月下旬结束,在"三八"线南北地区打了38天。在38天的阻击作战中,张铚秀配合军主官干部具体负责制定机动防御作战计划和组织指挥。根据志司和兵团的防御作战方针,在预有准备的40公里防御正面、纵深50公里的地域内,部署了四道防线。在兵力配备上前轻后重,火器配置上前重后轻,每道防线节节阻敌,力求大量杀伤进攻之敌。为了打好防御作战,战前,他深入到一线阻击阵地,逐个检查每个阵地的兵力兵器配置和工事构筑情况。战中,根

据敌情变化，他及时准确地作出判断，研究出对付敌坦克、空降兵、直升飞机等有效的战术手段。从而使阻击战越打越好，取得了较大战果，共毙伤敌1.5万余人，击毁敌坦克、装甲车76辆，迟滞了敌人的进攻速度，为我军发起第五次战役赢得了宝贵的时间，迫敌于铁原以南地区转入全线防御，圆满完成了志司赋予的作战任务，受到志司的表扬。

1951年4月22日，我志愿军和朝鲜人民军发起第五次战役。4月23日，敌全线溃退。当日，26军奉命由防御转为反攻，追击南撤之敌。四天时间，向敌连续发动进攻，猛追不舍，共毙伤敌600余名，俘敌40余名。战后26军调到后方进行休整。

我军第五次战役进入第二阶段时，26军正在休整，即奉命进入平康、金化、五圣山地区进行坚守防御作战。在此次防御作战中，张铚秀既管作战，又管后勤，处理大量的事务工作，身体累病了，还躺在军指挥所里继续指挥作战。为了做好长期防御的准备，他组织干部查看地形，派出侦察部队侦察当面敌情，掌握第一手资料，具体制定防御作战计划；随着部队防御任务的不断转换和敌情的不断变化，张铚秀适时向军里主官干部提出意见和建议，研究作战部署，及时处置各种情况。6月中旬，敌人出动上百辆战车数十架飞机分多路向我纵深阵地侦察，张铚秀指挥部队主要以阵地阻歼敌人，辅以侦察分队穿插分割，采取阻、打相结合的手段，粉碎了敌之企图。由于敌切断我后方交通，全军缺粮油盐，粮食人均一天不足一斤，有几天人均不足半斤，不少部队一天只能喝一顿稀饭，而且还要挖工事、打仗。张铚秀痛感这样下去部队战斗力将会削弱，难以完成长期防御任务，他一方面请求兵团火速调粮接济，一方面教育部队体谅祖国人民的困难，号召部队开展自救活动，采集野菜充饥，在军内调剂用粮，二线支援一线，机关支援连队，保证了一线战斗部队人均一天吃上一斤多粮食，渡过了难关。6月23日至7月上旬，与敌在鸡雄山、西方山、斗流峰展开争夺战。张铚秀指示部队设置阻击阵地于敌进攻主要方向和敌迂回必经地区主要点上，每个阵地都筑成环形支撑点式的防御体系，既能独立作战，又能相互支援。在敌人强大的攻势面前，我指战员牢固树立誓与阵地共存亡的精神，打退敌人轮番进攻，给敌以较大杀伤。有阵地落入敌手，即组织强有力的反击，采用多种战术手段，从敌手夺回阵地。因而几个主峰阵地牢牢掌握在我军手里。与敌处于对峙作战阶段时，寻敌弱点，摸敌规律，采用伏击、组织特等射手开展打活靶活动袭歼敌人，积小胜为大胜。九十月份，为对付敌"重点攻势"，张铚秀指示部队加紧备战，以积极防御配合友邻部队作战，并组织好一、二线的反击力量，待命出击敌人。在冬季敌我对峙作战中，张铚秀提出采用机动灵活的战术，充分利用严寒这一特点，在阵地前沿制造雪障，在阵地侧后制造冰冻带，使敌不便迂回包围，并派出游击小分队前出设伏。当敌进攻时，我提前开火，迫敌过早在雪地上展开，陷敌于不利的被动状态，我军掌握战场主动权。在 1952 年春季敌我对峙作战中，针对敌人的小股窜犯活动，张铚秀提出以积极防御的姿态，开展班排小组出击活动，前出敌阵，设伏敌人，限制敌人的活动，在进攻动作上，力求准备充分，速战速决。照毛主席零敲牛皮糖的办法，开展冷枪、冷炮竞赛歼敌活动，积极寻机歼灭敌人。在长达十个半月的防御作战中，共进行大小战斗 565 次，毙伤俘敌 2 万多人，击落击伤敌机 242 架，26 军的防御地区被敌称之为"攻不破的铁三角"。

1952 年 3 月 12 日，26 军出色地完成阻敌防御任务，交防 15 军，撤至德川地区休整待命。张铚秀具体组织交防工作，将敌我情况、阵地编成部署、阵地工事设置、部队开进道路、弹药物资等情况逐一向接防部队移交，做到了"交稳接稳"，"越前越稳"，使交接双方和上级都满意。

★☆★☆★ 张铚秀

15.受到金日成亲切接见

SHOUDAOJINRICHENG QINQIEJIEJIAN

1952年5月25日,26军奉中央军委命令准备回国。6月1日,军政委李耀文和张铚秀到平壤向金日成首相汇报入朝作战情况，受到了金日成首相的亲切接见。金首相说,我们都是一家人,不要用翻译了,中朝两国的关系不是一般的关系,是用血肉凝成的战友关系。对26军入朝作战给予了高度评价。并设晚宴招待了李、张二人,晚上金日成又陪同看电影,边看边谈,亲密无间。张铚秀回忆起这段往事,至今难以忘怀。回国后,张铚秀积极组织部队总结入朝作战19个月的经验教训,认真总结了平康、金化地区十个半月防御作战的基本经验,得到了华东军区和兵团的充分肯定,为我军提供了一份与外军作战有军事学术价值的史料。与此同时组织部队按正规编制进行了整编改装。

朝鲜民主主义人民共和国内阁首相金日成元帅

入朝作战,张铚秀得到了应有的荣誉,荣获朝鲜民主主

ZHANGZHIXIU

义人民共和国最高人民会议授予的自由独立二级勋章和朝鲜民主主义人民共和国政府授予的国旗二级勋章。

★☆★☆★ 张铚秀

16.整军备战

ZHENGJUN BEIZHAN

张铚秀从朝鲜回国后,结束了20多年硝烟弥漫的战斗生活,开始了在和平环境中建设现代化、正规化革命军队的军旅生涯。

1952年12月,为迎接部队大练兵高潮,张铚秀带领部分师团干部到华东军区军事干部学校高干队学习并兼任队长,1953年5月,结业后任代理军长。当时,军长张仁初、政委李耀文都先后病休离职,由张铚秀主持全军工作。9月,他主持召开了26军第一届党代会,以代理书记身份代表军党委向大会作工作报告。这一年,是26军从朝鲜回国后部队建设面临重要转折的一年。部队整编改装、复员转业、海防战备、国防施工、营房建设、文化学习、正规训练等各项工作,都需要理顺解决,任务相当繁重。而主官干部不在位,参谋长、主任又相继调走,工作的重担落在张铚秀肩上。他以极大的精力,与两位副军长一起,全面抓好部队的各项建设,使该军的各项工作都取得了优异成绩,部队的军政素质和科学文化水平有了明显提高,广大干部战士转好了思想弯子,树立了长期战斗的思想和建设强大国防军的责任感。基层党组织的建设有了加强,集训了80%的支部骨干,发展了千余名新党员,严肃处理了党内违法乱纪的行为,充分发挥了党支部的战斗堡垒作用。在统一的正规化训练中,注意从我军实战经验出发,按照正规化训练标准,为部队培训了7000多名骨干,连队训练课目成绩及格率达75%以上。为适应改装需要,还培训了各类技术骨干1300多名。全军厉行节约,杜绝浪费,当年上交节余经费160余万元。这一年,26军的各项工作基本走上了正规发展的轨道。

之后，张铚秀在部队工作上下大力抓了两件大事：一是全军营房筹建，工程竣工后，26军的部队大部分都住进了营房，有了正规的工作秩序和固定的生活条件；二是国防施工，修筑地下长城，在他的精心组织领导之下，使工程做到安全、节约、坚固、适用，利于部队作战。他多次勘察从龙口至海阳一线的海岸线和各个岛屿，胶东的每个山头都留下了他的足迹，每个坑道和工事都凝结着他的智慧。到1956年底，全军防区以坑道为骨干的一线防御体系已具雏形，大大增强了我军防御作战能力。

1954年秋，国防部长彭德怀亲临26军视察。彭总对该军回国后的各项工作比较满意，作了许多重要的指示，对该军的部队建设起了很大的推动作用。1955年4月，张铚秀被授予少将军衔。同年10月，任命为26军军长。1957年6月，荣获二级八一勋章、二级独立自由勋章、一级解放勋章。1958年1月，离职到北京高等军事学院学习。1960年7月，毕业后分配到68军任军长，并负责领导徐海地区的两个海防守备师、工程区指挥部(相当于师)，代管指挥坦克2师、炮兵12师和29师。

在国家正处于三年困难时期，为了减轻人民负担，帮助国家渡过难关，从1961年起，张铚秀领导全军进行农副业生产，参加生产的部队由一个团增加到一个师，连续三年生产粮食都在百万斤以上，猪肉数十万斤。1964年8月，他组织6个团的力量，派一名副军长带队到江苏赣榆县小东关进行拦海垦荒造田，奋战3个月，建造良田4万多亩，第二年产粮1552万斤。为支援地方社会主义建设，他派一个师赴山东参加东平湖水库第二期工程建设。为落实毛主席的“五七”指示，他组织力量拦海筑坝，修建了一个年产2万吨的万亩盐场，还建成了一个年产1500吨的纸厂，一个电讯元件厂及一批家属工厂，为国家增加了财富，解决了随军家属就业和生活问题。

1962年初，台湾当局配合国际上的反华逆流，叫嚣反攻大陆，针对这一新形势，张铚秀等领导68军普遍开展了控诉美蒋罪行为中心内容的形势教育和战备动员，及时修改了防区各种作战预案，组织有关人员到预定战区勘察地形，落实各级值班制度，加强对沿海的警戒、巡逻，尤其注重加强了担负全国机动作战值班师的战备工作。与此同时，增加国防施工的兵力，突击抢筑沿海岛屿上的野战工事。全军进行了战备整编，精简了机构，充实了连队，增强了部队机动作战能力。

1964年，遵照军委"备战整军，大搞训练"的指示，张铚秀以主要精力抓军事训练，提高部队的军事素质。为此，他派人专程到南京军区学习郭兴福教学法。军部举办了两期郭兴福教学法集训班，培养了 1800 多名军训骨干。之后又特邀郭兴福来部队传经送宝。接着军部召开了比武大会，检阅军训成绩，有 59 个项目被济南军区选为参加全军的比赛项目。在全军比武大会上，68 军有 57 项获奖，其中第 202 师警卫连 3 班对抗射击和第 605 团 3 营炮兵连 5 班八二迫击炮简便射击，分别向毛泽东、周恩来、刘少奇、朱德等党和国家领导人作了汇报表演。张铚秀抓大比武、大练兵，不仅单项比武项目冒尖，而且全面提高了部队的军事素质。这一年，全军连队轻武器练习实弹射击，优良成绩占 89%，全训步兵团投弹成绩平均达 40 米以上，专业训练和单兵到营的战术训练成绩全部达到良好以上，全军出现神枪手 896 名，神炮手 464 名，技术能手 1983 名。

★☆★☆★ 张铚秀

17.受周总理委托，稳定"文革"混乱局势

SHOUZHOUZONGLIWEITUOWENDINGWEN GEHUNLUANJUSHI

1966 年 2 月，张铚秀夫妇一道参加了江苏省赣榆县城东公社狮口大队和谷沙大队"四清"运动。7 个多月的时间，与社员同吃同住同劳动，帮助大队干部整顿了党支部，建立和健全了民兵组织和青、妇组织，针对该大队盐碱地多缺粮吃的状况，因地制宜地采取了挖河引水、改种水稻、积肥造肥、

改造良田等一系列措施，为改变全村的落后面貌发挥了积极作用，23 年后他们夫妇重访故地，受到全村群众的热烈欢迎，一致赞赏他们当年为人民做的好事。

1966年，全国爆发了“文化大革命”，68 军驻地徐海地区成为“文革”中内乱最严重的地区之一。为了保障津浦线、陇海线在徐海地区不被梗阻，11 月，张铚秀奉周总理和济南军区命令，派一个团担任徐州车站及徐州至济南、蚌埠、郑州三个方面铁路线执勤任务。1967 年 1 月，他奉命派部队对江苏徐海地区，安徽淮北地区，山东临沂、济宁、菏泽、枣庄等地区的 69 个单位和 174 个重要目标实行军管或警卫。2 月，又奉命派出 100 多个连队、两万多名干部战士，分别到江苏、山东、安徽、河南 4 省 29 个县市执行“三支两军”任务，并担负陇海铁路连云港至潼关段、京沪铁路禹城至固镇段共 1400 公里的护路任务，张铚秀担任徐海地区军管会总负责人。林彪、“四人帮”和他们在山东的代理人不断插手徐州，搅得徐海地区不得安宁，严重冲击了铁路运输线。在危难关头，张铚秀受周总理的重托，顶住林彪、“四人帮”的压力，排除各种干扰，一心扑在铁路上，保证徐州铁路运输线基本畅通无阻，没有辜负周总理的期望。随着“文化大革命”的发展，徐州两派斗争日趋明显，形势错综复杂，他在生命受到威胁的情况下，出面做群众的工作，想方设法安定徐海地区的形势。由于他日夜操劳，身体累垮了，小便尿血，但仍然坚持工作。当周总理得知张铚秀病情后，立即指示南京军区派飞机把他接到上海住院治疗。住院期间，徐州的形势更乱，军队和地方都分成了两派，武斗升级，张铚秀也被“左派”夺了权。他心挂徐海，病未全好就提前出院。而王效禹之流却指使一伙人控制机场、火车站，堵他回徐州。他托战友从上海几经周转秘密回到徐州做工作，稳定徐海局势。1968 年，中央确定徐州两派到京办学习班，解决徐海地区问题，到 1969 年九大以后结束，历时 1 年零 18 天。在学习班上，中央明确指出徐海地区的问题由中央直接处理，张铚秀经周总理提名，由毛主席任命为徐海地区革委会主任。

1969年10月，张铚秀被任命为济南军区副司令员。周总理考虑到徐海地区形势，批准其推迟半年到济南军区任职。

1970年5月，张铚秀离开徐州到济南军区工作。同年9月，任山东省革命委员会常务副主任，省委核心领导小组成员，省委常务副书记。张铚秀同山东各级党组织一道，认真贯彻落实党中央关于山东问题的一系列批示，清算王效禹的罪行，大力恢复发展工农业生产，做了大量工作。但是，"四人帮"借批林批孔之机，颠倒是非、混淆黑白，在山东开展所谓"批袁(升平)打张"运动，逼张铚秀作检查，在全省军内外点名批判，使张铚秀失去在山东继续工作的条件。经周总理从中保护，1975年8月，张铚秀调任昆明军区副司令员。

1976年10月粉碎"四人帮"后，中央指定张铚秀以主要精力与陈丕显、安平生同志一道负责云南省委的工作，先后任云南省委副书记、革委会副主任、省委书记兼组织部长，并当选为中共第十一届中央委员。他主管"揭批查"运动和政法部门的工作，由于他严格掌握政策，区分各类性质的矛盾，审慎处理各种问题，使运动健康发展。他所负责的宣传战线，为澄清被"四人帮"搞乱了的思想做了大量工作。他所负责的组织工作，大刀阔斧地平反冤假错案，认真落实干部政策，使一些长期受林彪、"四人帮"打击迫害的老干部重新走向领导岗位，并选拔任用了一批德才兼优的年轻干部。1978年下半年，党中央和中央军委命令张铚秀回到军区工作。他在省委工作的政绩，得到了全省各级干部的赞许。考虑到他在地方上的影响，仍兼任云南省委常委和云南省人大常务副主任。

1979年，山东省委、济南军区作出了为张铚秀恢复名誉，推翻一切诬蔑不实之词的平反决定，使他在山东工作期间被颠倒了的是非得到公正评价和肯定。

★☆★☆★ 张铚秀

18.指挥边境自卫还击战

ZHIHUIBIANJINGZIWEI HUANJIZHAN

1979年至1985年,张铚秀作为西线主要指挥员之一,参加了南疆自卫还击战。

云南方向,是自卫还击作战的西线战场。张铚秀积极协助昆明军区司令员王必成具体进行自卫还击作战的准备工作。1978年12月底,张铚秀率军区机关部分人员到开远开设军区前线指挥所。制定作战方案时,云南方向的仗应该怎样打,主要突击方向选在哪里,是张铚秀反复思考的一个问题。为此,他率有关人员多次考察了边界一线的情况,。

1979年1月1日,中央军委任命杨得志为昆明军区司令员。张铚秀陪同杨司令到前沿阵地进行了现地勘察。2月初,中共中央、中央军委批准张铚秀为昆明军区党委副书记。2月中旬,杨得志司令员因患重病离开战区,中央军委命令张铚秀代理司令员继续完成战役任务。

1980年1月,张铚秀被任命为昆明军区司令员。

1982年9月,张铚秀出席中共第十二次全国代表大会,再次当选为中央委员。

自卫还击作战延续近8个年头,而张铚秀作为云南方向的主要军事指挥员,在云南边防前线与参战部队指战员并肩战斗了8年。

1985年8月30日,昆明军区与成都军区合并。昆明军区是由二野4、5兵团和滇桂黔边区纵队及西南军区机关、直属部队一部于1955年4月1日组建的,前后在云贵高原战斗了30年,业绩辉煌,功载史册,为国人所瞩目。在两大军区合并之前,昆明军区于1985年5月13日召开了师以上干部会议。张铚秀在大会上作了回顾昆明军区30年历程的报告,情深意切,受到了与会同志的欢迎。张铚秀虽不是这个军区老班底的成员,但他在这里工作战斗了整整10年。为了让人们知道昆明军区的过去，让曾在云贵地区战斗过的广大指战员在精神上有所寄托，由他领导编纂了《战斗在云贵高原的光辉历程》一书，军委主席邓小平亲自为该书题写了书名。张铚秀对党史资料工作也非常重视，号召老同志撰写回忆录，由军区党史办汇编成书。同时责成党史办编辑出版了红军征战黔滇史料丛书，修订了4兵团战史和5兵团战史。

1986年9月，张铚秀在党的十二届六中全会上当选为中顾委委员，中共第十三次全国代表大会上继续当选为中顾委委员。1988年7月15日，他被中央军委授予一级红星功勋荣誉章。张铚秀虽然退出领导岗位，但仍非常关心党的事业和军队建设，经常到各地走访调查，向中央反映情况，尽到一个老同志的责任。

★勇猛善战——傅传作

傅传作(1914~1982),湖北省石首县人。1930年参加中国工农红军。1931年加入中国共产党。土地革命战争时期,任红3军第9师便衣队队长,红二军团第6师18团连长、副营长,龙山独立团营长,第4师12团营长,团参谋长、团长。参加了长征。抗日战争时期,任八路军120师358旅715团营长,独立第1旅2团团长。解放战争时期,任陕甘宁晋绥军独立第1旅副旅长,晋绥军区军政干部学校教育长,西北野战军第1纵队7旅旅长,第一野战军1军1师师长。中华人民共和国成立后,任西南军区空军司令员,武汉军区空军司令员,中国人民解放军空军政治委员。1955年被授予少将军衔。中国共产党第九届中央委员会候补委员,第十届中央委员会委员。

★☆★☆★ 傅传作

1.憎恨人间路不平

ZENGHENRENJIAN LUBUPING

傅传作于1914年8月出生在湖北省石首县调弦镇一个贫农家庭。父亲傅在朝,是位忠厚勤劳的农民。傅传作生后不久,母亲病故,父子俩相依为命,日子艰辛难熬,后来只好同叔父傅在贵一起度日,全家5口人,3间茅屋,全靠父亲、叔父耕种祖辈留下的3亩田和给地主帮工维持生活。

1926年,傅传作刚满12岁,就下田帮助父亲干活,给人放牛,有时把家中种的菜背到镇上去卖钱换粮,养家糊口。由于家庭贫寒,社会地位低下,他常受富家子弟的欺辱,可从小就倔强不畏的傅传作,常与之对打相骂,有时也向父亲哭诉告状,憎恨人世间的不平。

1927年,中共中央八七会议前后,开展了轰轰烈烈的武装暴动和土地革命运动,在打土豪、分田地的口号下,傅传作从心眼里高兴,随即参加了童子军(即少年儿童团),同革命群众一起抓赌、打菩萨、查封烟馆,思想受到了革命的熏陶。1929年苏维埃政权成立后,他又参加了少年先锋队,跟着党领导的农会,跟着红军队伍,打官僚,斗地主,分田地,这不仅使他受到鼓舞,更在思想上羡慕和崇敬红军,认为红军才是穷人的队伍,自己暗暗发誓要当红军,跟着共产党闹革命。

1930年春,傅传作告别了父亲,参加了中国工农红军,梦寐以求的愿望实现了。入伍后,他先在红二军团第6军警卫团2连当战士。当时湘鄂革命根据地创建不久,国民党反动武装经常向根据地进行"围剿",战斗频繁,生活亦很艰苦。从小就受苦失去母爱的傅传作,觉得部队如家,同志似兄弟,处处是亲人,他对连队的工作,大家的事情,都是积极地抢着干,对打土豪、打

反动派更是高兴，每次战斗都表现得非常勇敢，总是不避艰险的冲在前面。领导上很赏识他的才智和勇敢，认为他是个好苗子，第二年夏天就送他到教导团学习。通过学习，他不仅提高了军事素养，也提高了思想觉悟。毕业后，他被分配到鄂西北红军学校任区队长。1931 年，在湖北省巴东县，吴云介绍傅传作加入了中国共产党。

★☆★☆★ 傅传作

2.蒙受不白之冤

MENGSHOUBU BAIZHIYUAN

1931 年冬，红二军团教导第 2 师师长胡梯之，见傅传作精明能干，指名要他去当从兵(警卫员)。1932 年夏天，傅传作又调到红 3 军(原红二军团改称为红 3 军)第 9 师，跟段德昌师长当从兵，不久被提升为警卫班长，这时，蒋介石调集了 50 万兵力，向各革命根据地发动了第四次反革命“围剿”，其中以 10 万之众采取分路合围、步步为营的战术，向鄂西北根据地压去。为避敌锋芒，红 3 军主力部队转移到外线作战。同年 9 月，红 3 军从洪湖突围，向鄂、豫、陕、川等省进行战略转移。

1933 年初，红 3 军主力经过艰苦转战到达湘鄂边。2 月，红 3 军在鹤峰走马坪进行整编。段德昌师长对傅传作多次机智勇敢地完成任务印象很深，整编中将他调往 9 师便衣队工作。在很短的时间内，傅传作由班长、排长升为便衣队队长，他在侦察敌情，打击反动地主、团总、保统等方面干得很出色，多次受到领导上的表扬。

在第四次反“围剿”中，正当红 3 军处于艰难困苦的时刻，中共湘鄂中央分局在夏曦的领导下，执行以王明为代表的“左”倾政策，在红 3 军抓“改组派”，搞肃反扩大化。当时，红 9 师师长段德昌被指控为“改组派”的头子，无辜被捕杀害。因为傅传作曾是段的"从兵",也在鹤峰县金果坪被逮捕。酷刑逼供,用沾过盐水的绳子捆绑关押,白天罚劳役背苞谷,晚上剥掉外衣捆吊起来受冻,所受折磨不堪言状,一些认识傅传作的人,都望之流泪,愤愤不平。彭济民冒着风险,偷偷地送给他一件棉背心御寒。当时,傅传作思想上很苦闷,认为自己参加红军是来革命的,为什么反蒙不白之冤,被视为反革命?他困惑不解,但他对党仍坚信不移,对革命事业忠贞不变。

★☆★☆★ 傅传作

3.翻越茫茫雪山时身负重伤

FANYUEMANGMANGXUE SHANSHISHENFUZHONGSHANG

1934年,为了改变红军的困境,红 3 军向贵州的东部进发,开辟新的革命根据地。同年 10 月,红六军团自湘赣根据地出发,经过艰苦转战到达黔东,与红 3 军在印江县胜利会师。这时,红 3 军恢复红二军团番号,成立了总指挥部,贺龙任总指挥,任弼时为政委,关向应为副政委,统一领导、指挥红二军团和红六军团。傅传作获释后,积极要求工作。同年秋天,他被派往红二军团 6 师 18 团 1 营 3 连任排长,不久升任连长,至年底又升任 1 营副营长。

1935 年春,傅传作升任湘、鄂、川、黔龙山独立团营长。龙山地处湘鄂西交界处,山高人稀,人民生活十分困苦,加之市镇湾寨多为敌人盘踞,部队不得不露宿野山密林,用树皮野菜代食。这时,傅传作坚决执行总指挥部"不要去扰民,不要拿人民群众一针一线"的号召,带领部队利用战斗空隙和训练之余,帮助群众打草、背炭、挑粪。不管打仗,还是助民发展生产,傅传作总是以身作则,因此,他不仅受到战士们的热爱,也深受当地群众的拥戴。同年秋,在湖南桑植他调入红军大学分校高级班学习。他如饥似渴地学习了从连

到营的战术科目、政治常识和党的建设问题。冬季毕业后，他调任红二军团4师12团1营营长。这时，红二、六军团在贺龙、任弼时、关向应等领导下，经过一年的艰苦斗争，创建了湘鄂川黔革命根据地。不仅粉碎了敌人的多次“围剿”，同时也有力地配合了红一方面军的长征。国民党反动政府极为震惊，于是调集200多个团的兵力，采用“堡垒主义”的方针，对湘鄂川黔革命根据地发动了新的大规模“围剿”。10月，傅传作随红二、六军团主力从桑植出发，退出经过多年艰苦奋斗创建的革命根据地开始长征。在艰苦、频繁的战斗中，他坚决执行上级交给的战斗任务，英勇杀敌，不怕流血牺牲。虽多次负伤，仍坚持战斗。在云南宣威战斗中，傅传作和政委朱辉照两人都负了伤，在艰难危急的情况下，他不顾个人安危，尽最大努力把政委掩护下来，受到了师长卢冬生的表扬。

部队进至楚雄，反动武装保安团依赖坚固的工事，拼死顽抗，部队几番攻击不破，这时，部队前进受阻，后有追兵，形势非常严峻，上级命令傅传作尽快扫清障碍，以利摆脱敌追兵。他接到命令后，手枪一挥，亲自冲锋在前，终于将守敌全部击毙。部队进至宾川县，又遇到敌人的顽抗，部队伤亡较大，傅传作亲自带领部队反复冲击，攻打了整整一天，终于拿下该城。他气恨地亲自击毙了6名敌人。

经过艰苦转战，部队于是年6月渡过金沙江，在中甸县又遭敌人的顽强阻截。为扫除前进路上的障碍，部队首长命令傅传作率1营担任主攻中甸县城的任务。他接命令后一马当先，迅速率领全营投入战斗，和兄弟部队一起攻上了城墙，经过几次冲杀，占领了全城，消灭了敌人。就在这次攻打中甸县城的战斗中，傅传作负了重伤，子弹洞穿了他的腹部，肠子被打破了，紫红的血水从伤口处不断地流出来，他昏迷倒地。对这个在战斗中一贯勇敢不怕死的青年人，这次攻城战斗有功的年轻指挥员，领导和同志们都非常关心。部队首长下令要用最好的药给他治疗，要用担架抬着他走。在翻越第一座雪山时，傅传作坚决拒绝上担架。他忍着肚子疼痛，要求自行上山。后来同志们见他实在走不动，又强行把他按在担架上抬着走。在艰险困苦的长征途中，缺衣少食，有些同志个人走路都困难，而傅传作却被战友们抬着走，四个人抬不动，换成八个人抬，有的同志倒下了再换人抬，就这样一步一步艰难地往前走着，傅传作多次被感动得哭了。

两个月后，部队到达了甘肃边境的哈达铺。傅传作的伤口还没完全好，就坚决要求下部队工作。在他再三要求下，组织上才同意调他到红二军团4师12团任参谋长。在长征途中，4师担负着掩护全军转移的任务。行至陕西海原县时，与全军失去了联系，师的领导非常着急，师长卢冬生命令傅传作亲自带便衣队回原路寻找大部队。傅传作终于找到了大部队，顺利地完成了任务，受到领导上的表扬。同年，红军胜利地完成了长征进入陕北。组织上为了培养傅传作，送他到保安红军大学学习。1937年夏，傅传作调回部队，晋升为4师12团团长，当时他还不满23岁。这个在旧社会受苦的穷孩子，入伍后即参加了历次反“围剿”斗争和二万五千里长征，在党的培养教育下，在实战锻炼中，他逐渐觉悟成长，并深刻认识到：“只有革命才有出路，只有革命才能从根本上解决中国的问题”。

★☆★☆★ 傅传作

4.平原对日作战的壮举

PINGYUANDUIRIZUO ZHANDEZHUANGJU

1937年7月7日，日本帝国主义发动了卢沟桥事变，从此开始了中国人民伟大的抗日民族解放战争。同年8月，红二方面军奉命改编为国民革命军第八路军120师，贺龙任师长，关向应任政委。120师辖358、359两个旅及一些直属团队。同年冬，傅传作被调到120师358旅715团，在团长王尚荣、政委朱辉照领导下担任第1营营长。

1938年6月,根据中央军委的指示,为创建新的抗日根据地和扩大革命力量,在李井泉率领下715团进入绥远,开辟大青山抗日根据地。同年12月,根据师首长命令,715团从绥中出发,数度越过封锁线,跋涉千里,于1939年2月穿过平汉路封锁线到达冀中。

1939年2月10日,715团在深县附近,同正在撤退的日军打了一个遭遇战,傅传作率第1营与敌激战终日,毙敌100余人。3月初,傅传作参加了消灭叛徒柴恩波部的战斗。3月中旬至4月初,他又参加了粉碎日军第五次围攻的战斗。经过长途行军,频繁战斗,部队虽相当疲劳,但全体指战员无不精神振奋,英勇作战。

3月下旬,根据师部命令和冀中军政委员会的决定,715团与冀中军区独立第4支队合编为120师独立第1旅,旅长高士一,政委朱辉照,副旅长王尚荣,副政委幸世修,参谋长郭征,政治部主任杨琪良。傅传作任独1旅第2团团长。独1旅编成后不久,即参加了齐会、找子营、南留路战斗,在贺龙师长、关向应政委亲自指挥下,经过三天两夜的激战,最后终将骄横不可一世的日军王牌吉田大队800余人,除40余人逃窜外,全部歼灭,开创了平原对日作战的光辉范例。在齐会战役中,第2团驻在北留路,作为独1旅的第二梯队。在向找子营日军发起冲击时,傅传作带领第2团打得英勇顽强;在北苏鲁阵地守卫时,傅传作指挥部队一次又一次地击退了日军突围的冲击,迫使敌人龟缩到张家坟地,最后遭到全军覆没的下场。

★☆★☆★ 傅传作

5.与日本鬼子白刃格斗

YURIBENGUIZI BAIRENGEDOU

1939年5月,齐会战役后,为了及时补充战斗中的伤亡减员,加强部队

FU CHUANZUO

战斗力，独1旅进行了第一次整编，撤销了第2团，充实了第2团和715团，并从715团抽调了大批红军老干部到第2团，使第2团从团到营、连、排都配有红军老干部为骨干。6月下旬，国民党河北省民军司令张荫梧，率3个旅2000余人，由冀南进占冀中根据地深县之北马庄、张骞寺地区，企图"收复失地"。独1旅奉命在1分区部队配合下，以715团第1营和第2团的2、3两营，于20日夜插入顽军腹心驻地，22日拂晓展开了全面攻击。经一日战斗，该部除张荫梧负伤后化装率10余名骑兵逃窜外，全部被歼，为冀中根据地消除了一大祸患。

9月上旬，独1旅进行了第二次整编，将第1、2团合编为第2团，傅传作仍任第2团团长。9月下旬，120师在晋察冀4分区部队的配合下，在灵寿县陈庄山地打了一个歼灭战，经过六天五夜的战斗，歼日军少将水源旅团长以下1500余人。在战斗中，根据师、旅首长的指示，为抓住进占陈庄敌人撤退之机，在运动中歼灭敌人，傅传作带领第2团迅速抢占位于磁河南岸的冯沟里、破门口、高家庄地区有利高地，严密控制敌人东逃大路。9月28日，约8时左右，侦察员报告敌人主力正渡磁河，准备南逃。根据旅首长的指令，傅传作带领第2团主力，由冯沟里以南向长峪急进，协同独支队阻击敌人南逃。9时许，据前方侦察报告，狡猾的敌人又转换了方向，妄图利用河边树丛、河套芦苇作掩护，正沿磁河南岸大道向东逃窜，其先头部队经高杨庄已进到冯沟里附近，遭第2团特务连迎头痛击。敌人为了抢占青杨山阵地，连续发起了五次冲击，均被特务连击退。这时，第2团团长傅传作闻到枪声后，及时果断地率主力返回鲁柏山。并在行进间迅速调整了部署，3营在西，2营在东，占领冯沟里、高家庄以南高地，1营仍控制青山地区。10时左右，敌人主力全部进至高家庄冯沟里地区，依托村庄及附近高地向第2团阵地进行猛烈反扑，企图抢占有利地形，夺路窜逃。第2团进行了英勇的抗击，3营尤其是9连、10连，打得特别顽强，经多次反复冲杀和白刃格斗，终把敌人击

FU CHUANZUO

退，为全歼进犯之敌起了重要作用。28日晚，第2团2营向冯沟里南山发起攻击，5、6两连发动了连续冲击，终于夺取了敌人多处阵地，29日最后歼敌时，6连干部虽大部伤亡，但始终保持了旺盛的战斗精神，直至这次战斗的胜利。

12月中旬，晋察冀冬季反"扫荡"刚结束，独1旅正集结准备休整，突然来了100多国民党武装特工队——"平西先遣军"，他们携带电台，潜入八路军防地，专门从事破坏抗日根据地的罪恶勾当。傅传作奉命以第2团一部兵力于夜间将该部包围，战至天明，将其全部消灭，为晋察冀除掉了一个隐患。

★☆★☆★ 傅传作

6.日军的"囚笼政策"彻底破产

RIJUNDEQIULONGZHENG CECHEDIPOCHAN

1940年2月，120师奉中央军委命令转移至晋西北，其任务是：将南起汾离公路、北至绥蒙大青山之间地区，化为巩固的抗日根据地，以建立西北与华北的战略枢纽，保障党中央与敌后抗日根据地的来往联系。在师首长统一部署下，独1旅进驻临县地区。同年2至6月，日军乘独1旅刚到晋西北立足未稳之机，分别集中了1.2万余人和2万余人的兵力，发动了春季和夏季大"扫荡"，持续时间长达40天和一个月。在反"扫荡"中，八路军小分队广泛开展游击战争，骚扰和袭击敌人，掩护地方工作，主力部队则集中隐蔽，待机歼敌。在夏季反"扫荡"将近结束时，师部集中全师主力在兴县东20里铺进行了一场战斗。独1旅经连日冒雨急行军赶到战场，积极主动地对东撤之敌展开激战，打得很英勇，毙伤敌400余人，给敌以重创。

夏季反"扫荡"后，日军对根据地加紧推行所谓"囚笼政策"。独1旅仍以小分队深入敌占区进行游击活动,打击外出骚扰之敌,同时相机拔掉敌人的孤立据点。7月21日,第2团3营在团长傅传作亲自率领下,用奇袭的方式,在临县石门嫣打了一个漂亮的歼灭战,不到半小时即全歼日军30余人。石门嫣是晋西北日军村井旅团一个中队驻守的据点,敌人妄图依赖"囚笼政策",封锁、包围、"蚕食"抗日根据地。根据旅首长的指示,为拔掉这个据点,在战前,傅传作召集3营连以上干部,进行部署。他在给3营指战员作动员时说:"我们一定要拔掉鬼子伸向根据地的这颗牙齿,砸碎它那个笼子!"他还亲自带领担负主攻任务的12连排以上干部,化装成老百姓,先头出发对敌人据点进行实地侦察。在战斗中,傅传作穿着被铁丝网刮破的裤子,按预定的进攻的道路,指挥部队发起攻击,迅速获胜。战斗结束后,为表扬12连的战功,傅传作叫警卫员给送去了一大瓶酒表示祝贺,并告诉连里干部:"四周围都有我们的部队,如果敌人再来,就是打响也没你们的事,要让战士好好休息。"傅传作身先士卒的行动,鼓舞了部队的干部和战士。12连指导员田惠普曾说:"傅团长把指挥所设在主攻连队,亲自布置,亲自动员,亲自侦察,战后又这样关心爱护战士,上下亲密无间,跟着这样的团长就一定能打胜仗。"在抗日战争中这一奇袭战例,以后被列入步兵学校授课的教材。

8月份,独1旅参加了百团大战。在战役第一阶段,第2团和715团分别在岚县、临县一带活动,袭扰和相机歼灭敌人,先后进行八次战斗,毙伤敌人150余名。在战役第二阶段,傅传作率第2团奉命向同蒲路忻口南北进行破击,9月18日,进至宁武地区,途中在上庄村与日寇(约400余人)遭遇,经激烈战斗,毙伤敌200余人。9月22日,他率领第2团袭击奇村,715团袭击忻口、楼板寨。23日和25日两个夜晚,第2团同715团又对忻口南北地区铁路展开破击,先后作战5次,毙伤敌300余人,俘敌5名,破坏铁路4里,公路40余里。

冬季，日军又调集兵力2万余人，对晋西北进行大“扫荡”，实行分进合击，并采取空前残酷的“三光政策”(烧光、杀光、抢光)，妄图摧毁抗日根据地。这次反“扫荡”，在晋西北军区第4军分区(独1旅旅长王尚荣兼任分区司令员)统一领导下，普遍发动群众，实行坚壁清野，不使敌人抢走一粒粮食，在军事上以部分主力部队与地方武装相结合，广泛开展群众性的游击战，大部主力部队集中伺机歼敌。傅传作率领第2团一部，在安北附近消灭了敌人的抢粮队，把牲畜和粮食送还给群众。第2团的另一部，在三交、大武之间进行了两次破击战。这次反“扫荡”历时一个月，先后进行大小战斗104次，毙伤日伪军500余人，破击公路20余次。

★☆★☆★ 傅传作

7.盘腿窝脚“纺线线”

PANTUIWOJIAO FANGXIANXIAN

1941年春，傅传作奉命调延安军政学院高级班在职学习，后任区队长。

1942年，延安军政学院并入中央党校。傅传作主要学习党的路线与政策，兼学社会科学概论与文化。这一年，傅传作参加了延安整风运动，并被选为中共第七次全国代表大会的候补代表，准备参加七大。他还参加了陕甘宁边区高级干部会议，受到了深刻的教育，在阶级觉悟、政治水平、思想方法等方面，均获得了显著的提高，从而进一步辨清了党在以往的路线是非，认识到毛主席英明伟大，提高了执行党的路线、政策的自觉性。

1943年3月，因部队工作需要，傅传作又回到120师独1旅第2团任团长。7月份，独旅进行整风，通过学习，对广大干部树立正确的思想作风、工作作风和生活作风都起了重要的作用。同年，在毛主席发展经济、保障供给、自

自力更生，纺纱织布

己动手、丰衣足食的号召下，部队开展了大规模的生产运动。独1旅全旅自制了几千辆纺车，粗手大脚的傅传作同战士们一起，也盘腿窝脚"纺线线"，到处是一排排纺车，嗡嗡之声不绝于耳，洋溢着一片生机。在大生产运动中，第2团2连搞得最好，他们种瓜种菜不仅自给有余，还拿出自己生产的东西支援地方同志，因此受到表扬。

1944年冬，在整风和生产运动的基础上，部队开展了轰轰烈烈的大练兵运动。傅传作对第2团军事训练要求很严，抓得很紧，在射击、投弹、刺杀等方面，要求每个干部、战士必须完成计划，达到标准，不合格的要重新作，反复练，以至符合要求为止。在战术训练方面，要求班排长以上干部都要经过教导队的培训，从而大大增强了部队的军事素质，为实现抗日大反攻和迎接新的革命斗争准备了重要条件。

★☆★☆★ 傅传作

8.率部参加绥远战役

SHUAIBUCANJIASUI
YUANZHANYI

1945年8月15日，日本帝国主义被迫宣布无条件投降，至此，中国人民抗日民族解放战争胜利结束。而此时的蒋介石，则决心要消灭共产党和八路军、新四军，国内固有的阶级矛盾骤然上升为主要矛盾，中国革命由抗日民族解放战争过渡到国内革命战争。

在日本投降的新形势下，独1旅奉命开赴晋中参加大反攻。8月17日，傅传作领导的第2团，在旅部指挥下，同715团一道，由绥德、米脂、子洲等县出发，东渡黄河，经过八九天的连续行军，到达汾阳以北地区集结，并在晋绥8分区部队配合下，一举攻克文水县城，歼敌800余人。在八路军实行大反攻逼近华北各大城市并迫使日伪军投降的同时，蒋介石却命令日伪军拒绝向八路军投降，并改编伪军为国民党军，就地占领地盘，形成了蒋、日、伪合流的严重局面。在华北绥远方面，长期避战于黄河河套地区的傅作义部也伸手摘桃子，在占领包头以后，8月18日向攻入归绥正在围歼日伪守敌的八路军部队进行突然袭击，夺占了归绥，进而夺占了八路军从日伪军手中解放的集宁、丰镇等城，并逼近华北解放区中心城市张家口。9月9日，中央军委决定晋察冀和晋绥八路军部队发起绥远战役。

10月中旬，独1旅、358旅等部队开进到晋北左云地区，由南向北发动进攻，与向东向西发动进攻的晋察冀部队相配合，对傅作义部实行合击。10月25日，358旅在独1旅等部的配合下，一举消灭了刚刚撤至卓资山的傅作义部67军新编26师。11月3日，独1旅和骑兵旅奉命西进，在察素齐消灭傅作义挺进4纵队四个骑兵团，8日进抵包头城下。为增加进攻包头的力量，

358旅8团和715团两个营,经三天急行军于11日赶到包头。同日,组成两旅联合指挥所,指挥攻城战斗。担任主攻包头任务的部队,由独1旅第2团团长傅传作统一指挥。11月13日零时,在炮火支援下,第2团和715团一举登上城墙,迅速打开了城北门和城西门。第2团副团长彭济民和副政委罗洪标,率领本团3营和1营首先突入城内,715团2营、3营也相继入城,进攻部队与敌展开巷战,迅速扩大了战果,接着攻下了西营盘等重要阵地,控制了全城约三分之一的地区,并将数百名俘虏带出城外。早4时左右,傅传作要2营营长张济堂跟他一起入城看地形,准备让2营从1、3营之间加入战

出击平汉路的我军占领徐水车站

斗,直捣财神庙以南高地,夺取敌人炮兵阵地。天明后,城内敌人组织约四个团的兵力和火力,向攻进城内的四个营八路军部队实施反冲击,并集中火炮向西北门射击,企图以火力封锁住突破口。在敌人发动的连续猛烈的反冲击中,入城部队四营勇士同敌人展开了白刃战,给敌以很大杀伤,但终因敌众我寡,弹药消耗已尽,于下午被迫撤出城外。对这次攻城战斗如何评价,当时有些同志说:上级对包头敌人侦察估计不足,没有采取集中绝对优势兵力的打法,我们攻进城内的部队太少了,四个营占领全城三分之一的街道后,几

乎看不到自己的部队，如果当天夜间再有四个营加入战斗，在天亮以前可基本解决问题。就总结经验教训而言，这样的看法也有一定的道理。

1945年11月，在攻打包头战斗之后，傅传作晋升为120师独1旅副旅长。

★☆★☆★ 傅传作

9.太原战役攻无不克

TAIYUANZHANYI GONGWUBUKE

1946年6月，国民党反动派撕毁了国共两党签订的停战协定，开始了对解放区的全面进攻，解放区军民被迫奋起迎击，从此进入了中国人民解放战争时期。遵照中央军委赋予晋察冀、晋绥部队的任务，两支部队于8月初开始进攻大同。独1旅奉命在卓资山组织防御，阻止傅作义增援大同。在我军即将进攻大同的时候，傅作义集中全部兵力倾巢而出，其主力五个师一个炮

1949年6月，徐向前(左二)与周士第(左一)、陈漫远(右二)、王新廷(右一)在太原战役胜利后合影

兵团共 2.8 万余人为中路,南北两路均为骑兵以配合中路行动。9 月 5 日晨,其中路第 11、17 师和新编 31 师,在强大炮火掩护下,向独 1 旅卓资山阵地猛烈进攻。担任主要防御的独 1 旅第 2 团顽强抗击,杀伤了进攻之敌的有生力量,坚持到 14 时后,主要阵地被敌突破,情况发展对我极为不利,遂决定撤出战斗。敌军占领卓资山后,继续向集宁进犯。358 旅、独 1 旅和 11 旅自集宁西南向敌之侧背发起进攻,9 月 11 日午,歼敌 11 师大部和 17 师一部共约 5000 余人。

同年秋, 傅传作由 120 师独 1 旅副旅长调往晋绥军区军政干校任教育长。

1947 年初,全国解放战争的形势发生重要变化,迫使蒋介石对解放区的全面进攻改为对陕甘宁和山东两解放区的重点进攻。出于战争的需要,傅传作由晋绥军区军政干校调任西北军区第 7 纵队第 7 旅旅长, 并先后参加了解放临汾、太原等战役。

1948 年,从全国和华北的形势看,山西太原已成为国民党军一个孤立无援的据点,它也是一个最顽固的反动堡垒。人民解放军太原前线部队,依据毛主席指示的作战原则,认为拔掉太原据点,消灭守备之敌,解放山西的条件已经成熟。于是,在 18 兵团司令员徐向前直接指挥下,攻取太原的战役开始了。10 月中旬,经过反复的侦察,兵团召开了作战会议。周士第副司令报告了作战计划,大家发表意见后,徐向前司令员指着地图说:"我军要解放太原,必须先打东山牛驼寨。牛驼寨自古为兵家必争之地,昔日李自成入太原,日寇陷山西,都是首占此地。我们占了牛驼寨,就可打碎东山的防御体系,控制太原全城,到那时,阎锡山就成瓮中之鳖了。"会议决定由第 7 旅主攻牛驼寨。同时以第 3 旅攻石柱沟,12 旅攻榆林坪,以保障第 7 旅两侧的安全。

作战会议后,7 纵队司令员彭绍辉、政委孙志远率领全纵队由城南绕到

城东北,连夜隐蔽地向东山挺进。10月15日,第7旅旅长傅传作经反复考虑之后,为完成主攻牛驼寨的作战任务,他向纵队首长提出:“这一仗关系着攻取太原的成败,我想在今夜亲自去看一下地形。”彭绍辉开始不同意,就对傅传作说:“用不着你去,派侦察科长去就行了。”后经傅传作再三要求,彭绍辉看了看孙政委,用他仅有的一只手拍着傅传作的肩膀,关心地说:“要打好仗,首先侦察好地形是最重要的一着。也好,你去吧!但路上要小心啰!要特别注意隐蔽。”

10月15日晚上,傅传作带着两个侦察参谋,穿着山西老乡的破棉袄,

扶眉地区人民踊跃支援前线我军作战

腰里别着驳壳枪,背着粪筐向牛驼寨出发,他们在漆黑的夜里,摸过山沟,攀过山梁,一直在敌人碉堡缝里钻。深夜3点钟,他们到了牛驼寨山梁上,伏在冰凉的山坡上等待黎明。东方发白了,他们边看地形,边数寨上的碉堡。寨上共有10个堡,以3个堡组成前沿阵地,以6个堡组成骨干阵地,用古庙改建的一个堡为核心阵地。这3个阵地互为犄角,步机枪均可直接联系,但相互间除一个大鞍部外,深沟断崖,彼此隔绝,各自又形成一个独立的作战阵地。在每个碉堡的周围,又都筑了很多明、暗的小碉堡,在小碉堡

的前面是两三丈的峭壁，再向前是10多层台阶式的劈坡，上面架有五六尺宽的铁丝网，铁丝网附近还埋有地雷。傅传作看清地形后，急忙返回部队，向纵队首长详细报告了敌情。为了出其不意，攻其不备，纵队首长决定迅即攻打牛驼寨。

10月17日傍晚，傅传作率领全旅指战员，沿着隐蔽的山沟向牛驼寨出发了。夜12时，部队到达傅传作察看地形的那个山梁上。1时30分，第7旅21团分两路向敌人展开猛攻。突击队员很快把梯子靠在峭壁上，敏捷地往上攀登。由于峭壁太高，还差一人高上不去，机智的战士们搭着人梯，踩着肩膀一个个地上去了。1营攻占5、6、7号碉堡后，2连主动向10号堡发展，战士们以神速的动作攻上了牛驼寨，把敌人打得晕头转向。在激烈的枪炮声中，天空升起了一颗红色的信号弹，21团来电话报告，除4号碉堡外，其他碉堡已被全部占领。

正当欢庆攻占牛驼寨战斗的胜利时，忽然19团团长仇太兴来电话报告："21团撤离阵地过早，我团只接了5、6、7号碉堡阵地，其他碉堡又被敌人反扑重占。"傅传作知道敌人不会罢休，急切地命令19团："接多少，守多少，一定要守住！一定要守住!!"

10月18日，天刚亮，战士们加紧修筑工事。9点多钟，敌人一阵猛烈的炮轰后，开始向19团阵地反击。这一天，3营连续击退敌人四次猛攻。天黑后，傅传作和19团的干部沿着山梁爬上牛驼寨视察阵地，根据白天敌人进攻的方向，决定加强6、7号堡之间的防御，要求在前沿的沟下边多挖一些暗堡，既可避免敌人的炮伤，又可打击反扑的敌人。

10月19日，敌人的山炮、野炮、榴弹炮连续轰击。这一天，敌人向19团坚守的阵地打了6000多发炮弹，进行了15次冲锋，但除扔下一堆堆的尸体外，一寸土地也没有夺去。

10月20日，太阳刚露头，敌人四架飞机向牛驼寨轮番轰炸扫射。敌人的

南北炮群和城内的炮兵基地，又一齐向牛驼寨开炮，连续打了三个多小时以后，敌美式装备的30师冲上来了。这时守在阵地上的19团指战员，从虚土里找出枪支，向敌人还击，他们用刺刀把冲上来的上百个敌人刺倒，又用整箱手榴弹拉开其中一枚的弦，用脚猛蹬下去，把沟下正在冲锋的敌人炸死。疯狂的敌30师被打垮了！敌以收降日军编成的10总队向牛驼寨的冲击也被打垮了！这一天，敌人连续发动大反扑7次，7旅阵地落炮弹万余发，工事被毁，树无完枝，手榴弹柄铺地一层，但7旅部队的指战员仍顽强地坚守在牛驼寨阵地上。就在这天晚上，纵队彭绍辉司令员见7旅伤亡较重，命令傅传作率部撤下牛驼寨阵地，进行休整，准备再战。

牛驼寨争夺战夜以继日地在进行着。3旅、12旅、警备2旅都曾登上过牛驼寨，到11月9日，牛驼寨上的10个堡，除核心阵地4号堡外，又被7纵全部占领。11月11日上午，彭绍辉司令员命令傅传作率第7旅重登牛驼寨，炸毁4号堡。并嘱咐傅传作说："这是解放太原的战术要点，必须坚决夺取！"11日下午，第7旅20团和21团在炮火掩护下分两路向4号堡展开进攻。由两个团组成的爆破组，在轻重机枪等火力的掩护下，身着单衣，背上450斤炸药，利用敌人的火力空隙，向4号堡爬去，先后7次用100斤、200斤、500斤炸药爆破，因4号堡周围水泥太厚，7次都没能炸开。第8次用了750斤炸药，还在炸药里埋了一只雷管，终将牛驼寨中心阵地4号堡给炸开了。随着剧烈的爆炸声，突击队冲进了4号碉堡，接着又冲进了敌人的地下堡，只见里面躺着一片死尸。经过20余天激烈的反复争夺战之后，牛驼寨所有的大小明暗碉堡全部被攻克了，太原城已完全控制在人民解放军的炮火之下。

在攻打牛驼寨战斗中，上级多次表扬傅传作和他带领的部队，赞扬他们体现了毛主席的军事原则，发扬了我军英勇果敢、坚决顽强、不怕牺牲、不怕疲劳、前赴后继、孤胆作战、连续作战的优良战斗作风，以及他们所采取的隐蔽、迅速、突然、出敌不意的战术。

1949年，辽沈、淮海、平津三大战役消灭了国民党军队的主力，4月20日夜，人民解放军百万大军横渡长江。21日，毛主席、朱总司令颁布《向全国进军的命令》。23日，人民解放军占领了国民党反动派进行反动统治的中心南京。为适应大兵团作战，人民解放军的全国部队改称新的番号，西北野战军改称第1野战军，纵队改称军，旅改称师。傅传作先后任第1野战军第1军第3师和第1师师长，相继参加了扶武和解放大西南的战役。

★☆★☆★ 傅传作

10.打造新型的中国空军

DAZAOXINXINGDEZHONG GUOKONGJUN

全国解放后，1950年春，傅传作调至西南军区第一工作团任副军事代表，奉命到国民党起义部队16兵团去工作。在此期间，他立场坚定，认真执行党的政策，深入下层，做细致的思想工作，在起义部队中获得较高威信，一些起义军官都愿找他谈心。通过大量的团结改造工作，最后顺利地将16兵团这支起义部队送往华东，圆满地完成了任务。在团结、改造16兵团过程中，傅传作、罗洪标还奉命率112师、7军21师两次参加剿匪、平叛斗争，消灭土匪800余人，为川北人民除去祸害。

同年9月，傅传作调西南军区空军任司令员。当时正值部队进军西藏，迫切要求加强空投力量，增加空投物资数量。为便于执行支援进军西藏的空投任务，并为尔后组编运输部队进行准备，西南军区空军建议，并经空军首长批准，于1950年11月24日，在四川新津机场，以川西航空站为基础，组建高空运输团，同时筹建高空运输训练大队，附设在长春空军航校进行训练。1951年3月17日，经中央军委批准，又将高空运输团扩编为运输航空兵师。

随着地面进藏部队向前推进，空运部队也需不断把航线向前伸延。傅传

作领导西南空军，在康藏高原不断开辟新的航线，连续向前试航空投。那里号称“世界屋脊”，平均海拔高度4000米以上，崇山峻岭，地形复杂，终年积雪，气候恶劣，加之没有准确的航图和气象资料以及必要的通讯导航保障，特别是没有前人的实践经验可以借鉴，被人们喻为“空中禁区”。为了保证《关于和平解放西藏办法的协议》的贯彻执行，保证进藏部队由甘孜、昌都等地尽快抵达拉萨，傅传作亲自到新津机场，和运输部队的领导、空勤人员共同研究，选择向前延伸的航线，组织飞行准备工作，总结试航空投的经验，有时召开空勤人员座谈会，把飞行人员接到家里听取汇报，征求意见，向他们做细致的思想工作，并及时解决了一些实际困难问题。经过上下的共同努力，终于胜利地完成了试航空投任务。1950年11月11日，谢派芬、贾仁甫、胡明涛机组驾驶伊尔12飞机成功地降落在海拔3200米的甘孜机场上。1952年6月9日，李向明、胡明涛机组经过加装油箱和充分准备，又试航空投太昭成功。这是当时开辟的康藏航线中最长的一条，往返飞行9小时38分，距拉萨仅200公里。自1950

空军某部直升机组编队飞行

年4月至1952年11月,运输航空兵师共出动飞机1315架次,飞行3766小时,空投粮食物资2400多吨,先后开辟了25条航线,有力地配合了地面部队进军西藏的行动。

1954年,傅传作任中南军区空军副司令员兼广州空军指挥所司令员。1955年9月,他调任武汉军区空军司令员。在此期间,他领导部队较好地完成了国土防空、飞行训练和专机飞行保障等任务。1960年,中央军委和军委空军又把将陆军15军改建为空降兵的任务交给武汉军区空军。15军原是陈

空军飞行员在研练飞行技术

赓率领下的一支英勇善战、战绩辉煌的部队,抗美援朝战争中,上甘岭一仗更使他们的战功显赫于世,是一支英雄辈出的部队。在15军改建为空降兵的过程中,傅传作和武汉军区党委组成了联合工作组,深入该军,做了大量细致的思想工作,终于顺利地完成了改建任务。

1973年 5 月,傅传作调任军委空军政治委员,同时担任空军党委第一书记。他还先后被选为中共第七次全国代表大会候补代表,中共第十次全国代表大会代表,并选为中共第九届中央委员会候补委员,第十届中央委员会委员。他还被选为第四届全国人民代表大会代表。

★☆★☆★ 傅传作

11.两次工作调动使他心里不安

LIANGCIGONGZUODIAO DONGSHITAXINLIBUAN

在长期革命实践的锻炼中,傅传作由战士到将军,由普通党员到中央委员,在其成长的历程中,他一贯把自己的一切交给党安排。无论在艰苦的战争年代,还是在和平建设时期,每次调动工作他都坚决服从组织的分配,傅传作常说:革命军人嘛,调到哪里去都是要打仗的! 从不计较个人的得失。但有两次工作调动使他心里不安:一次是 1950 年由陆军调到空军时,他既留恋自己熟悉的陆军战斗生活,又担心自己缺乏科学技术知识,怕到空军干不好工作,思想曾一度徘徊于陆军、空军之间,经过反复的思考后,他除要求领导今后多给些学习的机会外, 没有再向组织提出别的要求。另一次是 1973 年,中央调傅传作到军委空军工作,当时他思想上负担很重,认为空军机关庞杂,摊子大,担子重,怕自己能力不适应,会给革命事业造成损失,因而忐忑不安,不敢接此重任,后经中央首长做工作才到职。

傅传作一贯英勇善战。战争年代,在频繁的转战中,他总是坚决执行上级交给的战斗任务,身先士卒,勇敢地冲在前面,即便他担任旅长职务之后,他仍不避艰险,亲自到敌阵地前沿侦察,亲临前线指挥。在战斗中他曾多次负伤,多次遇到险情,但他临危不惧,敢打敢拼,顽强地带领部队完成了战斗任务。

傅传作特别重视部队的建设, 他把培养部队具有良好的战斗作风看作是战斗力的保障，要求部队坚决服从命令听指挥，认真执行三大纪律八项注意。凡是要求部队做到的，他首先自己做到，用自己的模范作用，去影响和带动部队。在消灭赵同反共救国军的战斗中，缴获的好表好枪，他一点不留，全部交公，在部队产生了极好的影响。

傅传作一贯尊重领导，关心同志。在他任西南军区空军和武汉军区空军司令员时，除认真贯彻执行军委空军各项指示号令外，对两大军区的首长和所在省委的领导也很尊重，经常主动地去汇报工作，请求指示，并不断教育所属空军部队人员，要摆对位置，搞好关系，虚心向陆军和地方同志学习。因之，他所在的军区空军和大军区、地方党政机关部门的关系都比较正常，既亲切，又融洽。傅传作与同级干部之间，工作上互相尊重，互相支持，团结共事；生活上互相关心，以诚待人。他在当团长时，团政治处主任罗洪标生病了，他一天去看几次，并要求卫生队尽快将其治愈；他在西南空军当司令员时，政委余非有时因工作忙不能按时去吃饭(当时几个领导同志一块就餐)，他就不入座，等余政委到后再一块吃。同志间的关心、爱护，促进了同志间的团结合作，因而他所在的领导班子中，相互关系都较好，很少有闹不团结的现象。傅传作在战斗部队工作时，经常和干部战士打成一片，亲密无间，认真解决同志们提出的一些具体问题。他担任司令员、政委的职务后，还是经常深入下层，逢年过节时到干部家中看望，征求意见，问寒问暖。傅传作平时虽很严肃，但同志们却感到他诚挚、亲切，和他一块工作心情舒畅。

傅传作酷爱学习。他参军前在家没读过一天书，入伍后经常一字一字地学，一句一句地背，逐步提高了阅读能力，他不仅可以读书、看报，还能批改文件，写点小文章。他特别爱读毛主席的军事著作，并结合各个时期不同的作战对象，成功和失利的战例，进行学习和研究，不断提高自己的战斗指挥能力。

★☆★☆★ 傅传作

12.不花钱的烟坚决不抽

BUHUAQIANDEYAN
JIANJUEBUCHOU

傅传作在生活上廉洁朴素，严格要求自己。他经常强调按章办事，从不搞个人特殊，更不以权谋私。跟他30多年的炊事员老代，想叫自己的孩子当兵，请他给说句话，都被他谢绝。傅传作的孩子有时放学晚，回家赶不上公共汽车，警卫员提出用车去接一下，也被他制止。傅传作入伍后，20年之久没和家通信，解放后才取得联系，得知家中因遭战争摧残仅剩简陋茅屋一间，73岁的父亲还在世，叔父已半残疾，缺乏劳动力，生活很困难。身为司令员的傅传作，除用自己的薪金补贴家庭生活外，未向组织提出任何要求。他认为，家庭问题是整个社会问题，只能随着国家富强而好转。傅传作平时爱抽四川制的黑烟(类似雪茄)，有时北京买不到就托人由四川带。驻成都部队的一位领导，让人给送来了四条黑烟，说是给首长抽的，没要钱。傅传作拒绝接受，他生气地说：不花钱的烟我不抽。有一次傅传作下班回到家中，见别人送来两只烧鸡，以为是找他办私事的，当场就发脾气吵起来：我是买不起烧鸡吃吗?快拿走，别搞这一套!后来他弄清了，是别人来看他爱人李春景的，并无他求。自己批评错了又向人道歉。凡是知道傅传作不徇私情的，都不向他提出规章以外的个人要求。

傅传作长期患有肝炎，带病坚持工作，有时开会或下部队检查工作痛得难以支持，他就吃几片药强忍着，后来病情严重，转为肝癌，才住进了301医院。不久，病情进一步恶化，医治无效，于1982年8月26日13时16分，在北京逝世。终年68岁。

傅传作的一生，是革命的一生，战斗的一生。他逝世后，组织上对他的评价是：在第二次国内革命战争时期，傅传作参加了历次反"围剿"斗争和两万五千里长征，同王明的错误路线进行了坚决的斗争。在革命的艰苦年代里，他立场坚定，作战勇敢，服从命令坚决，不怕流血牺牲，曾多次负伤，经受了严峻的考验，表现了一个共产党员忠诚党的事业的高尚品质。在抗日战争时期，傅传作参加齐会、陈庄、忻口战役，百团大战和大青山、冀中、晋西北等多次反"扫荡"战斗。在解放战争时期，傅传作参加了解放临汾、太原和大西南等战役。他坚决贯彻执行党中央的政治路线、军事路线和斗争策略，带领部队出色地完成了党交给的作战任务，是我军的一位优秀的指挥员。全国解放后，傅传作从成立空军起，就担任了重要的领导职务。他努力学习马列主义和毛泽东思想，认真执行上级指示，团结同志，联系群众，生活上艰苦朴素，廉洁奉公，工作兢兢业业，在组织指挥打破空中禁区、开辟高原航线、粉碎美蒋空中入侵，在加强空降兵及空中运输部队工作和支援社会主义建设等方面，做了大量的工作，为中国人民解放事业和空军建设做出了重要的贡献。

★华侨将军——曾生

曾生 (1910~1995),广东省宝安县人。1936 年加入中国共产党。1937 年前在地方工作,后参加游击队转入部队。土地革命战争时期,任中山大学抗日救国会主席团主席,广州抗日联合会主席团主席。抗日战争时期,任中共海员工会组织部部长、书记,中共惠(阳)宝(安)工委书记,惠宝抗日游击总队总队长,广东人民抗日游击队东江纵队司令员。解放战争时期,任华东军区军政大学副校长,渤海军区副司令员,两广纵队司令员。中华人民共和国成立后,任广东军区副司令员,华南军区第一副参谋长,珠江军分区司令员兼政治委员,南海舰队第一副司令员,中共广州市委第三书记,广东省副省长,广州市市长,中华人民共和国交通部副部长、部长,国务院顾问。1955 年被授予少将军衔。第五届全国人大常务委员会委员。中央顾问委员会委员。

★☆★☆★ 曾 生

1.寻求救亡图存之路

XUNQIUJIUWANGTU CUNZHILU

曾生,原名曾振生,曾用名曾子屏、黄彬,1910 年 12 月 19 日出生于广东省惠阳县坪山乡(现属宝安县)一个华侨工人的家庭。父亲曾廷杰,是澳大利亚的华侨工人,母亲钟玉珍,是一位善良的农村妇女。

1937年7月在广州中山大学毕业时留影

1916年至1923年，曾生先后在坪山、龙岗和香港读小学。1923年秋，13岁的曾生小学毕业，便随父亲去澳大利亚的悉尼半工半读，白天读书，晚上随父亲到一间经营海员日用品的商店做工。他在悉尼一所教会学校读了将近一年英文之后，即升入中学读书。1926年至1928年初，曾生进入悉尼的商业学院攻读。

曾生按父母的愿望攻读商业，是为了便于寻找一份职员的工作或经商。但是，随着见识的增长，善于独立思考的曾生，深感由于祖国的贫弱在国外被视为劣等侨民的耻辱，认为只有祖国富强，华侨的地位才能改善，祖国同胞才能过好的日子。他逐渐认识到，学商业不能解决祖国的命运，要振兴中华才是根本的出路。于是，在1928年冬，为寻找振兴中华的道路，他毅然回国。

回国后，曾生在广州百粤补习学校补习了半年，1939年9月他考进中山大学附中读高中，在黄明堂办的学旅寄宿。同年秋，两广军阀混战，张发奎联合广西军阀李宗仁、白崇禧，进攻军阀陈济棠控制的广东。因为黄明堂与张发奎有关系，陈济棠在抄黄明棠的家时，把曾生等一批在黄明堂学旅寄宿的同学抓走，投进监狱。曾生在监狱的墙上看到了许多共产党人写的革命标语，才知道有一个为国家民族的独立和解放而奋斗的中国共产党，有为国为民而不怕牺牲的革命战士。这些革命道理，对曾生以后走上革命道路，有很大的影响。

出狱后，曾生又回到中大附中读书。由于他为人正直，又能团结同学，在班里很有威信，被同学们选为班主席。在高中一年级时，曾生组织了惠阳坪山同学会，并担任主席。该会组织青年学生阅读进步书籍，寻求救国救民的道路；出版油印刊物《铁轮》，揭露坪山地区的地主豪绅们鱼肉农民的罪行。《铁轮》除在广州、惠阳、香港地区散发，还寄往美国，引起了坪山的封建地主对曾生的刻骨仇恨，但却得到了惠阳的进步青年、香港的海员和海外华侨的支持。这是曾生组织和领导反封建斗争的开始。在高中三年级时,中山大学的学生举行罢课,曾生等进步同学,发动附中的学生响应罢课。曾生还以班主席的身份,和中大反动校长邹鲁进行复课谈判,迫使邹鲁接受了毕业班同学提出的"附中应届高中毕业生,可直升中山大学读书"的条件,罢课和谈判斗争取得了胜利,曾生在同学中的威信进一步提高。

★☆★☆★ 曾 生

2.学生运动的骨干

XUESHENGYUN DONGDEGUGAN

1933年7月,曾生高中毕业后,直升中山大学文学院教育系读书。曾生在大学读书期间,努力学习进步书籍,广泛团结进步同学,积极参加抗日救亡运动,想方设法寻找中国共产党的组织,争取早日参加中国共产党。由于他机智勇敢,有很强的组织能力,又善于团结同学,很快成为一位深受进步青年爱戴的学生运动的组织者和领导者。

1934年初,曾生参加惠阳同乡会不久,即被选为该会主席。在他的主持下,该会设广州中山三路芳草街的会馆,成了进步同学组织读书会进行学习和活动的场所。曾生和钱兴等人,经常在这里讨论国内外形势,国家和个人的前途,以及争取参加中国共产党等问题。

1934年冬,曾生在中山大学附小举办中山大学贫民夜校,招学生二三百人,自任校长。他团结了黄焕秋、刘乘钧等一批进步同学担任教员。该校不仅为贫苦大众子弟提供了学习文化的机会,而且成为进行抗日宣传活动的课堂。

同年底,曾生由中山大学中国青年同盟(简称中青)负责人钱兴介绍,参加了中青。当时广州还未恢复中国共产党的组织,中青是中共一个外围组

织，成为领导广州一二九运动的骨干力量。

曾生参加中青之后，把主要精力投入开展学生运动。为组织和领导中山大学乃至全广州的学生抗日救亡运动，为有一个秘密的活动场所，为掌握运动的领导权，为解决开展活动的经费和交通联络，他奔走呼号。

曾生以夜校校长的名义，向学校当局要了几间木屋，作为中青秘密活动的场所。在这里油印宣传品，筹划学生运动。

1935年12月9日，北平学生举行抗日示威大游行的消息传来，中山大学的学生热烈响应，12月12日，举行了首次抗日示威游行，开始了广州一个多月轰轰烈烈的抗日运动，连续举行了四次抗日示威游行，曾生始终站在运动的最前列。

中大一二九运动的领导机构，开始被陈济棠的爪牙林翼中领导的反动组织抗声社分子所把持。曾生和钱兴等中青成员团结广大进步同学，经过艰苦的工作和激烈的斗争，在12月30日的中大抗日大会上，从抗声社分子手中夺回中大学生抗日会的领导权，曾生被推选为主席团主席，第二天即领导中大学生举行抗日示威游行，广州市的执信、广雅、女师等学校都有学生参加，总人数达四五千人。这次大游行，由曾生负责总领队，他率领游行队伍在街头进行抗日宣传，向国民党政府的“西南政务委员会”请愿。

1936年1月6日，曾生等进步同学，利用校长邹鲁召集全校师生员工训话的机会，召开了中大的抗日大会，由曾生担任大会主席。在会上，曾生同反动校长邹鲁面对面进行了针锋相对的斗争。他机智勇敢，领导全校进步同学，粉碎了邹鲁企图操纵会场、通过他的提案，达到控制中大抗日会从而压制和取消中大抗日运动的阴谋。大会在曾生的主持下，通过了三项重要决议：①正式成立中山大学抗日会执行委员会，曾生被选为执委会主席；②学校由学生的保证金中拨出3000元，作抗日会的活动经费；③决定1月9日，联合全市学生举行抗日游行，成立广州学生抗日联合会。当晚，曾生又主持召开了中大抗日会执委会全体会议，决定迅速扩大宣传，立即派人和全市各校联络，发动全市学生参加9日举行的抗日大会和示威游行；校车拨归抗日会调度使用，解决交通联络问题；由曾生负责向校长交涉，领取抗日会的经费。第二天，曾生代表抗日会向邹鲁交涉领款，他不惧邹鲁的恐吓和威胁，理直气壮地同邹鲁进行了说理斗争，迫使邹鲁不得不亲自批了1000毫洋，解决了抗日会开展活动的经费问题。

1月9日，由于中青的领导和广大进步同学的努力，广州全市学生的9日大会和示威游行按计划举行。参加的学生、市民二万余人，由曾生担任总指挥。各路游行队伍来到长堤新填地(现在的广州文化公园旧址)，举行了广州学生抗日大会，成立了广州学生抗日联合会，曾生被推选为主席团主席。大会之后，曾生率领浩浩荡荡的学生队伍继续游行。当游行队伍到省教育厅请愿时，省教育厅不见人影，同学们一怒之下，捣毁了压制学生开展抗日救

1930年4月，曾生等人合影(二排左二为曾生)

亡运动的教育厅。中大附中的进步同学周伯时，拆下了广东省教育厅的牌子，当作胜利品扛回了中大附中。

以中山大学为中心的广州一二九运动，有力地推动了华南地区抗日救亡运动的高涨。在一二九运动中，由于出色的才干和胆识，曾生成了中山大学和广州地区学生运动中一位颇有威望的组织者和领导人，同学们都亲切地称他曾大哥。1948 年，曾生第一次见到毛泽东主席时，毛主席对他说："领导广州'一二九'运动的曾振生同志，你们打了不准抗日的教育厅，打得好！"热情赞扬了曾生和广州学生在一二九运动中的爱国行动和革命精神。

★☆★☆★ 曾 生

3.组织学生游行遭到通缉

ZUZHIXUESHENG YOUXINGZAODAOTONGJI

1936年，因曾生领导 2 万多学生示威游行，并向省教育厅请愿和捣毁该厅，国民党政府当局通缉他，中山大学停止了他的学籍。1936 年 1 月间，中山大学中青支部负责人钱兴决定，曾生到香港当海员，去寻找中国共产党的组织。曾生通过同乡的介绍，到英国的远洋客轮"日本皇后"号当工人，照料旅客洗澡。后来又兼做企台(照料旅客吃饭)。"日本皇后"号是 3 万多吨的巨轮，有海员 500 多人。曾生精明能干，善于开创新局面，他到哪里，哪里的群众就很快被发动和组织起来，哪里的工作就很快出现新的局面。在曾生初到"日本皇后"轮的时候，由于王明"左"倾错误的危害，海员系统的党组织全遭破坏，党在海员中的工作完全停止。曾生下船不久，就组织了"惠坪乐善公所"，以同乡会慈善组织的形式，把海员组织起来，恢复了海员工作。他组织海员开展文体活动，给旅客演出文艺节目，他发动旅客捐款，购买书报供旅客和海员阅读；他购买药物，免费给海员和旅客治病，因而他深受海员和旅客的欢迎，很快在海员中树立起威信。在“日本皇后”轮到上海时，曾生在上海找到了赤色海员总工会(简称海总)负责人邱金。当时，邱金本人没有党的组织关系，但他已了解曾生的历史和表现，便介绍曾生和香港的赤色工会联系。从此，曾生就负责香港海员工人运动的领导工作。

★☆★☆★ 曾 生

4.领导香港的海员工人运动

LINGDAOXIANGGANGDEHAI YUANGONGRENYUNDONG

1936年9月，钱兴通知曾生，已找到了党的组织，陈济棠已垮台，曾生的通缉令也已被解除，要曾生尽快回中大复学，并解决入党问题。曾生回中大复学不久，于同年10月，由林振华介绍，光荣地参加了中国共产党。曾生入

1939年冬，香港海员慰问团在坪山慰问惠宝人民抗日游击总队时照(二排中为曾生)

党后，一边读书，一边继续搞海员工作。在这期间，他把邱金介绍给中共中央临时南方工作委员会，帮助邱金恢复了党的组织关系，接着又恢复了中共海员党委会和香港海员工会，由邱金任中共海员党委会书记，曾生任中共海员党委会组织部长兼香港海员工会的组织部长。不久，邱金去延安学习，曾生任中共海员党委会书记。1937 年 7 月，曾生在中大文学院教育系本科毕业，取得文学学士学位。

七七事变后，全面抗战爆发。曾生领导中共海员党委会以“余闲乐社”、“惠坪乐善公所”、“香港惠阳青年会”、“海华学校”为阵地，大力开展抗日救亡活动，对推动香港、澳门和广东东江地区抗日救亡运动的蓬勃发展，起了相当大的作用。曾生很注意在运动中发现和培养积极分子，积极发展党的组织，到 1938 年 10 月，中共海员党委会在香港的党员人数发展到 200 人以上。在曾生领导下，中共海员党委会的工作和香港的海员工运，出现了一个蓬勃发展的新局面。

★☆★☆★ 曾 生

5.发动华侨，开展抗日游击战争

FADONGHUAQIAOKAI ZHANKANGRIYOUJIZHANZHENG

1938 年 10 月 12 日，侵华日军在大亚湾登陆。第二天，八路军驻香港办事处主任廖承志，根据中共中央关于要在东江敌后开辟抗日游击区的指示，召集曾生和中共香港市委书记吴有恒，研究回东江开展抗日游击战争的问题，廖承志决定，由曾生负责组织工作组，回东江敌后，建立抗日武装，开展抗日游击战争。

曾生接受任务后，于 10 月 24 日，和中共香港市委干部周伯明、谢鹤筹，带领一批共产党员和积极分子回到自己的家乡惠阳县坪山。从此，曾生根据革命的需要，投笔从戎，在毫无经验的情况下，开始了他的军事生涯，在战争中学习战争。

曾生回到家乡后，迅速恢复了党的组织，放手发动群众，建立抗日武装。10月30日，成立了中共惠(阳)宝(安)工作委员会，由曾生任工委书记。12月2日，在惠阳县淡水区的周田村，成立了惠宝人民抗日游击总队，曾生任总队长，周伯明任政委，郑晋(郑天保)任副总队长兼参谋长。在曾生等率领下，游击总队100余人，在惠阳、宝安沿海地区开展抗日游击战争。在此前后，王作

1939年冬，任惠宝人民抗日游击总队队长时，与夫人阮群英合影

尧等同志领导的抗日武装100余人，亦在广(州)九(龙)铁路中段和宝(安)太(平)公路沿线开展敌后游击战争。

日军占领广州、武汉之后，全国的抗日战争进入了战略相持阶段。日军停止对国民党正面战场的战略进攻，以主要力量对付共产党领导的人民抗日武装。同时，国民党开始走向消极抗日、积极反共反人民的道路。在这样的历史条件下，曾生在远离中共中央，远离八路军、新四军主力的祖国南疆，建立的这支孤悬敌后的抗日武装，不仅活动地区狭小，而且一开始就处于数十倍于己的日、伪军和国民党顽军的夹击之中。在如此险恶的条件下，如何巩固和发展这支人民抗日武装，坚持敌后游击战争，夺取抗战的胜利，成为曾生和他的战友们所面临的最严峻和最迫切的课题。

曾生不怕困难，知难而上。他依靠党的领导，依靠群众的支持，率领指战员英勇奋斗，迅速打开了惠宝沿海地区抗日游击战争的局面。

曾生领导的游击队，活动地域狭小，又处于敌强我弱的境地。为改变被包围的被动局面，他认为惟一的出路就是团结一切可以团结的力量，壮大抗日武装；不能依靠国民党，只能依靠群众，进行人民战争；不能靠山藏人，只能靠人藏人。因此，他坚定不移地执行党的指示，放手发动人民群众，组织抗日自卫队，发展人民抗日武装力量，建立抗日根据地，实行人民战争。与此同时，他认真贯彻执行党的抗日民族统一战线的政策，争取海外华侨、港澳同胞和各阶层爱国人士的同情和支持，较好地解决了部队发展中在人力、物力、财力上所遇到的困难。他不仅重视并亲自去做华侨和港澳同胞的统战工作，还派出副总队长兼参谋长郑晋到南洋进行华侨的统战工作，争取华侨的支持。他不仅争取了海外华侨和港澳同胞在精神上、财力物力上的大力支持，而且争得了1000多华侨子弟和港澳爱国青年回国参加游击队，使这支人民抗日武装初建时期带有浓厚的华侨色彩。

为了建立一支坚强的人民抗日武装队伍，曾生非常重视加强部队党的建设和干部的培养。他虚心请教老红军,尊重老同志,充分发挥他们的作用,并依靠他们,以八路军,新四军为榜样,不断总结建军的经验,在大队设政委,中队设指导员,小队设政治服务员,班设政治战士,把党支部建在连上,发挥党支部战斗堡垒和党员的先锋模范作用,从组织上保证了党对部队的绝对领导。曾生深知干部在斗争中的重要作用,因此他十分注意发现干部,培养和使用干部,并且大胆提拔了一批作战勇敢、作风好、觉悟高的工农干部作为军事骨干,同时又大胆提拔了一批表现好经过考验的知识分子、华侨子弟和港澳青年作为政治思想和群众工作的骨干。由于他重视加强党的建设,又善于发现、培养、团结和使用干部,使部队上下一致,团结战斗,成为一支打不垮、拖不烂的坚强革命队伍。到1939年底,部队发展到500余人,成为东江敌后最强大的一支人民抗日武装队伍。

1940年初,国民党第一次反共高潮的逆流来到广东的时候,曾生的部队遭到了2000余国民党顽军的围攻。他率部突围后,向海丰、陆丰和惠东转移时,在顽军的围追堵截下,损失严重,部队剩下不足100人,处境非常困难,一些负责人也离开了队伍。在这种情况下,曾生坚定冷静,带领一部分同志继续坚持武装斗争。6月初,廖承志从香港转来中共中央5月8日的电报指示,曾生等坚决执行中央的电报指示,率部返回东宝惠前线的敌后地区,又得到了迅速的发展。

同年8月,中共广东省委派省委常委、东江特委书记林平(尹林平)担任曾生、王作尧两部的政委。9月,林平在宝安县的上下坪村主持召开了两支部队的干部会议,决定将东江地区的人民抗日武装,合编为广东人民抗日游击队第3大队和第5大队,由曾生、王作尧分别担任大队长,林平兼任两个大队的政委,梁鸿钧负责军事指挥。两个大队分别开进东莞县的大岭山区和宝安县的阳台山区,建立抗日根据地。

部队进入大岭山区和阳台山区之后，由于坚决贯彻执行了中央的正确指示，在党的领导和广大群众的支持下，打退了敌、伪军和顽军的多次进攻。1940 年 11 月，曾生领导的第 3 大队，在民兵的配合下，把进犯大岭山区的日军长濑大队和伪军 600 余人，围困了两昼夜，并击毙日军大队长长濑以下 50 余人，取得了百花洞战斗的胜利。对此，广州日军首脑哀鸣："这是进犯华南以来最丢脸的一仗。"曾生、王作尧两部，在与日、伪、顽的激烈斗争中发动群众，组织民兵，建立乡村抗日民主政权，到 1941 年秋，部队发展到 1500 余人，武装民兵千余人，建立了大岭山区和阳台山区两个抗日游击根据地。

1941 年 12 月 8 日，日军偷袭珍珠港，发动了太平洋战争，同时进攻香港。在日军占领香港之后，广东人民抗日游击队遵照中共中央的指示，在廖承志的领导下，抢救出被困留在香港地区的重要文化界人士和民主人士何香凝、柳亚子、邹韬奋、茅盾、戈宝权等七八百人。被抢救出来的还有国民党官员和眷属，以及美、英、比、荷、印等国的国际友人近百人，连同港九同胞和侨商、侨眷，不下万余人，在国内外产生了很好的影响，得到中共中央的表扬。

1942 年春，根据中共南方工作委员会的指示，成立了广东人民抗日游击总队，总队长梁鸿钧，政委林平，曾生担任副总队长。广东人民抗日游击总队，领导根据地军民，经过一年的艰苦奋战，战胜了严重的灾荒，粉碎了日、伪、顽的进攻，从 1943 年春起，开始主动力击敌人，又在惠阳地区建立起一片抗日游击根据地。

惠东宝抗日根据地，处于广(州)九(龙)铁路南段的两侧，地位十分重要。特别是 1943 年冬，日军在太平洋战场陷入困境，急需以广州和香港为基地，支持太平洋战争，因此，惠东宝根据地的建立和巩固，卡住了广九铁路这条敌人交通运输的大动脉,使之始终不能通车,破坏了日军的战略部署,支持了南洋各地人民和盟军的对日作战。

★☆★☆★ 曾 生

6.吓破敌胆的东江纵队创始人

XIAPODIDANDEDONGJIANG ZONGDUICHUANGSHIREN

1943年12月2日,根据中共中央的指示,把广东人民抗日游击总队的番号,改为广东人民抗日游击队东江纵队(简称东江纵队)。中央军委发布命令,委任曾生为司令员,林平任政委,王作尧任副司令员,杨康华任政治部主任。

东江纵队成立后,号召全军乘胜前进,广泛开展游击战争,扩大游击区,壮大军事力量,迎接大反攻的到来。为此全军开展了杀敌、扩军竞赛,部队得到了大发展,根据地和游击区也迅速扩大。在抗战七周年的时候,中共中央和中央军委给东江纵队和琼崖纵队全体指战员的电报中指出:"你们在华南沦陷区组织和发展了敌后抗战的人民军队和民主政权,至今已成为广东人民解放的旗帜,使我党在华南的政治影响和作用日益提高,并成为敌后三大战场之一。"

1944年7月,中共广东省临委在博罗县的罗浮山召开干部会议。会议根据中共中央的指示,成立了广东区党委,林平任区党委书记,曾生等10人为区党委委员。

1944年10月,曾生报请中共中央同意,并按中共中央的指示,同盟军人员欧戴义进行谈判,商定与盟军合作,共同设立情报站和电台,向盟军提供有关日军的情报。由于东江纵队情报工作人员的努力,向盟军提供了许多重要情报资料,帮助盟军对日作战。美国第14航空队队长陈纳德

1946年6月27日，东江纵队北撤前，领导同志在宝安县葵涌合影(从左至右：曾生、王作尧、杨康华)

将军，美国海军上尉甘兹和情报站的美方代表欧戴义等盟军人员，一再致函曾生司令员，认为东江纵队提供的情况，“对美国战略部队在中国组织的成功，有着决定性的贡献”，感谢东江纵队给予盟军对日作战的积极配合和支持。

1945年8月中旬，日本帝国主义宣布无条件投降。朱德总司令发布命令，限令侵华日军军酋冈村宁次下令华南日军集中在东莞地区，由曾生将军代表华南抗日游击队受降。1945年冬，国民党反动派为抢夺抗战胜利果实，调集七万余人的兵力围攻，妄图将东江纵队一举消灭。东江纵队坚决执行中共中央提出的“分散坚持”的方针，紧密依靠人民群众，粉碎了国民党反动派的图谋。

1946年3月底，曾生以华南中共武装人员代表的身份，到广州参加同国民党广州行营当局进行关于中共华南抗日游击队北撤具体协议的谈判。中共方面参加谈判的人员有廖承志、方方、曾生和林平。经过50天激烈的谈判斗争，迫使国民党当局达成具体协议。6月23日，方方、曾生向中共中央报告：东江纵队已粉碎国民党反动派妄图消灭东纵的阴谋，安全集中于大鹏半岛。同一天，成立了北撤部队党委会，由曾生司令员兼任党委书记。6月30日，在北

1946年7月5日，东江纵队北撤在烟台市登陆后，曾生(前排中)与前来欢迎的曹漫之(前排右)、王彬(前排左)等合影

撤部队党委的领导下，2583人的北撤部队，分乘三艘美国军舰撤离东江解放区，7月5日，安全抵达山东解放区烟台，胜利完成了组织部队北撤的任务。

在八年抗战中，东江纵队在中共中央和广东党组织的领导下，从无到有，从小到大，逐步发展成为一支拥有1.1万余人的队伍，组织武装民兵1.2万余人。这支华南敌后抗日武装，转战东江两岸、港九敌后、粤赣湘边和韩江

地区的39个县市,并在大鹏湾、大亚湾海域英勇打击敌人,控制着数百里的海岸线和通往香港的交通要道,威胁着敌占大城市广州和香港,收复了大片国土。在东江和北江解放区,先后建立了东宝行政督导处、路东行政委员会、惠东行政督导处、博罗县人民政府、海丰民主政府以及江东岸抗日动员委员会等抗日民主政权。根据地和游击区的总面积约6万余平方里,人口450万以上。对日、伪军作战1400余次,毙伤日、伪军6000余人,俘虏和投诚者3500余人,与此同时反击顽军作战300余次,共缴获各种武器6500余件,消灭了日军的有生力量,牵制了日军的大量兵力,破坏了日军的交通运输和通讯联络,严重威胁着日军的南海防线,积极配合了全国抗日战场和盟军的反攻作战。东江纵队在抗日斗争中成为中外共知的一支坚强的抗日武装,成为华南抗日战场的一支主要力量,为抗日战争的胜利作出了积极的贡献。东江纵队的主要创始人曾生,在八年抗战中,从一个大学生,锻炼成为代表华南人民抗日武装接受日军投降的中外知名的将军,成为华南抗日战场的一面旗帜。

★☆★☆★ 曾 生

7.两广纵队屡建奇功

LIANGGUANGZONG DUILüJIANQIGONG

曾生率领的北撤部队到达烟台后,根据中共中央关于广东北撤部队要学习、锻炼、提高和为将来两广地区的武装斗争发挥更大作用的指示精神,将东江纵队的战士编成一个团,少数搞过地方工作的干部到华东党校学习,大部分干部由曾生率领到华东军政大学学习。

1946年,曾生任华东军区党委委员及华东军政大学副校长。他以身作则,带动广大干部努力学习政治理论,提高政治思想觉悟;他虚心学习八路军的好传统、好作风，学习打运动战、攻坚战和各种军事技术，努力提高指挥作战的水平，为参加解放战争作准备。

1947年初，曾生奉命率领东江纵队北撤部队的指战员，开赴渤海地区。曾生出任渤海军区党委副书记兼副司令员。1947年3月，华东军区党委根据中央军委的指示，把莱芜战役中俘虏的国民党军广西部队的解放战士2000多人，由山东翻身农民组建的一个团，拨归曾生成立教导支队，由曾生任教导支队的司令员兼政委。5月，中央军委指示在教导支队的基础上，成立两广纵队，委任曾生为司令员兼纵队党委书记(后雷经天任党委书记，曾生任副书记)。8月1日，正式宣布成立中国人民解放军两广纵队，曾生任司令员，雷经天任政委，全纵队4000余人，归华东野战军指挥。

在中央军委和华东野战军的指挥下，曾生率领两广纵队转战华东战场，先后参加了著名的睢杞战役、济南战役和淮海战役，都胜利完成了战斗任务，多次得到华东野战军和淮海战役总前委的表扬。

在1948年6月的睢杞战役中，两广纵队和华东野战军的第10纵队，担负西线的阻援任务，在杞县以南地区阻击国民党军邱清泉兵团与区寿年兵团会合。6月30日，蒋介石亲自乘飞机在杞县上空督战，以杀头威逼邱清泉迅速前进，预期与区寿年兵团会合。邱清泉倾其全力，在飞机、坦克、大炮的支援下，向阻击部队疯狂进攻。担任阻击的两广纵队，依托阵地，顽强抗击，经受了严峻的考验，出色地完成了阻击任务，有力地配合了兄弟部队歼灭区寿年兵团及整编第75师等部，俘虏了兵团司令区寿年，为夺取睢杞战役的胜利立下了战功。

1948年9月，在济南战役中，两广纵队和华东野战军特务团，担负攻克外围据点长清城的任务。长清城在济南的西南面，城内守敌1700多人，周围筑有城墙和碉堡，并有10多米宽的城池，只有东、西、南、北各留一个城门，城门两旁筑有炮楼。攻占这样坚固的城镇，对两广纵队来说是一个

考验。两广纵队的第1、2团负责攻击北门和西门，华野特务团佯攻南门。由于指挥正确和指战员的英勇善战，发起总攻不到一小时，即攻破了西门和北门，经几小时战斗，全歼守敌1700多人，出色地完成了攻克长清城的任务。

1948年11月，在淮海战役的第一阶段，两广纵队为配合兄弟部队在徐州以东围歼国民党军黄百韬兵团，同冀鲁豫军区独立第1、第2旅和华东野战军第3纵队一起，在徐州西侧积极行动，佯攻敌人，钳制国民党军主力第2兵团不能东援，保证了淮海前线人民解放军主力全歼黄百韬兵团。在淮海战役的第二阶段，两广纵队在津浦线上萧县的看将山、三堡、马路山、两面山、枰锤山、芦村寨一线，担负堵击国民党军孙元良兵团突围南援黄维兵团的任务，以确保在浍河以南的双堆集地区围歼黄维兵团主战场之侧后安全。

自11月27日拂晓开始，孙元良兵团为突破人民解放军的防御阵地而与黄维兵团会合，以其41军121师，分兵三路合击白虎山、马路山、两面山、枰锤山、芦村寨一带阵地，遭两广纵队阻击部队的顽强抗击，尔后敌41军又集中火力对两广纵队第1团坚守的阵地芦村寨进行毁灭性打击，猛烈的炮火几乎把整个村庄给炸平了，又连续四次发起冲锋，但都被第1团的明暗火力所击溃。孙元良在蒋介石电令的催逼下，急于夺路突围，救援黄维兵团，于28日至29日，在猛烈炮火和飞机的支援下，再次疯狂地向两广纵队坚守的阵地进行轮番攻击。敌每突破一个村庄和一个阵地，两广纵队立即组织反击，同敌短兵相接，夺回阵地，终于挫败了敌之猖狂进攻。由于战斗激烈，两广纵队的伤亡甚大。只有3000人的两广纵队，要守住20里的防线，兵力不敷分配。在数量占优势的国民党军的攻击下，曾生镇定地指挥部队，为确保淮海战役的胜利，他决心不惜任何牺牲，坚守阵地。在战场危急时，他把纵队警卫连和侦察连都投入了战斗，终于取得了战斗的胜利。

在淮海战役中,曾生顾全大局,勇于承担和坚决完成艰巨任务。他指挥的两广纵队,不畏强敌,勇敢战斗,出色地完成了堵击孙元良兵团突围南援黄维兵团的任务,保证了人民解放军主力先歼黄维兵团,自东线回师,再歼孙元良兵团,得到了淮海战役总前委的表扬。

1949年3月初,中央军委指示两广纵队归第四野战军统一指挥。3月上旬,曾生和雷经天到北京开会,中英军委决定把北平和平解放时起义的何宝松师归编两广纵队。会后,曾生、雷经天率领何宝松师6000人回河南许昌。这时,两广纵队有两个师,一个团,一个干部队,共1.3万余人,司令员曾生,政委雷经天,副司令员王作尧,政治部主任杨康华,副主任刘田夫,参谋长姜茂生,参谋处长邬强。

同年9月初,组成新的中共华南分局,叶剑英、张云逸、方方为书记。曾生任华南分局委员。9月中旬,曾生参加了叶剑英在江西省赣州主持召开的中共华南分局第三次会议和高干会议。会议讨论并决定了解放华南的作战计划和党政军各级领导机关的组成及干部配备等问题。根据会议的决定成立了广东省军区,叶剑英任司令员兼政委,曾生任副司令员。这次会议之后,人民解放军南下大军按解放广州所作的具体部署胜利进军。第15兵团负责中路,以广州为目标向南进击,解放翁源、新丰、佛冈、花县、从化、增城,直抵广州北郊;第4兵团为右翼,入粤解放曲江后,接着解放源潭、清远,从右翼进逼广州;两广纵队与粤赣湘边纵队汇合,负责左翼,解放和平、连平、河源、龙川、惠阳、博罗、东莞、宝安、中山,迂回广州南面。三路大军形成对广州的全面包围。10月14日,第15兵团进入广州。广州宣告解放。

两广纵队在解放广东的战役中,10月19日,在兄弟部队的配合下,在博罗县的龙华消灭了国民党军154师。11月初,又在中山县的翠微一带,展开追击战,击毙国民党军一部,俘300余人。接着两广纵队配合粤赣湘边纵队,

解放了三灶岛；又配合第 15 兵团，解放了万山群岛。

曾生率领两广纵队，转战华东、东南战场，出色地完成了一系列的作战任务，为争取全国解放战争的胜利，作出了贡献。

★☆★☆★ 曾 生

8.从战场到课堂

CONGZHANCHANG DAOKETANG

新中国成立后，曾生任中共中央华南分局委员、中国人民解放军广东军区副司令员。1951 年 5 月，成立中国人民解放军华南军区，曾生任第一副参谋长。1952 年，曾生任中南赴朝鲜学习团团长，率领 400 余人到朝鲜学习。曾生从朝鲜回国后，深深感到要保卫祖国的安全，必须建立强大的人民海军，加强我国的海防建设，特别是身为一位保卫祖国南疆的指挥员，责任更加重大。这位 42 岁的战将，以强大祖国的利益为重，从革命需要出发，主动向组织申请到中国人民解放军南京军事学院海军系学习，决心从头学起，掌握建设和指挥人民海军的本领，立志为建设强大的人民海军贡献力量。他的申请很快得到中央军委的批准。

1952 年底，这位中山大学毕业生，转战沙场 15 年之后，怀着激动的心情，又回到学校，成为中国人民解放军南京军事学院海军系的一名学员。立志为建设强大的人民海军而贡献力量的曾生，入学后勤奋学习，刻苦钻研。他是中国人民解放军军事学院海军系第一届的学员，在学员中他虚心好学，和蔼可亲，与同学们打成一片，很有威信。他是全国人民代表大会的代表，又担任社会工作，开会和其它活动占去了他不少学习时间，但由于他精力充沛，善于利用时间，学习成绩一直很好。1956 年 8 月，四年学习期满，他顺利地通过了各门学科的考试，毕业时获优等生荣誉称号。

军事学院毕业后，曾生被分配到中国人民解放军南海舰队工作。1956 年冬，他担任海军党委委员、海军南海舰队第一副司令员，负责部队的作战训练和修造工作。他满腔热情地参加建设人民海军的工作，恨不得把自己学到的知识，都用在祖国海防的建设上。他亲自主持制定训练计划，深入部队指导训练工作。他非常重视海军基地的建设，努力抓好舰艇和各种武器的制造和修理工作。从 1956 年到 1960 年冬，他为建设强大的人民海军尽了最大的努力，做了大量的工作，作出了重要贡献。

1955 年，曾生被授予少将军衔，荣获三级八一勋章、二级独立自由勋章和一级解放勋章。

★☆★☆★ 曾 生

9.战斗在新的岗位

ZHANDOUZAIXIN DEGANGWEI

1966 年底，由于工作需要，曾生由军队转到地方工作，先后担任中共广东省委常委、广东省副省长、中共广州市委第三书记、广州市市长兼广州警备区和广州军分区第一政委。

曾生担任广东省副省长期间，一直兼任国务院外办驻广东省外事办公室主任和广东省体育运动委员会主任，主持全省的外事工作和体委工作。任职期间，他不仅做了各方面外宾的接待工作，还先后以代表团团长、副团长身份，率领代表团到巴基斯坦、柬埔寨、阿尔巴尼亚、印度尼西亚和日本等国进行友好访问，为促进我国和各国人民的友谊做了大量的工作。在他的领导下，广东的体育工作，亦取得了可喜的成绩。

曾生是在 1960 年冬国民经济最困难的时候出任广州市长的。由于中共中央、广东省委、广州市委的正确领导和广大干部职工的共同努力，经过一两年时间，广州各方面的工作就出现了新的局面。这是和曾生市长的努力分不开的。他主管财贸、城建、卫生和公安几个部门的工作，这些部门都取得了很

1949年12月，两广纵队进军珠江三角洲后，与刘田夫(左)在中山县石岐镇合影

大的成绩。他关心群众，努力为群众办好事。为了改善广州市民的生活条件，他大抓环境卫生工作，几年间使广州的环境卫生面貌大为改观。为了改善水上居民的居住条件，改变广州珠江两岸破烂污臭的面貌，他亲自抓了建筑珠江两岸石堤和水上居民住宅的工作。在财政收入比较紧张的情况下，他千方百计克服各种困难，几年间，使珠江两岸面貌一新，建起了一排排新的住宅，解决了长期未能解决的大部分水上居民的住宿问题，深受市民的欢迎。

1967年初，林彪、江青、黄永胜一伙反革命野心家、阴谋家，出于篡党夺权的反革命需要，利用“文化大革命”的动乱局势，以“国际间谍”的罪名，把曾生抓起来，关押了长达七年的时间。粉碎林彪反革命集团之后，1974年7月曾生才出狱。1975年10月至1981年3月，曾生出任交通部副部长、部长，为整顿、恢复和发展我国的交通运输事业，做了大量的工作。1981年4月，曾生任中华人民共和国国务院顾问。1982年9月，在中国共产党第十二次全国代表大会上当选为中央顾问委员会委员。

1995年11月20日，曾生在广州逝世。

★骁勇善战——谢振华

谢振华（1916～ ），江西省崇义县人。1930年参加中国工农红军。1930年加入中国共产主义青年团，1932年由团转入中国共产党。土地革命战争时期，任红三军团独立营政治委员，第5师14团政治委员，红一方面军保卫局二科科长，红军大学上干队第2队政治委员。参加了长征。抗日战争时期，任八路军总部特务团政治委员，总政治部敌工部副部长，第5纵队组织部部长，新四军第3师8旅24团团长兼政治委员。解放战争时期，任华中军区第6军分区副政治委员，华东野战军第12纵队35旅政治委员、纵队副政治委员、副司令员、代司令员，第三野战军30军军长，华东军政大学第1总队政治委员。中华人民共和国成立后，任军事学院基本系主任，中国人民志愿军第21军军长，山西省军区司令员，北京军区、沈阳军区副司令员，昆明军区政治委员。1955年被授予少将军衔。中国共产党第十届中央委员会候补委员，第十二届中央委员会委员。中央顾问委员会委员。

★☆★☆★ 谢振华

1.埋葬吃人的"野兽"

MAIZANGCHIREN DEYESHOU

谢振华，原名谢振伴，1916年9月出生在江西省崇义县上堡镇15里外的一个偏僻山村。世代贫穷，以耕种山地竹木为生。由于官家地主残酷压榨，催租逼税，全家劳累一年，仍得不到温饱。刚满10岁的谢振华不得不去替地主家放牛。由于受地主的压迫和凌辱，激起谢振华的愤慨，他一怒之下把地主家柚子树上硕大橙黄的柚子扯落满地，又把地主家菜地里的瓜苗全给毁掉。

1928年春天，朱德、陈毅和中共湘南特委领导发动的湘南暴动，声势浩大，鼓舞人心，直接影响到毗邻的崇义山区，为崇义革命的兴起，播下了火种。

崇义山区，早在南昌八一起义前后，就有中共地下组织，谢振华的父亲那时就是秘密党员。湘南暴动失败后不久，一位身穿长衫、头戴礼帽的年轻人来到谢家。这位年轻人操湖南口音，彬彬有礼，和谢振华的父亲如兄弟，是湘南暴动中有声望的领导者之一、正被敌人通缉追捕的谢焕文。谢焕文住在谢振华家，组织农民，准备再次发动农民武装暴动。父辈们的革命活动，强烈地影响着激励着幼年的谢振华，使他懂得了许多革命道理，当时打土豪分田地、消灭地主武装、建立苏维埃政权等革命口号，牢牢地印在他幼小的心灵中。

1929年的夏天，谢振华的家乡成立了暴动队。他的父亲当上了上堡暴动队队长，率领农友们在上堡和附近的几个乡树起暴动大旗，成立了农民协会，开展了打土豪分田地、消灭乡政府反动民团、焚烧毒害人民群众的鸦片

烟等革命活动。穷苦的劳动人民,喜气洋洋,敲锣打鼓,鸣放鞭炮,张贴革命标语,演文明戏,还十分威风地押着地主恶霸戴着高帽子游街。崇义和赣南地区的反动派,被这一革命形势所震惊,他们纠集反动势力,疯狂地进行反扑。

年仅 12 岁的谢振华,受暴动队和父亲的指派,也投入了革命武装斗争的行列。1929 年 7 月,他第一次执行到古亭镇侦察敌人保安团动向的任务。古亭镇驻扎着赣州地区数百人枪的民团武装,由当地反动土匪头子胡凤章和地头蛇周文山直接掌握指挥,又有赣州军阀马混的支持。这支反动民团武装,实力雄厚,随时都能发动突然袭击,对暴动队威胁极大。谢振华以走亲戚为掩护,来到古亭,紧盯着敌保安团的一举一动,以便及时向父亲和暴动队通报情况。

初夏的一个夜晚,谢振华从熟睡中突然惊醒,他听说反动的保安团出动了,这可把他给急坏了,他翻下床连鞋子也顾不上穿,就拼命地向上堡镇飞奔。古亭与上堡相距 60 里,即使急步小跑,最少也得半天才能到达。他累得上气不接下气,浑身汗湿,还没有赶到上堡,敌人却早已抢先赶到,对上堡进行血腥的镇压。母亲哭诉着告诉谢振华,暴动队被打散了,打死打伤了 30 多人,父亲和暴动队政委郭树声已被捆绑着押送到县城。面对上堡镇遍地血泪,家乡重陷日月无光的惨景,他肝胆欲裂,牙齿咬得咯咯响,泪水止不住喷泉似的往外涌。泪水伴随着自责的悔恨,使他更增强了革命斗争的决心和勇气。

敌保安团为了斩草除根,借口收缴枪支,凶残地抄家搜家。为了保护谢振华这棵革命幼苗,在乡亲们的掩护下,接连好几个月,他在亲戚朋友家过着担惊受怕的难熬日子,终于避开敌人的搜查追捕。他有时在夜深人静之时,或在浓雾弥漫的拂晓之前,悄悄溜回家,叩开母亲的门,打听父亲的近况。他千方百计地找暴动队的队员联系,商讨营救父亲和郭树声政委的办法。

敌人疯狂的屠杀,并没有吓倒上堡的革命人民。就在上堡暴动队和农民协会遭到残酷镇压,他父亲和郭树声政委被关进牢房以后,在闽浙赣地区,在赣南地区的10多个县、区,农民暴动队一支接一支,有如雨后春笋,争先恐后,纷纷建立起来,农民运动、农民武装起义、农民武装的游击活动更加活跃,如火如荼。崇义县游击大队传出"要以万人攻打县城,救出被关押的暴动队员"的消息,使敌人十分恐慌,不敢再死硬到底了,终于也放出口风:只要拿出200块银元,就可赎回谢世骥和郭树声。谢振华的母亲信以为真,到处求借,找遍了乡里的亲朋好友,好不容易凑足100块银元,送到官府衙门。谁知白花花的银元换来的却是反动派对父亲和郭树声政委的杀害。他更看透了敌人欺骗、狠毒、凶残的反动本性。穷人要活命,要求解放,只有拿起刀枪和反动派拼杀到底,彻底把这些吃人的"野兽"埋葬!

★☆★☆★ 谢振华

2.聆听毛泽东的教诲

LINGTINGMAOZE DONGDEJIAOHUI

1930年4月,谢振华参加了家乡附近的麟潭游击队。7月,他经排长何伟介绍,加入了共产主义青年团。10月,在游击队和当地反动武装的一次激烈战斗中他负了伤,伤愈后被派到中共河西特委举办的工农干部青年班学习。经过学习,他懂得了许多革命道理,他不仅对革命的性质和目标有较深刻的理解,而且对当时的形势和前途也有了明确的认识。毕业后,他被组织上分配到崇义县少共县委担任县少先队长。

1931年夏秋之间,革命形势突飞猛进,上级党组织向各县、区、乡发出了扩红号召,暴动队员、游击队员被调去加入主力红军。谢振华遵照县委决定,带领100多名少先队员也去参加主力红军。他把带去的少先队员交给了红

红校学员毕业典礼

三军团第7军后，手持介绍信到红三军团政治部报到，受到军团组织部长黄克诚的接待。黄克诚把他送到培训连队政治指导员的红三军团政工干部训练队去学习。学习期间，训练队政委周恒亲自给他们讲红军政治思想工作的原则、方针和任务，政治工作干部应具备的素质和条件，还讲红军在苏区的当前任务和长远目标。当时同班一起参加学习的还有苏振华、甘渭汉等同志。学习结束后，他被分配到军政治部青年部工作。军青年部长刘志坚分配他担任青年干事兼青年训练队队长。也就在这一年，谢振华由共青团员转为共产党员。

1932年，红三军团攻打赣州失利后，到崇义县、上犹县的营前、扲铺地区进行休整。经过整训，部队奉命向赣江东岸中央苏区开去，参加第四次反"围剿"斗争。这时，红三军团又增加了大批新兵，谢振华被调到军团部新兵营任教导员。谢振华圆满完成了新兵营的集训，并负责把这批红军新战士补充到各师、团。

1933年，在红色首都瑞金，中央党校成立了红军干部政治班，组织上决定送谢振华去这个干部政治班学习。过了两个月，党校红军这个班改为红军大学上干政治第2队，培训各战斗部队选送来的营团政治干部，由中共中央

和红军总部领导人毛泽东、朱德、周恩来以及中央军委顾问李德亲自给学员讲授军事课和政治课。谢振华作为上干政治队的学员,聆听了他们的教诲,深受教益,他感到自己得到了极大的充实和提高。

1934年4月,谢振华从红大毕业后,根据红军总政治部的安排,回到红三军团。军团政治部主任袁国平同他谈话,任命他为红5师第14团政委。

★☆★☆★ 谢振华

3.彭德怀看着炖鸡发火了

PENGDEHUAIKAN ZHEDUNJIFAHUOLE

谢振华回到红三军团5师14团任政委时,恰逢国民党军对中央苏区进行第五次"围剿",处境极其艰险。由于临时中央的主要领导者和共产国际派来的军事顾问李德不顾敌我兵力悬殊,提出"寸土必争"、"御敌于国门之外"、"死守广昌"的错误方针,调集红军主力一、三、九军团及红五军团一个师,以主力对主力,堡垒对堡垒,于1934年4月10日至4月28日,与有飞机大炮支援的"围剿"中央苏区的50万国民党军,在广昌决战。结果,不仅红军主力损失惨重,元气大伤,连中央苏区的北大门广昌也丢失了。"围剿"的国民党军更加气焰嚣张,分兵六路向中央苏区腹地横冲直闯,得意忘形地大喊大叫,要在8月1日以前拿下红色首都瑞金。形势的发展,使红军的反"围剿"斗争处于极被动的地步,在中央苏区粉碎国民党军的"围剿"已不可能,中央红军被迫撤离中央苏区,开始了伟大的战略转移——长征。为掩护临时中央领导机关和红军主力撤离中央苏区,红三军团(欠第6师)撤至贯桥地区。红三军团,还有红五军团的一个师,统归彭德怀、杨尚昆指挥,依托瑞金北面的重要屏障高虎脑,紧扼国民党军南进的咽喉要地,阻击南进石城的国民党军。

1936年，长征到达陕北时的彭德怀

红5师师长李天佑、师政委陈阿金向谢振华等传达了军团长彭德怀、政委杨尚昆坚守高虎脑进行阻击作战的指示。谢振华刚到红14团任职，顾不上歇口气，受领任务后马上和团长王明昌、团参谋长陈连华一起研究全团作战部署，布置战前练兵及各项作战保障工作，他还亲自到野外看地形，参与讨论阵地配置、兵力使用、工事构筑等一系列问题。

战斗开始前三天，李天佑师长陪同军团首长彭德怀和杨尚昆来到14团，检查了前沿阵地的工事，赞扬14团的战前准备工作，不料谢振华却意外地受到批评。原来，炊事员在饭桌上放了一碗炖鸡，表示对军团首长的招待。彭德怀不但不吃，还板着脸，声色俱厉地对谢振华发火："部队这么艰苦，还吃鸡。吃得下去吗？我不吃！"谢振华虽然有点下不了台，但并没有因此感到委

屈，反而非常感动，更加敬重首长。他想，首长对部队这样关心，对自己要求这么严格，这是首长的真正爱护，作为团的领导，自己更应该以首长为楷模，时刻想着部队，想着前沿阵地，经常到前沿去了解下情，及时解决部队的困难。当时，前沿阵地上指战员们没日没夜赶修工事掩体，多少天没合过眼，吃不好饭，喝不上水，有的生疥疮，打摆子，中暑，但都咬牙坚持加修工事，多可贵呀！他感到坐立不安，于是他很快召开了一次有各营教导员和政治处干部、参加的战时政治工作会议，讨论领导干部树立爱兵爱部队的观念及加强政治思想工作和保持部队战斗力的措施。

在抓部队工作的同时，谢振华主动协同当地苏维埃政府，宣传发动群众支前。在他的有力配合下，很快组织起赤卫队、运输队、妇女洗衣队、担架队，挑水运木，送菜送粮，运送伤员，有的人甚至把自己家的门板和床板都献出来，给红军构筑工事，设置障碍，从而有力地保证了高虎脑作战的需要。

国民党"围剿"军以六个师的兵力，凭借优良的装备和飞机大炮的支援，日夜不停地向高虎脑红军阵地猛烈轰击，轮番发动进攻，山头被炸平，土木工事大半被摧毁，几抱粗的圆木被炸成碎块。断裂的枪支，血染的绷带，破损的钢盔和水壶，以及敌尸和敌伤兵，遍及山野。

战斗间隙，谢振华顺着前沿战壕仔细检查了 2 营每一个工事，每一个射击孔，举起望远镜观察敌人的动静。他发现敌人正紧张地赶修公路，敌人的汽车等不得公路完全修好就一辆接一辆颠颠簸簸抢路往前开，看样子大概是在拉重炮。他判断敌人可能很快又要发起新的进攻，而且规模比以前更大。

果然，时隔不久，嗡嗡的马达声由远而近，几架敌机掠空而过。接着，爆炸声震天撼地，引得山鸣谷应。对面山头上，敌人成排成排的炮弹接连不断地压过来。高虎脑刹时间硝烟滚滚,气浪灼热烫人,泥土冲天,很快又成了一片火海。刚赶修好的工事又被打塌了,碎土、断木散落在谢振华的身上。他赶紧来到5连,但由于电话线被炸断,无法把战斗的情况告诉新来的姚团长。进攻的敌人在炮火掩护下,以密集的营方队,多梯次漫山遍野地往上冲,谢振华和2营指战员用全部火力英勇地进行抗击,前面的敌人被一片片打倒了,后面的敌人又冲上来,很快冲到了外壕。激烈的战斗正进行间,突然2营的水机关枪不响了,原来是子弹打完了。战场形势出现了危急情况。谢振华冷静、沉着地应战。趁敌人重新组织进攻的间隙,他果断地命令部队,一面派人到敌人尸堆里去搜寻枪支弹药,一面把附近的石头捡拢来,堆在身边,紧急关头当武器用。但毕竟2营的火力减弱了,敌人的敢死队踩着同伙的尸体继续向上猛冲。视死如归的2营战士们,同冲上来的敌人拼起手榴弹,可是许多自造的手榴弹没有爆炸,于是战士们又抓起堆在身边的石头向敌人砸去。战况太危急了,谢振华立即命令信号员打信号,调3营火速上来增援。这时,已有敌人跳进堑壕,快到谢振华的跟前。谢振华手疾眼快举起从敌尸中搜来的20响驳壳枪打了个连发,把冲进堑壕的几个敌人打倒。2营5连的战士们紧跟着纷纷跃出工事,奋不顾身地跟敌人拼开了刺刀。肉搏战持续了十几分钟,背后忽然枪声大作,杀声震天,3营的先头连终于及时赶到,投入战斗,把敌人赶出了堑壕,使阵地转危为安。

经过半个月的生死激战,5师在4师等兄弟部队的协同下,顶住了6倍于己、装备优良的敌主力汤恩伯、樊嵩甫部的进攻,歼敌万余人,圆满完成了高虎脑阻击任务,保障了红军主力和临时中央等领导机关安全地撤离中央苏区,踏上了长征的伟途。

★☆★☆★ 谢振华

4.长征以来的第一个大胜利

CHANGZHENGYILAI DEDIYIGEDASHENGLI

1935年1月，遵义会议以后，由于张国焘执行中央军委命令不积极，加之川军在赤水、土城一线疯狂阻击，中央红军北渡长江入川与红四方面军会合的意图未能实现。为摆脱敌重兵在飞机、大炮配合下的围追堵截，红军改道经叙永、古蔺地区，进抵敌兵力薄弱的川黔滇交界地——云南扎西(即今威信)。

第五次反"围剿"失败以来，红军损失惨重。有的军团的实际兵力不到以前的一个师，一个师的兵力不到以前的一个团。面对的敌人，不仅数量10倍于己，而且装备优良。当时，长征的红军还有一个很大的困难，就是单位多，层次多，机关臃肿，后勤庞大，战斗部队人员缺乏，严重影响着部队的机动作战。针对这一情况，中央军委决定对红军部队进行缩编，精简机关，充实战斗部队，以提高红军的机动作战能力。这时的红三军团由三个师整编为四个

中央革命根据地中心——瑞金全景

XIE ZHENHUA

团,取消了师的指挥机构,下辖第10、11、12、13团。各级领导干部都识大体,顾大局,服从命令,听从指挥,能上能下,自觉做到层层下放。原5师政委钟赤兵改任12团政委。谢振华也由团政委下到12团2营任教导员。他们的职务下降了,但心情是愉快的。

敌各路重兵尾追红军不放,向川南、滇东北麇集,对扎西进行合围。乘黔北只剩王家烈少数"双枪兵",战斗力不强,后方空虚,红军出敌不意,突然回师东进,巧钻敌重兵缝隙,二渡赤水河,再占桐梓。1935年2月24日,中央军委指出:夺取娄山关,是"开展战局的关键","对野战军顺利转移至为重要"。红三军团奉命担负"坚决消灭娄山关之敌,乘胜夺取遵义城"的重任。2月25日拂晓,红三军团前卫13团在团长彭雪枫指挥下,向据守娄山关之敌发起突然进攻。13团打得猛,冲得快,经过激烈争夺,很快抢占了山垭口两侧的制高点——点金山和大小尖山。与此同时,10团、11团向左右两侧迂回,12团继13团占领娄山关垭口阵地之后,由二梯队变为一线主攻部队,从正面沿公路向山垭口以南发起攻击。12团3营最先投入战斗,刚冲过山垭口进到黑神庙,就遇到敌人一个团兵力的反击,被压回200多米。谢振华见此情景,立即率2营的5、6连猛扑上去。刚冲过关口不远,在黑神庙半山坡一个凹处,担任前卫的2营4连指导员丁盛迎面向他报告:前面敌人火力很猛,3营受阻,随3营行动的钟赤兵政委负伤还未下来。谢振华当即指示丁盛:"你们4连,必须把敌人压下去,5连、6连马上支援你们。"他嘱咐丁盛:"要不惜一切代价把钟赤兵政委抢救下来。"说完,他同战士们一起,冲向敌人的反击部队。他冲到黑神庙附近的半山坡,只见处于昏迷状态的钟赤兵政委,躺倒在路旁山洼的草地上,刚刚包扎的伤口,鲜血止不住地往外流。谢振华急忙吩咐身边的6连指导员陈福太赶快派人把钟政委抬下战场。只见他举枪高呼:"同志们,坚决把反扑上来的敌人打下去!"在他的号召和率领下,战士们锐不可当,很快把敌人压了下

去。接着沿公路穷追逃敌,杀得敌人狼狈不堪。这次战斗经过两个多小时的激战,击溃了敌人两个团。2月26日,部队继续沿公路向遵义方向急追,追到板桥镇,彭德怀军团长、杨尚昆政委、邓萍参谋长紧随11团正好从娄山关右侧向南迂回过来。军团首长鼓励他们:"你们打得好,追得快,要坚持下去,不给敌人喘息的机会。"谢振华边走边抓紧时间把军团首长的鼓励传达给各连,使部队的士气更高,追击速度更快。在高坪、董公寺一线又击溃了黔军的阻击部队两个团。2月27日下午,红三军团逼近遵义城,进至老城对面的凤凰山、小龙山下,抢占了新城的边沿村寨,控制了跳蹬河至洗马河一线,当晚即向遵义新老城发起猛攻,一举歼灭了守城之敌。从娄山关到遵义城共歼敌王家烈部六个团,赶在敌增援的中央军到达之前,先敌占领遵义新、老城。

2月28日,红一、三军团及军委干部团在彭、杨首长统一指挥下,分别在忠庄铺、老鸦山,与援敌吴奇伟的中央军93师、59师及王家烈残部展开激战,歼灭、击溃敌国民党中央军两个师和黔军王家烈的八个团,缴枪2000多支,俘敌3000余人,取得了红军长征以来第一个大胜利。

中央红军四渡赤水,两渡乌江,佯攻贵阳,趁滇军东调驰援贵阳、云南兵力薄弱之机,渡过北盘江,兵临昆明,调动了金沙江守敌,红军再冷不防转兵西北,巧渡金沙江,围困会理城。这时,谢振华已由12团调任军团部保卫局执行科长,出色地完成了接收会理城的任务。

★☆★☆★ 谢振华

5.与江青结下怨恨

YUJIANGQINGJIE XIAYUANHEN

1935年9月,鉴于张国焘违抗中共中央的决定,分裂红军,毛泽东等率中央机关和红一、三军团继续北上,9月18日进占甘肃哈达铺后,将中央纵队和红一、三军团整编为陕甘支队，由彭德怀任司令员，毛泽东任政委，罗瑞卿任保卫局长，谢振华调任支队保卫局二科科长。1935 年 11 月，陕甘支队到达陕北，恢复红一方面军称号，谢振华任方面军保卫局二科科长。

1936 年 2 月，红一方面军以中国人民抗日先锋军的名义，东渡黄河进入山西。中共中央政治局在山西吕梁山区大麦郊召开扩大会议，敌人调集兵力前来围攻。谢振华和司令部二科科长张经武共同负责大会保卫工作，他俩各带一个连出击，迷惑敌人，把敌人调开，保证了会议安全顺利地进行。1936 年

抗大第五期开学典礼

5 月，红一方面军为实现全国抗战的大局，主动从山西撤回陕北。在中共的影响和推动之下，张学良、杨虎城两位爱国将领发动西安事变，逼蒋“联共”抗日。这时谢振华调任红军大学 2 队政治委员。

西安事变后，红军大学改为抗日军政大学，由朱德总司令等中央首长亲

自任教，积极培训干部，准备迎接抗战高潮的到来。谢振华被调到抗大2队，和余秋里、张震、洪学智、张国华、谢富治等一起参加学习。1937年8月，谢振华从抗大毕业，被派往山西太原，任战地动员委员会人民武装部政工科长。在部长程子华、副部长唐天际领导下，他带领工作组赴汾阳孝义县扩军千余人。年底他将这支武装带到洪洞县牧马村八路军总部，与总部警卫营合并为特务团。由总部作战科长王鹤寿任团长，谢振华任政委。1938年2月，谢振华调任八路军总部敌工部副部长，在政治部主任任弼时和副主任邓小平、陆定

1938年，抗大总校在延安的校门

一领导下工作。1939年初，谢振华调回延安马列学院学习，与江青同编在一个组，谢振华任组长。因江青表现不好，谢振华同小组其他同学一起，对江青进行过批评帮助，不料竟结下怨恨。

★☆★☆★ 谢振华

6.毛泽东亲自嘱咐：发动群众，共同抗战

MAOZEDONGQINZIZHUFU FADONGQUNZHONGGONGTONGKANGZHAN

1940年，谢振华在马列学院毕业后，中央组织部决定由他带100多名干部到苏北敌后去开展工作。离延安前，毛主席亲自找谢振华和田守尧谈话，再三嘱咐："到敌后发动群众，要讲策略，发展统一战线，团结争取一切可能团结的爱国力量，共同坚持抗战。"1940年6月7日，谢振华一行离开延安到西安。在西安他们化装成中央军校学员，穿国民党军服，谢振华佩带上校军衔，田守尧佩带少将军衔，这样，终于顺利通过了敌封锁线，经开封、洛阳等地到达皖北。在彭雪枫任司令员兼政委的新四军6支队住地，遇上黄克诚率八路军两个旅南下。黄部组成八路军第5纵队，由黄克诚任司令员兼政委。经电请中央组织部批准，将谢振华一行留在5纵队工作。谢振华被任命为纵队政治部组织部长兼敌工部长。不久，黄克诚奉命东进，率第5纵队7、8、9旅进驻苏北，开辟新的根据地。第5纵队改编为新四军3师后，仍由黄克诚任师长兼政委。10月，谢振华奉命率3师教导队去阜宁建立根据地，组建地方武装。他到阜宁不久，扩大新兵1000余人，组成阜宁大队，出任大队长兼政委，下辖三个营，阜宁县大队与原24团部分部队合并为新24团，他任团长。1942年团政委调走后，他又兼任团政委。

为巩固其占领区，1943年2月中旬，日军万余人，并纠集伪军9000余人，采取分进合击战术，多路全面对盐(城)阜(宁)抗日根据地进行大"扫荡"，妄图歼灭苏北新四军主力。谢振华率24团，配合当地武装在阜宁、阜东、盐东、滨海地区进行反"扫荡"斗争，以灵活的战术，使日、伪军合击扑空。在敌人实行分区"扫荡"时，他率部与敌周旋，伺机不断打击敌人，"扫荡"的敌人

不得不被迫逐步撤退。

3月下旬,新四军3师8旅兼盐阜军分区,乘在盐城、阜宁地区“扫荡”的日、伪军主力陆续撤退之机,发起了攻占阜宁城西陈集据点的战斗。当23团强攻时,谢振华指挥24团,与涟东县独立团、建阳总队、阜宁总队等部一起,负责阻击援敌,袭击周围据点,担任外围警戒,保证了陈集歼灭战取得毙日军中队长以下86人的胜利。

3月29日,刚刚占领了东坎的日军,迫不及待地派出一个中队和200多伪军在八滩安据点,妄图从政治上、军事上、经济上扼死在这个地区活动的新四军部队。这时,24团正在东坎、八滩及滨海地区活动。下午接到师长黄克诚电令,要求24团趁敌人立脚未稳,先下手为强,敲掉它。并派师特务营两个连前来支援。当晚,谢振华率24团在夜色中从各个集结地出发,沿田间小道,一面奔袭八滩,一面分兵阻击东坎来援之敌。

晚9点,完成对八滩守敌的包围之后,随着红色信号弹的升空,攻击战斗打响了,2营从南向北冲击,副营长王光汉率领突击队,直逼日军中队部,砸坏了鬼子的报话机和电台装置。2营由西往东,攻打伪军,仅20多分钟,就把200多伪军消灭大部,其残部纷纷溃散。日军分住在两个大院里,顽强死守,攻击部队伤亡很大。

这时,有十几个战士,冒着敌人的枪林弹雨,勇猛地冲上一个院套的房顶,正要揭开瓦顶往下打手榴弹,院里的日军一阵机枪扫射,房顶上的战士全都应声倒下。二十几个日军趁机冲出了北面的包围圈,向24团指挥所扑来,叽哩哇啦地乱叫。情况危急,谢振华一面把手枪里的子弹顶上膛,一面喊司号员吹号调1营的二梯队3连投入战斗。3连连长米富珍率领奋勇队,立即杀过来,将扑向团指挥所的20多名日军全部消灭。午夜,进攻部队夺下日军据守的两个大院,把其余的日军全压到中队部所在的一个大套院里。义愤填膺的战士翻过围墙,跳进去同日军展开肉搏战,因寡不敌众被逼出院。

这时,2营副营长王光汉牺牲了,1营营长毛和发和几个连的干部也都负重伤。战场形势又发生险情。师部指示要在早晨结束战斗,现在很快就要天亮了,再这样僵持下去只会对敌人有利。谢振华强忍失去战友的悲痛,紧急叫参谋长尹捷峰共同商讨下一步打法。只见尹捷峰头上缠一条白布,急匆匆跑回来。谢振华急忙问:"老尹,头怎么了!"尹捷峰毫不在乎地说:"没关系,一点擦伤。"他们两人的心火烧一般,不约而同地伏在堤坝上,紧盯着前面受阻的攻击部队和日军机枪吐出的火舌。他俩经过商量,决定采用战斗方案中最后一着:火攻。引火物战前就准备好了,一接到火攻命令,部队马上把蘸了煤油的棉花绑在马尾手榴弹上,投进日军据守的大院里,接着又把蘸了煤油的棉花捆在长竹竿上,抛上大院的房顶。顿时,烈火在大院里熊熊燃烧起来,浓烟滚滚,火光冲天。日军鬼哭狼嚎,妄图冲出大院,杀一条血路,2营5连的两挺机枪早就紧紧地封锁了大门,日军露头一个即打倒一个,尸体很快堵塞了门洞。拂晓时,几架大肚子敌机,嘶叫着从头上掠过。

这时,带领3营在新港子打援的副团长陈玉才派人送来报告:东坎的日军大队,昨晚两点多钟分两路前来增援,现已同3营交火了。正在这时,西北角一阵混乱,十几个日本兵推倒了围墙,从2营和特务营的接合部突围,向东坎方向逃跑。谢振华急起向敌人逃跑的方向追去,跑着跑着,他的右肩仿佛被什么东西猛撞了一下,身子一软扑倒在地上,鲜血顺着袖筒流出来,很快浸透了他的半边军装。警卫员忙赶上前,一把扶起他,他站稳了身子又继续指挥部队追歼溃逃的残敌。这次战斗胜利结束,共击毙日军山本中队长以下100多人,歼灭一个伪军大队。八滩从此又获得解放。

9月20日至24日,在谢振华统一指挥下的24团和滨海、涟东、阜东、阜宁总队等部,经多次奔袭战斗,攻克滨海县东北之小尖集、七套等大小据点21处,歼伪军大队副以下500余人。12月8日,谢振华又带领24团及涟东、

滨海县地方武装并肩战斗，突袭响水口、三岔口等据点，歼伪军 120 余人。两次战斗，收复了涟东、滨海等地区东西约 90 余里，南北约 50 余里的抗日根据地。

1944 年 5 月 2 日夜，在新四军第 3 师副师长兼第 8 旅旅长张爱萍指挥下，谢振华率 24 团，同第 7 旅 19 团等兄弟部队，及涟东、阜宁、滨海总队等地方武装配合，向灌河下游淮盐重镇陈家港(今江苏响水县城东北)发起进攻。激战三小时，至 3 日解放陈家港。除击毙驻守的日伪军一部外，俘伪中央税警总队第四大队大队长王西珠、第七大队大队长郭克以下 425 人，缴获迫击炮 2 门，掷弹筒 3 具，轻机枪 4 挺，长短枪 416 支，电台 1 部，弹药近 4 万发，食盐 40 吨，石油 40 桶，伪币 100 万元。阜宁城是盐阜区的军事要地，伪军第二方面军第 5 军所属第 41 师、暂编第 33 师及军特务团共 3400 余人驻守在这里，城北还有掌庄、七灶、头灶、大小顾庄等据点。1945 年 3 月，新四军第 3 师根据中共中央关于扩大解放区、缩小沦陷区的指示，发起阜宁战役。谢振华奉命率 24 团首先攻歼城北七灶、九灶之敌，尔后与兄弟部队一起共 1.4 万余人，发起总攻，25 日攻克城外据点，伪军第 5 军军部当晚率残部弃城南逃。26 日战役胜利结束，俘伪军第 3 军 3 师副师长邓主东以下 2000 余人，毙伤伪军 300 余人，缴获轻重机枪 47 挺，炮 6 门，长短枪 1600 余支，电台 3 部，弹药 4 万余发，解放了阜宁城及市镇 22 处。

阜宁战役之后，谢振华奉命调新四军军部高级班学习，由于日本侵略军投降，学习班提前结业。1945 年 8 月，谢振华回到 3 师师部，被任命为淮海军分区副政委。

XIE ZHENHUA

★☆★☆★ 谢振华

7.粉碎国民党军苏北地区"清剿"

FENSUIGUOMINDANG JUNSUBEIDIQUQINGJIAO

抗日战争胜利后,国民党反动派一面打着假和平的旗号,发动"和平"攻势;一面利用日伪势力,抢占城市要道,加强部署内战,企图消灭以中国共产党为代表的人民革命力量。中共从广大人民的利益和愿望出发,力争和平民主建国,同时不放松自卫战争的准备。根据内战危险和斗争形势的需要,黄克诚于1945年9月28日,率新四军3师第7、第8、第10旅和由皖中归建的独立旅及特务团共3.5万余人,离开苏北淮阴,开赴东北。淮海区原军分区司令员刘震、政委康志祥和10旅一起,都随3师主力北上了,军分区司令员遂由吴信泉担任,政委由谢振华接替。1946年8月,淮海军分区改为华东第6军分区并组建华东新10旅,原军分区所属1、2、3团改为新10旅的28、29、30团,由覃健任分区司令兼旅长,谢振华兼旅政委。

为提高部队的政治素质,增强战斗力,第6军分区政治部于10月发出了《关于开展全军时事学习的指示》,组织广大指战员认真学习中共华中分局、华中军区《关于淮阴撤退后时局与任务的指示》和《关于发动敌后广大游击战争的指示》,联系实际,进行对照检查,使广大指战员认清了斗争形势和坚持淮海区斗争的必要性与有利条件,破除了由于敌大军压境在部分干部和战士中产生的消极恐慌情绪,树立起长期坚持苏北根据地斗争的决心和必胜信心。10月下旬,敌整编74师会同敌整编28师计5个旅猛犯涟水,力图占领淮海,切断苏鲁交通,围歼淮海区我军主力,彻底解决苏北问题。第6军分区所属部队,不畏强敌,由覃健、谢振华指挥,迅即投入战斗,顽强抗击敌人的进攻,协同兄弟部队,发起涟水城保卫战,歼敌整编74师8000余人,狠狠打击了敌人的嚣张气焰,并掩护了华中军区后方机关的转移。在反击国民党正规军进犯的同时，清剿了上方、高苴一带由国民党收编的伪军，收复了7月份以来被敌侵占之所有失地。

11月上旬，第6军分区所属部队同兄弟部队并肩突袭灌云同兴地区之敌，攻占了蛤蟆山，打击了板浦援敌，击溃敌一个营，歼敌近一个营，收复被敌侵占地区。

华中军区主力北撤山东后，国民党军于1947年1月又重占沭阳、宿迁、灌云全境，淮海地区主要城镇及交通线陷敌手，地区被分割，与山东解放区的通道被切断。国民党军6个整编师在淮海地区齐头并进，全面“清剿”达三个月之久。还乡团等土杂反动武装也趁机跟进，捕杀解放区的干部和群众，破坏基层革命政权，建立反动政权，反攻倒算，使淮海区面临极严峻的局面。覃健和谢振华带领第6军分区部队，灵活机动地打击敌人，英勇地坚持敌后反“清剿”斗争。1月中旬，第6军分区3支队趁敌在陇海路集结，一举攻克河

我军行进在苏中水网地带

线之陆集、仰化集据点。2 支队接着拔除淮涟之间重要据点古寨。1 支队则在陇海路南侧袭击还乡团等地方反动武装。

1947 年 2 月下旬，人民解放军华东全境部队整编，撤销华中野战军番号，成立华东野战军，所属部队统一编为 12 个纵队。新 10 旅编入第 12 纵队，改为 35 旅，覃健调任纵队副司令员，谢振华任纵队副政委并兼任 35 旅政委，汪乃贵任 35 旅旅长。

为策应华中、中原战场上的华东野战军主力作战，35 旅于 3 月 19 日一举拔除了东(海)、灌(云)、沭(阳)三县边区敌占区中心据点，切断了敌重要补给线，重新打通了苏鲁通道，扭转了战局。为开展淮海区反"清剿"斗争，35 旅在 34 旅两个团配合下，于 5 月发起淮沭路攻势，连克胡集、钱集、徐溜等据点，歼敌 600 余人，控制了北起沭阳十字桥、南至淮阴五里庄路段，迫使汤沟、沟间、西马屯据点之敌先后逃窜，收复了失地，保护了当地群众麦收。

5 月底至 6 月中旬，12 纵队又攻克灌河南岸重镇响水口和大新集，粉碎了敌人对盐阜区北部的"清剿"。仅半年时间，12 纵队淮海地区共作战 3300 多次，歼敌 7600 人，缴获机枪 40 挺，小炮 10 门，枪 2000 余支，攻克敌据点 40 余处，摧毁敌区、乡政府 49 个，恢复失地和扩大新区 4000 多平方公里，争取回归分子 1 万余人。8 月到 12 月，12 纵队还先后进行了盐城、益林、李堡等战役，歼敌 2.4 万余人，恢复了苏北广大地区，改变了苏北地区的斗争形势。

★☆★☆★ 谢振华

8.率部勇战淮海

SHUAIBUYONG ZHANHUAIHAI

1948 年 3 月，华东野战军以第 2 纵队、第 11 纵队和第 12 纵队组成苏北兵团，由韦国清任司令员，姬鹏飞任政委，覃健任参谋长。调整后的 12 纵队由谢振华任司令员，李干辉任政委，率部进抵兖州担任阻击徐州之敌北上的

任务,配合山东兵团取得了济南战役的胜利。

济南战役胜利结束后,10 月 9 日华东野战军在山东曲阜召开了师以上干部作战会议,传达中共中央和中央军委关于“目前形势与淮海战役的作战方针”。谢振华等率领 12 纵队参加了淮海战役。淮海战役第一阶段要歼灭的主要敌人是黄百韬兵团。黄兵团是蒋介石的嫡系,装备好,战斗力强,5 个军 11 个师在徐州以东至海州沿线严密布防。华东野战军首长决心投入主力在碾庄圩围歼黄兵团主力。12 纵队、2 纵队和中原野战军 11 纵队,由苏北兵团指挥,自夏庄、赣榆地区南下,担负围歼黄兵团在阿湖、商潭沟地区的部队。战役一开始,山东兵团所属各部队,首先从北向南切断黄兵团西退后路。

12 纵队受领任务从东北插入阿湖镇、新安镇地区,切断徐州至海州的铁路,阻击敌人向徐州靠拢,配合主力分割围歼黄兵团五个主力军。谢振华、李干辉立即对部队进行战斗动员,使广大指战员充分认识担负切断黄兵团西退后路任务的重要意义。

为了检查战斗准备的落实情况,谢振华亲自跑到 35 旅所属各团察看,他还深入到连队指导战前的准备。11 月 6 日夜,12 纵队和第 2 纵队、中原野战军 11 纵队一起,在同一个方向上发起进攻。12 纵队 35 旅主攻红花埠,得手后向西再攻新安镇;36 旅直取阿湖。35 旅先头部队接敌不久,正在师指挥所的谢振华接到报告:当面之敌出现混乱状态。谢振华当机立断,乘敌混乱之机,果断命令部队迅速占领阿湖、新安镇,控制铁路线。

果然,战斗发展顺利,部队以迅猛的速度攻占了新安镇至阿湖地段的铁路。战斗进行了三天,敌人被华东野战军各进攻部队打得建制混乱,节节败退。9 日以后,12 纵队控制了阿湖到新安镇地段,有效实施了攻点打援的作战计划。黄兵团 63 军主力被逼向西撤退。

这时,谢振华马上打电话要求 35 旅和 36 旅两个旅长:要利用有利时机,从阿湖与新安镇之间向敌两翼发动进攻,切断海州至碾庄之间的联系,

华东野战军部队日夜兼程,直奔淮海前线

阻敌 63 军西撤与黄兵团部靠拢。在 12 纵两个旅的阻击下,敌 63 军被迫向西南方向溃退,被兄弟纵队围歼在窑湾地域。11 月 19 日,12 纵队随华东野战军主力,对碾庄圩的黄兵团主力再次发起进攻,至 22 日夜间,将其全歼,并击毙兵团司令黄百韬。围歼战的后期,野战军司令部命令 12 纵队火速南下,经宿迁、睢宁、大三集、张集向徐州东南地区急进,胁迫徐州,并从南向北侧击由徐州东援之敌。

根据野战军司令部和兵团部下达给 12 纵队的任务,谢振华向各旅布置作战任务时,着重强调了打下徐州机场的重要意义。他指出:徐州机场是杜聿明集团同南京蒋介石总部联系的一个重要途径,打下徐州机场就能迫使徐州同南京的联系中断,把敌人从南京向徐州输送战争物资的线路破坏掉,切断敌空援通路,而且可以动摇敌人固守徐州的决心。35 旅奉命接受突袭徐州机场的任务后,先以小分队展开袭击活动,打击机场的守备部队。

1 月 26 日,35 旅 105 团在敌人毫无觉察的情况下,隐蔽摸进了徐州郊区

敌机场。敌机场空勤人员寥寥无几，主要指挥官逃离机场，徐州国民党军总司令刘峙已逃走，副总司令杜聿明下令突围。谢振华紧紧抓住这一有利战机，立即派出侦察分队确实弄清敌人的动向，并将敌情报告野战军司令部张震参谋长。与此同时，他不失时机地向部队发出了出击命令，向突围之敌猛攻。当谢振华指挥部队进抵萧县和永城之间的公路两旁时，当面之敌恰是杜聿明总部的自属队。敌人不堪一击，眨眼间，被俘数百人，重炮、汽车等战备物资均被缴获。由于华东野战军多路纵队的包围和阻击，杜聿明 30 多万军队突围成泡影。

12 月 2 日，12 纵队迂回到大回村、五户张集一线，又遇敌李弥兵团的部队企图向西突围，谢振华指挥部队予以沉重打击，歼敌千余人，堵住了敌西逃永城的通路，为华东野战军主力继续围歼杜聿明集团创造了有利态势。

从 1948 年 12 月 4 日起到 1949 年 1 月 10 日的 30 多天，华东野战军主力从四面八方向徐州突围之敌紧缩包围圈，12 纵队则从萧县以南转到青龙集、李石林、陈官庄以北地区，和兄弟纵队一起，把杜聿明集团全部合围于狭小的地域。这时，敌黄维兵团已被中原野战军歼灭，杜聿明集团成了“瓮中之鳖”，在广播毛泽东主席《敦促杜聿明等投降书》遭拒绝的情况下，华东野战军主力于 1949 年 1 月 6 日下午，向杜聿明集团发动了总攻。

12 纵队作为总攻部队之一，在夏岩、夏庄地区，对国民党五大主力军之一的邱清泉第 2 兵团主力新 5 军展开进攻。36 旅从夏岩西北面投入战斗，35 旅配合华东野战军 1 纵队攻打夏庄。36 旅执行命令非常坚决，不惜牺牲，运用机动灵活的战术，发扬勇猛顽强的战斗作风，于 1 月 7 日晨前打下了夏岩，歼灭了新 5 军一个团。在夏庄，35 旅以 103、104 团配合 1 纵队于 6 日发起攻击，仅用一天时间，打了一个歼灭战，歼敌 1000 余人。这时，敌李弥兵团部向北突围，正好落入 12 纵队布下的口袋，由李弥亲自带领的 1100 多人的军官教导团，除李弥逃跑外，其余全部被俘。华东野战军经过四昼夜激战，1月 10 日全歼了杜聿明集团。

根据中央军委实行全军统一编制番号的指示，华东野战军于1949年2月初，在徐州东北的贾汪召开了纵队以上干部会议，传达中央军委的整编指示和南下作战的行动部署，会上宣布12纵队改称中国人民解放军第30军，谢振华任军长，李干辉任政委，饶守坤任副军长，夏光任参谋长，刘仲华任政治部主任。会后，谢振华等率领部队南进，准备渡江作战。

★☆★☆★ 谢振华

9.飞兵天降，解放大上海

FEIBINGTIANJIANG JIEFANGDASHANGHAI

1949年4月21日，中国人民解放军发起了百万雄师强渡长江的伟大战役。30军在芜湖对岸以北突破长江天险防线后，由军政委李干辉和副军长饶守坤率两个师，随兵团主力向东追歼逃敌。谢振华奉命在芜湖市担任军管会主任，率军直属机关和一个师，负责清查残余敌人和芜湖市的治安工作。不久，第2野战军第10军军长杜义德带领部队来芜湖市接替，谢振华率所部继续南进，到嘉兴平湖地区，与先行南进的两个师会合，积极进行解放上海的准备工作。

遵照第3野战军首长的指示，在上海战役中，30军担任向上海守敌侧后实施迂回的作战任务，截断上海守敌从浦东向海上逃窜的要道，为进攻市区部队全歼上海守敌创造有利条件。

5月10日，兵团司令部发布作战令，30军为迂回作战的第一梯队，5月16日24时前攻占川沙、白龙港地区。谢振华和李干辉马上召开各师师长、政委会议，决定88师、89师为军的第一梯队，由谢振华带精干指挥所随行指挥。

5月13日下午4时，第一梯队兵分两路，由平湖出发，沿公路、海堤向川沙、白龙港急进。时值梅雨季节，道路泥泞，部队行进艰难。谢振华弃马步行。军长和大家一样步行，广大指战员深受鼓舞，使他们更加坚定了胜利的信心，不顾一切疲劳，你追我赶，奋力前进。两天不到的时间，部队经金山，夺奉贤，取南

汇,边走边打;扫除小股敌人的阻挠,行军200多华里,终于比野战军司令部规定的期限提前一天赶到川沙以南的江家路镇。谢振华不顾劳累，迅速看过地形,他还从战俘口中了解到,敌51军已于前三天进驻川沙、白龙港地域,现正忙于作顽抗准备,川沙城里只有不足千人的敌军和地方土顽部队。经过深思熟虑,他乘守敌设防薄弱之机,当即命令89师先头部队265团直扑川沙。守敌猝不及防,惊疑飞兵天降,顿时陷于混乱,被歼700余人,仓皇放弃川沙县城。

攻占川沙县城后,谢振华命令88师两个团,冒雨插入敌后,向北迂回,拿下顾家路镇,截断敌51军和敌12军的联系。与此同时,谢振华用五个团的兵力,向当面之敌51军发起进攻。午夜12时许,敌51军及暂编第8师被压缩在东西4公里、南北5公里的狭窄地区。经一阵短兵相接之后,敌发觉30军的重火器因道路难行,尚未赶到,便组织三个团的兵力,在重炮掩护下进行反扑,企图杀出重围,与12军重新连接。

30军263团经一天苦战，把敌反扑的三个团打垮。在抗击敌反扑的同时,谢振华已根据敌情的变化调整好各师的部署,掉在后边的军炮兵团克服了河川及道路泥泞的困难赶了上来。当晚7时谢振华指挥30军发起总攻。267团直插敌军心脏,连续拿下清敦镇、林家码头,又猛扑敌军部所在地白龙港。敌人很快陷入混乱,首尾难以相顾。30军只用一个多小时就攻占了敌军部,打乱了敌指挥系统,俘虏了敌51军中将军长王秉钺及其军部全体人员和一个山炮团,并把敌40师及113师分割成两块。为了更有力地杀伤和摧毁敌人,30军把军炮兵团和从敌山炮团缴来的18门火炮一起编组,向敌人猛轰。这一夜,炮声震天,杀声不断,战至17日拂晓,30军全部歼灭了敌51军和敌暂编第8师,仅俘敌即8000人。

攻下白龙港,截断了上海守敌经白龙港向海上逃跑的退路。紧接着,在31军协同下,30军发起了围歼高桥守敌第12军的战斗。攻占高桥后,谢振华指挥30军继续向黄浦江口追击，配合华东野战军西线兵团完成对整个上海的全面合围。上海外围被摧,逃路已断,龟缩在上海市区的国民党军,士气低落,军心动摇,已无抵抗能力。发起总攻后,30军配合各兄弟部队,势如破竹,经过三天三夜激烈战斗,于5月27日上午9时,全歼守敌15万余人,迫使国民党军上海地区守备总司令汤恩伯仓皇逃遁,副总司令刘昌义投降,大上海宣告解放。

1949年的年底,为加强人民解放军的海空军建设,将30军的军部机关改为海军东海舰队的领导机构。90师调空军组建了空军第1师,30军的88师和89师分别调归20军和26军建制后参加了赴朝作战。谢振华调任由陈毅兼校长的华东军政大学一总队政委。他和总队长聂凤智一起,负责培训军队选送来的优秀青年干部和从京、沪、杭招收的大、中学校参军的学生。1951年元旦,以华东军政大学为基础,在南京创建解放军军事学院,谢振华又调任学院基本系主任兼党委书记,在刘伯承院长的领导下负责培训全军的团、师干部。1952年,谢振华进入该院培训军以上高级指挥员的战役系学习,毕业后调任正在朝鲜战场参加抗美援朝作战的中国人民志愿军第21军军长。1958年8月,作为第二批志愿军归国部队,谢振华率领21军团以上干部到平壤接受金日成首相的欢送,并以代表团团长的身份致答谢词,祝中朝两国人民友谊万古长青。回国后他率部进驻山西省。不久,21军奉调西北剿匪,谢振华改任69军军长。1962年2月,中央军委根据周总理的提议,先后在广州、北京召开全军整编及装备会议,各大军区各兵种各派一名团长、师长、军长参加,谢振华作为北京军区的军长代表参加了会议,参与研究了全军的编制装备方案和整编工作方案。

★☆★☆★ 谢振华

10.江青直接向谢振华发难

JIANGQINGZHIJIEXIANG XIEZHENHUAFANAN

"文化大革命"初期,山西的武斗不断升级,地方各级领导班子先后瘫痪。为稳定局势,69军奉命于1967年4月进入山西支"左"。谢振华出任支

"左"领导小组组长，统一指挥山西军区和驻山西的28、63、69军的支"左"工作。武汉"百万雄师"事件后，山西掀起"揪军内一小撮"的风潮，在太原召开了"声讨山西军区走资派张日清罪行大会"，省军区的副司令员、副政委都被揪斗，许多军分区和各县武装部被砸，主要领导干部被揪斗，部队十几个连的枪支被造反派抢夺了，解放军战士被打伤数百人。

1967年12月，周恩来总理亲自主持召开解决山西问题的第三次会议，强调严禁打砸抢抄抓，立即刹住武斗歪风，拆除一切武斗工事，不准冲击军事机关，不准揪斗、围攻解放军人员。但是，山西的武斗事件有增无减，形势越来越严重。为此中共中央于1969年7月，发布了解决山西问题的"七二三"布告，任命谢振华为中共山西省核心小组组长。后经省党代表大会选为省委第一书记，兼省革委会主任，同时被中央军委任命为北京军区副司令员兼山西军区司令员、山西省军区党委第一书记，主持山西省全面工作。

谢振华根据"七二三"布告精神，经中央军委批准，动用了20多个团的部队，在全省收缴了各种武斗队的武器7万多件，拆除了武斗工事，解散了武斗队，制止了山西省长达两年之久的大规模武斗，初步恢复了社会秩序，稳定了局势。在此基础上，谢振华积极做两派群众组织的工作，促进了两派的大联合。根据周恩来总理指示，谢振华解放和起用了99%以上的老干部，使山西成为全国落实干部政策最早最好的省份之一。

为整顿社会秩序，保护人民生命财产的安全，谢振华报请中央批准惩处了罪证确凿的杀人、放火和打砸抢的首恶分子。在此期间，谢振华凭自己的觉悟，顶住了批"唯生产力论"的黑风，坚持抓工农业生产，落实党在农村的经济政策。他每年抽出三分之一的时间深入基层，两年内对山西省100多个县进行了调查，并勘察定点修建太原新火车站和汾河大坝工程，得到周总理的称赞。在他的努力之下，山西1970年粮食产量第一次突破百亿斤大关。工业生产，尤其山西的煤炭生产，也得到大幅度的恢复和发展。他还坚定地贯彻执行了周总理和李先念副总理的指示，在全省范围发起批无政府主义和批极"左"思潮的活动,对消除极"左"流毒,扭转山西形势起了很大作用。谢振华的这些作法,触怒了"四人帮"。

在学大寨的问题上,谢振华抵制了一些极"左"的做法。这更使"四人帮"及其在山西的代言人大为不满。1974 年 2 月,山西省晋剧团带着江青直接控制的中央文化组派人选中的《三上桃峰》,到北京参加华北地区文艺汇演。3 月 8 日晚,江青带着王洪文、张春桥、姚文元等突然来到剧场,宣布"《三上桃峰》是一株'大毒草',是为刘少奇翻案的黑戏。""这是谢振华支持的。"江青还加重语气强调:"今天,我是特意穿上军装来'炮轰'谢振华的,你们应该起来和他斗。"文化组的于会泳亲自坐镇,按照"四人帮"的指示,在北京西苑旅社召开了山西到京汇演的全体人员大会,对谢振华进行批斗。同时在全国开动以各种舆论工具报纸、电台和电视台,对谢振华横加种种莫须有的罪名,进行政治诬陷。不久,王洪文以中共中央副主席的身份主持召开了山西省委常委到京汇报会,江青在会上指着谢振华大发雷霆:"你在延安时是我们大队长,那时你就凶得很,你就镇压群众,现在你是山西的土皇帝,新军阀!""你再不认账,不好好检查,我一句话,就叫你这个省委第一书记成光杆司令!"果然,谢振华回到山西就靠边站了,连续被围攻、批斗 60 多天。在不得已的情况下,谢振华向毛主席写信报告情况,经毛主席亲自过问和在周总理亲切关怀下,他才免遭继续受迫害之苦。但是,他的全家却受到株连。

★☆★☆★ 谢振华

11.邓小平亲自过问,为谢振华平反

DENGXIAOPINGQINZIGUO WENWEIXIEZHENHUAPINGFAN

1977年 12 月,中央军委命令免去谢振华北京军区副司令员职务,调任沈阳军区副司令员。十一届三中全会后,谢振华在沈阳军区工作期间,中共中央部署清查与"四人帮"篡党夺权阴谋活动有牵连的人和事,山西省

委将所谓"谢振华路线"和"反大寨"两个问题作为山西两个阶级、两条路线斗争的焦点，并作为清查工作的两项重要内容，而对曾经支持和同情谢振华的广大干部，对大寨极"左"思潮表示不满的干部和群众，进行清查，大抓所谓谢振华的帮派体系。省委组织部58名干部，有15名因与谢振华有牵连而被列为清查对象，各厅、局和地区也依照省委的作法抓各自的帮派体系。省委抓了全国工业劳模王体和全国农业劳模李顺达两位常委，太原市抓了市委书记张华亭等四位负责人，省公安厅抓了正副局长，许多县和基层单位也都照此办理，大抓帮派体系，使谢振华和山西的大批干部遭受不白之冤。

中共中央领导同志对山西问题十分关心，在新任省委第一书记霍士廉到山西任职前，邓小平找霍士廉谈话时曾说："谢振华对'四人帮'不'感冒'，他执行的是周总理的指示，所以'四人帮'就比较恨他。'四人帮'支持陈永贵和王谦夺他的权。你到山西任第一书记，罗贵波同志任第二书记兼省长，到职后要重视解决这个问题。"中纪委还派出了以毛铎、刘家栋为负责人的工作组，协助霍士廉、罗贵波解决山西问题。在邓小平、陈云等中央领导同志的亲自过问下，中共中央于1981年签发了第10号文件，为谢振华彻底平反，恢复名誉，被"四人帮"颠倒的是非终于颠倒过来了，山西开始走上了安定团结的道路。

★☆★☆★ 谢振华

12.国威军威看西南

GUOWEIJUNWEIKANXINAN

1982年谢振华奉中央军委命令调任昆明军区政治委员，同时担任军区党委书记。昆明军区情况复杂，"文化大革命"期间云南两派对立严重，昆明军区是受派性斗争影响的"重灾区"。谢振华到职后，军区内部形成的对立仍未消除，有些单位仍以派性代替党性，以派划线，任人唯亲，排除异己，结帮营私，严重妨碍党的路线、方针、政策的贯彻执行，危害着军队的团结和建设，更不利于边防的斗争。中央军委对此情况很担心，在谢振华到昆明前，中央军委杨尚昆副主席，杨得志总参谋长和总政余秋里主任，均亲自向他交代，昆明军区地处越南、老挝、缅甸三国邻界，军内安定团结十分重要，当前要消除派性，增强党性，统一军内思想。遵照军委领导人的指示，谢振华在昆明任职期间，着重抓了带动全局的几件事：

第一，结合整党狠抓克服派性，增强党性，要求全军区干部战士在思想上、政治上同党中央保持一致。这是保卫边疆、建设边疆的根本前提。他向指战员剖析派性危害时说："文革"中的两派，是在特殊历史条件下的产物，不论哪一派，都是在"继续革命"的错误理论指导下特殊历史条件的产物，都是在"一个阶级推翻一个阶级"的错误思想指导下活动的，所以都是错误的，根本不存在哪一派正确的问题。他要求少数闹派性的人不要把自己的一派打扮成正确的，争个我高你低。要彻底否定"文化大革命"，彻底否定两派，才能彻底消除派性。他殷切地希望"文革"中参加过两派组织或倾向过两派的同志，各自看到自己的问题，严格要求自己，总结经验教训，消除派性，增强党性。经过一系列的教育和组织调整，昆明军区的局面有了明显好转，为后来的整党和取得"两山"自卫反击作战的胜利打下了坚实的基础。《人民日报》和《解放军报》对此先后作了专题报道。通过整党，昆明军区出现了一个团结一致、奋发向上、勇于创新、朝气蓬勃的新局面。

第二，军队建设在革命化的前提下，实现干部队伍的年轻化、知识化和专业化，是在现代反侵略战争中取胜的重要保证。他根据军委主席邓小平提出的"军队的体制改革和精简整编，最中心的问题就是领导班子年轻化"的指示精神，狠抓了团以上各级班子的年轻化，大胆地把优秀中青年干部选拔到各级领导岗位上来。与此同时，他下大力抓了部队的科学文化学习，努力把干部战士培养成为军队、地方两用人才。他亲自带领工作组深入团以上部队考核干部，半年时间深入部队103天，走遍了驻云南边防的所有团以上部队及80多个县的武装部，具体指导和帮助各级领导班子的选拔、

摩托分队进行追击演练

调整和配备。他还深入到南起网佤山麓、西至玉龙雪山几千公里沿线部队，在 1983 年春节前夕到滇南驻军和中越边境前哨检查战备工作，迎风踏雪登上扣林山看望前线指战员。当他得知夜晚战士放哨寒冷时，亲自打电话给后勤部火速给哨所赶送棉大衣。通过深入的调查研究，他对军区的工作获得了主动权和发言权。他把 40 多岁的优秀师长何其宗、廖锡龙提升为军长，在对越自卫反击战争中发挥了重大作用。全军区经过调整，野战师的领导班子平均年龄 42 岁，团领导班子平均年龄 32 岁。当军委杨尚昆副主席和余秋里主任视察西南边陲时，很高兴看到年轻化的一代指挥员经过战争的锻炼正在健康成长，并把何其宗推荐到总参任副总长，廖锡龙升任成都军区副司令员。

第三，在新的形势下认真抓好部队的政治思想教育。在国家实行改革开放的新时期,部队的政治思想工作只能加强,不能削弱。这是部队建设的基础。他以积极的姿态,领导部队进行共产主义和爱国主义教育,清除精神污染,批判资产阶级自由化思潮,提高干部战士防腐蚀的能力,发扬艰苦奋斗的光荣传统和无私无畏的英勇精神。他运用自卫还击作战的英雄事迹和现实生活中闪耀着共产主义思想光辉的好人、好事教育部队。为实现军队党风好转,他要求从领导干部做起,从领导机关做起,要"动真"的,不搞两面派,言行要一致,行动要兑现。他还要求领导干部,特别是高级干部带头清查自己的不正之风。他提倡领导干部要有鲜明的原则性,要敢于斗争,绝不容忍任何人搞不正之风,更不能看着败坏党风的人和事不闻不问。

第四,把开创新局面同对敌斗争、教育训练、边防建设、农副业生产、群众工作以及支援和参加少数民族地区的社会主义建设,密切结合起来,把每个边防连队和前哨点建设成为对敌斗争的钢铁堡垒和干部战士生活的美丽家园。他要求部队要从实战出发,认真研究热带山岳丛林地的作战经验,针对作战对象和对敌斗争任务,大力搞好训练改革,练出过硬本领。他同时组织部队发挥驻守地区气候温和、土地肥沃、水源丰富、山多地广的优势发展农副业生产,改善生活,增强部队体质。他还注意加强军民联防,积极支援云、贵两省发展生产,繁荣民族经济,帮助培养民族干部,树立热爱边疆,保卫边疆,建设边疆的思想。

1985年6月中央军委召开精简整编会议,把11个大军区改为7个大军区。在研究昆明军区和成都军区合并后的定点问题上发生了意见分歧。当时昆明军区所担负的自卫反击作战任务还没有结束,总参的初步方案和昆明军区领导及与会军以上干部都主张把合并后的军区领导机关设在昆明。谢振华当然也有同感。但他考虑更多的是长远的利害关系,整体战略的利弊。因此,他执意赞成成都军区提出的把合并后军区领导机关设在成都的意见。他的意见得到中央军委和成都军区的赞赏。经过会议充分讨论,中央军委主席邓小

平于 1985 年 8 月 14 日发布命令，昆明军区与成都军区合并整编为成都军区，机关设在成都。按照中央军委的通知，昆明军区的领导班子和机关于 1985 年 8 月 30 日停止办公。

1985 年 12 月，中共中央、中央军委委托谢振华协助成都军区做好原昆明军区精简整编工作，特别是要纠正突击提职、分钱分物和违反规定处理退役汽车等不正之风。谢振华以磊落的胸怀，严肃认真地完成了军委委托的工作。1986 年 6 月 2 日，驻昆明的各军、独立师、省军区的领导同志座谈半年工作小结时，大家一致认为：两大军区机关顺利合并，谢振华和工作组做了连接工作，发挥了连接作用，半年时间卓有成效，得到了大家的理解和信任。

半个多世纪以来，谢振华从一个初涉人生的求知少年，成长为中国共产党和人民解放军的高级干部，久经革命战争和国内历次重大政治斗争的考验。他始终胸怀共产主义的坚定信念，对党和人民的事业忠心耿耿。他多次受中共中央和中央军委的委派，到最艰苦困难的地区，到敌后开辟工作的新局面，从不计较职位的高低和个人的得失荣辱。他无私无畏地执行党的方针政策，坚持原则，公正清廉，不徇私情，以卓越的领导才能和深入干练的作风，赢得了广大干部战士的支持和信任，并多次受到周恩来总理、中央军委和上级领导的称赞。

1955年 10 月，谢振华被授予少将军衔，荣获二级八一勋章，二级独立自由勋章，一级解放勋章。他当选为第四届全国人大代表、中共九大代表。1972 年 8 月他当选为中共第十届候补中央委员。1982 年 9 月，他当选为中共第十二届中央委员。1987 年他被选为中央顾问委员会委员。1988 年 8 月，他荣获一级红星勋章。

★战功卓著——谭友林

谭友林 (1916~),湖北省江陵县人。1930 年加入中国共产主义青年团,同年参加中国工农红军。1934 年由团转入中国共产党。土地革命战争时期,任红 3 军政治部青年干事,独立营政治委员,第 6 师 17 团政治委员,红二军团第 5 师政治委员。参加了长征。抗日战争时期,任新四军第 4 支队竹沟留守处教导队队长兼政治委员,豫东游击支队政治部副主任,第 2 团政治委员,新四军第 6 支队 3 总队政治委员,八路军第 4 纵队 6 旅旅长。解放战争时期,任松江军区哈北军分区司令员,东北人民自治军第 359 旅副旅长,东北民主联军第 12 纵队 34 师政治委员, 第四野战军 39 军副军长。中华人民共和国成立后,任中国人民志愿军第 39 军副军长,东北军区公安部队副司令员,工程兵副司令员,新疆军区副司令员、副政治委员,乌鲁木齐军区政治委员,兰州军区政治委员。1955 年被授予少将军衔。中国共产党第十二届中央委员会委员。中央顾问委员会委员。

★☆★☆★ 谭友林

1.革命生涯新起点

GEMINGSHENGYA XINQIDIAN

谭友林,1916年11月生于湖北省江陵县熊家河区谭家巷河南台村一个贫苦农民家庭,取名有林,后改友林。

谭母生下五男二女,由于生活艰难,日子过得窘迫,只养活了谭友林和小妹。

全家仅凭几亩薄田糊口,但勤劳、朴实的父亲和慈祥、宽厚的母亲,还是把五岁的谭友林送进私塾,只图孩子能识些字,懂些做人的道理,在黑暗如磐、尔虞我诈的社会里不受骗,不受欺,成为一个诚实正直的人。

幼年的谭友林, 深感父母供自己读书不易, 在私塾里勤奋攻读,《三字经》、《百家姓》等书他读得滚瓜烂熟。在同学中间,他勇于打抱不平,肯帮助穷苦人家的小同学。

1927年,谭家巷流行血吸虫病,父亲不幸染病谢世。家里卖掉了几亩田,买棺埋葬了父亲。由于家庭益艰,谭友林弃学务农。没过多久,叔父谭良文和谭良武两家,染上霍乱,满门死绝。谭友林协助母亲埋葬了两家叔亲,尔后跟着母亲,带着小妹,开始了艰辛的劳作。贫困的生活,在他幼时的心灵里,产生了对乡邻的同情,对社会的不满。

转年,1928年1月,在洪湖地区建立武装开展革命斗争的贺龙、周逸群,来到鄂西组织荆江两岸年关暴动。中共江陵县委领导民众建立赤卫军,并在沙岗烧毁了国民党县府设置的盐卡,砸烂了反动派的炮船,缴获了一批武器弹药,枪毙了反动帮会首领孙福昌等人。以后赤卫军又在龙湾、白马处决了土豪劣绅徐友山等,成立了江陵县农协会。穷人有了衣服穿,有了米吃,有了田种,土豪劣绅威风扫地,见了穷人磕头作揖。世道改变了,穷苦人翻身了。

对于发生的这一切,少年时代的谭友林,看在眼里,记在心上。在他的心灵里,已开始认识到共产党、赤卫军给穷人撑了腰,出了气。

1930年2月,周逸群、段德昌、段玉林、许光达领导的红6军,在潜江、江陵、石首、华容、监利、沔阳等城镇,相继建立了工农民主政府。谭家巷成立了儿童团,谭友林被选为儿童团长。谭友林的情绪特别高,办事很热心,勇于吃苦,带领儿童团站岗放哨、送信带路,工作做得十分出色。这年7月,他由王世荣介绍加入了共产主义青年团。当年他还不足14岁。

谭友林加入共青团,标志着他革命生涯的起点。他的思想境界开始跃入革命者的行列。他想起曾目睹的敌人"清乡"时200多位乡亲惨遭杀害的血淋淋的场面,怎么也不能平静,激愤的情绪促使他立志拿起枪杆子,以牙还牙,以血还血,为受害的乡亲,为被压迫的穷苦人报仇。

1930年10月,洪湖根据地成立了红军学校,派人到江陵县招生,谭友林和王世荣等七人被推荐前去报考,被光荣录取。

1931年春天,洪湖根据地的红军学校改编为鄂西警卫营。谭友林由于幼年遭受贫困生活的折磨,经常不得温饱,人长得瘦小,领导上怕他跟部队行动有困难,动员他回江陵。他执意不肯。领导上又动员他到地方赤卫队工作。他无可奈何,当红军为受害乡亲和受压迫的穷苦人报仇的愿望破灭了。在返乡的路上,他边走边哭,情绪极为沮丧。恰巧,红3军9师打这里路过,见他参军心切,便把他"捡"上,让他在政治部宣传科当宣传员。后来又让他当油印员,印文件,印小报,印传单。他心灵手巧,什么事一学就会,一张蜡纸在别人手里只能印几十页,顶多上百页,可是在他手里,就能印几百页,甚至上千页。

★☆★☆★ 谭友林

2."肃反委员会"差点杀了他

SUFANWEIYUAN HUICHADIANSHALETA

1931年底,红军攻打郝穴,谭友林在镇外一个桥头碰见了向往已久的贺龙军长。贺军长和气可亲,询问了他的家庭情况,住在什么地方,参加红军想不想家,能不能吃得苦。他都坦诚地回答了。贺军长见他蛮机灵,挺喜欢他,便招呼同行的警卫员同他一起追逐谈笑。

中共六届四中全会后,以王明为代表的"左"倾路线统治了中央领导机关,夏曦被派到湘鄂西。夏曦来到湘鄂西后,以中共湘鄂西分局书记的名义,排斥了贺龙的领导,下令撤销了军、师指挥机关,取消了政治机关,把部队整编为五个团,由他直接指挥。夏曦还组织了一个"肃反委员会"对干部、战士任意强加"改组派"的罪名,予以逮捕、关押,以至杀害。

这时,蒋介石的 10 万军队正"围剿"红 3 军。红 3 军一面要同"围剿"的国民党军作战,一面又遭受肃反扩大化的冲击,处境极其困难。

★☆★☆★ 谭友林

3.贺龙的救命之恩

HELONGDEJIU MINGZHIEN

1932 年下半年,谭友林给红 9 师政治部先后几任主任当过警卫员,后因这几位主任均被指控为"改组派",惨遭杀害。谭友林因此受株连,被捆绑、拷打。行军途中,他被特务班的战士牵着走。在从巴东过长江后翻越野之关时,他衣不遮体,食不果腹,打着赤脚板,在大雪纷飞、地冻天寒的山路上攀登,痛苦不堪,步履极为艰难。"肃反委员会"准备将他杀了,无奈手边没有杀人刀,又不敢打枪,怕暴露目标。第二天黎明时分,在山脚下遇到正在路边检查后卫部队的贺龙军长和关向应政委。谭友林还是在打郝穴时跟贺军长见过一面,事隔一年有余。这一年,部队转战河南、陕西、四川,进行了一次7000余里的小长征。可是,贺军长居然还认出已是污头垢面、衣服褴褛、肩上压满了枪支粮袋、脚趾被磨得稀巴烂、骨瘦如柴几乎变了人形的谭友林。贺军长立即下令把谭友林放开。重见天日的谭友林,无限感激贺龙军长。贺军长又派人牵马,把谭友林送到鹤峰一个老乡家里养伤。后来贺军长托人把谭友林接到桑植过年,并将他留在军部仍当油印员。

1934年春,红3军重新恢复了党团组织和政治工作机关,谭友林调任红3军政治部青年干事,负责党团员的登记。那时候,由于肃反,许多同志愿意当红军,不愿意当党员、团员,登记工作需要做耐心的思想工作。这年7月,经朱长清、谷志标介绍谭友林转为共产党员,成为一名光荣的无产阶级先锋队战士。10月,红3军与红六军团在川黔边会师,红3军恢复红二军团番号,谭友林调任红二军团政治部巡视员。部队接连打了几个胜仗,收复桑植和大庸,队伍也扩大了,谭友林又调任独立营政治委员。随后,他率部进驻湖南常德境内,执行打土豪、扩军和筹款的任务。

1935年1月,独立营编入红6师17团,谭友林任该团政治委员。3月,部队攻打高梁坪,敌人依仗优势兵力和险要地势,负隅顽抗。红军久攻不下。这时,急坏了担任战勤任务的17团,一致要求参加攻坚。谭友林去找贺龙总指挥和任弼时、关向应政委请战。贺龙考虑到17团刚组建不久,新成分多,武器装备差,大部分是大刀和梭镖,怕他们打不好。谭友林向贺龙总指挥恳求说:"你不是说要我们从战斗中改善自己的装备吗,就让我们去试试吧!"贺龙觉得谭友林言之有理,同意了他的请战,并向他交代了打法。谭友林返回团部立即向全团做紧急动员,要求大家要勇敢战斗,不怕牺牲,争取旗开得胜,为17团争光。黄昏,17团在兄弟部队配合

下，以 1 营为前导，大刀、梭镖随后，向敌人占领的高地发起冲锋。借助夜幕，他们迅速攻下敌人控制的据点，缴获了一批轻重武器，装备了全团，换下全部大刀和梭镖。

红二、六军团会师后团结奋战，先后取得了陈家河、桃子溪、忠堡、板栗园战斗的胜利，歼敌两个师，活捉敌纵队司令张振汉，击毙敌 85 师师长谢彬，缴获甚多。在塔卧战斗中，谭友林在向被围困的敌陶广部喊话劝降时，不幸右臂中弹，子弹贯通小臂，打碎臂骨，被送医院治疗。伤未愈他即随部队转移，任桑植红军学校上干队政治指导员。红二、六军团离开湘鄂川黔根据地转到外线作战时，谭友林调任刚组建的红 5 师政治委员。贺炳炎任师长。

1935 年 11 月，红 5 师在湘黔边瓦屋塘的遭遇战中，贺炳炎师长右臂中弹负伤，谭友林指挥部队，奋力抗击敌人，掩护军团部安全通过。

红二、六军团西渡乌江进驻黔西、大定(今改名大方)、毕节地区后，谭友林等率红 5 师在西溪打退敌人一个营的阻击，在大定开展反蒋抗日宣传，发动群众，组织游击队，筹粮筹款，扩大红军，以总部侦察队为基础，为本师组建了第 14 团。

★☆★☆★ 谭友林

4.险些把生命丢在雪山草地

XIANXIEBASHENGMING DIUZAIXUESHANCAODI

红二、六军团挥师北上，红 5 师和红 6 师由后卫变为前锋，两师相配合给夹击之敌以重创，直扑石鼓镇，准备强渡金沙江。其时，正值春汛，冰雪消融，江水暴涨。金沙江水深流急，惊涛拍岸，没有渡船。谭友林率领部队，用群众拆下的房梁和木椽扎成木排渡河。由于水急浪高，木排无法从河面直来直往地渡过，只能顺流漂渡，都被大浪向下游打走 1000 多米，所以每排都要拉

1936年10月三大主力红军在甘肃会宁地区胜利会师，此为会师楼

纤，再溯流而上1000米，然后再放排。经过一天苦战，全师胜利过江，稍事休息后进入中甸。在中甸，经过战斗动员，准备了粮食、盐巴、食糖和烟叶，便踏上翻越雪山的征程。

1936年5月，雪山上仍然是一个封冻的世界，气温很低，空气稀薄。在雪山行走，只能走不能停歇，稍一停歇就再也起不来。有时山上的气候瞬息万变，时而大雪漫天，时而冰雹大作，狂风呼啸，红5师指战员不怕艰险，忍受饥寒，团结奋战，一连翻过好几座皑皑雪山，才到达荒僻、冷落的得荣县。谭友林由于一路栉风沐雨，右臂伤口恶化，脓流不止。他坚持着爬过了雪山。

部队在得荣稍事整理后继续北上。一路上，除了翻山越岭，还时常与藏民的反动武装进行周旋，有时发生战斗，有流血和牺牲。7月2日进驻甘孜城，与红四方面军会师。

这时，张国焘企图拉拢红二、六军团干部另立中央，分裂红军。谭友林和红5师全体指战员，坚定地站在朱德、任弼时、贺龙、关向应、萧克、王震等坚

持正确主张的同志一边，维护中共中央的正确领导，维护毛泽东对红军的正确指挥。按照中共中央的指示，红二、六军团合编组成红二方面军，罗炳辉率领的红 32 军编入红二方面军建制。红 5 师编入红 32 军，改为 96 师，王尚荣任师长，谭友林仍任政治委员。

7 月中旬，红二方面军奉命过草地，途中谭友林身患伤寒病，加之受过伤的小臂化脓，人瘦得很厉害，被战士们用担架抬着行军。贺龙发现后，担心谭友林会丢在草地上，便要部队派人把谭友林送到方面军总部，让军医杨云阶给他治疗，连吃了 50 多服中药，才把他的伤寒病治好。历尽艰辛的红二方面军终于走出茫茫草地，经过天险腊子口，连克成县、徽县、两当、康县，歼敌一部。在红一、二、四方面军会师会宁的前夕，红 32 军遭敌阻击，王尚荣、谭友林率红 96 师奋起抗击，掩护军部机关顺利通过。不久部队整编，红 96 师撤销，谭友林奉命赴保安红军大学学习。临行，贺龙、任弼时、关向应就谭友林的伤情联名向周恩来副主席写信，请求设法给予治疗。谭友林带上信找到了周恩来副主席。周恩来看过信，又看了他的伤口，立刻打电话请来在延安的国际友人马海德大夫给他看伤。马海德大夫看过谭友林的伤告诉周恩来，由于伤势较重，陕北没有 X 光机，没有办法动手术。周恩来立即安慰谭友林，让他先到红军大学学习，等有机会到苏联去治伤。不久，红军大学由保安迁到延安，改名延安抗日军政大学。1937 年 3 月，贺龙到延安开会，听说要让谭友林去苏联治伤，找到周恩来副主席请求说，前线正需要干部，谭友林应该就近治伤，赶快归队。周恩来副主席采纳了贺龙的建议，找来八路军驻西安办事处主任叶季壮，当面交代安排谭友林到西安治伤。5 月，谭友林一身学生装到达西安，进入西京医院，先后手术两次，都因为手术高难而没有清除碎骨。贺龙闻讯，托人把谭友林转到西安广仁医院。这是一所英国人开办的医院，条件好，医术高，经过两个月治疗，又做了两次手术后伤痊愈出院归队。

★☆★☆★ 谭友林

5.转战豫东，收编地方武装

ZHUANZHANYUDONG
SHOUBIANDIFANGWUZHUANG

1937年七七事变后，谭友林从西安到晋西北，回到八路军120师不久，中共中央指示120师派120部到洪湖根据地，调查地下党活动情况，谭友林奉命带领四名干部前往湖北。谭友林以120师358旅715团中校团副的身份，偕同行于12月到达武汉。中共湖北省委书记董必武，副书记郭述申，组织部长钱瑛，给他们介绍了本省地下党的状况，让他们分别回原籍开展工作。第二年春，谭友林回到江陵县，因为身份暴露，不好开展工作而返回武汉。之后，他化装成朝阳大学的学生，同钱瑛同去沙市，也因身份暴露于当年夏天又返回武汉。这时，李克农告诉他，中共长江局决定派他到田家堰国民党要塞司令部警卫营，以中校团副的名义任营长，争取这个营，为保卫武汉做准备。谭友林到田家堰了解情况，然后返回武汉汇报，在八路军办事处遇到周恩来副主席。周恩来当即指示说："当前最要紧的是到抗日救亡最前线去，到敌人占领的地方去。现在，吴芝圃率领的青年学生和当地农民在豫东打游击，坚持半年多了，那里很需要懂军事的干部，你到那里去吧。"与此同时，中共中央、毛泽东主席根据中原战况指出：徐州失守以后，河南将迅速陷入敌手，我应准备向豫、皖、苏、鲁四省敌后发展。恰在这时，彭雪枫从确山县竹沟镇新四军留守处到武汉开会，见到了谭友林。彭雪枫向谭友林介绍了豫东人民如火如荼的抗日斗争形势及在豫东地区创建新四军游击队的有利条件，也动员谭友林到豫东打游击。谭友林当即表示愿意到豫东去，并请报周恩来副主席和八路军叶剑英参谋长。不久，周恩来副主席找谭友林谈话，代表中央军委表示同意谭友林的请求，要他和彭雪枫一起动

身，先到竹沟教导队，培训骨干，尔后到豫皖苏边区发展抗日武装，开展敌后斗争。

1938年8月1日，谭友林等在竹沟举办第二期教导队，学员200余人，男生队两个，女生队一个，方中锋任队长，谭友林任党的总支部书记。

1938年9月，中共长江局指示河南省委，将领导重心移向豫东，创建豫皖苏边区新局面，与八路军冀鲁豫部队沟通联络。月底，竹沟教导队学员连同彭雪枫从太原带来的两个班，共273人，成立了新四军游击支队，在彭雪枫、张震、谭友林率领下从河南确山竹沟出发，抵达西华县杜岗，与吴芝圃领导的豫东人民抗日游击第3支队和萧望东率领的新四军游击支队先遣大队会师。3支游击队会合后达1000余人，仍以新四军游击支队名义，由彭雪枫任司令员兼政治委员，吴芝圃任副司令员，张震任参谋长，萧望东任政治部主任，谭友林任副主任兼组织科长，实现了统一领导和统一指挥。10月27日，新四军游击支队渡黄河东进，首战窦楼，毙日军骑兵林津少尉以下10余人，接着又全歼伪军胡强勋部200多人，震动很大，扩大了新四军

陈毅与坚持三年游击战争的部分战友合影

的影响，受到广大人民群众的拥护，不少地方民众武装纷纷投奔新四军游击支队。

当时，河南杞县有一支地方武装，下层官兵多是贫苦农民出身，对日军烧杀抢掠深恶痛绝，积极要求抗日救国。这支武装的首领李寿山，曾经当过国民党的区队长，是个绅士，吸食鸦片，对抗日不够坚定。为了争取这支地方武装，谭友林奉命带领五名干部去改编。谭友林等到李寿山部后，按照彭雪枫的叮嘱，深入到士兵中调查摸底，开展思想教育，启发他们的爱国热忱。该部有几个反动分子企图暗害谭友林，在爱国官兵的全力保护下，反动分子的阴谋未能得逞。经积极争取，1939 年元月，谭友林等将李寿山部从杞县带到安徽亳县，与新四军游击支队 2 大队合编为游击支队第 2 团，由滕海清任团长，谭友林任政治委员。不久，第 2 团奉命进驻萧县开辟新的抗日根据地。中共萧县县委向谭友林反映，该县附近驻扎一支部队，为首的叫张正福，表面上挂着抗日招牌，实际上亲日反共，欺压百姓，鱼肉乡民，要求将其收编。谭友林立即派人对张正福部进行侦察，并主持召开团党委会研究了收编方案。依据收编方案，谭友林在驻地东仁台召开联欢会，邀请张正福部参加。3 月 15 日下午，张正福带领所部 300 余人前来参加联欢，双方在会上都讲了话。在调整部署准备架枪合照时，一个广东籍参谋下令部队架枪，被张部误听为缴枪，顿时秩序大乱，张正福露出反动面目，指使部属开枪打死了谭友林的警卫员。谭友林临危不乱，当机立断，指挥部队抢过张部摆在会场上的十几挺机枪进行还击。这时，谭友林高举手枪，跳下高台，向张部高喊："放下武器的不杀，谁敢顽抗，死在眼前！"张部匪众畏于被歼，大部举手投降，一部企图逃跑者也被缴械。这一仗共缴获轻机枪 13 挺，步枪 200 多支，驳壳枪 50 多支，迫击炮两门，游击队的装备得到了很大改善。

1939年春，豫皖苏地区发生了严重灾荒，游击支队供应困难，粮食成了大问题，每天以红薯、红薯干、高粱掺野草充饥都没有保障。滕海清、谭友林带领部队克服困难，与人民群众同甘共苦，并大力开展为驻地群众挑水、修屋、修渠、治病等助民活动，深得人民群众的拥护，游击支队被称赞是天下文明第一军。夏天已经到来，战士们身上仍然穿着破烂不堪的棉袄，无法更换。一天，部队抓到几个罪大恶极的汉奸，准备枪毙，谭友林见他们都是有钱人，便对他们说，如果你们能按期为我们团每人做一套单衣，可以免你们一死。几个汉奸为了保命，满口答应，在期限之内送来了军衣，解决了部队的燃眉之急。

★☆★☆★ 谭友林

6.新四军中的“铁军”

XINSIJUNZHONG DETIEJUN

新四军游击支队在对敌斗争中不断发展壮大，主力部队及所属地方武装达 1.2 万余人。这时，新四军军长叶挺从江南来到新四军江北指挥部，彭雪枫派谭友林去向叶军长汇报工作，并想争取一个新四军的正式番号。谭友林接受任务后，带了一个警卫班，从蒙城出发，避开国民党部队，于第三天下午到达庐江东汤池，在新四军江北指挥部见到了早已慕名的铁军团长、北伐名将叶挺。他向叶军长汇报了新四军游击支队开展敌后游击活动的情况后，叶军长肯定了他们在军事上取得的胜利和在军队建设上打下的根基，接着讲了游击支队活动地区所处战略位置的重要，鼓励他们要继续发动群众和武装群众，建立巩固的根据地。并当即决定将新四军游击支队改称新四军第 6 支队。叶军长要谭友林回去转告彭雪枫，一定要抓好部队建设，使游击队逐步成为一支正规的人民军队。临别时，叶军长说，江北指挥部弄到几万发子弹和一批武器，请彭雪枫同志派一支部队来领取。叶军长还取出一张照片，一个装文件的皮包，一枚新四军的纪念章和一支左轮手枪，送给了谭友林。谭友林回到游击支队司令部，将会见叶挺军长的情形向彭雪枫作了汇报，游击支队立即派出一个加强连到江北指挥部领取武器弹药。1939年11月，新四军游击支队正式改称为新四军第6支队。就在这时，刘少奇、徐海东、刘瑞龙等领导人来到第6支队驻地涡阳北新兴集，传达了中共中央关于在敌后建立抗日政权的指示，检查了第6支队的工作，接见了支队团以上干部，对第6支队的活动和豫皖苏边区地方党的工作表示满意。临走时，谭友林送给刘少奇一件皮袍作纪念。刘少奇拿出从延安带来的一件皮夹克，披在谭友林身上，作为回赠，并鼓励他多杀敌立功。刘少奇走后，新四军第6支队很快在永城、夏邑、萧县、亳县、宿县等地建立了抗日政权。在斗争中部队很快发展到三个团四个总队，谭友林升任第3总队总队长兼政治委员。

12月中旬，日伪军步骑1000余人，分三路向萧、宿、永地区"扫荡"，先后占领永城东北的刘河和萧县的李石林等地。新四军第6支队第1总队总队长鲁雨亭、政委孔石泉，第3总队总队长兼政委谭友林，带领部队对"扫荡"之敌进行英勇还击。敌人在王楼被击败后，连夜调集人马，兵分四路进攻萧县，谭友林率部奋力抗击，给疯狂的敌人以沉重打击，粉碎了敌人的进攻。胜利的消息传开，群众士气大振，极好地扩大了共产党和新四军的影响。后来，彭雪枫在给谭友林的信中写道："这一胜利，显示出你们已经走上了'铁军'的道路，并且正在向前迈进着，实际战斗的胜利，是你们对整军、建军工作努力所获得成果的良好证明。"

1940年6月1日，新四军第6支队集合于新兴集，举行五卅纪念大会，日伪军调集千余兵力，汽车20余辆，分四路向新兴集袭击，企图歼灭第6

支队主力。彭雪枫、吴芝圃、张震等指挥部队迎击敌人。谭友林带领第3总队配合第1总队一部及特务团、宿县独立团，迅速抢占有利地形，阻击进攻的敌军。终因敌军来势凶猛，新兴集一度被敌占领，但第6支队抓住战机，指挥部队放过敌坦克，集中优势兵力，杀伤敌步兵，将敌击溃，新兴集失而复得。

不久，新四军第6支队奉八路军总部命令，与八路军344旅(缺687团)合编为八路军第4纵队，辖第4、第5、第6旅及教导团，共8个团1.7万余人，谭友林出任第6旅旅长。12月，谭友林被选为出席中共七大的代表，出发去延安。途中，恰遇皖南事变发生，日、伪、顽增设关卡，严密盘查，谭友林、郭述申、戴季英等一行白天休息，夜里绕道行军，避开了道道关卡。

★☆★☆★ 谭友林

7.周恩来邓颖超祝贺新婚之喜

ZHOUENLAIDENGYINGCHAO
ZHUHEXINHUNZHIXI

1941年4月，谭友林到达延安。这时，中共中央决定七大延期召开。根据朱德总司令的指示，从敌后来延安参加七大的代表，组成军事高干队，由杨勇任队长，谭友林任党支部书记，一面学习，一面等候会议召开。在日、伪、顽实行经济封锁的艰苦条件下，他们克服困难，努力学习军事、政治，学习毛泽东的著作。1942年2月，高干队编入中共中央党校，参加延安整风运动，直到1945年4月23日中国共产党第七次全国代表大会胜利召开。经过三年多学习，谭友林的军事理论水平和马列主义理论水平及政策水平，都得到很大提高。这对于他后来成为人民解放军一名高级指挥员，有非常重要的作用。

在延安中央党校学习时,谭友林和邓颖超编在一个党支部。邓颖超为人谦虚,和蔼可亲,像大姐姐一样对谭友林关怀备至。当邓大姐得知他和羡汝芳(现改名鲁方)结婚时,主动把自己的窑洞让给他们用。

羡汝芳的父亲是高级知识分子,和周恩来副主席的秘书徐冰是亲戚。周恩来在重庆八路军办事处工作期间,羡汝芳和父亲常去八路军办事处,在周恩来的感召教育下,他们父女到延安参加了革命。

周恩来听说谭友林和羡汝芳结婚,就和邓颖超商量,想要送件结婚礼物。当时延安生活困难,物资匮乏,没有什么可称心的礼物,他们找出一块二尺见方的红布,为新婚夫妇题写了贺词:

谭友林、羡汝芳新婚之禧

同心同德 互敬互爱

周恩来 邓颖超

1944年3月

这件普普通通但却十分珍贵的礼物,谭友林一直珍藏到今天。

★☆★☆★ 谭友林

8.林海雪原歼灭匪首"座山雕"

LINHAIXUEYUANJIAN MIEFEISHOUZUOSHANDIAO

1945年8月,日本帝国政府及其侵略军无条件投降后,蒋介石迫不及待地下山摘桃子,派遣大批特务到东北,在东北收编和加委合江、牡丹江一带的土匪武装。中国共产党预见到在东北将有一场国共两党两军的争夺,立即从关内各解放区抽调一批干部进入东北。谭友林是奉调到东北的一员。他到东北后由陈云分配到松江军区哈北分区任司令员。不久,哈北军分区与359

TAN YOULIN

旅合并，谭友林任该旅副旅长。

1946年上半年，谭友林奉命率领359旅到合江、牡丹江一带剿匪。首战鸡西、东安，将5000名土匪赶出盘踞的地区，继而追歼股匪于宝清、七星泡、双鸭山等地，粉碎了匪众“会师哈尔滨”的迷梦。但是，牡丹江一带谢文东、李华堂(外号座山雕)、张黑子、车力行、孙云力等土匪头子，率领千名土匪骨干，分成几十股，钻进依兰、勃利、林口、刁翎、萝北等深山老林，招兵买马，发展势力，对群众奸淫掳掠，群众恨之入骨。为了尽快歼灭这些股匪，保护民生，成立了剿匪指挥部，合江军区司令员贺晋年任指挥，谭友林任副指挥。他们在佳木斯召开会议，总结经验教训，针对土匪活动规律和特点，采取钉子、锥子和楔子等战术进行围剿。会后将依兰独立团的两个营调进山，把深山老林的东北部划为六个编号，每个编号又选定若干点，派小部队楔进去，驻扎下来；然后再由8团3营的三把锥子分路插进去，重点搞谢文东。这样一来，就断绝了土匪的粮草，逼得土匪疲于奔命，没吃没穿，只好杀马充饥，士气低落，战斗力丧失殆尽。一天，谭友林根据一个投诚匪徒提供的情况，对谢文东股匪的行踪进行分析判断之后，当日下午即带领两个连直奔四道洞子，准备

解放军某部向国民党军残匪发起冲击

搜山,战士们突然捉到一个污头垢面的土匪,经审问是谢文东派出的侦察人员。与此同时,指挥部派出的侦察员也报告在山边发现股匪。谭友林立刻率领两个连包围上去,一举歼灭了这股土匪,俘虏了200余名匪徒。谢文东带着儿子和马夫乘机溜掉了。剿匪部队找到一个采蘑菇的老人,在老人带领下,8团5连于当天夜里便把谢文东捉到抬回驻地。

原来,8团5连根据采蘑菇老人提供的线索,在四道河子二里处发现土地庙旁有一股青烟,便悄悄包围上去,只见庙前跪着一个大胖子,正在磕头作揖,乞求神灵保佑,旁边两个家伙,正用茶缸烧饭,战士们大喝一声:"什么人?举起手来!"大胖子等三人慌忙举手投降。

谭友林拿出照片一对,正是"三朝元老"谢文东。他十分高兴,就让战士押进屋进行审讯。谢文东吓得浑身发抖,像筛糠似地磕头求饶:"司令饶命,只要不杀,我帮你们喂猪都行。"谭友林严厉地说:"杀不杀,要由群众决定,现在必须老实交代你犯的罪行,要滑头对你没有好处。"谢文东只好乖乖地交代他犯下的罪恶。由于谢文东罪大恶极,不杀不足以平民愤,后来押到勃利县宣判后枪决了。

杀了谢文东,其余匪徒胆战心惊,纷纷投诚自首。贺晋年、谭友林带领部队又进行了一次大规模的扫荡战,不到半月,歼土匪200余名。接着,又先后捉住了匪徒车力行、张黑子、孙云久等七人。李华堂听说谢文东被擒,牛皮吹得很凶,扬言:谢文东是豆腐,我李华堂是金刚钻,共产党要捉住我,比登天还难。不久,359旅8团参谋长郭海卿率领一支部队,在刁翎附近捉住了李华堂。359旅胜利完成了剿匪任务,很快掀起了一个参军参战、支援前线的热潮,巩固了后方的治安,鼓舞了群众的斗志。

★☆★☆★ 谭友林

9.参加辽沈决战

CANJIALIAO SHENJUEZHAN

1946年,359旅开赴前线与国民党军作战，谭友林调任合江1分区司令员。1947年7月,又调任独立2师政治委员。以后又调任12纵队34师政治委员,49军145师政治委员。

1948年9月,人民解放军进行战略决战,辽沈战役打响了。攻克锦州后,温玉成、谭友林正率部同兄弟部队围攻长春。城内国民党守军突围无望,宣布起义、投诚,长春解放。蒋介石急令廖耀湘兵团挺进锦州,又令52军抢占营口,企图掩护其残部逃跑。人民解放军攻锦部队奉命挥师北上,与此同时又以两个纵队南下,将逃敌后路切断。在师长温玉成不在位的情况下,谭友林奉命带领部队配合兄弟部队阻止敌人南逃。廖耀湘兵团在途中遭打击之后,准备向营口逃跑。谭友林指挥部队英勇杀敌,浴血奋战,击败敌人两个师。敌人误以为该师是人民解放军的主力部队,不敢久战,狼狈东逃。谭友林又与兄弟部队相配合,对逃敌展开围歼,胜利解放沈阳。

辽沈战役结束后，华北国民党军10余万人龟缩在张家口、新保安、北平、天津、塘沽等五个地区。中央军委调动100万军队,速将华北国民党军分割包围,阻其逃跑。

1949年1月14日,温玉成、谭友林率所部参加了对天津的总攻战斗,激战29个小时，全歼国民党守军13万余人，活捉国民党天津警备司令陈长捷,解放天津。温玉成、谭友林师在攻城战斗中打退敌人两次反冲锋,与敌展开巷战,歼敌数千。

1949年元月,谭友林升任人民解放军第39军副军长,率部攻打广西柳

TANYOULIN

州等地。1950年夏,刘震、吴信泉、谭友林等奉命率领第39军赴沈阳、营口、海城驻防,保卫东北。

★☆★☆★ 谭友林

10.抗美援朝出奇兵

KANGMEIYUAN CHAOCHUQIBING

1950年6月25日，美帝国主义悍然发动侵朝战争，战火烧到我国东北。中国人民志愿军在彭德怀司令员率领下,雄赳赳气昂昂,跨过鸭绿江,同朝鲜人民军并肩作战,打击美国侵略者。吴信泉、徐斌洲、谭友林等奉命率39军跨过鸭绿江,奔赴抗美援朝前线。

10月25日,当西线之敌进至朝鲜云山、博川、温井、熙川、楚山等地,东线之敌进至真兴里等地,中朝人民军队发起了第一次战役。26日,39军挺进云山鹰峰洞地区,阻击李伪军第1师北进,以保证友军围歼温井之敌。第二

志愿军战士在汉城以南30公里的帽落山上与敌人激战

TAN YOULIN

天,39 军先头部队,在云山西北鹰峰洞与李伪军第一师 12 联队遭遇,立即展开从三面拦击该敌,迟滞该敌前进。10 月 31 日,美军骑 1 师第 8 联队增援云山。吴信泉、徐斌洲、谭友林等指挥 39 军,兵分六路,发起攻击,援敌遭突然、猛烈打击溃不成军,被堵截在一条两公里长的山谷里遭全歼。此战,歼灭号称王牌军的美军骑 1 师第 8 联队及李伪军第 1 师 12 联队共 2046 人。彭德怀司令员对这次战役给予了很高的评价,说这一仗使友军得到了收容整顿的时间,使志愿军在朝鲜站稳了脚跟,取得了经验,扩大了正义战争的影响,增强了部队的必胜信心。

以美军为首的联合国军,不甘心失败,随后又集中美军七个师,英军一个旅,土耳其一个旅,李伪军七个师,共 20 余万人,在其优势空军、炮兵、坦克的支援下,再次北犯。中朝人民军队于 11 月 25 日发起第二次战役。在此前一天,吴信泉、谭友林、李雪三等率领 39 军占领云山、石仓洞、鹰峰洞一带,阻击自宁边、球场方向北犯之敌。26 日黄昏,以一个师的兵力迅速通过九

志愿军部队突破敌临津江防线,攻占滩头阵地

龙江，进攻九洞美军之25师，歼其一部，占领九洞。当天又以一个师的兵力，分三路向九洞以南进攻，截断了敌人的退路，并且截住了驻柴山洞之敌1000余人，逼敌一个连投诚。与此同时，39军再次以一个师的兵力向栓林洞、龙头洞前进，按预定时间占领了两地，歼敌一部。26日夜里，朝鲜人民军在德川、球场等地击败了李伪军第2军团主力和美军第2师。至此，敌军心动摇，不敢再战，中朝人民军队抓住战机，乘胜追击，解放平壤，控制了大同江沿岸。

在第二次战役中，以美军为首的联合国军，遭中国人民志愿军和朝鲜人民军的歼灭性打击后，被迫撤离三八线，依托临津江等地有利地形及原有工事，凭江设防，伺机反攻。中朝人民军队为了打乱敌人的计划，于12月31日发起第三次战役。当夜，39军突破临津江，向敌纵深穿插、分割。在志愿军强大攻势下，敌人的反攻计划破产，防线土崩瓦解，于1951年1月2日开始全线撤退。谭友林率39军先遣师勇猛追击，长驱直入，直插李承晚的伪首府，解放汉城，进占水原，同朝鲜人民军一起收复了37度线以北广大地区。

1月27日，美军并纠集仆从军，又一次发动全线进攻，企图将志愿军赶到三八线以北，以挽救失败的局面，缓和内部矛盾。39军抽出一个师的兵力，配合朝鲜人民军，围攻李伪军第8师和美军第2师。中朝人民军队并肩作战，旗开得胜，取得俘敌3000余名的辉煌战果。2月12日，39军又派出两个师的兵力围歼砥平里美军第2师，歼其一部。此后，谭友林等指挥39军在洪川、春川、华川地区进行了为期两个月的防御作战，彻底粉碎了美军骑兵1师等敌五个师的大举进攻。

★☆★☆★ 谭友林

11.挖出美国间谍

WACHUMEI GUOJIANDIE

1951年6月，谭友林从朝鲜返回北京，奉命到东北军区公安部队任副司令员。第二年3月，升任东北公安部队司令员。此时，美帝国主义不甘心在战场上的失败，经常派飞机侵入我国东北领空进行骚扰。谭友林组织公安部队守卫国土，维护社会治安，保卫工厂和重要军事目标。他还派出部队，

匪特在零陵纵火的现场

控制东北铁路线，给朝鲜前线押送物资，并从朝鲜前线往祖国运送伤病员。

1952年9月27日，美国中央情报局空投特务李军黄向吉林省安图县一个派出所自首，供述了美国中央情报局驻日本间谍机关，于当年7月14日，向吉林省安图县老岭山区空投代号为"文队"的间谍人员。谭友林立即派出部队，配合东北公安局，迅速赶到老岭山区搜捕，不久将"文队"间谍人员全部捉获。谭友林等又利用"文队"的间谍向其间谍机关发报，诱使美籍间谍唐奈、费克图和栾衡山、王维藩两股间谍人员空投，全部落网。

由于谭友林在第二次国内革命战争、抗日战争、解放战争和抗美援朝战争中，坚定地执行了中共中央和中央军委的战略方针，运用毛泽东军事思想，历经上百次战斗，战功卓著，他荣膺一级八一勋章，一级独立自由勋章，一级解放勋章，并荣获朝鲜民主主义人民共和国政府授予的二级自由独立勋章。

1955年，谭友林被授予少将军衔。

★☆★☆★ 谭友林

12.遭受林彪集团残酷迫害

ZAOSHOULINBIAO JITUANCANKUPOHAI

1957年夏，谭友林进入高等军事学院学习深造，历时三年半。毕业后调工程兵任副司令员兼特种兵7169部队司令员。谭友林在工程兵任职六年，为工程兵革命化、现代化、正规化建设呕心沥血。他非常重视军事训练，重视培养工程兵顽强的战斗作风。在军队建设遭受"左"倾干扰、全军开展批判"单纯军事观点"、宣扬林彪"突出政治"的年代里，他带头抓工程建设，抓质量保障，圆满完成了工程建设任务，为我国尖端科学的发展

做出了贡献。同时,他还与杨勇、万里等组成领导小组,指挥和修建了北京地铁。

"文化大革命"开始后,林彪一伙诬蔑谭友林是贺龙埋在工程兵的定时炸弹,指使其在工程兵的代理人,撤销了谭友林的职务,抄了他的家。又于1966年9月13日召开大会,对他进行批判,然后采取监护措施,将他进行非法关押。林彪一伙还伪造了一封贺龙亲笔写给蒋介石的密信,以此来诬陷贺龙。他们硬逼着谭友林证实这信就是贺龙写的。在此大是大非面前,谭友林义正词严,据理驳斥,寸步不让。他指出:贺龙把蒋介石派来游说的熊贡卿都杀了,密信无从谈起。诱逼未达到目的,林彪在工程兵的追随者又采取车轮战术,连续对谭友林刑讯逼供。

1969年10月,在林彪发出"一号通令"前几小时,谭友林被武装押出北京,秘密遣送河南伊川某农场,并且切断了他同家人的联系。1971年2月28日,又把他从伊川押解到徐州,投入一所私设的监狱里,派一个武装班看管。林彪在工程兵的追随者还派人到石家庄,欺骗谭友林的家人说:"谭友林被中央调走了,到哪里去了我们不知道,我们和他没有联系了,你们以后不要再找工程兵了。"谭友林在私设的监狱里,经受了种种折磨,身患重病,体质越来越弱。

1972年,受林彪和"四人帮"迫害返京不久的王震,得知谭友林在监禁中沉疴在身的消息后,义愤填膺,拄着拐杖,避开"四人帮"的耳目,把谭友林爱人鲁方写的申诉信亲手交给周恩来总理。周总理当即指示秘书,打电话通知工程兵,允许谭友林同家人见面。接着周总理又亲笔批示:同意谭友林同志回京治病,可以和家人团圆。可是专案组篡改和歪曲周总理的指示,向谭友林宣布:批准你回去治病,但没有解除对你的监护,不准外出。1974年,中共中央发出为贺龙恢复名誉的通知后,谭友林仍迟迟得不到平反。

1975年,谭友林获得重新工作的机会,中央军委分配他到新疆军区任副司令员,同时他被选为新疆维吾尔自治区人大常委会副主任。在新疆军区,他协助军区司令员杨勇抓边防建设,在不到一年的时间里,他走遍了天山南北,亲自勘察定点了许多重要战备工程,精心组织施工,先后修建了南疆铁路、"独库"公路和许多重要战备工程。他还努力抓了新疆的边防建设。在工作中,他不怕吃苦,兢兢业业,勇于创新,忘我地工作,使新疆的边防建设较过去有了很大的进展。

谭友林和杨勇等军区领导人,对"四人帮"的倒行逆施,采取"能拖则拖,能抗则抗"的策略进行抵制。在"四人帮"强行推广上海"民兵指挥部"的"新鲜经验"时,杨勇在军区党委会上提出要抵制这个东西,谭友林表示支持杨勇的正确意见,致使这个"新鲜经验"在新疆没有立足之地。

敬爱的周恩来总理逝世后,"四人帮"违背党心民愿,通令全国各地不设灵堂,不开追悼会。谭友林积极支持军区党委在军区机关召开隆重的追悼会,向人民的好总理寄托了无限的哀思。

1977年1月,打倒"四人帮"后,谭友林才得到彻底平反。

★☆★☆★ 谭友林

13.保卫新疆,建设新疆

BAOWEIXINJIANG
JIANSHEXINJIANG

1980年1月,谭友林被任命为乌鲁木齐军区政治委员、中共乌鲁木齐军区委员会书记。8月被选为第五届全国人民代表大会代表。1982年9月,在中共第十二次全国代表大会上,他当选为中央委员。

在军区领导岗位上,谭友林坚持在全区部队中开展精神文明建设,抓

住共产主义思想这个核心，解决"有理想"的教育问题。他深入部队，大抓"不怕艰难困苦、不怕流血牺牲"的先进典型，积极宣扬了"喀喇昆仑钢铁哨卡"、"喀喇昆仑山模范驾驶员"谭小明、坚持边防20年如一日的某边防团副团长张敬一、以冰峰哨卡为家的战士买托乎提等先进单位和个人。1982年9月，谭友林和司令员萧全夫在《新疆日报》、《战胜报》发表了《坚持以共产主义思想为核心，搞好军队的社会主义精神文明建设》的文章；在军区部队提倡的"三爱"(爱祖国，爱社会主义，爱边疆)教育，得到了中央军委的肯定。以后又在《后勤学术》杂志上撰文，提出要抓紧抓好边防地区后勤政治思想工作。

人民解放军与新疆民族军在南疆喀什会师

谭友林在新疆工作多年，深知民族团结在建设边疆、保卫边疆斗争中的重要性，十分重视民族团结和注意培养少数民族干部。特别是从1983年以后，胡耀邦等中共中央领导人视察新疆就民族团结问题发表了多次讲话，他更是身体力行，在组织广大指战员认真学习领会的基础上，还要求部队严格遵守党的民族政策，尊重民族风俗习惯，积极支援地方的重点工程建设，为少数民族地区培养和输送建设人才。他还组织部队种树种草，绿化新疆，改变新疆的自然面貌。1983 年 10 月 19 日，他就民族团结问题，在《新疆日报》上发表了《让民族团结之花永远盛开》的文章，同月中央军委任命谭友林为兰州军区政治委员、中共兰州军区党委书记。到职后，他和军区司令员郑维山一起，集中精力抓了机关整党工作，解决了军区多年来遗留的一些问题，为端正党风，实现党风根本好转做出了积极的贡献。他还努力抓了机关部队的基层政治思想工作，宣扬了 84819 部队"面向基层勇于创新的政治处"的经验和先进事迹，及时调整配备了军师两级领导班子，把德才兼备的年轻干部提拔到领导岗位上。他到职一年多，为兰州军区建设做了大量工作。

谭友林作风正派，服从组织，顾全大局，坚持原则，坚持真理，光明磊落，胸怀坦荡，实事求是，联系群众，团结同志。工作中有了成绩，他总是归功于党的领导和同志们的努力，从不争功。工作中出了失误，他主动承担责任，严格检查自己，从不诿过。他爱护干部，关心干部。他在乌鲁木齐军区工作时，跟党委"一班人"密切团结，因此各项工作都很出色。中央军委和人民解放军各总部的首长，评价乌鲁木齐军区党委是一个团结的班子，工作的班子。他使用干部总是秉公办事，坚持常委集体决定，搞五湖四海，任人唯贤。他深受指战员的爱戴。

中共十二大以后，中央决定进一步树立干部能上能下的新风气，逐步废除实际上存在的领导职务的终身制。这是一项重大战略性决策。谭友林完全拥护和坚决执行党中央的这一重大战略决策。1985 年 9 月，在十二届四中全会上，他和一批老同志向中共中央恳切地请求不再担任第十二届中央委员，得到了全会的批准。在这次全会上，他被增选为第一届中央顾问委员会委员。

1985 年底，谭友林从兰州军区的领导岗位上退下来，转到二线工作，继续为党的事业发挥着自己的作用。部队精简整编时，他向中央军委提出了保

留人才的五条办法。新的军区领导人上任后,他诚心诚意向他们介绍情况,做好传帮带。

1987年10月,在中共第十三次全国代表大会期间,谭友林再次被选为中央顾问委员会委员。1988年8月1日,中央军委授予谭友林一级红星功勋荣誉章。从一线转到二线,谭友林认为,这对他的革命历程来说,是一次很有意义的转折,而决不是它的终结。在未来的日子里,他将一如既往,为正在进行的伟大改革的成功,为社会主义现代化建设的胜利,为共产主义理想的实现,献出自己晚年的光和热。

★忠贞良将——谭善和

谭善和（1915~1991），湖南省茶陵县人。1930年参加中国工农红军。1931年加入中国共产党。土地革命战争时期，任红8军第23师政治部宣传干事，红六军团第17师50团特派员，军团保卫局科长，第16师特派员。参加了长征。抗日战争时期，任八路军总部特务团组织股股长，野战军政治部保卫部科长，总部巡视团保卫组组长，冀鲁豫军区政治部保卫部部长、后勤部政治委员。解放战争时期，任晋冀鲁豫野战军第11纵队旅政治委员，军区司令部军械处处长，中共河南商城县委书记，中共鄂豫三地委书记兼军分区政治委员，第二野战军特种兵纵队副政治委员。中华人民共和国成立后，任西南军区工兵纵队司令员兼政治委员，东北军区工兵司令员，中国人民志愿军工兵指挥所司令员，解放军高级工兵学校校长，工程兵副参谋长、参谋长、副司令员，新疆军区副司令员，解放军工程兵司令员，乌鲁木齐军区政治委员。1955年被授予少将军衔。中国共产党第十一届中央委员会候补委员，第十二届中央委员会委员。中央顾问委员会委员。

★☆★☆★ 谭善和

1.倔强的“茶陵牛”

JUEJIANGDE CHALINGNIU

谭善和，曾用名毅峰，1915年3月1日出生于湖南省茶陵县龄舫乡一个偏僻的小山村——中洲村。

茶陵县位于湖南省东部，与江西省的井冈山区毗连。在茶陵境内的洣江边，有一尊宋代铸造的铁牛远近闻名。800年来，泛滥的洪水不能将它卷走；雨雪风霜不能将它锈蚀。耿直、倔犟的茶陵人于是常以铁牛——“茶陵牛”自喻，连毛泽东也谙熟这一掌故，多次表扬茶陵籍的红军战士，像“茶陵牛”一样忠实坚定。

谭善和的童年，是在艰难困苦中度过的。他的家境十分贫寒，只有一亩沙地和一间草屋，父亲谭宝云租种了地主几亩田，农忙时作田，农闲时给木材商放木排，母亲终年给乡邻弹棉花挣几个钱。为贴补家用，年仅五岁的谭善和就已开始上山砍柴，有一次失脚从山上跌落下来，几乎摔死。七岁那年，父亲咬着牙供他上了私塾，可是才念会《三字经》和《百家姓》，就因交不起学费而停学了。

少年谭善和已具有“茶陵牛”的倔劲，八岁时，一位族中长辈打了他，他竟敢还手，结果差一点被拉到祠堂去受重罚。

1926年，共产党员谭家旺、罗青山、罗普生等在大革命的高潮中回到龄舫，组织起农民协会。谭善和参加了农民协会下属的童子军，做一些放哨、查路条的工作，也跟着大人游斗过土豪劣绅。中国共产党领导的农民运动对少年谭善和产生了巨大的影响。1927年5月，马日事变后，白色恐怖笼罩了茶陵，谭家旺等出走，罗普生牺牲，仅中洲村的革命群众就有四人被国民党反动军队枪杀。向往革命的谭善和没有动摇,他与哥哥一起给井冈山上毛泽东领导的红军送粮时,曾要求留下来当一名红军战士,因年龄太小而未被接受。

1930年1月,谭家述领导的湘东南游击队打回茶陵,龄舫也爆发了农民暴动,成立了乡苏维埃政府。谭善和的父亲谭宝云担任了乡苏维埃的土地委员,哥哥谭和仔当了赤卫队员,谭善和参加了少年先锋队,身背一柄梭镖,跟随父兄打土豪,分田地,组织苏维埃。不久,国民党63师的一个团开进龄舫,残酷镇压革命群众,谭善和与父亲、哥哥躲了出去。敌人找不到他们父子,就把留在家中的谭善和的姐姐谭黄梅杀害。

面对国民党反动军队的暴行,谭善和想起了同乡共产党员谭家述、谭余保鼓励他的话——"茶陵人革命最坚决!"他下决心参军。7月的一天,谭善和找到了谭家述,参加了中国工农红军湘东南游击大队。两个多月后,湘东特委按照红军总政委毛泽东的建议,将湘东和赣西的红军游击队、赤卫队集中起来,整编为正规红军湘东独立师。谭善和在独立师谭家述任团长、王震任政委的3团7连当战士。

★☆★☆★ 谭善和

2.三负重伤,不下火线

SANFUZHONGSHANG BUXIAHUOXIAN

15岁的谭善和作战勇敢、不怕牺牲,第一次参加战斗就受到师政委谭思聪的表扬,很快就背上了全班仅有的一支钢枪。他接连参加了皇图岭、砻山口、莲花坪等战斗,由于表现突出,1931年被吸收加入中国共产党,担任宣传员。他虽识字不多,但积极性很高,每天提着石灰桶能刷写十几条标语。

1932年,部队整编为红8军,谭善和提升为红8军23师政治部党支部书记、宣传干事,参加了配合中央红军粉碎敌人第四次“围剿”的历次战斗。1933年6月,红8军与湘鄂赣苏区的红18军合编为红六军团,谭善和担任红六军团17师50团特派员。特派员主要是做巩固部队和锄奸保卫工作,但谭善和仍和以前一样,战斗一打响就奔向作战第一线。在江西泰和县旱禾市与国民党罗卓英部作战时,他被打断左手腕骨,不得不进医院治疗休养了四个月。

休养期间父亲来看他,告诉他母亲被国民党军队抓走,乘船过江时投水身亡。惊闻母亲被国民党军队逼死,谭善和悲愤交加,向父亲表示:一定要革命到底,一定不会给家里丢人。这次相见也是他与父亲的诀别,从此后他就再也没有见过老人家。

伤愈归队,他改任17师49团特派员。在湖南永兴县的石灰桥战斗中他

1937年4月红六军团主要干部在流典合影

TAN SHANHE

又第二次负伤。这时，红六军团已奉中央和中革军委的命令，开始撤离湘赣根据地向湘中转移。谭善和没有留下来养伤，带伤随部队踏上了战略转移的征途。

1934年10月，红六军团在湘赣省委书记任弼时、军团长萧克、军团政委王震率领下，连续作战80天，冲破近10万国民党军队的堵截，行程2500公里，来到湘鄂川黔边界。在贵州石阡县的甘溪遭遇战中，红六军团被桂系的国民党廖磊部截成三段。谭善和按照军团参谋长李达的命令，将被敌人打散的49团、51团各一部共400多人临时组编成特务营，并兼任营政委。他带领特务营随李达按原定方向前进，寻找红3军和贺龙军长。特务营在黔东梵净山区转战九天，消灭了几股突然遭遇的保安团，10月15日终于在贵州沿河县的水田坝遇到了红3军部队，当晚见到了贺龙军长和关向应政委。

与红3军汇合后，谭善和虽已极度疲劳，但他仍率特务营配合红3军作战四天，将贵州军阀王家烈的李成章旅击溃，保证了红3军与红六军团主力的胜利会师。10月26日，贺龙、关向应和任弼时、萧克、王震率领的两支红军部队在四川酉阳县南腰界召开了会师大会。与此同时，红3军恢复了红二军团番号。此后，两军并肩作战，在湘鄂川黔地区，创建了10余个县的新根据地。

两军团会师后不久，谭善和调红六军团保卫局任一科科长，负责侦察工作。六军团保卫局同时兼湘鄂川黔省委的保卫局，工作繁忙。这期间谭善和带领侦察人员在贵州黄平县扣留过一些外国传教士，其中一位瑞士籍的英国传教士薄复礼被保卫局随军羁押长达一年多时间。谭善和对这位传教士以礼相待。薄复礼获释后并不忌恨红军，在他写的回忆录《一个被扣留的传教士自述》中，比较真实、客观地向世界介绍了中国共产党

领导的红军。

1935年春，谭善和在湖南大庸县的后坪战斗中第三次负伤，这次是一颗子弹穿透了他的右腿。他忍着伤痛坚持行军作战，参加了在湖南桑植县歼敌六个整团的陈家河战斗、在湖北咸丰县歼敌41师的忠堡战斗和在湖北宣恩县歼敌85师的板栗园战斗。

红二军团和红六军团在湘鄂川黔英勇作战10个月，歼灭国民党军队2万多人，有力地策应了中央红军的战略转移。这时，蒋介石急忙调集了100多个团的兵力，下狠心要把红军在南方的最后一块根据地"荡平"。1935年11月，红二、六军团退出湘鄂川黔苏区开始长征。谭善和由红六军团保卫局调到新组建的16师担任特派员。在红二、六军团转战湖南、贵州、云南、四川的长征路上，16师是红六军团的后卫，谭善和大部分时间走在16师的后卫团，收容掉队人员，阻击追赶上来的敌人。16师部队成分较新，如48团就是由龙永独立团、永顺独立团升级合编的，谭善和千方百计鼓舞战士们的士气，巩固部队。

爬雪山、过草地时，萧克、王震指示走在军团后尾的谭善和："要尽可能为革命保存有生力量，多收容一个也是好的。"他坚决执行，把自己的马让给伤病员骑，把自己的干粮让给掉队人员吃，还常常帮助体弱的同志背枪背行李，为避免部队的非战斗减员尽了自己的最大努力。

★☆★☆★ 谭善和

3.朱德总司令说："这样的仗要多打"

ZHUDEZONGSILINGSHUO
ZHEYANGDEZHANGYAODUODA

1936年10月，由红二、六军团组成的红二方面军与红一、四方面军胜利地会师甘肃会宁。谭善和听说中央办了红军大学，就向王震政委讲了想去学习的愿望。他的请求得到批准，遂即来到陕西保安，入红军大学学习。1937年

1月红军大学迁至延安，不久更名为抗日军政大学，谭善和任2队5组组长。5组学员中有师长、团长，还有新来参加革命的大学生，谭善和与大家一起刻苦学习，在思想水平、工作能力、文化程度上都得到了很大提高。1937年10月，他作为抗大一期学员毕业。

抗大师生参加延安军民集会

中央组织部把谭善和分配到特科工作，可他说什么也不愿意留在后方，坚决要求上前线去，到有仗打的地方去。他住在中央组织部招待所，磨了20多天，“茶陵牛”的牛劲终于感动了有关领导，他被重新分配到八路军总部特务(警卫)团，任政治处组织保卫股长。

1937年12月，谭善和渡过黄河赶到山西洪洞县马牧村的特务团驻地，立即投入到招收新兵、组建连队的工作中去。1938年1月底，八路军总部由朱德总司令、左权副参谋长率领东进，特务团1营的1连和2连随行护送。谭善和随团部进驻山西临汾。

2月中旬，八路军总部在山西安泽县的古县镇一带与3000名日军遭遇。这股日军系108师团所属104旅团，由旅团长苫米地寺楼率领奔袭临汾。为了争取时间掩护群众和友军转移，并及时转运存放在临汾的军需品，朱德、左权决定阻击这股日军，迟滞其行动。2月25日，朱德、左权亲自指挥特务团1营的两个连队与日军接火。日军不知虚实，一时不敢放胆前进，战斗呈胶着状态。

在战斗打响的同时，总部急电驻临汾的特务团马上赶来增援。这时，特务团的团长调学不在位，政委带3营留在延安执行任务，团总支遂决定，由谭善和代理政治处主任，与参谋长尹先炳一同带领2营和1营3连连夜赴安泽驰援。经过60公里的急行军，部队于26日赶到古县镇，顾不得休息即按照左权的部署投入伏击日军的战斗。

2营是刚刚组建起来的部队，除班长排长外，大多数新战士没有枪，每人只有两枚手榴弹。虽然武器差、缺乏战斗经验，但士气却很高涨。当沿临(汾)屯(留)公路西进的日军辎重部队钻入伏击圈后，谭善和与尹先炳指挥埋伏在公路两侧的400多名战士一齐投出手榴弹，当即炸毁80多辆汽车，炸死炸伤200多名日军。谭善和带领战士们冲到公路上，缴获了大批枪枝弹药和军用物资。等到气急败坏的日军后续部队赶到时，谭善和、尹先炳已率2营和1

营3连迅速撤离了战场。此战不仅教训了骄横的日军,还使原来徒手的新战士们都有了枪,颇得朱总司令的好评。朱总司令表扬说:“这样的便宜仗以后要多打。”

特务团护送八路军总部到达沁县不久,日军即纠集三万兵力开始对晋东南根据地“九路围攻”。谭善和奉命与特务团留在沁县,在决死1纵队配合下袭扰进犯沁县的一路日军。经过九昼夜激战,日军支持不住南撤,特务团一直追击到屯留。

★☆★☆★ 谭善和

4.巩固冀鲁豫根据地

GONGGUJILUYU GENJUDI

1938年4月,谭善和调任八路军野战政治部保卫部一科科长,工作范围除保卫总部首长、机关的安全外,还有锄奸、反谍等。1940年8月,八路军总部组织巡视团前往冀南、冀鲁豫根据地巡视、检查工作。谭善和主动要求参加,任保卫组长,以后又兼任巡视团党总支书记。初到华北平原,他患疟疾大病一场,仍带病坚持工作两个多月,没有休息一天。在巡视团团长周桓领导下,谭善和帮助冀鲁豫行署建立、健全了公安局的组织和制度,还参与了纠正湖西地区“肃托”的错误倾向等工作。1941年12月,上级决定谭善和留在冀鲁豫军区,担任政治部保卫部部长。时值冀鲁豫最困难的时期,在日伪军残酷“扫荡”和国民党顽固派军队的夹击下,根据地大部成为游击区。许多会门、土匪武装乘机与日、伪、顽军勾结,危害抗日政权和群众。谭善和任职后对会门土匪武装做了耐心细致的工作,将其中大多数争取了过来,有些编入了八路军的地方部队,有些帮助根据地从敌占区购买弹药、物资和制造军火的原料。

在紧张、繁忙的工作之余，谭善和为冀鲁豫军区的报纸《战友报》撰写了不少稿件，如《谈在接敌区、敌占区的反特务斗争》等。他重视报纸的作用、利用报纸推动工作的习惯，正是从这时开始形成的。后来，无论他在军事工作还是政治工作的岗位上，都关注、支持报纸工作，愿意为报纸撰写文章。1943年冀鲁豫形势好转，根据地进入恢复发展阶段。6月，谭善和与根据地政府机关女干部邵言屏结婚。一年后，谭善和调往设在河南林县的平原党校参加整风。

1945年5月，谭善和被任命为冀鲁豫军区后勤部政委。由于部长兼任军区副参谋长，谭善和担负了后勤部的主要领导工作。这时冀鲁豫根据地的面积已扩展到50多个县、将近10万平方公里，军区正规部队发展到将近10万人，正在对日伪军展开春夏季攻势作战。针对这些新情况，谭善和首先将后勤部下属的卫生部、军工部、供给部的机构建立起来，而后以"增加生产、提高质量、降低成本"为目标，大力加强军区兵工厂的工作，除原有的一个手榴弹厂和一个军械修理厂外，又新建了两个炮弹厂。这两个炮弹厂分别制造"九二"、"七五"两种型号的炮弹，手榴弹厂的技术状况也得到了改进，每月可制造手榴弹4万枚，还兼造地雷和子弹。这些弹药不仅供给冀鲁豫本军区的部队使用，还支援给晋冀鲁豫军区下属的冀南、太行等兄弟军区部队。在抗日战争的战略反攻阶段，在解放战争初期的平汉(邯郸)、陇海、张凤集等战役、战斗中，冀鲁豫军区制造的弹药都发挥了重要作用。

★☆★☆★ 谭善和

5.邓小平亲自找他谈话

DENGXIAOPINGQIN ZIZHAOTATANHUA

抗日战争胜利后，国民党孙连仲部按照蒋介石的命令，从新乡沿平汉路北犯，企图占领邯郸，打通平汉铁路，为控制整个华北创造条件。晋冀鲁豫军区部队坚决反击，发起了平汉战役。谭善和参加了这次战役，负责组织冀鲁豫的弹药、物资、粮食，运送给作战部队。

平汉战役获得歼敌两万多人的胜利后，谭善和受命兼任晋冀鲁豫军区和冀鲁豫行署驻山东办事处主任，奔波于鲁西北的临邑、惠民，鲁东南的日照等地，一方面转运华东新四军和山东军区支援晋冀鲁豫军区的炮弹，一方面接收经周恩来争取由山东救济分会分给晋冀鲁豫解放区的外国救济物资。在国民党反动派公然挑起全面内战的情况下，他想方设法克服种种困难，将炮弹运送到晋冀鲁豫军区野战部队手中，将救济物资运交地方政府。最后一批物资运走后，救济分会又分来一台摩托车。他本不会驾驶摩托车，但又舍不得不要，就找会开摩托车的人请教驾驶要领，试着骑上了路。结果这台摩托车硬是被他奇迹般地从山东日照骑回了河南旧范县，交给了冀鲁豫边区政府。

1947年初，冀鲁豫军区首长任命谭善和为11纵队旅政委。还未到职，又接到刘伯承司令员、邓小平政委的命令，调他到晋冀鲁豫野战军司令部任军械处长。虽一心想去作战部队，但谭善和还是服从了组织决定，到野战军司令部报了到。刘伯承、邓小平亲自找他谈话，告诉他野战军主力马上要打入敌占区，挺进大别山，必须在10天之内将军械处组建起来。李达参谋长要求他重点抓好兵工厂的迁移工作，保障大部队流动作战的需要，同时要求他在出发之前组建一个野战军留守处，组织大批干部南下，筹集供野战军司令部在大别山区使用的银行……谭善和夜以继日地拼命工作，如期完成了各项任务，带领新组建的军械处人员及8000人的南下干部支队，携大批银元、弹药赶到了大别山。

在大别山区，他遵照李达的命令到新县兼任后方指挥长，统一指挥后方机关人员和警卫部队与进犯的敌军周旋。敌军退后，邓小平找他谈话，当面交给他新的任务："商城这个县很重要，至今地主武装和土匪结合，裹胁群众

上山，到处打枪开炮，使我们的工作无法开展，特别是青区一带的地主武装，其头子顾敬之，无恶不作，控制群众很厉害，现在派你去当县委书记，尽快打开局面。”谭善和带领2纵队5旅的一个团到商城上任，首先做宣传工作争取群众，群众发动起来以后纷纷主动协助部队剿匪反霸，很快肃清了反动民团和土匪武装。一个多月后，邓小平、李达来到商城，对县委的工作表示满意，特别表扬了谭善和深入细致发动群众的作法。

★☆★☆★ 谭善和

6.配合二野渡江作战

PEIHEERYEDU JIANGZUOZHAN

1948年2月，谭善和调任鄂豫军区独立旅副政委，参与指挥了在商城与湖北黄安交界地区进行的阻击国民党桂系第7军的战斗。独立旅原计划先期渡过长江，以刘邓野战军16纵队名义到九龙山一带开辟游击区。后因敌人对长江封锁甚严，找不到渡江机会而放弃原计划。谭善和旋即被任命为鄂豫区三地委书记兼鄂豫军区第3军分区政委。他率军分区武装与敌军相持多日，相机歼灭了敌98师一个营，攻占了黄安县城，随后深入发动群众、镇压恶霸、清剿“小保队”等反动民团，开辟了包括黄安、黄陂、孝感、礼山四县在内总面积100多平方公里的根据地，控制了通向武汉的交通要道。谭善和重视开展城市工作和对敌工作，使三地委和第3军分区双重领导下的城工部非常活跃，将工作推进到了敌人严密控制下的武汉城内，连白崇禧司令部绝密的《武汉城防图》、《武汉外围军事部署图》也被城工部获得。

1949年2月，中原野战军改称第二野战军，刘邓首长决定组建包括炮兵、工兵、装甲兵诸兵种的特种兵纵队，由二野参谋长李达兼任特种兵纵队司令员和政治委员，孔从洲任副司令员，谭善和任副政委。初组建的特纵下辖两个炮兵团、两个工兵团和一个坦克大队，装备全部是从国民党军队手中

人民解放军解放南京，占领总统府

缴获的。部队一面整训一面为渡江战役做准备工作。

3月，特纵随二野司令部进驻安徽桐城，受命在五天之内架通七里河桥，谭善和亲率工兵团就地筹集架桥器材，冒着国民党飞机的轰炸昼夜施工，按时完成了任务。长江北岸河网密集，还有不少沼泽地，影响渡江部队运动，谭善和指挥特纵工兵在短时间内抢架了十几座中小桥梁，使部队集结地到江岸攻击出发地之间畅通无阻，为渡江战役的胜利创造了条件。

4月21日，二野5兵团在安徽安庆以西望江段渡江，特纵炮兵以密集火力压制长江南岸的国民党守军，掩护十几个团顺利地渡过了长江天堑。

部队进占南京后，谭善和兼任长江渡口浦口镇的军管分会主任、区委书记、渡江指挥部司令员、支援解放上海运输部队副司令员。浦口镇是津浦铁

千百门大炮向长江南岸国民党军轰击，掩护我军强渡

路(今京沪铁路)大动脉和长江航运线的咽喉，国民党军队撤离时布放了大批地雷、水雷，使津浦铁路和长江航道都无法运行。谭善和率特纵工兵使用各种简陋的装备迅速排除了地雷和水雷，修复了车站、码头，很快使津浦铁路、长江轮渡及长江航运线恢复了正常运行。根据邓小平路过浦口时的指示，谭善和还帮助设在浦口的铁路机车车辆厂和侯德榜创办的永利铔化学厂，在短时间里恢复了生产。

★☆★☆★ 谭善和

7.世界屋脊创造奇迹

SHIJIEWUJICHUANG ZAOQIJI

1949年 10月，中华人民共和国成立。但国民党残余的近百万军队却仍麇集西南一隅，继续顽抗，第二野战军各部队开始了解放大西南之战。

谭善和与孔从洲同率特种兵纵队进军西南，这时特纵已发展到 6 个团，包括工兵团两个，榴炮团、高炮团、反坦克炮团、坦克团各一个。特种兵纵队奉命分别配属第3、4、5兵团作战，在解放贵州、四川的战斗中发挥了作用。

1950年2月，特种兵纵队改编为西南军区炮兵纵队和工兵纵队。谭善和

西藏同胞热烈欢迎人民解放军入藏

任工兵纵队司令员兼政委，下辖第2、7、8、10、11、12共六个工兵团和一所工兵学校，谭善和并兼任工兵学校的校长、政委。

这时四川、贵州、云南、西康已基本解放，中共中央决定以西南军区18军为主进军西藏。西南军区决定，为支援18军进藏，成立支援司令部，统一指挥工兵部队、步兵筑路部队、辎重部队、汽车部队、空军空运部队，及医院、兵站等保障部队。由18军军长张国华兼任支援司令部司令员，谭善和兼任第一副司令员；以工兵纵队所属的六个工兵团为骨干力量，另以三个步兵团、18军工兵营、西南公路局职工和民工相配合，尽快修筑康藏公路。

在世界屋脊上修筑长距离公路，在中国还是亘古未有之事。党中央十分关注，毛泽东、朱德都题了词。毛泽东的题词是："为了帮助兄弟民族，不怕困

难，努力筑路！”朱德的题词是：“军民一致战胜天险，克服困难打通康藏公路，为完成巩固国防繁荣经济的光荣任务而奋斗！”

鉴于西南地区尚有许多土匪和国民党残兵在猖獗地作恶，工兵纵队受领筑路任务后，边筹备筑路的物资器材，边出动部队协同步兵剿匪。在40天时间里，工兵部队作战22次，击毙、俘虏土匪2000余名，缴枪1200多支，基本上肃清了新津、邛崃、大邑、崇庆、雅安、天全一带的匪患。

剿匪刚一结束，谭善和即带领几位工兵团长和工程技术人员勘察路址。他们一行跋山涉水、风餐露宿，勘定了康藏公路雅安至甘孜段的路线。1950年4月，西南军区工兵纵队改称工兵司令部，谭善和仍任司令员兼政委，他率6个工兵团万余人开赴西康(今属四川)雅安，于4月中旬开始了艰苦的施工。

康藏公路沿线的平均海拔在3000米以上，地质、地形条件复杂，山峦陡峭，河流湍急，还横亘着雪山、冰川、流沙、沼泽地。加之气候恶劣，风雪晴雨变化无常，空气稀薄，使人徒手行走都感呼吸困难，况且没有高压锅，往往三四个小时烧不开水、做不熟饭。这些，都给筑路带来了重重困难。

工兵司令部提出了“18军开到哪里，我们就把公路修到哪里”的战斗口号。工兵部队指战员发扬了叫高山低头、河水让路的英雄气概，采取“分段抢修、交互推进”的施工方法，经过艰苦奋战，使用简陋的器材征服了海拔3400米的二郎山、4700米的折多山、4600米的罗锅山。总计架桥208座，筑路746公里。

在这段日子里，谭善和有四个多月在施工第一线现场指挥。他常住在帆布帐篷里，身穿一套与战士们一样的旧棉衣，头戴一顶旧军帽，哪里有困难，就出现在哪里，垭口至塔公寺的路段，人称“橡皮路”，晴天软绵绵，一遇雨就变成稀泥塘，经常陷车。部队连续整修了两次都未能根治。谭善和接到报告，干脆住到垭口山上，与技术人员、战士们同攻难关，终于摸索出了一个办法：

走向施工工地

深挖路基，将烂泥、草根全部清除干净，铺上大块片石，再垫上碎石和间隔土，最后在路基两边挖掘一米深的排水设施。这样，谭善和指挥的第三次整修获得了成功，"橡皮路"被消灭了。在修筑雅砻江上游的鲜水河大桥时，时限很紧，谭善和吃住在工地，用喊话筒指挥，仅用不到10天就将这座80米长的大桥架成。

谭善和重视战士们在劳动中创造出来的成功经验，常亲自加以总结推广到各团。他注意发挥国民党起义部队中的工程技术人员的作用，虚心向他们请教，鼓励他们放手工作。他还按照党的民族政策、宗教政策，强调模范地遵守群众纪律。筑路部队在沿途藏区不仅做到了秋毫无犯，还在力所能及的范围内为藏族人民办好事办实事，如为他们医治疾病；帮助他们收割庄稼、打扫卫生、寻找丢失的牛羊，赠送给困难户衣物鞋袜等等。筑路部队得到了藏族人民的拥戴和支援。部队的粮食补给不上时，藏胞就主动将糌粑油盐借给部队，有的藏胞从25公里以外给部队送菜，有的藏胞用牦牛帮助部队驮

运行装，还有的执意参加部队打桥桩、拉橡皮舟的劳动，在康定以西的拔桑，谭善和曾向一些喇嘛解释我军修路的目的。后来，这些喇嘛给部队送来了几十斤盐，以表支持。

1950年8月25日，康藏公路雅(安)甘(孜)段通车。西南军区给谭善和等及全体工兵部队工程人员发来了贺电，贺电说："由于你们的艰苦努力，保证着主力部队的胜利开进和物质供应，为解放康藏奠定了良好的基础。在此期间你们克服了工作与生活中的各种困难，战胜了自然障碍，进入康藏高原，冒着风雨雪雹在气候寒冷空气稀薄的地带，发扬了高度的革命积极性，涌现了很多的模范事例，在解放康藏史上写下了光辉的一页，特电祝贺并予慰勉。"

10月2日，甘(孜)海(子山)段通车。18军利用这条公路，迅速集结部队于10月6日发起了昌都战役，获得歼灭藏军5700余人、攻克入藏门户昌都的重大胜利。昌都战役结束后，西藏地方政府的态度发生了转化，很快派出以阿沛·阿旺晋美为首的和谈代表团，于1951年5月在北京与中央人民政府签订了《关于和平解放西藏办法》的"十七条协议"。谭善和指挥工兵部队为抢修康藏公路雅(安)海(子山)段，使之迅速通车，为和平解放西藏、维护祖国的领土完整，作出了足以载入史册的贡献。

康藏公路最艰验的雅(安)海(子山)段通车后，西南军区决定支援司令部与工兵司令部分开执行任务，抽调工兵部队参加修筑成(都)渝(重庆)铁路。谭善和与工兵司令部廖述云副司令员、刘月生主任等商定：留工兵8团、12团继续修筑由海子山通往拉萨的康藏公路，其余四个团东返四川执行修筑成渝铁路的任务。

成渝铁路既是新中国成立后兴建的第一条全长500公里以上的大型铁路，又是第一次使用国产器材建筑的铁路。1950年6月15日开工，原由川东、川西、川南、川北军区及西南军区直属队分别组成的五个军工总队，以每个工七斤半大米的工价承包，后因筑路的步兵部队大都赴朝参加抗美援朝，军区首长才将任务交给了工兵部队。

谭善和率工兵第2、7、10、11团及西南工兵学校，于1951年元旦前后进抵施工点。除重庆至江津的100公里路基已由调走的步兵部队筑成外，其余永川、资中、资阳、简阳、成都各段都摆上了工兵部队。2月1日，工兵部队全线开工，任务主要是修筑路基、架设钢筋混凝土桥、打隧道。部队刚结束高原施工尚很疲劳，又遇到缺乏修铁路的经验、机械设备少、零配件不足、梅雨季节提前到来、江河水暴涨、工地泥泞等等困难，施工进度受到影响。

以谭善和为首的工兵司令部党委，经过调查研究，提出了行之有效的对策，包括各团成立工程委员会，充分发挥技术人员的作用；多开工程民主会，集中群众智慧克服困难；节约汽油，非生产性车辆一律改用酒精作燃料；不依赖机械，立足于现有的铁锹、十字镐、钢钎、炸药，等等。这些对策实施后，施工进度在保证质量的前提下大大加快。为进一步提高指战员的技术素质，工兵司令部党委又提出"把工地变成学校"的号召，规定无论再忙再累再紧张，每人每天必须学习两个小时的业务技术和文化知识。

经过一年的苦干，工兵部队超额14%提前完成了任务。共出工188万人日，筑成路基355公里，占成渝铁路504公里总长的70%以上。

成渝铁路是四川人民盼望了40多年的铁路，清王朝、国民党政府空喊了几十年而未建成一寸。谭善和率工兵部队指战员参加筑路，使成渝铁路仅历时两年就告建成通车，不仅对西南地区经济建设具有重大意义，而且坚定了全国人民在中国共产党领导下建设社会主义祖国的信心。

★☆★☆★ 谭善和

8.独特的志愿军坑道

DUTEDEZHIYUANJUNKENGDAO

战挫败美军“绞杀”战

ZHANCUOBAIMEIJUNJIAOSHAZHAN

1952 年初,谭善和刚刚检查完西南军区工兵部队新建的甘孜飞机场,就接到中央军委的命令,任命他为志愿军工兵指挥所司令员兼东北军区工兵司令员。他匆匆交代了西南军区工兵司令部的工作,乘军区的专机飞抵北京。在北京,代总参谋长聂荣臻在中南海召见了谭善和,当面向他交代任务说:“你这次去,兼管志愿军和东北军区工兵的工作,担子很重,要特别注意与作战部队和其他兵种密切配合,搞好协同作战。”

在沈阳,谭善和处理了东北军区工兵的一些急务,于 1952 年 4 月渡过鸭绿江入朝。

志愿军工兵指挥所的职责是指导志愿军全军的工程保障工作,并指挥直辖的 12 个工兵团承担交通工程保障和战斗工程保障任务。谭善和到职后,首先深入部队和前线调查研究,在认真领会志愿军首长意图和仔细分析敌情我情的基础上,制订了志愿军全军的工程保障方案,作出了在近期内集中精力完善坑道和保障道路的决策。

坑道是前线指战员在实战中逐渐摸索创造出来的,志愿军彭德怀司令员、邓华代司令员、陈赓副司令员都曾肯定坑道对我军防御作战的重要意义,要求大力推广,将坑道建设成能打、能生活、能防空,防炮、防毒、防雨、防潮、防寒、防火的完整体系。谭善和到任时,各部队构筑的坑道已初具规模,但还不够完善,真正达到要求的还不多。仅 1952 年 3 月上旬至 4 月上旬,敌机敌炮就炸毁我方坑道 42 处,造成我军伤亡 236 名。谭善和领导工兵指挥所认真总结前线构筑坑道的经验教训,制订出《坑道战术技术要求的规格标准》。此标准很快就被志愿军司令部在全军部队中推广,工兵指挥所还组织技术力量根据各防区地段的地形及敌人火力的威力，帮助部队设计坑道阵地的改造方案，并开办坑道构筑示范班，培训挖坑道的技术骨干。构筑和改造坑道需要的工具和器材，也由工兵指挥所筹集分发。在工兵和步兵部队的共同努力下，到了1952年的九十月间，坚守“三八线”的志愿军第一梯队六个军的坑道陆续告竣，总计有坑道600公里，交通壕1000公里、工事掩体二万个，初步形成了一个以坑道为骨干的支撑点式的防御阵地体系，横贯整个“三八线”和东西海岸。这个阵地体系在战斗中发挥了明显的作用，既能掩护部队进行防御战，又能提供依托供部队施行进攻战，使志愿军得以用劣势装备与掌握制空权、制海权、装备高度现代化的敌军对垒。构筑坑道以前，敌人每发射40至60发炮弹即可杀伤我军一人，坑道完善以后，敌人需发射660发炮弹才能杀伤我军一人。

在保障道路方面，谭善和要求各工兵团首先要全力保证通车，敌人随炸我们随修，一旦有了余力能腾出手来，必须马上进行改善路况、加宽路

志愿军在抱川、加平地区英勇作战，重创美军24师等部

幅、减小坡度、拉直弯道等工作，关键地段要加修备用公路、增设防敌轰炸的汽车待蔽所。修桥部队要加修多种式样的备用桥梁，在重要渡口同时架设高水位桥、低水位桥、水面下桥、水下便道，有条件的还要加修迷惑敌机的伪装桥。短短几个月时间，各工兵团即新修公路八条，整修、加宽公路566公里，架设桥梁47座。各团还普遍配备了对空监视哨和负责排除定时、延时炸弹的技术人员。这些有力的措施，使美军“绞杀”、“窒息”交通线的企图落空，志愿军满载作战物资的汽车仍源源不断地开往前线，车辆损失率由30%减至6%。美国第8集团军司令范佛里特在汉城的记者招待会上也不得不承认：“虽然联军的空军和海军尽了一切力量企图阻断共产党的供应，然而共产党仍然以难以令人置信的顽强毅力，把物资送到前线，创造出惊人的奇迹。”

★☆★☆★ 谭善和

9.上甘岭战役功不可没

SHANGGANLINGZHAN YIGONGBUKEMO

1952年9月，志愿军和朝鲜人民军为粉碎敌人的局部进攻，发起了秋季战术反击作战，主要打击敌人的连排支撑点。谭善和在工兵指挥所召开的作战会议上作了《战役反击工程保障问题》的报告，要求参战的工兵部队、分队及时开辟通路，迅速排除敌人的地雷、定时炸弹和其他障碍物，攻占敌人阵地后立即改造和构筑工事，使新占阵地得以巩固，转变为我军的阵地防御体系。各工兵部队、分队认真贯彻这些措施，在历时44天的作战中，保障作战部队歼敌2.7万人。

10月14日至11月25日的上甘岭战役中，敌人以密集的炮火和航空兵突击，使我方道路和工事遭到严重破坏。特别是从529兵站到五圣山一段3.5公里的山路，敌人终日轰炸炮击，号称“死亡地带”，我军运输人员靠人力扛运物资上送,虽尽最大努力,付出了重大的代价,仍无法满足前沿部队的需要。

谭善和向志愿军首长请战,提出由工兵部队抢修一条避开敌炮火的公路,得到批准后,他即令工兵22团1营昼夜兼程开进至上甘岭战区抢修公路。1营冒着敌机敌炮的轰炸和射击,开山劈崖,运土垫石,全营平均每人每天挖填土石方达7立方米之多,终于筑成了一条可供汽车并行的盘山公路,使运送到前沿的作战物资大大增加,有力地支持了坚守上甘岭的部队。上甘岭战役结束后,15军的一位师长来到工兵22团1营,带头高呼:"工兵万岁!"

11月,敌人企图利用海空优势,在朝鲜的东西海岸实施两栖进攻,重温两年前仁川登陆的美梦。针对这一情况,志愿军首长决定进一步增强海岸及其纵深的防御工事,同时加固"三八线"正面的防御工事。谭善和组织领导工兵部队、分队及部分步兵部队共4万余人开展了紧急突击,历时3个月完成了我军工事的钢筋混凝土化和永备化,包括全面加固防御工事在内的大规模反登陆作战准备,使美军无隙可乘,最终未敢采取在我军侧后登陆的军事冒险行动。

1953年2月,局势趋缓,志愿军司令部、政治部决定由谭善和担任志愿军归国参观团团长,赴北京参观苏联展览会。这一次祖国之行,谭善和仅用了不到10天,甚至没有与近在东北的夫人邵言屏及4个幼小的孩子见一见,就急着返回朝鲜了。

4月30日至5月4日,谭善和参加了志愿军党委会议,会议决定发动大规模的夏季战役,给不愿面对现实的敌人以沉重打击,促进停战谈判。谭善和在会上发言表示,希望工兵指挥所所属工兵团能够直接参战,担负战斗工程保障任务。邓华代司令员肯定了他的意见。

会后,谭善和领导工兵指挥所拟制了工兵的战役保障计划,主持召开了

各军工兵主任会议，还派出干部到参战工兵部队检查指导工作。5月13日，夏季战役打响。工兵指挥所所属的工兵3团、4团、10团、12团、14团、18团、22团的8个营以及军、师属工兵的14个营直接参战，另有工兵指挥所所属的19个工兵营担负抢修公路和桥梁的任务。

进攻发起前，各主攻部队的工兵分队在进攻突破口附近选择隐蔽并较易接敌的地区构筑了大量掩体、屯兵洞；攻占敌人阵地后，又马上改建工事防止敌人反扑，有效地减少了步兵的伤亡。20兵团攻克敌月峰山、梨实洞地区后，配属的工兵部队在步兵协同下抢修、改建坑道4公里、交通壕17公里，散兵坑、掩蔽部1.3万个。配合炮兵、坦克兵作战的工兵部队，修造简易公路50公里，修建火炮掩体、发射工事、人员掩蔽部2000个。担负保障后方交通线畅通的工兵部队，仅在夏季战役的第三阶段就架桥72座、新建道路61公里，修缮道路452公里。金刚川的岩里渡口是供应干线的要点，每天遭到敌人300多发炮弹的炮击和30多枚炸弹的轰炸。大桥连续七次被炸断，又连续七次被工兵10团1营抢修修复。

在战役进行中，谭善和多次冒着敌机的轰炸赶赴现场，指挥修桥修路，检查指导工作。有时敌人的炮弹就在身边爆炸，他不予理睬，照常指挥。他的身先士卒、不顾个人安危的精神和指挥若定的风度，极大地激励了工兵部队指战员的士气。夏季战役共毙伤俘敌7.8万余人，收复土地178平方公里，志愿军和朝鲜人民军伤亡3.3万人。谭善和率工兵部队为我军以较小的代价获得进攻战役的胜利，作出了重要贡献。

★☆★☆★ 谭善和

10.率部支援平壤重建

SHUAIBUZHIYUANPING RANGCHONGJIAN

1953年7月27日,朝鲜停战协定签字。为帮助朝鲜人民医治战争的创伤,谭善和接受了率志愿军工兵参加重建朝鲜首都平壤的任务。

战争期间,美军把成千上万吨炸弹倾泻在面积60平方公里的平壤市区。据朝鲜方面统计,仅1952年,美国飞机就向平壤投下了52300枚各式炸弹。在这一年里,平壤的每平方公里土地平均承受炸弹871枚。平壤市的建筑遭到毁灭性的破坏,在总共82个区中,有74个区完全变成了瓦砾堆,其余8个区,也没有一座完整无损的建筑物存在了。

志愿军工兵承担的平壤建设项目有:大同江铁桥,朝鲜内阁联合办公大厦,平壤市综合医院,中国、苏联、罗马尼亚、越南、蒙古驻朝鲜大使馆馆舍,内阁干部局,祖国统一战线办公楼,中央器材仓库,汽车修理工厂,工业大学,美术大学,经济大学,万景台学院,统计学院,专门建设学校,中央党校宿舍,中央电影馆,牡丹峰剧场,国立艺术剧院等,共30多项工程。其中,连接平壤市中区和东区的大同江铁桥是难度最大的重点工程。

谭善和多次到大同江畔勘察,并与中国、苏联、朝鲜的桥梁专家一起反复探讨,确定了修复大同江铁桥的工程方案。经过7个月的紧张施工,全长620米的大同江铁桥比原计划提前一个月胜利竣工,节省钢材1000吨,木材5000立方米。

朝鲜党和国家领导人金日成给志愿军工兵写来了热情洋溢的贺信,信中说:"当此在我们共和国人民经济恢复发展,民主首都——平壤市居民的生活中具有极其重要政治、经济意义的大同江桥恢复,举行竣工典礼之际,

我以共和国政府、朝鲜劳动党和我个人的名义，高度赞扬你们在大同江桥恢复工程中发挥的劳动伟勋，并致以深深的祝贺与感谢……你们和朝鲜人民军部队一起，勇敢地克服和打开一切困难和障碍，建立非常的劳动伟勋，取得把恢复工程期限缩短一个月的巨大成就，从而再次展现了朝中两国人民兄弟般的友谊团结的无穷尽的力量。”

1954年6月30日，在大同江铁桥桥头举行了隆重的通车典礼。金日成、崔庸健等朝鲜党政领导人参加了典礼，崔庸健代表朝鲜劳动党中央和朝鲜

志愿军修复的清川江大桥通车的情景

民主主义人民共和国政府致词，谭善和代表志愿军领导机关和志愿军工兵部队全体指战员讲了话。他说：“志愿军工兵部队将遵循毛泽东主席的指示，‘将朝鲜的事情看成自己的事情一样’，继续为帮助朝鲜人民重建家园而努力奋斗！”半个月后，朝鲜民主主义人民共和国最高人民会议常任委员会举行授勋仪式，分别颁给志愿军工兵部队126名模范人物二级国旗勋章、一级战士荣誉勋章、二级战士荣誉勋章和功劳章。

在平壤的其他建设工地上，志愿军工兵也取得了突出的成绩。多层建筑

朝鲜内阁联合办公大厦,工兵12团一个营仅用半年时间就建成交付使用,受到金日成的表扬。战前拥有500张病床的平壤市综合医院,是朝鲜北半部最大的医院,战争期间被夷为平地。工兵12团一个营用8个月重建起来后,规模比战前扩大3倍,病床增加到2000张。

为尽快全面开展帮助朝鲜人民重建家园的工作,谭善和指示工兵指挥所政治部及时通报表扬了在重建平壤中表现突出的连队,并发出号召,要求志愿军工兵部队积极行动起来,发挥自己的优势,以最大的热情帮助朝鲜人民重建家园。工兵部队指战员积极响应号召,掀起了一个帮助朝鲜人民医治战争创伤的热潮,清川江水泥桥、沸流江钢索吊桥、东明渡吊桥、兔山郡女子中学、昌道郡高级中学、泰川水库等建设项目,都出自分驻各地的10个工兵团战士们的双手。

1955年3月底,谭善和奉调归国。在抗美援朝战场3年时间里,他在志愿军首长的领导下做了大量工作,率领志愿军工兵部队努力奋斗,完成了各项艰巨的任务,贡献是突出的。临行前,朝鲜民主主义人民共和国最高人民会议常任委员会委员长金朴奉,代表朝鲜政府授予谭善和一级自由独立勋章,1978年,谭善和作为中国政府军事代表团团员重访朝鲜,朝鲜民主主义人民共和国政府又授予他二级国旗勋章。

★☆★☆★ 谭善和

11.学习的楷模

XUEXIDE KAIMO

从朝鲜归国后,谭善和出任设在长沙的中国人民解放军高级工程兵学校校长,被授予少将军衔、二级八一勋章、二级独立自由勋章、一级解放勋章。

高级工程兵学校的学员主要是部队的营连级干部和具有高中以上文化程度的青年学生,着重学习专业基础理论、合同战术和工兵战术。后来,学校又增设政治大队,专门培训工程兵部队中的营团级干部。谭善和从严治校,下功夫抓教学体系和规章制度。与此同时他勤俭办校,带领全校师生投入建校劳动,建设起了设施齐全的教室、实验室、演习场、修理厂,还基本上配置齐了各类教学设备,使学校在一年多的时间里就初具规模。截至1966年"文化大革命"爆发时止,学校为工程兵培养了大批中级军政指挥员及基层军官。

1957年9月,谭善和入高等军事学院深造,先在速成系,后转入基本系。他虽只念过不到一年私塾,文化底子薄,却酷爱学习和读书。早在康藏公路的工地上,他就在煤油灯下坚持读书,写下了大量的笔记和日记;在朝鲜前线,他每天都在紧张工作之后苦学到深夜。秘书劝他注意身体早点休息,他自问自答地说:"工程兵是什么?工程兵是力学、土壤学、气象学、机械学多种科学的总和。要做一个真正的工程兵指挥员,不懂得科学,尤其不懂得数学能行吗?"说罢又埋头演算代数题了。回国出任高级工程兵学校的校长后,他意识到自己的差距,干脆拜学校的一位文化教员为师,系统地学习物理和化学知识。如今得到离职深造的机会,他更是如饥似渴、废寝忘食地投入了学习。他不喜欢跳舞,也没有下棋、打牌、钓鱼的嗜好,把时间和精力都用在了学习上。

在高等军事学院刻苦学习的两年,他的理论水平、军事指挥素质和领导能力都有新的提高,这对于他日后担任多兵种和大军区的领导工作颇有助益。

★☆★☆★ 谭善和

12.叶剑英:我们就需要这样的干部

YEJIANYINGWOMENJIUXU
YAOZHEYANGDEGANBU

1960年8月,谭善和自高等军事学院毕业,留在北京任军委工程兵司令部副参谋长,两年后升任参谋长,在参谋长任上干到1966年初。这期间他一如既往勇挑重担,哪里艰苦、哪里有困难、哪里任务艰巨他就到哪里去。

中印边界反击战前夕,他奉总参谋长罗瑞卿之命,登上新疆西藏交界处的喀喇昆仑山,在海拔5000多米的高原上踏勘中印边界西段的边防阵地,还组织两个工兵团进行了战前的紧急集训。回京后,他受到罗总

毛泽东接见工程兵汇演分队

TAN SHANHE

长的表扬。罗总长说:"这是将军登山,如果我是体委主任,就授给你一枚登山奖章。"

1964年6月,谭善和组织指挥了工程兵部队向党中央、中央军委汇报的军事技术表演。汇报表演在京郊十三陵水库进行,共有抗登陆、遥控爆破操纵地雷场、对空抛射手榴弹、防空降等12个项目。中央政治局常委毛泽东、刘少奇、周恩来、朱德、陈云、邓小平,以及党、政府、军队的领导同志董必武、彭真、陈毅、贺龙、聂荣臻、罗瑞卿、李先念、李井泉、谭震林、宋任穷、刘澜涛等观看了汇报表演。这次汇报表演受到了毛泽东等中央领导同志的称赞。

谭善和还参与了特种工程建设、指挥防护工程建设、设防工程施工、全军工程兵大比武、选派工程兵部队抗美援越等项工作的组织与实施。由于常年在基层、工地、训练场奔波,配给他的专车在一年内竟跑坏了两台。叶剑英元帅后来得知了这个情况,赞扬说:我们需要的正是这样一年跑坏两台车的干部!

1966年3月,谭善和被提升为军委工程兵副司令员。9月,中国军事代表团访问阿尔巴尼亚,由许光达任团长,谭善和任副团长。代表团在阿尔巴尼亚与阿人民军进行了友好交流。

回国不久,谭善和就在"文化大革命"中横遭林彪、"四人帮"的迫害,先是因"推行贺(龙)罗(瑞卿)资产阶级军事路线"、"单纯军事观点"、"用业务冲击政治"等罪名被批判、斗争、隔离审查,后被逐到河南某部队农场"劳动改造",在战士监督下放牛。所幸他幼年在家乡放过牛,几十年后重操旧业并不感到生疏。他放的牛膘肥体壮,得到战士们的好评。

直到1971年林彪反党集团被粉碎后,谭善和才获得"解放"。1972年他获准回到北京,首先去看望的就是被迫害致死的老首长贺龙元帅的夫人薛明。

★☆★☆★ 谭善和

13.战斗在天山南北

ZHANDOUZAITIAN SHANNANBEI

1973年12月，谭善和终于获得重新工作的机会，被任命为新疆军区副司令员。

新疆是多民族聚居地区，与苏联、蒙古、阿富汗、巴基斯坦、印度五个国家接壤，战略地位十分重要。“文化大革命”以前，王震、王恩茂先后主持新疆自治区和军区的工作，在17年的时间里正确地贯彻党的各项方针、政策，使新疆的社会主义建设事业取得了巨大的成就。“文化大革命”期间，新疆被林彪、“四人帮”搞乱，工、农、牧业生产下降，人民生活困难。军队和地方的工作都面临许多积重难返的问题。

按军区党委的分工，谭善和主管后勤工作和天山公路、南疆铁路的建设。谭善和除处理后勤方面的日常工作外，为修筑天山公路和南疆铁路付出了大量心血。

天山公路和南疆铁路是毛泽东、周恩来批准修建的，1974年动工，对新疆的经济发展和战备，具有举足轻重的地位。谭善和亲赴天山腹地，组织基建工程兵部队、铁道兵部队和军区部队共三万余人进驻施工现场。天山公路有一半多里程在海拔2000米以上的高寒山区通过，沿途要翻越三座海拔3000米以上的冰达坂，还要通过因勘测设计人员无法实地测量，只得用虚线在图纸上表示线路位置的“飞线区”，地质情况的复杂，施工条件的艰难，在我国公路建筑史上都属罕见。南疆铁路沿线有险山峻岭、泥石流、冰积垄地段，地质条件也十分复杂。

谭善和又像当年修筑康藏公路时那样，把困难大、问题多的地段当作自己的工作重点。他多次登上终年积雪的哈希勒根达坂，多次亲临塌方区和泥

石流区,帮助部队落实施工方案,解决实际困难,鼓励战士们以苦为荣。1979年,全长567公里的南疆铁路完成铺轨;1983年,全长562公里的天山公路建成通车。谭善和在"两路"初建的两年里做了许多开创性的工作,为工程打下了一个好的基础。

1974年,自治区工交系统问题成堆,陷于半停产状态。谭善和受军区司令员、自治区党委第二书记、革委会副主任杨勇委托,协助自治区党委对工交系统进行了大刀阔斧的整顿,迅速恢复了正常的生产和工作秩序。同年新疆南部的和田等地区遭受严重的自然灾害,加上"四人帮"利用"批林批孔"煽动动乱造成恶果,数百万维吾尔族人民面临断粮的威胁。在这紧急关头,谭善和受命组织了大规模的陆、空联合运输行动,指挥军区的两个汽车团、自治区的四个运输公司共2000多辆汽车,以及由叶剑英副主席、李先念副总理专门从北京派来的两架波音707型飞机,往和田运去了10多万吨粮食、药品和日用品,帮助南疆的灾民渡过了难关。

1975年7月28日,谭善和被毛泽东主席任命为军委工程兵司令员。8月30日,中央军委调整了工程兵领导班子,谭善和与新领导班子的成员们共同努力,贯彻执行军委扩大会议精神,积极整顿部队,加强教育训练,坚决抵制了"四人帮"的干扰破坏,保持了部队的稳定。当1975年8月,河南省中部和南部遭到特大洪水袭击时,工程兵出动四个舟桥团、两个建筑团,救出受灾群众五万多人。在1976年7月唐山、丰南地区发生7.8级强烈地震时,工程兵领导机关派出直属部队1200人携带各种机械器材奔赴灾区救灾。

1976年10月"四人帮"被粉碎,工程兵进入了一个新的发展时期。谭善和作为工程兵的主要领导者之一,为把工程兵的工作重点转移到现代化建设上来倾注了大量心血。他保持着爱跑第一线的老习惯,经常深入基层,到部队、院校、研究所了解情况,解决实际问题。他重视装备科研工作,关心野战工程机械、火箭布雷车、带式舟桥等许多项目的研制进展。他认为要建设高度现代化的工程兵兵种,必须深入开展学术研究。他为恢复在"文化大革命"中停刊的《人民工兵》杂志而积极努力,《人民工兵》复刊后,他亲自担任编委会主任。他在忙碌中挤出时间,撰写了《关于未来反侵略战争工程保障若干特点的探讨》、《关于战场工程准备的几个问题》、《对未来反侵略战争初期贯彻战略方针的一些认识》等20余篇学术文章,在《军事学术》等刊物发表。

谭善和尽职尽责,不知疲倦地工作,很少想到休息和疗养。连距离北京只有300多公里的旅游胜地北戴河也从未住过。1989年他患病第一次去北戴河疗养时,那里的工作人员都感到惊讶。

谭善和在工程兵前后工作了近30年,为工程兵发展成为我军合成作战中的一个重要的专业技术兵种,为工程兵艰苦奋斗、埋头苦干、默默奉献等传统作风的形成,作出了重要的贡献。

1977年,在党的第十一次全国代表大会上,谭善和当选为中央候补委员、中央军委委员;1978年,他被选为第五届全国人大代表,并在五届人大一次会议上当选为主席团委员;1979年,在中共工程兵第三次代表大会上,他被选为中共工程兵党委书记;1982年,他在党的第十二次全国代表大会上当选为中央委员。

1982年9月,中央军委决定将工程兵领导机关改编为总参谋部工程兵部,谭善和拥护中央军委的决策,支持新领导班子的工作,为精简整编方案的实施做出了努力,起到了表率作用。

1983年11月,谭善和被任命为乌鲁木齐军区政委,党内担任军区党委书记、自治区党委常委。第二次来到新疆任职,虽已68岁高龄,他的工作精神却不减当年,上任的第二个星期即带领工作组深入边防和基层调查研究,总

结出了基层政治工作应当重视的五个问题，撰写了《在改革中开创部队建设新局面》等指导性文章。

针对军区边防部队营房简陋、交通不便、通信不畅、文化生活贫乏的状况，军区遵照中央军委和总部的指示，自 1983 年开始进行规模空前的边防建设。谭善和要求投入国防施工的各部队党委和政治机关加强政治思想领导，把强有力的政治工作做到施工现场，克服高寒缺氧、环境艰苦等困难，确保边防建设任务保质保量地完成。谭善和指出，要特别关心、爱护部队，一定要让战士们吃好、休息好，这也是政治工作。1985 年，乌鲁木齐军区的边防建设胜利结束，边防一线连队的营房、道路、通信、生活设施、医疗卫生设备等都有了根本的改观。

根据新疆的具体情况，谭善和特别重视军民团结和民族团结方面的问题，反复强调要牢牢树立汉族离不开少数民族，少数民族离不开汉族，以及军队离不开各族人民的思想，始终把增强民族团结摆在首位。

昌吉回族自治州与当地驻军在“文化大革命”期间产生隔阂，时隔多年仍未完全消除怨气。谭善和两次走访昌吉回族自治州听取干部群众意见，分别找驻军和地方的领导干部谈心。他主持召开了一个军民交心会，邀请昌吉回族自治州所属七县一市的领导干部和驻军负责同志参加。在会上，他诚恳地说：“团结是新疆的大局，要把边疆保卫好，建设好，需要军民团结奋斗，要向前看，忘掉那些不愉快的事。特别是部队干部，要彻底消除本单位和个人在‘文革’中的错误所造成的后果，痛痛快快地向地方同志承认错误、听取批评、接受教训。”谭善和严以律己的态度，使地方的同志深受感动，他们说：“‘文革’中，地方和军队都是受害者，部队领导同志这么一说，我们心里的怨气全消了。”

1980 年，南疆发生的“高旭事件”一度影响了军民关系和民族关系，并遗留下来一些棘手的难题。谭善和到南疆检查工作时，登门看望了当事人的母亲——维吾尔族老大娘坎巴尔汗，会同南疆军区、喀什地区、疏勒县的领导同志反复磋商了处理意见，并指示当事的另一方——军区某汽车团继续与叶城养路总段开展军民共建精神文明活动，终于消除了“高旭事件”造成的积怨，增进了军民团结和民族团结。在谭善和任内，曾引起轰动的“高旭事件”于1985年5月依法获得了妥当的处理。

南疆军区12医院主治医生张毓华，扎根边疆28年，满腔热忱地为各族人民解除病痛，受到驻地附近各族群众的爱戴，后因车祸不幸牺牲。谭善和认为张毓华的事迹是难得的民族团结的好教材。在他的关心下，张毓华被树为乌鲁木齐军区的爱民典型。谭善和还在新疆广播电台和电视台发表广播电视讲话，号召军区指战员向张毓华学习。他还与乌鲁木齐军区司令员萧全夫，新疆维吾尔自治区党委第一书记、军区第一政委王恩茂一同签发命令，追授张毓华“全心全意为边疆各族人民服务的好医生”荣誉称号。

★☆★☆★ 谭善和

14.毕生的奉献

BISHENGDE FENGXIAN

1985年8月，中央军委决定乌鲁木齐军区与兰州军区合并，成立兵团级的新疆军区。谭善和参加了协调小组的工作，为两个大军区合并和原乌鲁木齐军区部队的整编付出了心血。

鉴于自己已年届70，又从军区领导岗位上退了下来，谭善和在参加9月举行的党的十二届四中全会时，与其他63位老同志一起致信党中央，主动请求不再担任中央委员。在紧接着召开的中国共产党全国代表会议上，谭善和等人的请求被批准。同时，会议增选他和55位老同志为

中央顾问委员会委员。1987年6月,谭善和致信中共新疆维吾尔自治区代表会议,请求不再担任中共新疆维吾尔自治区党委常委、委员职务,也得到批准。

从领导岗位上退居二线后,谭善和仍时刻关注着党的事业、祖国四化的进程和军队的建设。他不顾年高有病,常常风尘仆仆地前往军队和地方的许多单位考察工作,提出了许多有见地的建议。他撰写的调查报告《关于湘西农村的一些情况》(1986年)、《关于老区茶陵建设的一些意见》(1987年)、《株洲市抓科技进步推动经济发展》(1987年),均被中央顾问委员会印发;《关于新疆军区边防部队的一些情况和建议》(1988年),则受到军委、总参、总政领导同志的重视,批转有关部门研究办理。

1987年11月,在党的第十三次全国代表大会上,谭善和继续当选为中央顾问委员会委员。1988年八一建军节前夕,他与全军800多位老红军战士一起,荣获中央军委颁发的一级红星功勋荣誉章。

正当谭善和继续为党和人民辛勤工作的时候,被确诊身患癌症。他没有向病魔屈服,一面治疗,一面尽力多做一些于党于国家于人民有益的事。

他继续参与编写《红二方面军战史》的领导工作,并与当年红6军团的几位老战友一起,倡议编纂《红6军团征战记》,以革命传统教育子孙后代。直到弥留的时刻,他还询问这两部书的编辑出版情况。

他动手术切除肿瘤后不久,中顾委发来《中共中央关于加强党和群众的联系的决定(征求意见稿)》,他以高度的责任心细读了两遍,要秘书记录上报了他对这个《决定》的补充修改意见。

他与中顾委的孙大光、萧克、陈锡联等26位委员联名致信中央书记处,建议移风易俗,丧事简办,取消遗体告别仪式,并申明在自己身后不搞这种仪式。此信被中央办公厅转发,1991年10月在《人民日报》等报刊公开发表,得到全国人民的赞誉。

他心里记挂着群众信访的事，病中口授回复信访、出具证明材料10余封(份)。他得知当年志愿军参加重建平壤时的一位老技工孙喜武年逾80，生活上有不少困难，心中不安，嘱秘书代笔给孙喜武所居住的丹东市市政府去信，希望他们对这位曾获朝鲜民主主义人民共和国二级国旗勋章的老人给予照顾。

他念念不忘长期工作过的新疆和工程兵部队。1989年9月，他动过手术身体刚刚有所恢复，就回到新疆，与新疆维吾尔自治区的各族父老，新疆军区的机关、部队告别。1990年9月，他病势已沉重，仍不顾劝阻，强撑着病体观看了总参工程兵部组织的工程兵部队新装备展示和训练汇报表演。

1991年6月22日，谭善和在北京逝世。按照他生前的意愿，没有举行遗体告别仪式。但遗体火化那一天，仍有700多位老战友、老同志、老部下及崇敬他的人闻讯赶到八宝山革命公墓为他送行。他是一位哪里有困难就往哪里上的干将，功在人心。

后记

HOU JI

本书的创作是集体劳动和智慧的结晶，王诚汉少将由李德义、袁伟撰写，朱云谦少将由方航撰写，何正文少将由宋国涛撰写，部分图片选自梁彬著《何正文将军》一书，特此致谢，萧全夫少将由郭志升、萧邦刚撰写，张铚秀少将由周朝举、杜国清撰写，傅传作少将由樊玉先撰写，曾生少将由吴明撰写，谢振华少将由黎振纲撰写，谭友林少将由晓音撰写，谭善和少将由王晓建撰写。